辛弃疾词鉴赏

齊魯書社

《辛弃疾词鉴赏》序言

邓广铭

（一）

辛弃疾，字幼安，号稼轩，公元 1140 年（宋高宗绍兴十年、金熙宗天眷三年）生于山东历城县（今济南市）东郊之四风闸，1207 年（宋宁宗开禧三年、金章宗泰和七年）卒于南宋江南东路之铅山县（今属江西省），享年 68 岁。

1987 年是辛稼轩逝世七百八十周年，为了对这位杰出的历史人物和在歌词方面作出了特殊贡献的词人表示景仰和纪念，齐鲁书社特邀请对诗词富有研究的多位专家学者，共同撰写了《辛弃疾词鉴赏》一书，力争于明年出版，供具有高中以上文化程度的文学爱好者阅读。我认为，这是一件极有意义的工作，因而表示愿意尽力予以支持。不料因为这一表示，齐鲁书社的同志们竟顺水推舟，再三嘱托我为这本书写一序言，这又无异对我出了一道难题。

我虽在半个世纪以前就已编写过《辛稼轩年谱》和《稼轩词编年笺注》，但那只是因为，我当时正在研究南宋的以及南宋与金的和战的历史，而在从 1161 年到 1207 年这一历史时期之内，特别是在此期内有关宋金和战的一些事件当中，辛稼轩常常是一个颇有关涉的人物的缘故。我之所以对稼轩词也作了编年和笺注，主要原因，一是为了其中有很多豪放慷慨、昂扬奋发的抒发其爱国情怀之作，同时也是为了和他互相酬答唱和的许多人，例如史正志、叶衡、王炎、韩元吉、王佐、陈亮等，也都是在当时的政治、军事、思想、文化等方面颇有影响的一些人物。所以我所作的注释，只限于注明词中所用的典故，以及根据词题可以追寻到的一些“本事”等等。总之，只是想以词证史，而决不曾着眼于其写作风格和艺术特点诸方面的。《稼轩词编年笺注》在此许多年内，虽已经过多次修改和补充，然而直到今天，读者仍可明显看出，它决不是由一个精通词学和文学写作艺术的人所编写的。实践才能出真知，我既是一个不能诗、不能词的人，又怎能编写出符合那样一些要求的读物呢？凡曾翻读过那本《编年笺注》的人，必会知道我所说的全是真情实话，而不是以此来强自解嘲的。因此，由齐鲁书社邀请专精此道的许多专家学者所撰写的这本《辛弃疾词鉴赏》，专以鉴赏、分析和评述辛词的艺术性与思想性的特色为主，以帮助读者理解作家在词史上的地位及其作品的创作方法，这就不但可以使诸位专家学者都得以发挥其优势，而辛词也可因此而为更广大的读者所理解，所喜爱，稼轩本人的意气风发的豪杰气概和壮怀激烈的爱国主义思想情操，也必将因此而发挥出更大的感染力量及更深刻、更久远的作用与影响。可以预期，这本《辛弃疾词鉴赏》出版之后，它对读者所能提供的助益，定非我的那本《稼轩词编年笺注》所可比拟的。

我一向认为，辛稼轩是一个兼具文才武略的英雄豪杰人物，如果只把他当作一个杰出的爱国词人看待，那是不够全面的。在他逝世七百八十周年的时候对他进行纪念，由专家学者们共同撰写一本《辛弃疾词鉴赏》，固是一桩必不可少的盛举，但这毕竟只是辛稼轩之所以为辛稼轩的一个方面；因此，我要挤占这本书的少许篇幅，就辛稼轩论及军事和战争的文章略加剖析，与本书读者共赏，借以论证辛稼轩的另一方面的长才，即他的军事韬略。如果以这篇拙作充作本书的序文，那只能算作一篇文不对题的序文；但如果它对于理解辛词还能多少起一些辅助作用，那就会使我有喜出望外之感了。

（二）

南宋同金朝的对立和斗争，虽然持续了百有余年，然而从始到终，宋朝的宰辅大臣和高级将领，总都分为主战主和两派，皇帝则又大都摇摆于这两派之间，因而也就一直没能确立一个稳定的战略决策。当时曾有人向宋孝宗说，“立国之要在先定规模”，而自南渡以来却一直“规模未立”，亦即指在对金的“和、战、守三者迄无定论”。孝宗虽然解嘲说，“此则随机而应”（《攻愧集》卷八九《陈居仁墓志铭》），这却恰恰反映出当时南宋小朝廷在战略决策方面的举棋不定。就现存的文献资料看来，在南宋的文武百官当中，在如何对待金朝的军事威胁的问题上，真能知己知彼，能就彼己形势作出恰当的比较和分析，从而作出精确的具有说服力的判断的人，为数实在有限得很，而辛稼轩却的的确确是这有限的人物当中的一个。

刘后村在《辛稼轩集序》中说：“辛公文墨议论尤英伟磊落。乾道绍熙奏篇及所进《美芹十论》、上虞雍公《九议》，笔势浩荡，智略辐辏，有权书衡论之风。”我认为，刘后村所举述的这许多篇文章，的确是辛稼轩的一些代表作。但刘后村毕竟是一个文人，他所赞赏的，只是稼轩文中议论的“英伟磊落”、“笔势浩荡，智略辐辏”诸点，而实际上，蕴含在、贯穿在这些文章中的一个共同的显著特点，是辛稼轩的军事韬略。

刘后村所提到的那许多篇代表作品中之更具有代表性的，是他在乾道元年（1165 年）写给宋孝宗的那篇《美芹十论》。乾道元年是辛稼轩投归南宋的第四年，也是他二十五岁的一年。我现在就以这篇文章为主体，结合他的另外的几篇，进行一些分析和阐明。在这些文章中所表述的许多论点，是辛稼轩直到老年也还是坚持着而不曾有所改变的。他在奏进《美芹十论》的《札子》当中，就提出了两个极为卓越的论点：

一个是：“今日之事，朝廷一于持重以为成谋，虏人利于尝试以为得计，故和战之权常出于敌，而我特从而应之。”

另一个是：“秦桧之和反以滋逆亮之狂……唯是张浚符离之师粗有生气，虽胜不虑败，事非十全，然计其所丧，方诸既和之后，投闲蹂躏，犹未若是之惨。”

《十论》的前三论，全都是论述金朝的军政情况的。第一篇的题目是《审势》。所论述的问题是：金国的疆土虽甚广，而民族却很复杂，一遇兴师作战，便极易发生分裂、反叛等类事件；金国的财货收入虽甚多，但“政庞而官吏横”，一有战事则苛取暴敛，征敛所得，十之七八归入官吏私囊，最易发生官逼民反事件；金国的士兵为数虽也甚多，但其漠北各部族的兵，资粮器甲一切自备，道里辽远，调发不易，而从中原签发的汉人，则“皆其父祖残于蹂践之余，田宅罄于捶剥之酷，怨愤所积”，更必然要乘机叛变。总之，金国在外表上的这三种优势，实质上全是不足虑的。

他在乾道六、七年内（1170、1171年）写给虞允文的《九议》的第三篇中，则是把宋金双方之所长和所短联系在一起，更详细地论述了一番：他说，土地之广，士马之强，钱谷之富，赏罚号令之严，都是金之所长，宋之所短。然而“天下有变，中原之民袒臂大呼，溃裂四出”，这却是金之所短而宋之所长；金的边徼远阔，战争一起必召兵漠北，一年以外才可抵达前线，而宋兵的调发一月之内即可毕集，这也是金之所短而宋之所长；金国征调的部族兵，器甲资粮，一切仰给于民，预索租赋，头会箕敛，官吏又掊克攘夺，虽有严法而不知禁，宋方则军费由国家负担，缓急虽也征取于民，但不至繁重到逼致民变，这又是金之所短而宋之所长。“故以形言之，是谓小谋大，寡遇众，弱击强；以情言之，则其大可裂也，其众可蹶也，其强可折也。”

第二篇的题目是《察情》，所论述的问题是：金之对宋，在战与和的问题上既一直操有主动权，于是，当金人“实欲战”的时候，他们便用“议和”来玩弄南宋；当他们“实欲和”的时候，又用“出兵”来威胁南宋；以致“和无定论而战无常势”。这是南宋当局所特应致察，以便“知敌之情而为之处”；而决不可“观彼虚声诡势以为进退”，因为那不但要“重困吾力”，而且会失掉“制胜之机”的。

第三篇的题目是《观衅》，所论述的问题是：金国的朝野上下，都存在着许多不安定的因素，而其中至关重要的一个则是中原（亦即汉族聚居地区）的民心。因为金朝不论在诉讼的判断上，在土地孳畜的占有和畜养上，在军兵的征发和赋役的摊派上，汉族人民全都受到远较女真族或其他少数民族中人更为苛酷的待遇，以致“有常产者困窭，无置锥者冻馁”，已经造成了民心背叛的局势；更何况金主完颜亮南伐时中原人民已曾大举反叛过，这在金国的统治集团必然还“不能释然于其心”，而中原人民也必然“不能自安而无疑”。

《孙子兵法》有“知己知彼，百战不殆”之说，上述三文也正说明辛稼轩如何重视对于敌情的了解。事实是，早在奏进《美芹十论》之前，在他于弱冠之年“两随计吏抵燕山”之时，便已经于沿途注意“谛观形势”了。而直到他的晚年任镇江知府之日，先后又用钱四千贯派人深入金国去探察敌方的“兵骑之数，屯戍之地，与夫将帅之姓名，官寺帑廪位置之方”等等，也仍然是为进取作准备而先对敌情进行深入了解的。他把探察到的情况绘制在方尺之锦上，持以示知其友人说：“虏之士马尚若是，其可易乎！”（程珌《丙子轮对札子》中引述稼轩语）所以他在同一时期内，在题为“京口北固亭怀古”的《永遇乐》词中，便写出了“元嘉草草，封狼居胥，赢得仓皇北顾”的“警句”。

（三）

《美芹十论》的第四篇至第十篇，其中所指陈的重点，都是有关南宋对金战与和的决策方面的一些问题。

第四篇的题目是《自治》。这里所说的自治，并非指吏治、财用或修兵器、练武勇诸事而言，而是专就如何激励对金战斗的士气民心，振作南宋人民的战斗意志而言的。

自从南宋偏安于东南半壁以来，在朝野上下人们的头脑当中，大都已经形成了一个牢固难破的成见，以为“南北有定势，吴楚之脆弱不足以争衡于中原”。且还有人举述了东晋以及南朝的史实以为论据。这一论点如不予以破除，则宋之对金首先在精神上便已处于颓势，这自然是极为有害的。因此，辛稼轩在这一篇的开头就对这一论点进行了批驳。他以为东晋和南朝的内部，全都存在着不可克服的矛盾，所以都无法制服北方的敌人。当今则是金国内部矛盾重重，故当前形势远非东晋南朝之所能比。在此后他写给虞允文的《九议》的第九篇中，他又对这一错误论点再一次批驳了一番。

此下，他又提出了与对金斗争直接相关的两事：一事是“绝岁币”，另一事是“都金陵”（亦称建业或建康）。他以为，只有在采取了这两项行动之后，宋金之间才能出现“战形”，“然后三军有所怒而思奋，中原〔的汉人〕有所恃而思乱”。“然此二者在今日未可遽行。臣观虏人之情，玩吾之重战，而所求未能充其欲，不过一二年，必以战而要我，苟因其要我而遂绝之，则彼亦将自沮，而权固在我矣。”

金世宗在夺取到帝位之后，对宋的用兵改持极其慎重的态度，因而辛稼轩所预测的，不过一二年金人必将以战争要挟南宋的事并未出现。于是，到乾道六、七年（1170、1171年）他在写与虞允文的《九议》的第八篇中，又把迁都金陵的事另作了一番安排。他主张，应先从事于主动进取的准备，而不要

"见之以强而示之以勇"，因而不要"未战而迁"。只有在日后宋的大军均已集结在淮上之时，宋孝宗才可"即日上道"，驻跸金陵"以张声势"；到大军已经渡淮北进之日，则孝宗即可亲幸庐、扬以决胜负。先事而迁是没有好处的。

第五篇的题目是《守淮》。自从南宋建都于临安之后，经常徘徊于守淮和守江这两种主张之间。辛稼轩却坚持不守淮便不能守江之说。他不但在这里这样强调，在此后数年，宋孝宗在延和殿召见他时，他也仍然提出了《阻江为险须藉两淮》和《议练民兵守淮》这两道奏章。在绍熙四年宋光宗召见他于便殿时，他又上了《荆襄上流为东南重地》一疏，也是为了强调确保淮南东西两路和长江下游的安全之故。金军的渡淮南侵之师，其东边的一路，必取道于楚州以趋扬州；其西边的一路，必取道于濠州以趋真州，以及取道于寿州以趋和州；其更西的一路，则必取道于襄阳以趋荆州，以求能顺江而下。这样的一些咽喉之地，自须以重兵防守，而南宋的皇帝和大臣们，自从签订了所谓"绍兴和议"（1141 年）以来，竟很少人考虑及此。这就迫使辛稼轩不能不一而再、再而三地大声疾呼了。

第六篇的题目是《屯田》。在这里他提出了用两种人到淮南地区去屯田：一种是从金的统治区内逃入南宋境内的所谓归正军民，实际上大部分是在金的统治区无法存身的忠义军民，这些人南归之后散居于江淮之间，却全都为南宋文武官员所歧视，因而关于他们的生活和生产，长时期得不到妥善的安排。他建议，把淮南地区内因战乱而荒芜的大量闲田，计其顷亩，分授这些归正军民，家给百亩，并对其修治室庐、器具以至食粮、种子之类均加以资助，使得“植桑麻、蓄鸡豚，以为岁时伏腊之资”。军人之家，耕稼所得全部归己，一般民家则缴纳什一之税，“以为凶荒赈济之储”。其中之原任长贰者亦不加改动，使其在无事之时“则为劝农之官”，有事之时“则为主兵之将”。这既为“怀诱中原忠义之术”，也可以收取到“实边”、“积谷”的积极效果。在归正军民之外，还应当从各地调集一些州郡的士兵去淮南屯垦，数量应倍于归正军民，这样则其势既足以禁归正军民之变，其力也足以尽屯田之利。而且，“内以节冗食之费，外以省转饷之劳，以销桀骜之变”，利国利民，一举数得，何所惮而不为呢！当时南宋的正规军统称为御前诸军，辛稼轩之所以不把他们列举于内，是因为：“盖今所谓御前诸军者，待之素厚而养之素优，故骄，骄则不可以复使”之故。当奏进《美芹十论》时，辛稼轩投归南宋还只有三年光景，对于南宋的各种部队的素质，他却已经都一清二楚了。

不只是“御前亲军”都已骄惰不堪作战，当辛稼轩于淳熙二年（1175 年）受命去镇压赖文政的茶商军时，派人到江西诸州郡去调集其地“禁旅”、“亲军”中的强壮兵丁，调集来的却也都是些老弱不堪战阵的。到他于淳熙七年（1180 年）任湖南安抚使时，看到驻扎在那里的厢禁军也都“单弱”和“不堪征行”，连当地的治安都不能维持，于是就创建了一支飞虎军，共有马步兵二千五百人。据朱熹的一篇奏札所说，这支军队的“选募既精，器械亦备”，所以能使湖南地区“数年以来，盗贼不起，蛮徭帖息，一路赖之以安”。后来这支军队也曾被调往江上以至前沿阵地去抗击金兵，“雄镇一方，为江上诸军之冠”（《宋史·稼轩传》）。金兵对之“颇知畏惮，号虎儿军”（卫泾奏状中语）。到宋光宗绍熙五年（1194年）他任福建安抚使时，为加强本路的治安，又计划在那里招募本地的强壮，补充军额，并制造合用的铠甲，可惜还没有着手进行，就因受到弹劾而被罢免离职了。在宋宁宗的嘉泰四年和开禧元年（1204—1205年），他做镇江知府时，把镇江视为对金作战的战略基地之一，而驻守江上的禁旅只能摆摆样子，因而他更想在这里建立一支雄劲的国防力量。于是，除屡次派遣人员深入敌境去侦察敌方的军情外，依旧想从沿边地区大量招募丁壮入伍，加以训练，以作“渡淮迎敌”之用。这是因为“沿边之人，幼则走马臂弓，长则骑河为盗”，他们对于金人素来不存畏惧心理之故（程珌《丙子轮对札子》）。他首先造了上万套的军装，招募工作尚未开始，他又不幸而被人弹劾罢官了。

第七篇的题目是《致勇》。这里所针对的是南宋正规军中普遍存在的将骄卒惰的情况。当时士兵与将领，是处于截然不同的情况下的：“营幕之间〔的士兵〕，饱暖有不充，而主将歌舞无休时；锋镝之下，〔士兵的〕肝脑不敢保，而主将雍容于帐中”。而在平时，将领之对待士兵，不但“不与之休息以养其力，至使之舁土运甓，以营私室而肆鞭挞”。这种情况如不改正，则不论将领或士兵，是全都不会在临战时奋勇杀敌的。因此他建议，应采用不同的办法来诱致这两种人的奋勇精神：对将领，应改变“儒臣不知兵，而武臣得以要其上”的积弊，在此后的每一支部队中，都由朝廷选择“廉重通敏”的文臣一人去作“参谋”，只参与谋议，审量形势，而不相统摄，这样就可以使武将不敢再避战养贼而遗后患；对士兵，则须赏功及时，抚恤慰劳伤病以至死亡的人更要及时而且加厚。如能照此施行，“则骄者化而为锐，惰者化而为力”，便会守无不固，攻无不克了。

第八篇的题目是《防微》。辛稼轩鉴于在金主亮南侵之前，有苏州士人倪询等越海投金，向金主亮提供了海道进兵和制造战船的计策，使金军大得其利，因而在这篇当中他便建议，要广开言路以收纳江南士人，多用俸廪以优恤归正归明之人，使他们都不至因有志不逞而致毁名败节，输情于敌。

第九篇的题目是《久任》。此篇的主要内容，是说宋金的对立局势，决非一两次战役所能解决。而战争中的一胜一负乃是兵家常事，对于将相大臣，“与夫边郡守臣，边郡守将，皆非朝夕可以责其成功者”，因而全应使之久于其任，以期其都能够从事于长期的打算而不存“苟且之心”，都“乐于奋激以自见其才”，那才是最应采取的办法。

第十篇的题目是《详战》。他在这一篇的开头就说道，宋金的对峙局面，其势是必然还要诉诸战争的。“明知天下之必战，则出兵以攻人，与坐而待人之攻，孰为利？战人之地，与退而自战其地，孰为得？均之不免于战，莫若先出兵以战人之地。此固天下之至权，兵家之上策，而微臣之所以敢妄论也。”

就开头的这些话看来，很明显，他在这里所要论述的，乃是为采取主动的军事攻势作准备的作战方案，主要是从地理形势和主攻方向着眼而立论的。他说，金人把关中、洛阳和北宋都城开封视为“形势最重之地，防之为甚深，备之为甚密”，在山东地区则设防甚为“简略”。而山东之地，“由泰山而北不千二百里”就可到达金的首都燕京，“自河失故道，河朔无浊流之阻，所谓千二百里者，从枕席上过师也”。再加“山东之民，劲勇而喜乱”，天下有变，山东常是首先发难之地。如能因利乘便，从海州的沭阳出兵北上，山东便“指日可下”，“山东已下，则河朔必望风而震”，河朔既震，岂不就使敌人首都受到严重威胁了吗？

他进一步地提出行军的部署：金人既然用重兵把守关中、洛阳和开封三地区，宋方自也应在这三处“多为旌旗金鼓之形，阳为志在必取之势”，虚张声势，把敌方的军力吸着在这里，这样就会使金人配备在山东的兵力更加虚弱；为了对付驻守山东的金军，还可以派遣一些战舰驰突于登、莱、沂、密、淄、潍之境，打破那里的安定局势，山东的人民也必将乘虚而起。由沭阳北上之兵，如能选派最强劲的步骑五万，与山东的起事民兵互相应合，则不须三天便可到兖郓之郊，以北的州郡还有哪个不肯顺服呢？“山东已定，则休兵秣马，号召忠义，教以战守，然后传檄河朔诸郡，徐以兵蹑其后，此乃韩信所以破赵而举燕也。”到这时，契丹的旧部也必在金的境内相继而起，金的统治岂不面临着“腹心已溃，人自解体”的局势了吗！

这样的一个对金采取主动进攻的方案，他在《九议》的第六篇中又向虞允文陈述了一番。

(四)

《九议》的内容，除上面已经提到的一些以外，我在此还要举述其中最具高见卓识的两种论点：

其一是，他在第二篇中说道：“凡今日之弊，在乎言和者欲终世而讳兵，论战者欲明日而亟斗。终世而讳兵，非真能讳也，其实则内自销铄，猝有祸变而不能应；明日而亟斗，非真能斗也，其实则恫疑虚喝，反顾其后而不敢进。此和战之所以均无功而俱有败也。”这实在是切中南宋王朝时政要害的极其深刻的精辟之论。在所谓的绍兴和议之后的二十来年之内，南宋对金一直奉行着屈己求和的政策，对于主战派的文武臣僚和士气民心，极力加以摧残和压抑，及金主亮兴师南下，南宋的朝野上下立即陷入于惊慌失措的境况之中；孝宗即位后，起用了主战派的张浚，未及作充分的战争准备而即匆忙地发动了符离之战，所得到的却只是一个一败涂地的结局。辛稼轩正是总结了这样一些惨痛的历史经验和教训，才作出了这段文章的。

其二是，他在第六篇中说道：“吾兵与虏战，众寡不相敌也。”然而“天下之势有虚实，用兵之序有缓急，非天下之至精不能辨也。故凡强大之所以见败于小弱者，强大者分而小弱者专也。知分之与专，则吾之所与战者寡矣。所与战者寡，则吾之所以胜者必也。”把这段翻译为现代语言，我以为，也正就是毛泽东同志在《中国革命战争的战略问题》中的《集中兵力问题》那一节中所说的：“将敌军对我军的战略上的优势，改为我军对敌军的战役或战斗上的优势。将战略上处于强者地位的敌军，使之在战役或战斗上处于弱者的地位。同时，将自己战略上的弱者地位，使之改变为战役上或战斗上的强者的地位。这即是所谓……劣势中的优势，弱者中的强者，不利中的有利，被动中的主动。”尽管前者不似后者那样从高度的理论性和战争的规律性做出的成体系的概括，他所用的语言文字也不似后者缜密细致，但在八百年前能对战争提出这样一些见解，总应不愧为一个战略家吧。

(五)

辛稼轩既然富有兵家韬略，既然配称为战略家，而又生当宋金双方还在持续不断地进行斗争之时，依照正常的道理来说，他正应为南宋王朝所亟需的人才；南宋王朝理应把他拔擢到对金的军事决策的机构当中，使之运筹帷幄，出谋献策，大抒所蕴以展其长才。然而历史的发展总都具有许多曲折和波澜，具有许多错综复杂的情况。辛稼轩是在南宋政权建立了三十多年之后才从金国投奔南宋的，是被南宋的最高统治集团中人目为归正人或归明人而加以歧视，乃至有意或无意地加以排摈沮抑的。因此，在他南归后的四十多年内，初则浮沉于下僚，继则在两湖及江西任提刑、转运、安抚使等职。从孝宗淳熙九年（1182年）到宁宗嘉泰二年（1202年），在这漫长的二十年内，除在光宗绍熙三年至五年（1192—1194年）又出任福建路提刑、太府寺卿和福建路安抚使外，其余十数年全是投闲置散，居处在上饶的带湖之滨和铅山的瓢泉之旁，“却将万字平戎策，换得东家种树书”，穷年累月地游山玩水，流连光景，藉写作歌词作为倾吐胸臆之具，于是而积成了数以百计的大小篇章。从嘉泰三年（1203 年）夏到开禧元年（1205 年）秋，他又先后被用为绍兴和镇江两地的知府，在两地也都写出了几篇颇享盛名之作。开禧元年秋他回到铅山，开禧三年（1207年）秋便病死在铅山家中了。

当辛稼轩于淳熙八年在上饶营建居第初成之日，是他还在江西路任安抚使之时，然而他那时就已把居第取名为稼轩。在洪迈应他之请而写的《稼轩记》中有几句云：“予谓侯（按：指稼轩）本以中州俊人，抱忠仗义，章显闻于南邦……使遭事会之来，挈中原还职方氏，彼周公瑾、谢安石事业，侯固饶为之。此志未偿，顾自诡放浪林泉，从老农学稼，无亦大不可欤！”这几句话的主旨，还是把为南宋王朝建功立业，报仇雪耻，恢复失地期待于辛稼轩的，还把“放浪林泉、从老农学稼”认作稼轩的自我嘲弄之词；却不料，“事会”尽管不断“来临”，而他所期待于稼轩的，却全部未得应验，反而是辛稼轩所“自诡”的那种境遇，很快即成为他的真实下场了。

刘后村在《辛稼轩集序》中还说道：“呜乎！以孝皇之神武，及公盛壮之时，行其说而尽其才，纵未封狼居胥，岂遂置中原于度外哉！机会一差，至于开禧，则向之文武名臣欲尽，而公亦老矣。余读其书而深悲焉！”这番话的意思是，辛稼轩的军事谋略未得施展，而空自遗留下这一些“英伟磊落”的文章和“横绝六合，扫空万古”的歌词，所以觉得深为可悲。

生活在今天的我们，来考论七百多年前的这位历史人物并衡量其业绩，我以为，应该说：

第一，辛稼轩是一位既有文才、又有武略的英雄豪杰人物，是一位爱国志士，我们不应当以单纯的词人看待他，尽管他在近七八百年来的词坛上享有盛名并产生了极大的影响，如《四库全书总目》的《稼轩词提要》所说：他是在倚声家中“异军特起，能于翦红刻翠之外屹然别立一宗，迄今不废”的。

第二，现存的六百多首稼轩词，其中的绝大多数确是他在投闲置散期内所撰写的。但是，其中的许多名篇，例如“登建康赏心亭”所写的《念奴娇》和《水龙吟》，“书江西皂口壁”的《菩萨蛮》，“会稽蓬莱阁怀古”的《汉宫春》（亭上秋风阕），“京口北固亭怀古”的《永遇乐》和“登京口北固亭有怀”的《南乡子》等等，便都是他在担任着军政任务时所写的。因此，我们就又可以说：

第三，假如南宋王朝能把辛稼轩安排在更为重要的军政决策岗位上，使他能充分发挥其军事长才的话，可以想见，尽管会使他陷于羽檄繁忙、戎马倥偬的境况之中，但这不仅不会减耗他的写作欲望，而通过这样一些战斗的实践，反倒会使他的歌词内容更充满了高昂激越的情调，对后来的广大读者会更富于感染力和鼓舞作用的。

1986年5月4日写于北京大学历史系

目　录

壮怀长想洗胡沙

——《水调歌头·寿赵漕介庵》赏析

周振甫

千里渥洼种,名动帝王家。金銮当日奏草,落笔万龙蛇。带得无边春下,等待江山都老,教看鬓方鸦。莫管钱流地,且拟醉黄花。　唤双成,歌弄玉,舞绿华。一觞为饮千岁,江海吸流霞。闻道清都帝所,要挽银河仙浪,西北洗胡沙。回首日边去,云里认飞车。

这首词,据邓广铭先生《稼轩词编年笺注》(古典文学出版社1957年11月版,以下简称《笺注》)是南宋"乾道四年(1168年)九月"作的,是给赵彦端祝寿的。赵彦端字德庄,号介庵,是宋朝的宗室。当时他在做江南东路计度转运副使,管理金陵(今南京)、太平、宁国、广德一带的漕司事,即管理催征赋税、办理上供物品、把粮食水运到京城以及平衡物价等事。那时辛弃疾在做建康(今南京)通判,跟赵彦端有来往,因写这词向他祝寿。

这首词,一开头就写得非常突出:"千里渥洼种,名动帝王家。"这个开头有几层意思:一,赞美赵彦端是千里马。二,赞美他不是一般的千里马，是渥洼种的天马。《笺注》："〔渥洼〕《汉书·武帝纪》：'元鼎四年（前113年）六月，得宝鼎后土祠旁，秋，马生渥洼水（在甘肃安西县）中，作《宝鼎天马》之歌。'"把赵彦端比作天马，正切合他是宋朝的宗室，当时是用"天"指皇朝的。三，跟下文的"清都帝所"相应，清都指天帝居所，天马可以到天帝处去。赵彦端"年十七应进举，遂登绍兴八年（1138年）礼部第"（《笺注》）。他很有才华，名声震动皇室。接下去就写他的才华："金銮当日奏草，落笔万龙蛇。"金銮殿是唐朝宫殿之一，唐朝在这里召见学士。这里借指宋朝的宫殿。赵彦端在殿上起草奏章，下笔成文。"万龙蛇"：如有上万的龙蛇在飞舞，指他的字写得生动有力，文章的杰出也就不言自喻了。再写他在做地方官时的政绩。"带得无边春下，等待江山都老，教看鬓方鸦。"赵彦端中进士后，在临安府钱塘县任主簿，后又任江南东路计度转运副使，把无边的春光带到地方上来，即指把朝廷体恤民情的用意贯彻到地方上来，替地方上做好事。"等待江山都老"两句有几层意思：一，赵彦端死在淳熙二年（1175年），年55岁。这年乾道四年（1168年），他年48岁。他在17岁中进士，出任地方官，到这时已做了三十多年的官，说等待得江山都老了，指他在地方上做了很多年的官。二，说等待，含有等待朝廷召他回朝做官的意思，等待到江山都老了，说明朝廷一直没有召他回去。说他的鬓发还黑，指他还不老，还可大有作为，希望朝廷召他回去。三，跟下文"回首日边去"呼应，希望他回朝廷去做一番事业。

下面正因为朝廷不召他回朝，所以有感慨，说："莫管钱流地，且拟醉黄花。"在祝寿的日子，不要去管计度转运副使的事，姑且对黄花一醉。赵彦端的生日在九月,正是赏菊的季节,所以为赏菊一醉。“钱流地”,《笺注》:“《新唐书·刘宴传》:‘诸道巡院皆募驶足,置驿相望。四方货殖低仰,及它利害,虽甚远,不数日即知。是能权万货重轻,使天下无甚贵贱而物常平,自言如见钱流地上。’”唐朝善于理财的刘晏,教各地方都用人骑着快马,报各地物价的涨落,在驿站换马奔跑,传递信息,来掌握各地物价。物价落时收进,涨时抛出,使各地物价常平,这叫如见钱在地上流动。赵彦端做计度转运副使,也要平衡物价,这里说不要去管物价涨落了,且求一醉吧。说不要去管物价涨落,是带有感慨的话,即感慨他不能回朝去做更重大的事。说醉黄花,即指祝寿。

下阕承接“醉黄花”,讲祝寿的盛况。赵彦端是宋朝的宗室,他的寿辰,有歌舞女边歌边舞来祝贺,因称“唤双成,歌弄玉,舞绿华。”《笺注》:“〔双成〕相传有仙女,名董双成,为西王母侍女,炼丹宅中,丹成得道,自吹玉箫,驾鹤升去。〔弄玉〕《列仙传》:‘箫史者,秦穆公时人,善吹箫,能致孔雀白鹤。穆公女弄玉好之,公妻焉(把弄玉嫁给他)。乃教弄玉作凤台,一旦夫妻同随凤飞去。’〔绿华〕《真诰运象篇》:‘萼绿华者,自云是南山人,女子,年可二十上下,青衣,颜色绝整。以升平三年(359年)十一月十日夜降羊权家,授权尸解药(道家认为人死后服这种药可以成仙),并诗一篇,火浣布(石绵布)手巾一方,金玉条脱(手镯)各一枚。’”这里借双成、弄玉、绿华来指歌舞女。在听歌观舞外,还举杯祝他长寿。“一觞为饮千岁,江海吸流霞。”一觞,一杯。千岁,祝长寿。流霞,指酒。《笺注》:“《论衡·道虚篇》:‘河东项曼斯好道学仙,委(弃)家亡去(跑走),三年而返。曰:去时有数仙人,将我上天,离月数里而止。居月之旁,其寒凄怆。口饥欲食,辄饮我流霞一杯。每饮一杯,数月不饥。'"流霞,仙家的酒,这里指寿酒。江海指赵彦端在江南东路,也指他不在朝廷。

接下去写出作者的爱国热情。"闻道清都帝所,要挽银河仙浪,西北洗胡沙。"听说清都是天帝所住的地方,要赵彦端到天上去,用银河的仙浪,洗净西北的胡沙。开头把赵彦端比做天马,所以希望他到天上去做出一番大事业来。西北,指西方的西夏,北方的金国,都占领大片的宋朝领土。当时人认为西北的西夏和金吃羊肉,有腥臊气,被他们占领的土地,也染有腥臊气,所以要用银河水来洗干净,即指收复被西夏、金国侵占的领土。《笺注》:"〔清都〕《列子·周穆王篇》:'清都紫微,钧天广乐,帝之所居。"即清都是天帝的居处,在天上紫微星座,那里称为钧天,有广大的音乐。《笺注》:"〔要挽二句〕杜甫《洗兵行》:'安得壮士挽天河,净洗甲兵长不用。'"杜甫是想望把盔甲和兵器洗净收藏,长期不用,以求和平。这里借指把腥臊气洗净,收复领土。一结归结到赵彦端,"回首日边去,云里认飞车"。《笺注》:"〔飞车〕《帝王世纪》:'奇肱氏能为飞车,从风远行。'"上文希望赵彦端到天帝处去,用银河仙浪来洗净胡沙,实际是希望他回到朝廷上去,发挥抗战派的作用,起兵收复西北被西夏和金国侵占的土地。所以说回头望他飞到日边去,在云里辨认他坐的飞车。要到日边去,所以坐飞车向云里飞去。"日边去",即指望他到朝廷上去。

这是一首向人祝寿的词,祝寿的词一般属于应酬文字,祝人家多福多寿,大都是庸俗之作。但辛弃疾这首词写得完全不同,在词中表达了要收复失地的爱国激情。在祝寿词里,一般只说些多福多寿的话,怎么能跟收复失地的爱国激情联系起来呢?这里就见出作者构思的特出。他在一开头就把赵彦端比做天马,天马可以上天,就跟天帝的居处联系起来,就跟天河联系起来,就跟杜甫诗的挽天河洗甲兵联系起来,转变为"西北洗胡沙",这就很巧妙地把收复失地的爱国激情表达出来了。既然要讲天马、天帝居处、挽天河,所以写祝寿时的歌女舞女,也作双成、弄玉、绿华,都成了仙人;酒作流霞成为仙家饮料,使词语带有浪漫色彩了。这样写也是符合实际的,作者用天马来比赵彦端,说明他是有才能的;他跟辛弃疾交好,应该是跟辛弃疾气味相投,赞同辛的抗战的。作者希望他回朝廷,发挥抗战派的作用,这种想法是符合实际的。这首词在艺术上的特点,除上面指出有浪漫色彩外,还有《文心雕龙》所说的"隐秀","隐也者,文外之重旨者也;秀也者,篇中之独拔者也"。文外重旨即言外之意;篇中独拔即陆机《文赋》里的"立片言而居要,乃一篇之警策"。象上面指出的"千里渥洼种",就是警句,即秀;这句象上面指出的含有几层意思,即隐,有言外之意。再象"等待江山都老",象上文指出的,也含有几层意思,也是隐。另象"要挽银河仙浪,西北洗胡沙",既有言外之意,又是警句,是秀。本篇在艺术上是隐秀之作。

雄深温婉　兼而有之

——说《念奴娇·登建康赏心亭，呈史致道留守》

吴调公

我来吊古，上危楼赢得闲愁千斛。虎踞龙蟠何处是？只有兴亡满目。柳外斜阳，水边归鸟，陇上吹乔木。片帆西去，一声谁喷霜竹。　却忆安石风流，东山岁晚，泪落哀筝曲。儿辈功名都付与，长日惟消棋局。宝镜难寻，碧云将暮，谁劝杯中绿。江头风怒，潮来波浪翻屋。

登临怀古之作，往往是感慨国事的兴衰和历史的变迁，寓借古讽今之意，以激昂排宕取胜。对知己的唱和之作，往往是缅思往事，倾诉襟怀，近于心灵的共语，以深切诚挚取胜。要在登临怀古词中，兼写对知己的推许和期待，于雄深中寓温婉，这就美学范畴说来，可以说是刚美与柔美相结合，对风格说来，可以说是多与一相结合，达到这一个妙境很不容易。而辛弃疾的这首《念奴娇》词恰可称此中高手。正如周济所评："稼轩敛雄心，抗高调，变温婉，成悲凉。"(《介存斋论词杂著》)何以如此？正因为他善于让自己雄大气魄通过沈郁的意境而展示，虽磊落而不粗豪，虽慷慨而不浮廓。

辛弃疾这首《念奴娇》词是为登建康(今南京市)赏心亭而写的。宋孝宗乾道三年(1167年)，抗战派人物史致道知建康府事，兼沿江水军制置使兼提举学事，其时辛弃疾任建康府通判。因此他有机会游览建康名胜，而尤爱登赏心亭远眺。赏心亭“在建康下水门之城上，下临秦淮，尽观览之胜”(《景定建康志》卷二十二)。何况在当时建康已接近抗金前线，登高临水，北望中原，自然更引起河山沦陷的哀愁。为此，诗人曾一连写了几首有关赏心亭的作品，不过内容和重点各有不同。为丞相叶衡所赋的《菩萨蛮》一首，虽也曾以赏心亭为题，但并没有涉及登临纵目。至于脍炙人口的《水龙吟》(“楚天千里清秋”)，则显然表现了“遥岑远目”的壮怀，它和这首《念奴娇》词同属凭吊之作。不过两者的立意和写法各有不同：前者通体抒发自己的忠愤之情，后者却是把自我抒情与其对史致道的推重和期望之情相结合；前者主要突出了自己七年前“突骑渡江”以来壮志成尘、抱负难展的郁勃苍凉的悲慨，后者却并不着意铺写悲慨，而只是把忠愤填膺之气渗透到危楼所见的景物之中，加倍地渲染了它们所蕴藏的兴亡之感的色彩；前者表明自己决不以身家为重，显示其磊落精神，后者却是从有关史致道功名事业的渲染中，透露出有志恢复的人物抱负难展的共同悲愤。总之，《水龙吟》所抒发的纯是诗人郁塞，《念奴娇》所抒发的兼具相濡以沫的蒿目时艰之情。

正因为是相濡以沫，《念奴娇》情感形式的最大特点是结构层次善于移步换形，在感情深入的同时，逐步强化了共鸣的节奏，表现诗人虽然在年龄和地位上都和史致道有一段距离，然而在忧心国事、急图恢复这一点上，他和史致道却是心心相映，甚至于可以说是忘年之交。

纵目江山的最深刻的感受，自然是为了吊古，而吊古的思想基础，恰是为了伤今。伤今，对爱国词人辛弃疾说来，这种忧愤可以说由来很久了。隆兴和议转眼已经过去五年，沦陷区人民水深火热，偏安朝廷文恬武嬉，抗战人物被投闲置散，奸佞的中伤造成了仕途险恶。这些不仅是辛弃疾切身体会到的，而且也都在诗人心灵中形成了阴影，从而激起他的愤慨和悲凉，深化了他的喑呜叱咤的风格，上片一开头"我来吊古，上危楼赢得闲愁千斛"，正是这一种感情由于长期积淀，发为吊古和伤今相交织而不能自已的意象，也可以说是一种雷霆万钧、訇然有声的爆发。但这里，我们知道的也只还是因危楼吊古而激起无穷的家国之恨。至于危楼究竟是在什么地方，危楼上见到一些什么，而这些景物又为什么会引起诗人愁恨，这就需要深一层描述了。紧接着，词人做了这样深沉的倾诉："虎踞龙蟠何处是，只有兴亡满目。"寥寥十一字，不但点明那是建康赏心亭的"危楼"，更结合"危楼"，把充溢全篇的家国之恨也做了笔力横恣的形象化的概括。"虎踞龙蟠"，不但标志出危楼地在金陵，还通过金陵的自然形势透露出它的特定的社会内涵。原来唐人李商隐《咏史》诗有云："北湖南埭水漫漫，一片降旗百尺竿。三百年间同晓梦，钟山何处有龙蟠？"诗人着意点明，南朝将近三百年间，一个又一个朝代不断地更迭，这决不是因为什么金陵王气的消失，而完全是由于朝政腐朽，所以才相继失国。辛弃疾用了这一个由前人长期审美感受积淀而成的具有审美规范性的意象“虎踞龙蟠”，作为当前吊古伤今的感情载体，迸发出苍茫沉郁的反问，极言“虎踞龙蟠”的气象已经消失，满眼只是引起“闲愁万斛”的风景。譬如，“柳外斜阳”使人们想起南宋王朝的黯淡光景，“水边归鸟”使自己想起无家可归；至于“陇上吹乔木”，则又呈现一片苍茫，既是当前实景，又是历史象征。而最终，“斜阳”、“归鸟”，一齐都融汇到“故国”意象的总体之中：“陇上”暗指中原；“乔木”象征列祖列宗生息于斯的故土；“吹”，显示大局的分崩离析和狂飙动荡。

经过这一系列具体画面的展现，客体的“危楼”激发出主体的“闲愁”，也给“闲愁”提供了比兴的依托。这一来，“危楼”所见便告一段落。然而千斛闲愁并没有就此写完。这就是说，从词人“满目”的视觉陡转，幻化而为“一声”听觉。当西去片帆掠过眼帘时，船上的笛声使他心灵一震，从而引起感情急遽地升华。如果说原有的“闲愁”还是“小声铿鍧”，那么现在的闻笛却是“大声镗鞳”（刘克庄《后村诗话》）了。这是经霜寒竹的高洁的自白，这是喷薄而起的强音，这是从一条迎着逆流而西的小船上迸发出来的昂扬鸣奏。当然，这已经不止是“闲愁”而更包含着慷慨豪气了。极目江山的故国忧思中，雄深与温婉两种风格相兼，但温婉终于汇归雄大。这正是诗人情感形式多重性的表现。

雄深与温婉相兼，不仅表现在上片的江山极目中，也依然贯穿在下片词人对史致道的深情肺腑中。辛弃疾把史致道比做东晋时代抗御前秦有功的名相谢安，既切合东晋政权机构所在地南京的特点，也恰好扣合史致道所主持的建康府军政要职；何况史原就曾向宋高宗上过《恢复要览》五篇，建议高宗“无事则都钱塘,有事则幸建康”,力图进取,这和谢安在淝水战役中的指挥若定,也有某些近似。“儿辈功名都付与,长日惟消棋局”,表现了这位大政治家和大军事家气魄宏伟、气度从容。别看他销磨在棋局中,可并没有因此忘记战局,而在运筹黑白之中,早已决胜于千里之外。这显示了谢安的器宇不凡,衬出了史致道的远见卓识,而在文笔气势上,也恰好表现词人的“慷慨纵横,不可一世”(纪昀《四库全书总目提要》)的风格。这是词人意境的雄深。但与此同时,也确有温婉的一面。原来史致道在知建康府前曾一度归老姑苏,自号为“吴门老圃”,这和谢安东山再起前隐居会稽东山有某些相似之处。特别是史致道曾因论政直言,得罪权相,一度被谪,这就又和谢安晚年因功高遭嫉,内心深处有一段难言之隐依稀仿佛。原来,有一次晋孝武帝召谢安宴饮,要一位叫桓伊的名乐师奏筝。桓伊抚筝而奏,唱了一首怨诗,说:“为君既不易,为臣良独难,忠信事不显,乃有见疑患……”声节悲慨。谢安泣下,孝武帝则深有愧色。从奸佞乱政想到恢复之计不成,发为喑呜叱咤的作品,这是在辛词中一再可见的,也是南宋一般抗战派诗人作品中经常出现的痛心疾首的题材,而稼轩的“斫去月婆娑,人道是清光更多”(《太常引》),可以说是最最典型的了。为此,在用镗鞳大声歌颂谢安功名赫奕的同时,词人不能忘记谢安的“泪落哀筝”,不能忘记从目前看来匡国济时的弘范长筹,一时尚难寻觅。更为引起“闲愁”的,则是英雄人物的投老和当前“碧云将暮”时的江山,这二者几乎重迭成一幅萧瑟图景。于是他不得不对史致道表示宽慰,劝他进杯中美酒了。“此时此景,还消待谁来劝您进杯中之绿呢?”意思是说,您最好是自己举杯吧,开怀畅饮吧。幽咽之余,一转而为豁达风度。

“江头风怒,朝来波浪翻屋。”这一个结尾是借镜杜甫的“高浪垂翻屋”点化而成,龙吟虎啸,夭矫挺拔。风急涛惊,既扣合纵目江山的实景,也象征当前国势动荡和世途险恶,词境顿显奔腾澎湃之势。表面看来,好象只不过是渲染客观形势咄咄逼人,但实则更透露了作者不畏风涛的精神。风怒但人更怒,波涛翻屋而词中并无悲切之情。这使我们想起早于稼轩写这首词的三百二十年前,李商隐写给因得罪宦官而远谪南荒的刘蕡的一首七律,开头两句也是从当前极目风涛险恶而寄寓王朝的黯淡图景的:“江风扬浪动云根,重碇危樯日色昏”。但李诗只是忧思深沉,不同于辛弃疾的激昂飞越。辛词结尾二句的音节是这样的:“平平平仄,平平平仄平仄。”两句先后都是以三度重迭的轻匀的平声逗起仄声,而尤其是势如裂帛的入声。尽管仄声的出现很迟,出现方式又是单声,不免孤单,但却显得桀骜不驯。第二句第四字好不容易才出现了一个仄声,可转眼间却又为平声取代。但是,奔迸而出的仄声也并不妥协,终于破土而出。由此可见,音节对画面所起的同化作用很大。背景既然是“风怒”“潮来”,那么,平戎万里的经纶手的精神能量也就自然而然地爆发了。应该说,掀天盖地的不是风浪,而是诗中的巨人。说是辛弃疾可以,说是辛弃疾以外再加上和他相濡以沫的史致道也未尝不可。

王渔洋曾说辛弃疾是个磊磊落落的大丈夫,本词的结尾能够说明,王渔洋是有知人之鉴的。当然,如果把辛词看成只有雄深风格也不全面,它还蕴藏着为蒿目时艰而一往情深的悱恻的另一面,这在相濡以沫时,就表现为本词的温婉因素。

词中有真品，言外寄忧思

——《满江红·题冷泉亭》赏析

刘乃昌

直节堂堂，看夹道冠缨拱立。渐翠谷、群仙东下，珮环声急。谁信天峰飞堕地，傍湖千丈开青壁。是当年、玉斧削方壶，无人识。　山木润，琅玕湿。秋露下，琼珠滴。向危亭横跨，玉渊澄碧。醉舞且摇鸾凤影，浩歌莫遣鱼龙泣。恨此中、风物本吾家，今为客。

这是一首题咏杭州名泉的写景词。乾道六年（1170年），31岁的辛弃疾，应召在延和殿晋见孝宗，陈奏恢复政见，被任为司农寺主簿，自此在临安做了约近两年无关恢复大计的簿计小吏。在此期间，词人游赏冷泉亭，题写了这首词。

冷泉亭在杭州灵隐寺前、飞来峰下，是唐代刺史河南元芎所始建。白居易《冷泉亭记》说："东南山水，余杭郡为最。就郡言，灵隐寺为尤。由寺观，冷泉亭为甲。亭在山下，水中央，寺西南隅。"《武林旧事》卷五谓："冷泉，有亭在泉上。'冷泉'二字，乃白乐天书，'亭'字乃东坡续书。诗匾充栋，不能悉录。"足见此亭风光幽美，唐宋以来深为文人墨客所瞩目。

稼轩此词刻画冷泉亭风光是十分着力的。上片先写冷泉所在的周围环境以作铺垫。冷泉位于飞来峰下，发端先写通向飞来峰的甬道，“直节堂堂，看夹道冠缨拱立”，是形容大道两旁成排的松杉挺拔遒劲，仿佛衣冠楚楚的官府大员拱手而立，“堂堂”状其仪态，一脸正气。着一“看”字，点明此间气象乃由作者眼中见出，且含夸赏之意。写自然风光，格外看重道旁松杉的直节贞性，这正是诗人心理情绪的映射。“渐翠谷”以下三句，是循此前进，移步换景，走近了连接飞来峰的苍翠山谷。在这里听到山涧间琤琮的滴水声，宛如群仙玉佩，铿锵动听。以上是写走向飞来峰时的所见所闻，未睹奇峰名泉，先见非凡之景，开篇即不同寻常。

以下方写到著名的飞来峰。飞来峰又名灵鹫峰，传说是从天竺飞来。据载东晋咸和年间，印度和尚慧理曾登临此处。“叹曰：‘此是中天竺国灵鹫山之小岭，不知何年飞来。佛在世日多为仙灵所隐，今此亦复尔耶？’因挂锡(谓挂锡杖停驻)造灵隐寺，号其峰曰飞来。”(《咸淳临安志》卷二十三)《列子·汤问篇》载有五大仙山，与瀛洲、蓬莱并称的方壶，即是其中之一。古代还有仙人用玉斧伐月劈山的神话。词人融合这些充满浪漫色彩的故事，把飞来峰的形象摹写得异常出色。作者说：眼前这拔地而起、傍湖矗立、削壁千丈的山峰，谁敢相信竟是从天外飞来坠落此地？也许早在远古洪荒时代，造物主挥动玉斧，削就了这座绝壁飞岭犹如方壶的仙山，如今已经无人知晓它的来历了吧！“谁信”，以疑问语气提问；“是当年”，以揣测推断收结。浓化了奇峰的神异色彩。不作平直的叙述，愈显出笔如游龙，摇曳生姿。

为了写名泉先写奇峰，为了写奇峰先写翠谷水声、夹道松杉。由松杉、翠谷进而引出仙峰。上片虽只字未及冷泉，却为冷泉布设了一个幽冷、肃穆而奇幻的艺术环境。下片开笔即写冷泉。琅玕（láng gān 郎甘），翠竹之称，苏过《从范信中觅竹》诗，有“十亩琅玕寒照坐”之句，即用以指竹林。“山木润，琅玕湿”，以周围竹木的湿润，暗示泉甘水沃。“秋露下，琼珠滴”，以秋露琼珠喻泉水之晶莹纯洁。“向危亭横跨，玉渊澄碧”，状述泉、亭的风姿。既点明亭的翼然矗立，又写出泉的澄澈深碧，且以拍合题旨。正面写冷泉的文字，虽只此六句，但冷泉的功能、色泽和风韵，都已居然道尽。

末后转入对游泉观感的抒发。先用两个工对句来透露心曲。“醉舞”见出游兴之浓，因舞于清湛如镜的泉上，故会婆娑现影；“浩歌”表明感触之深，因歌于幽深无底的水边，自能惊动水族。“且摇鸾凤影”，方自负之意溢于言表；“莫遣鱼龙泣”，忽悲愤之情脱口而出。为何歌声能使鱼龙悲泣？煞拍点破原委，便戛然而止。词人的故乡济南，是有名的泉城，曾巩在熙宁六年就曾说：“齐多甘泉，冠于天下，其显名者以十数。”（《齐州二堂记》）作者观赏冷泉，触景生情，故乡的佳山胜水一时涌现眼前，故情不自禁地冲口说出“此中风物本吾家”云云。言外之意谓冷泉风物与我故乡何其相似，可恨恢复壮志未酬，北地有家难归，只可身为萍踪游客，羁旅他乡！下片无论写客观的竹、木，或主观的歌、舞，无不紧扣冷泉。观冷泉而“醉舞”，对鱼龙而“浩歌”，由“醉舞”引出“浩歌”，由“歌”带出“泣”字。“恨”字又紧承“泣”字，蝉联而下。“此中风物”句，关照泉字，绾合题意，引出绵绵忧思，令人寻味不尽。

词为题泉亭而作，自然大部分笔墨是花在描摹客观景物上。但在稼轩笔下，一切外物都不是清寂、恬静、闲怡的；相反，这里所有山、水、竹、木、鱼、龙，无不充满生命的活力，跃动的灵性，凛然的风节。在这里，道旁松杉，变成了衣冠跷楚的庙堂缙绅；翠谷水声，化为了铿锵悦耳的仙家环珮；状山峦，则天外飞来，削壁擎空；写歌舞，则鸾凤摇曳，鱼龙饮泣。这种以物为人的写法，赋予了外在世界以丰富的情愫色彩，是诗人奔流澎湃的内心激情的辐射和外化。从这些意象和境界，人们不难感受到诗人沸腾的热血和郁愤的情怀。本篇题旨是观赏冷泉，词中句句不离写景，但是写景不是为了一般地留连风光，而是因物兴感，借景寓意，由冷泉联想到家乡的名泉，自然地触发起故国之思，从而透露出壮志莫酬的悲愤之情。“浩歌莫遣鱼龙泣”，词人的悲歌，不仅感客子，竟能泣鱼龙，则其襟怀之沉郁，不言自明。

稼轩怀恢复壮志，负高世之才，借词陶写，真情喷薄，每有所作，自是不同凡响。谢章铤《赌棋山庄词话》说：“读苏辛词，知词中有人，词中有品，不敢自为菲薄。”本篇也是如此。当我们吟诵着本篇劲健的语言，体味着激越的声情，可以强烈地感受到其横轶之气贯注于物表意象，忧国之情勃郁于墨底毫端，的的确确使我们觉得词中有人——一个沸腾着爱国热血个性鲜明的有心人。词中有真品，言外寄忧思，就是本篇词作最为突出的特色。

悲歌一曲赠临别

——《木兰花慢·滁州送范倅》赏析

孟二冬

老来情味减，对别酒，怯流年。况屈指中秋，十分好月，不照人圆。无情水都不管，共西风只管送归船。秋晚莼鲈江上，夜深儿女灯前。　征衫便好去朝天。玉殿正思贤。想夜半承明，留教视草；却遣筹边。长安故人问我，道愁肠殢酒只依然。目断秋霄落雁，醉来时响空弦。

乾道八年(1172年)春，33岁的辛弃疾由司农主簿出知滁州(今安徽滁县)。题中“范”，指滁州通判范昂。“倅”(cuì)，是副职的意思，这里代称范昂的官职。从本词的内容及结合另一首“寿范倅”的《感皇恩》词来看，此人年事已高，并已辞去官职，欲归乡里。就在这年临近中秋之日，把酒话别之时，辛弃疾写下了这首哀怨悲壮的临别赠歌：

上片从送别的场面写起。“老来情味减，对别酒，怯流年。”人上了年纪之后，情趣已不似当年；如今面对送别的酒宴，又能说些什么呢？忆往事，叙旧游，不行！心中所惧者，唯岁月蹉跎，壮志未酬而已。这起首三句，通过心理的叙写，不仅情思已涵盖全篇，且为整首词的色调奠定了基础。因为词题是送别，故写到这里，作者把“怯流年”暂且宕开一步，而突出一个“别”字：“况屈指中秋，十分好月，不照人圆。”本来心中已有“怯”意，更何况这月近中秋、应是亲友团聚的时节呢？月已渐圆，但是话别的双方却将越离越远。这月亮是如此无情无意，难怪苏轼也道：“不应有恨，何事长向别时圆？”（《水调歌头·明月几时有》）既然古作有之，这也罢了，然而更有甚者：“无情水都不管，共西风只管送归船。”江水无情，西风无意，只管把征人往东送去。这风、水倒也甚不公平，在李白那里，有“万里送行舟”的“故乡水”（《渡荆门送别》），还有“吹我心，西挂咸阳树”的“狂风”（《金乡送韦八之西京》），它们好象知人心，解人意，使离别者在心理上得到最大的宽慰。可如今这无情之江水、无意之西风，硬是把离别之人扯开，并在加速那空间的隔离。作者运用拟人的手法和移情的作用，把依依不舍的惜别之情表现得淋漓尽致，读来使人回肠荡气。句中“只管”二字尤为传神。写到这里，送别之情已迭三层，达到了高潮。接下两句舒缓的感情，转写范昂：“秋晚莼（chún）鲈江上，夜深儿女灯前。”前一句因情即景，用张翰辞官归乡的典故。后一句本黄庭坚“弓刀陌上望行色，儿女灯前语夜深”（《寄叔父夷仲》）诗句，是说范昂辞官归乡，可以免去劳役之苦同家人欢聚了。但作者用张翰之典，并非仅取辞官归里一点，还略兼取其忘怀时事一面，以引起下片的劝进激励之辞。

过片承上转起下：“征衫便好去朝天。玉殿正思贤。”“征衫”

犹言“征衣”,旧指远行者的衣服,此处代指范昂。“天”、“玉殿”,都指皇帝、朝廷。意思是说,你现在前往京城,正好可以看到朝廷的局势——“玉殿正思贤”,国家正需要人才啊!由“玉殿思贤”引发,作者转写自己:“想夜半承明,留教视草;却遣筹边。”“承明”,即承明庐,汉代宫廷文人的住处。“视草”,唐代翰林待诏为朝廷检讨文诏之称。这里是说:我本想留在皇帝身边干一番事业,可偏偏又派我来治理这边郡滁州。尽管辛弃疾在滁州卓有政绩,但这与他所要追求的事业,却相去甚远。我们可以看出,他从反对朋友的高蹈行为,进而鼓励进取,转而又想到自己的壮志难酬,抑郁之情难以遏止,因而道:“长安故人问我,道愁肠殢酒只依然。”长安:这里代指京城临安。殢(tì):滞留,这里引申为留恋。如果京城的亲友问及我,你便说我仍愁肠满腹,如同往日,只有借酒浇愁而已。唐代诗人王昌龄有“洛阳亲友如相问,一片冰心在玉壶”(《芙蓉楼送辛渐》)的诗句,那是呈献出自己光明磊落的品格,是对亲友的极大安慰。而辛弃疾既没有送安慰,更没有报平安,送去的却是满腹愁肠。这样做的目的显然是要告诉人们:不忘恢复,统一山河。因此,末两句更深一层地写道:“目断秋霄落雁,醉来时响空弦。”表面上用《战国策·楚策》中更赢“引弓虚发而射鸟”的故事,但这“空弦”之响,并非为射雁而发,其真正的含义,正如《破阵子》中所写:“醉里挑灯看剑,梦回吹角连营……马作的卢飞快,弓如霹雳弦惊。”是要表现上马杀敌的急切心情。作为主战派的辛弃疾,在当时屡遭排挤,不得重用,既然壮志难酬,他也只有在醉中空弦虚发而已。其思想之沉痛,感情之悲哀,全然溢于纸表。那么,整首词也就在这催人猛醒、发人深思的惊弦声中结束了。

这首词在艺术上采用了一波三折、层层递进的手法。叙离情,则由怯流年到月圆人不圆,再到无情水风送归船,把依恋不舍之情写得缠绵悱恻,催人泪下。言壮志,则由玉殿思贤到视草筹边,再由愁肠殢酒到醉来时响空弦,把愁肠苦衷抒发得淋漓尽致,感人肺腑。尽管辛弃疾在南归之后被统治者屡次地、长期地加以排挤废斥,但他始终没有放弃自己的理想壮志,“不平之鸣,随处辄发”(周济《介存斋论词杂著》),这首词便是在哀怨悲壮、情调复杂的词曲中,巧妙地抒发了自己的政治感情。如此的悲歌赠别,在我国文学史上,的确是难得的佳作。

想像丰富　涵蓄有味

——《菩萨蛮·金陵赏心亭为叶丞相赋》赏析

薛祥生

青山欲共高人语，联翩万马来无数。烟雨却低回，望来终不来。　　人言头上发，总向愁中白。拍手笑沙鸥，一身都是愁。

这首词大约作于宋孝宗淳熙元年（1174年）。当时，叶衡任江东安抚使，作者任江东安抚使司参议官。叶衡主张抗金，知人善任，有将相之才，深受作者爱戴。不久，叶衡升任右丞相兼枢密使，故作者称之为叶丞相。在返回临安之前，作者曾陪他同游蒋山（即钟山），共登金陵（即今江苏省南京市）赏心亭（亭在西下水门城上，为当时游览胜地），并赋词为其送行祝寿，祝愿叶衡“好都取山河献君王”（《洞仙歌·上叶丞相》），驱逐金兵，收复中原。在这首词中，作者驰骋着丰富的想像，借助于对登亭所见青山、烟雨和沙鸥等自然景物的描写，委婉曲折地反映了作者杀敌报国的理想，同时也表达了他对叶衡的殷切希望。

词的开头，作者连用两个生动比喻，对登亭所见的青山作了生动的描绘。“青山欲共高人语，联翩万马来无数。”前一句用拟人手法，写青山和人一样，也景仰高人，想同高人促膝谈心、对面论政，这样描写，不仅反映了青山的高贵品格，说明青山非常令人喜爱，同时含蓄地倾诉了自己的理想与愿望；后一句用拟物手法，写连绵不断的青山，犹如联翩而来的万马，奔集赏心亭下，供人观赏，和人相娱。在这里，作者使用一个“来”字和一个“欲”字，不仅赋予青山以人的灵性，维妙维肖地描绘出青山奔驰的态势，也表达了作者对跃马扬鞭、杀敌报国生活的向往，想象奇特，可谓神来之笔。

作者不仅通过想像写青山，而且也运用想像写烟雨。“烟雨却低回，望来终不来。”烟雨，即濛濛细雨，这是最富有诗意的景色，历史上不知有多少诗人描摹它，讴歌它。韦庄在《东湖作》诗中说：“何处最关诗兴？黄昏烟雨乱蛙声。”低回，徘徊的样子。这两个字常用以描写人们踟蹰不定的神态，作者用以写山，也是用拟人手法，写青山的神情意态。这两句词实际是说，在像轻纱一样的细雨笼罩之下，连绵不断的群山像奔驰的万马在烟雨中时隐时现，低回徘徊，人们盼望它，可它始终没有来。这样描写，不仅再现了烟雨迷茫的景色，给青山涂上了一层神秘的色彩，同时也反映了作者由于报国壮志难以实现而产生苦恼情绪，很富有诗意。

词的下片，作者继续展开他想像的翅膀，以沙鸥作比，同沙欧共同翱翔：“人言头上发，总向愁中白。拍手笑沙鸥，一身都是愁。”在古典诗词中，人们常常把头发变白同愁联系在一起，白居易说：“我为愁多白发垂”（《白鹭诗》），苏东坡也说："多情应笑我，早生华发"（《念奴娇·赤壁怀古》），"人言"两句概括了苏、白诗意，但作者的目的是要用以反衬自己想法的正确，说明愁不会把人压倒。不过作者没有直说，而是即景生情，以沙鸥作比，指出：如果发白同愁有关，那么沙鸥羽毛皆白，岂不一身都是愁了吗？而眼前的沙鸥却在天空中自由飞翔，这岂不证明发白同愁无关系吗？这两句词虽然是从白居易《白鹭诗》"何故水边双白鹭，无愁头上也垂丝"脱化而来，但白诗语调舒缓平直，而辛词则高昂激越。这样描写，不仅表现了作者乐观向上的精神，也避免了行文质直浅露的毛病，形象具体，涵蓄有味。

积愤冲云天，斫桂洒清光

——《太常引·建康中秋夜为吕叔潜赋》赏析

杨　燕

一轮秋影转金波，飞镜又重磨。把酒问姮娥：被白发、欺人奈何！　乘风好去，长空万里，直下看山河。斫去桂婆娑，人道是清光更多。

皎洁的月亮，纯净如玉。它温柔妩媚，款款经行，恒常不变，但一经染上诗人的感情色彩，明月引起人的联想就多有不同。李白《峨嵋山月歌》半轮秋月影浸江流是深情优美，东坡《水调歌头》把酒问月、几欲乘风归去是俊逸深沉，而辛弃疾的《太常引》在众多赋月佳作中以其情感的勃郁激愤独具一格。

这首词据题序是“为吕叔潜赋”。吕叔潜，名大虬，生平事迹不详。但据词意分析，此人与词人该是声气相同。词人虽言“为赋”，实是借他人酒杯浇自己块垒。

词的上片开头即紧扣月亮人题：“一轮秋影轮金波，飞镜又重磨。”由题序可知作者是中秋咏满月。“一轮”形容其圆，“金波”形容其光芒四射。“飞镜又重磨”形容明月如新磨铜镜般光亮洁净。“转”和“飞”字又写出了明月转移的动势。寥寥十数字，描绘了八月十五夜空如洗，皓月当头的美丽景象。作者与友人宴饮赏月，照理可以扣住迷人景色与欢洽友情展开铺叙，但词人笔锋一转，出人意料地提出：“把酒问姮娥，被白发欺人奈何?”他苦苦追问月中嫦娥：“我头上白发放肆滋蔓，受白发如此欺侮如何是好?”此问初看好似玩笑，然而却新辟意境，自有其情感逻辑。词人因赏月而想到嫦娥，因她长生不老而想到自己将日逐衰老，因此举杯发问，倾吐愁郁。此问一改赏月之愉悦、悠闲，词情变得深沉、忧郁。题序中所言：“建康中秋”大约指宋孝宗淳熙元年（1174年）中秋。当时词人虽正当壮年，但他南来已有十二年，仍然壮志难酬，岁月空流，他怎能不为白发日增而焦灼苦恼呢?“被白发欺人奈何”的“奈何”二字，就表达了这种无可奈何的痛苦和焦虑。因此，这种把酒问月的举动，并非词人一时的奇思异想，不单纯体现词情的跌宕，它反映了作者政治理想不得实现的深刻悲愤。

上片结束在郁愤的发问声中，情感上达到一个高潮。下片又以上片的情感高潮为起点，更翻上一层。蓄之愈足，放之愈烈。上片蓄势已足，下片情感的喷放更为激越：“乘风好去，长空万里，直下看山河。”激愤之情鼓荡于胸，蒸发而为奇伟的想象：词人凌空飞上了云霄，放眼展望人间山河。“欲穷千里目，更上一层楼。”词人飞上重霄，是为了细观山河，他的心中一定最为惦念遥远的故国家园。词人家乡沦陷敌手，他投笔从戎、决策南下，正为国家统一大业。但是，岁月蹉跎！冲天而起、细看山河的这一动作，表达了多少对祖国大好河山的深情挚爱和报国无门的愤懑呵！因此，接下来内心情绪进一步喷发：“斫去桂婆娑，人道是清光更多。”“斫去”就是砍掉。“桂婆娑”指桂树上茂密、摇曳的枝叶。相传月宫中有高五百丈的桂树。“人道是”指杜甫曾有诗句：“斫去月中桂，清光应更多。”词人根据神话传说，大胆发挥想象，愤然砍去遮月的桂树，让光明直泻人间。这个奇妙的想象虽然直接受杜诗启发，但从情绪来讲，却是词人心情的自然发抒。先有把酒问月之愤懑，后有凌空俯视之冲动，然后才有驱散阴影、让光明普照山河的强烈愿望，才有斫桂的激愤举动。全词思想脉络十分清晰，而且层层递进，针线绵密。

这首词迷人的魅力在于它浓郁的浪漫主义色彩。词人激越的情怀与奇妙的想象完美地结合，交织成为瑰丽的诗章。飞镜金波，姮娥月桂，长空万里，背景壮美宏大。乘风凌空，下视山河，奋斫月桂，气势雄壮磅礴。东坡中秋词也有“乘风归去”的想象。但坡公是向往月宫，飘飘欲仙，表现了由政治失意而产生的一种超尘出世的幻想。实际他还是热爱人间生活，留恋人世温暖，眷恋手足情谊，最后终以旷达的胸怀、美好的祝愿寄托情思。而稼轩这首词虽然更多神奇的想象，现实寄托也更多。稼轩并无超尘出世思想，“乘风好去”是为了“直下看山河”，奋力斫桂是为了人间有更多光明，他的心始终牵挂着祖国，他的想象始终围绕着人间的斗争。词人在另外两首中秋赋月词《满江红》（“快上西楼”和“良辰美景”）中也表示希望吹裂遮月的浮云和帷幕。无论桂树、浮云还是帷幕，在词人心中都是遮挡光明的事物。周济《宋四家词选》指出："'桂婆娑'所指甚多，不止秦桧一人。"在词人心中，使人间昏暗、山河割裂的决不止秦桧一人的黑手，它是一种使词人深恶痛绝的黑暗势力。在现实生活中，词人束手无策，无法摆脱这股势力的束缚，只能把酒问月，徒唤奈何。但在理想的王国里，他就放纵想象，气冲霄汉，披荆斩棘，大刀阔斧地清除一切遮挡光明的东西，痛痛快快地实践自己的愿望。这种激越的情怀，鲜明地体现着现实主义的光辉。

倩红巾翠袖，揾英雄泪

——《水龙吟·登建康赏心亭》赏析

许金榜

楚天千里清秋，水随天去秋无际。遥岑远目，献愁供恨，玉簪螺髻。落日楼头，断鸿声里，江南游子。把吴钩看了，栏干拍遍，无人会，登临意。 休说鲈鱼堪脍，尽西风、季鹰归未？求田问舍，怕应羞见，刘郎才气。可惜流年，忧愁风雨，树犹如此！倩何人，唤取红巾翠袖，揾英雄泪。

《水龙吟·登建康赏心亭》是辛弃疾的代表作品之一。这首慷慨沉郁的悲歌，唱出了词人赤心报国的雄心壮志和沸腾的激情，表达了词人请缨无路的愤懑怨恨和无限的痛苦。辛弃疾满怀着爱国的热忱，活捉叛徒张安国，率耿京义军的余部渡淮南归；但是，苟且偷安的南宋小朝廷却并未对他加以重用，他上给宋孝宗的《美芹十论》和上给宰相虞允文的《九议》也未受到重视。十多年来，他只是担任过一些地方官的佐僚。淳熙元年（1174 年），他应叶衡之聘在建康任江东安抚司参议官，登上建康城西下水门城楼上的赏心亭，眺望祖国壮丽的河山，想到报国之志得不到实现，感慨唏嘘，激情难抑，写下了这首感人肺腑的千古名作（一说作于1169年建康通判任上）。

词的上片主要是即景抒情。起句破空而来，写出了天高水长、浩渺寥廓的无边秋色。“楚天”紧扣登临的地点，“清秋”点出了登临的时间。楚天千里，浩浩荡荡的长江随着词人的目光流向遥远的天际，境界壮阔，气势雄浑。无边的秋色，空寂苍凉，一片渺茫。置身于如此浩渺壮阔的境界，即使一般人也会触发起一种莫名的宇宙意识，何况满怀报国激情的词人呢？那江天无垠的壮景怎不激起词人满腔的豪情？那滚滚东去的长江怎不使词人热血沸腾？那寥落苍凉的秋色又怎能不令词人悲慨高歌、潸然泪下？因此，开头两句是实写眼前之景，但却已蕴蓄着深厚之情。开头两句两用“秋”字，并用“无际”加深“千里”之意，这就使境界和感情得到了进一步的强化。建康临江傍山，所以词人登临赏心亭之际，在前两句写俯瞰江天之后，接着便写遥望远山。假如说写江天是壮阔的，那么写远山就是秀丽的了。韩愈在《送桂州严大夫》中说：“江作青罗带，山如碧玉簪。”以玉簪比喻苍翠挺拔的青山。皮日休《缥缈峰》：“似将青罗髻，撒在明月中。”则用青罗髻形容碧绿层叠的山峦。辛弃疾借用这两位诗人的词语，以“玉簪螺髻”比喻山峰，既符合远望的特点，也描写了远山的秀丽。纵目远望，那千姿百态的山峰，有的苍翠高耸如美人的玉簪，有的层层叠叠如美人螺旋形的发髻，祖国的江山不但有壮阔之美，而且有秀丽之美，这就更加激起了词人对祖国的无限深情，从而也就触发了词人对中原沦陷、南宋小朝廷不思恢复的“愁”和“恨”。于是，在上面景中寓情、以景逗情的基础上，作者便明言其情。但是，为了避免平直，作者不说自己“愁”和“恨”，而是说远山“献愁供恨”。作品用移情之法，把自己的感情移到客观景物上，由于词人满腔愁恨，所以连那秀丽的山峰看起来也不令人愉快，而好象是充满愁恨了。这样写来就更加曲折有味。在以远视镜头遥观周围景物之后，作品又把镜头移向了赏心亭上的人。词人原籍山东历城，而宦游江南，故称“江南游子”。家乡沦陷，国家残破，而一人独自徘徊于赏心亭上，就已够悲伤的了，何况又是“落日楼头，断鸿声里”呢！落日的余辉映照着楼头，失群的孤雁传来阵阵的哀鸣，一见一闻，通过日暮景色渲染出一种苍茫悲凉的气氛，以有声有色的景物更进一层写出了词人的孤寂和悲苦。在这里，作品写的是实景；同时，那落日残照又恰好是面临覆灭的南宋王朝的反映，那失群的孤雁也正好是词人自身的写照。情景交融，虚实相兼，形象鲜明，含义丰富深刻。以上“秋无际”从江天中见，“玉簪螺髻”从远目中见，“江南游子”从落日断鸿中见，故陈洵《海绡说词》谓“纯用倒卷之笔”。接着，紧承“江南游子”续写，由即景写情完全转入人事人情。这位感慨万千的江南游子，并不是一般的登楼怀乡，而是“把吴钩看了”，他是多么想手持这锐利的吴钩，驰骋疆场、杀敌报国啊！看吴钩，正是词人雄心壮志的表现。然而，他却是不被重用，英雄无用武之地。词人满腔悲愤无处发泄，只能一边走动，一边不断地拍击着栏干以泄其情。而词人这种心情却并无人能够理解，这就更增加了他的悲愤。“把吴钩看了，栏干拍遍”，词人的动作和心情是激烈的，那昂扬的斗志和强烈的激情仿佛使人感到它的灼热和跳动。如果说“落日楼头，断鸿声里，江南游子”是以静态的景物写出了词人的悲凉和“愁”的话，那么，“把吴钩看了，栏干拍遍”则是以动态的人物动作写出了词人的激愤和“恨”。在这里，作品不再用即景写情之法，而是另换一法，以人物动作表现人物的内心世界，但同样都避免了直说。作品所展示给我们的是饱含感情色彩的景物和带有强烈激情的动作，而感情的具体内涵却需要我们自己去体会。这样作品便更加深沉浑厚，蕴藉含蓄，具有更加强烈的艺术魅力。

词的过片紧承上片结句已转入的人事人情，进一步抒情，但却又换一法，运用典故，通过古人古事抒写词人的雄心壮志和坚持用世的决心。“休说鲈鱼堪脍，尽西风、季鹰归未？”季鹰，即晋人张翰。《世说新语·识鉴》载：“张季鹰辟齐王东曹椽，在洛阳见秋风起，因思吴中菰菜羹、鲈鱼脍，曰：‘人生贵得适意尔，何能羁宦数千里以要名爵？’遂命驾便归。俄而齐王败，时人皆谓为见机。”张翰因向往家乡的菰菜鲈鱼、贪图安逸舒适而弃官归里，而辛弃疾则不以隐居为然，因而反用此典说：不要说什么鲈鱼脍之类的家乡美味吧，尽管秋天已到，张翰（词人自指）回家了没有呢？张翰因见齐王将败而辞归，辛弃疾却并不因南宋面临的危机而隐退。词人之所以耻于弃官归隐，是因为他有着报国的雄心壮志。因此接着又用一典加以伸说：“求田问舍，怕应羞见，刘郎才气。”《三国志·魏志·陈登传》说，陈登（元龙）因许汜没有大志，很看不起他，自己睡大床，叫许汜睡下床。许汜把此事告诉了刘备，刘备说："如今天下大乱，希望你能忧国忘家，替社会做些事，你却只管买房置地，假如我是陈登，我将睡在高楼上，叫你睡在地下，岂止是上下床之别！"辛弃疾用这个典故是说，我如果也象许汜那样只顾买房置地，为个人打算，那就羞见刘备那样胸怀雄才大略的英雄了。从而表明了词人为国忘私的广阔胸怀，也批判了那些不顾国事、钻营私利的人。但是，南宋政权投降派得势，风雨飘摇，怎不令人忧愁！自己长期不被重用，大好年光白白流逝，又怎不令人感伤。据《世说新语·言语》载，东晋大将军桓温率军北伐，在路上看见自己从前种的柳树已有十围粗了，不禁慨叹说："树犹如此，人何以堪！"（树已经这样大了，人怎么能不老呢！）辛弃疾用这个典故，表现了他怀才不遇、年光虚度的慨愤和苦痛。作品连用三个典故言志抒情，又是另一写法，但同样不直不平，婉转曲折。三个典故，一用反问句，一用推测句，一用感叹句，极富错综变化之妙。词人痛苦之极，不禁一洒悲痛之泪。这不是多愁善感的弱者的眼泪，而是不遇于时的英雄的眼泪。词的最后说："倩何人，唤取红巾翠袖，揾英雄泪。"知音难求，词人的痛苦无人来安慰，因此只好唤取红巾翠袖的歌女来揾泪了。但"倩何人"又表明无人可代为唤取红巾翠袖，因而只好独自哀伤，从而表现了词人的极度孤独与痛苦。下片结句"倩何人"等十三字，与上片结句"无人会，登临意"相呼应，感情沉郁，结构严谨。

这首词沉雄豪壮，是稼秆词风的典型代表。论稼秆词风者，多以"豪放"名之，并常以"苏辛"并称。殊不知稼轩之豪放，与东坡之清旷实有不同。稼轩处于国家残破之际，多抚世感事之作，感情极为沉郁。黄梨庄云："辛稼轩当弱宋末造，负管、乐之才，不能尽展其用，一腔忠愤，无处发泄；观其与陈同父抵掌谈论，是何等人物？故其悲歌慷慨、抑郁无聊之气，一寄之于其词。"（《词苑丛谈》引）陈廷焯云："辛稼轩，词中之龙也，气魄极雄大，意境却极沉郁，不善学之，流入叫嚣一派。"（《白雨斋词话》）稼轩此词就是豪放中有沉郁之情和蕴蓄之法。秋色无边，江山壮丽，吴钩看了，栏干拍遍，胸怀报国大志，耻于归隐谋私，可谓豪矣，壮矣！但愁恨郁积，落日哀鸿，叹不为人知，惜年光如水，洒英雄之泪，又何其沉痛悲凉！其豪壮沉痛之情并不直接说出，而是通过景中寓情、移情入景、以动作写情、用典故达意，曲折委婉地道出。作品层层推进，情到至极处，又以"树犹如此"半句缩住。而且其情的具体内容始终未加明言，全靠读者联系当时的时代和作者处境去体会，因而含蓄隽永，耐人寻味，可谓深得蕴蓄之法。全词在苍凉浑茫的主色上，又以"玉簪螺髻"、"红巾翠袖"添抹了一些清秀婉丽的色彩，豪艳相映，刚柔相济。上片用倒卷之笔，多整齐的对句；下片用转折之法，句式多变，故文笔也不平直呆板。正因如此，所以谭献说这首词"裂竹之声，何尝不潜气内转。"（《谭评词辨》）陈洵说："稼轩纵横豪宕，而笔笔能留，字字有脉络如此；学者苟能于此求，则清真、稼轩、梦窗，三家实一家。"（《海绡说词》）因此稼轩词豪放而不粗率，并非一味叫嚣。后人以粗豪学稼轩，则失其旨矣！通过这首词，我们对稼轩词的豪放风格的特定内涵，可以有一个具体的了解。

江山伟观　翰墨深情

——《摸鱼儿·观潮上叶丞相》赏析

周笃文

望飞来、半空鸥鹭，须臾动地鼙鼓。截江组练驱山去，鏖战未收貔虎。朝又暮，诮惯得、吴儿不怕蛟龙怒。风波平步。看红旆惊飞，跳鱼直上，蹙踏浪花舞。　凭谁问，万里长鲸吞吐，人间儿戏千弩。滔天力倦知何事？白马素车东去。堪恨处：人道是、属镂怨愤终千古。功名自误。谩教得陶朱，五湖西子，一舸弄烟雨。

这首观潮之词，是辛弃疾赋赠前丞相叶衡的。在南宋官场中，叶衡是一位主张抗金并较有作为的人。《宋史》称其“负才足智，理兵事甚悉。”他任建康留守时，辛为其部属，他雅重辛才。及其为相，就力荐弃疾慷慨有大略，得迁仓部郎官，提点江西刑狱等职。可说是辛弃疾的一位事业上的知己。但是在那乱嘈嘈的官场中，他并不能稍安于位。翌年，即淳熙二年（1175 年）九月，因汤邦彦的攻讦而被罢相，责授安德军节度副使郴州安置。后来汤邦彦使金辱命，流窜岭南，叶衡才得以奉诏自便，复官与祠，回到杭州。这已是淳熙三年四月以后的事了。这年八月，辛弃疾由江西提刑改任京西转运判官差知江陵府，来京述职，因得与叶衡把晤于惊涛万顷的堞楼之上。钱江的狂澜与宦海的骇浪在词人的心里翻腾，从而赋予它以一种雄浑悲状的奇情异彩。离开这个特定的历史背景，就难以把握住作者感情的脉搏。

这首词的大致框架是：前片写所见，后片写所感。在写景部分，先写涌潮的奇观，再写弄潮儿的绝技。层次清晰，章法谨严。“望飞来、半空鸥鹭”，七字远景，写潮之色态。这时涌潮刚刚生成，远看去，翻腾的浪花就象在半空翱翔的白色鸥鹭。《七发》：“其始起也，洪淋淋焉，若白鹭之下翔”为此句所本。“动地”句，写潮之声威，而且写出了时间过程。这咄咄逼人的声浪，在顷刻之间就逼近了，其来势迅猛可以想见。“截江”句写涌潮之气势，是传神之极笔。“组练”，语出《左传·襄公三年》，本指士卒的服饰，这里指军阵。以排山倒海的浩荡军阵来形容逆流而上的怒潮，就比一味刻写波峰浪谷的形态更能耸人心目。因为它不仅具有自然的属性，而且通过艺术处理赋予它以一种社会的属性，能够更直接、更强烈地进入读者的审美活动中来。“一千里路中秋月，十万军声半夜潮”这是唐人赵嘏的钱塘名句，可是由于数量词对得太工，句意又比较单薄，而被东坡讥为“寒俭”。稼轩此处则雄桀尽变，挥绰有声。“截江组练驱山去”七字中，“一”、“五”、“七”字皆为动感强烈的词语，用大幅度的跳跃式的语言，勾画出腾天潜渊的立体式的涌潮伟观，可谓神乎技矣。“鏖战”句，为“貔虎鏖战未收”的倒装。貔，是一种豹类的猛兽，貔虎，后世多借喻将士之勇悍。这里是用千军万马的酣战来比拟在狭窄的海门冲决奔突，回薄激荡的怒潮。上承“鼙鼓”，下为后片吴越斗争伏脉，关锁严密，一笔不懈。“朝又暮”以下六句，写弄潮儿的非凡身手，是关于冲浪运动的绝妙描写，也是对人定胜天的力量的肯定。“诮惯得”，有“完全掌握了”的意思。“诮”，浑也，副词，宋人口语，意谓吴儿深谙水性，不怕蛟龙兴风作浪。驾御狂澜，如走平地。“红旆”三句写吴儿绝技：红旗在涛头飞舞，鱼群在水面跳跃，健儿们在波峰浪谷间蹙踏翻腾。狂暴的、野性的惊涛骇浪被征服了，一一匍匐在勇士们脚下。如今颇为流行的冲浪运动，论其起源，怕莫要以钱塘江上的弄潮儿为其不祧的先驱吧。

词的下片，以虚间实，极写怀古之幽思。一起三句就把人们引进一个充满神话色彩的世界。这里出现了吞吐潮汐的长鲸和射退怒潮的弩手。据《金楼子·志怪篇》：“鲸入穴则水溢为潮来，鲸出穴则水入为潮退。”又《吴越备史》：“钱武肃王始筑捍海塘，在候潮通江门外。江涛昼夜冲击，沙岸版筑不能就，因命强弩数百以射潮头。”可是对于这些传说，作者有着自己独立的看法。他先用“凭谁问”（向谁去证实）表示自己的怀疑，接着又用“人间儿戏”重申了否定的态度。这是用以扫为生的技法引入下文，这样写来笔力便不板滞，而且富于层折之感。“滔天”以下直至终篇，把眼前的狂涛同吴越斗争中的伍子胥的传说联起来写。笔势腾折，情绪激越，可谓极尽变化之能事。这是一篇的重点。据《太平广记》二九一卷：“伍子胥累谏，吴王赐属镂剑而死……自是海门山潮头汹高数百尺……时有见子胥素车白马在潮头之中，因立庙以祠焉。”这就是伍子胥掀潮泄恨的传说之大概。又民间相传：越灭吴后，范蠡复取西施泛舟五湖而遁。杜牧“西子下姑苏，一舸逐鸱夷”(《杜秋娘》)，即指此事。鸱夷，即范蠡，又称陶朱公。辛弃疾取材于此，以写心头的哀愤。前两句一问一答，合成一组：滔天的巨浪为何消退呢？是乘着白马素车的伍子胥要东回大海去了。下面“堪恨处：人道是、属镂怨愤终千古”与“功名自误”一正一反，另为一组。人们同情伍子胥，把他的被冤杀看作千古恨事，这是从正面立论，是一层意思。“功名自误”，则尽翻前案。好象认为子胥的悲剧，是他追逐功名而有以自取似的。其实这是故作反语，是有慨于忠良之不幸的愤世之言。“谩教得”三句，以范蠡之远祸出走来衬托冤杀子胥的悲剧的深刻性。“谩”，副词，只也，仅也。子胥的碧血，只是教会了陶朱公远遁江湖以全首领罢了。这就是当时叱咤风云，改变了吴越历史的英雄人物的凄凉结局。“五湖”，太湖之别名。携西子，下五湖，烟波一棹，云水徜徉，本是人生至乐。今乃不然，以水涘山崖为避祸窟宅，削名匿迹，奔走之不暇，又何乐趣之可言？伍子胥陨身剑下和范蠡被迫出亡的事实，说明了统治阶级的残酷无情。作者就地取材拈出这段历史，不仅表示了对他们的同情，也是对负义者的谴责。而且，还是有感于叶衡的遭遇而发的深沉的感喟。

钱塘涌潮，天下伟观，揽胜之作，层出不穷。而稼轩此词所以能拔奇领异度越恒流者，就在于他能将眼前的景物与历史的溯洄以及个人的枨触打并到一起来写，故所感便大，其格乃高。所感云何？即报国有心而仕途多难之现实的忧虑也。正是这种忧国的深心拨响了词人的琴弦，为我们谱写出这曲雄浑悲凉的乐章。

借水怨山 意兴宏远

——《菩萨蛮·书江西造口壁》赏析

万云骏

郁孤台下清江水，中间多少行人泪？西北望长安，可怜无数山。 青山遮不住，毕竟东流去。江晚正愁余，山深闻鹧鸪。

这词写于宋孝宗淳熙三年（1176年）。在此四十七年之前（宋高宗建炎三年，1129年），宋高宗南迁，立足未定，金兵大举南侵，分兵深入江南、江西。罗大经《鹤林玉露》说此词“盖南渡之初，虏人追隆祐太后御舟至造口，不及而还，幼安自此起兴。‘闻鹧鸪’之句，谓恢复之事行不得也。”邓广铭《稼轩词编年笺注》驳之说：“自罗大经创为此说，世之释稼轩此词者莫不承用以为资据，而其实罗说非也。”他引《宋史·后妃传》和《三朝北盟会编》等，证明并没有金人追隆祐太后至造口之事，所以罗说是不对的。邓先生驳罗说虽是，但金人是否追隆祐至造口，与此词内容关系不大。而金兵追至江西赣州，将近造口则是事实。词中说“行人”，即是指金兵侵入江西而逃难经造口的人们。王国维《人间词话》说：“《诗》之三百篇，词之五代、北宋，皆无题也。非无题也，诗词之中之意，不能以题尽之也。”辛弃疾写此词时正在任江西提点刑狱，驻节赣州。有一天，他登上郁孤台，即景感事而作。首二句。不能说和那次金人侵入无关，但不必拘泥金兵是否追隆祐太后至造口。

全词用的是比兴手法。周济《宋四家词选》说：“借水怨山。”就是说的比兴手法。

“郁孤台下清江水，中间多少行人泪。”二句用的是直书其事的赋笔。“清江”，即指赣江。郁孤台在今江西赣州市西南，“隆阜郁然，高起平地数丈，冠冕一郡之形胜，而襟带千里之山川”（《舆地纪胜》）。赣江即从郁孤台下向东北流去。辛弃疾登上此台，回想四十七年前金兵长驱直入江南、江西腹地，南宋几致灭亡之事，由此发端。词人并不缕陈时事，而抓住当时无数逃难者经此而流入清江的家国之泪，从这一点出发，“借水怨山”，反映了有关时代国家的大感慨、大问题。

“西北望长安，可怜无数山。”从此以下一波三折，是登台的所望、所感。“长安”比作已经失陷的北宋汴京（今开封市）。向北遥望故都，可惜是被前面无数的青山所遮蔽了。这是文学上的想象，自江西赣县至汴京要相隔数千里，即使没有青山拦阻，也不可能望见。这里以江水喻当时爱国志士与广大人民群众的恢复中原的愿望与决心，以青山喻当时主和派的阻挠抗金。这是第一个转折。

“青山遮不住，毕竟东流去。”这是表达了词人和广大爱国者对抗金恢复的坚定意志。“青山”能遮住行人的望眼，使他望不见“长安”，但是江水顽强地向东北流去，毕竟是“青山”所遮不住的。主和派也何能压住爱国者抗金恢复的强烈的意志呢？这是第二个转折。

“江晚正愁余，山深闻鹧鸪。”但是意志是意志，事实还是事实。从高宗南渡建立小朝廷以来已经有近半个世纪了。虽屡经挫折，恢复中原的希望依然存在。而且在此半个世纪中，抗金是曾取得重大胜利以至接近最后胜利的：如南渡初年宗泽为东京留守时，准备大举渡河，收复失地，谓“中兴之业，必可立致”。但为主和派黄潜善、汪伯彦等所破坏，不得实现。又如高宗建炎九年（1139年）抗金英雄岳飞所率领的抗金部队，大破金兵，进驻朱仙镇，离开封不过四十五里，正拟指日渡河，直捣黄龙（吉林农安，金人巢穴），但大汉奸卖国贼秦桧迎合高宗旨意，一日发十二道金牌，把他召回，后来又以“莫须有”的罪名，将他杀害。并且大胜之后，却订了屈辱的和约——绍兴和议。山深江晚，听到鹧鸪“行不得也”的叫声，不是说恢复之事行不得，而是说恢复之事为主和派所阻挠而不能终于取得成功。“中原机会屡失，明日茵枕留余潸。”（陆游《楼上醉书》）这是爱国词人辛弃疾的巨大悲痛，也是当时爱国志士和广大人民的巨大悲痛。这是第三个转折。第一个转折，表示对主和派的愤恨，第二个转折，抒发爱国志士和人民自始至终不能放弃恢复的强烈情绪，第三个转折则是反映抗金不遂、恢复不成的深悲剧痛。刘熙载《艺概·赋概》：“屈子之辞，沉痛常在转处。”我们对此词也作如是观。

梁启超评此词说：“《菩萨蛮》如此大声镗鞳，未曾有也。”

（《艺蘅馆词选》）卓人月说："忠愤之气，拂拂指端。"（《词统》）我们从周济所说此词所用"借水怨山"的比兴手法来看，的确是"其称文小，而其旨极大，举类迩而见义远"。（《史记·屈原贾生列传》）宋词大大地发展了《离骚》的由小见大，由近及远的比兴传统，辛弃疾本人就是一位抗金志士、爱国词人，他坚持抗金恢复，百折不挠，至死不变；他又能熟练地运用传统的比兴手法，所以此词能从特殊显示一般，通过登山临水的形象概括了当时人民的共同愤慨和时代大悲剧，以此感动了后世无数的读者。周济、卓人月、梁启超等人对此词的评论是深有体会的，是值得我们玩味的。

划然变轩昂，壮士赴战场

——《满江红》赏析

吴熊和

汉水东流，都洗尽、髭胡膏血。人尽说、君家飞将，旧时英烈。破敌金城雷过耳，谈兵玉帐冰生颊。想王郎、结发赋从戎，传遗业。　腰间剑，聊弹铗。尊中酒，堪为别。况故人新拥，汉坛旌节。马革裹尸当自誓，蛾眉伐性休重说。但从今、记取楚台风，庾楼月。

这首词送王郎从军，勖勉备至。王郎是将门之后，其名无考。结发请缨，即将赴边，辛弃疾热情地勉励他为国立功，对这个爱国有为的青年壮士寄予厚望。词的上片追叙王郎的先辈是抗金的英雄将领，赞扬王郎承继遗业，克绍家风。有人据“君家飞将”句“飞将”乃用汉李广事，认为辛弃疾此词所赠不是王姓，当为李姓人氏。汉时匈奴称李广为“飞将军”，这是“飞将”一词的由来。不过，后世亦可用来称誉当时的良将。《三国志·吕布传》：“布便弓马，膂力过人，号为‘飞将'。"杜甫《秦州杂诗》："故老思飞将，何时议筑坛。"辛弃疾这里用以赞美与金作战中某个屡建战功的王姓将领，完全是可能的。如果送人从军述其先德，竟上溯至昭穆久远、渺茫难稽的李广，倒是有点不可思议了。

这首词作于淳熙四年（1177年），辛弃疾时任荆湖北路安抚使，知江陵府。江陵和襄阳同属上游重地，进则以窥中原，守则以保江防。辛弃疾后来有《论荆襄上流为东南重地》的奏议，论述荆襄地区的特殊战略地位。宋金作战的主要战场集中在三个地区，西北为关陕，东南为两淮，居中即是荆襄。绍兴十年（1140年），岳飞北伐，进军朱仙镇，就是从鄂州出师，直抵中州的。绍兴三十一年（1161年），完颜亮南侵，中路亦进自蔡州以瞰荆襄。这是举一些大的战役，局部的战斗则不时发生。首句"汉水东流，都洗尽、髭胡膏血"，就是追记本地区的战史，并非虚笔。王郎的先人（父辈或祖辈）该是曾在本地区作战，大败金人，使金人血染汉水的。"人尽说"三字，是很高的赞许，说明他的杀敌威名至今犹流传人口。"破敌"二句说他善于用兵，屡建战功。"金城"与"玉帐"对举，是泛指金人占据的州府。从"破敌金城"看，王郎的先人似曾提兵北上，颇有攻克。在南宋初期宋金交战中，王姓将领而有上述战斗经历者，似亦不乏其人。不过，辛弃疾词中所说究竟为谁，尚难确指。一首赠别的词，在上片专叙其先人的功业，这样写是否近于装点门楣或喧宾夺主？不是。上片最后以王郎"从戎传业"作结，就引出了两者之间的纽带，既欣慰将门有后，遗业不堕；更勉励王郎无忝祖德，重振家声，才是作者的用意。这对有志振国的王郎来说，无疑是有力的鞭策和鼓舞。

下片转向送别。“故人新拥，汉坛旌节”，用汉高祖在汉中为韩信筑坛拜将事，这里似指新授沿边各路的某个制置使、安抚使。据吴廷燮《南宋制抚年表》，淳熙四年有关各路安抚使为：两浙西路周琮，江南东路刘珙，淮南东路郭棣，淮南西路赵善俊，京西南路张子颜，荆湖南路王佐，四川胡之质，利州东路李蘩，利州西路吴挺。王郎从戎，或许就是应上述某帅臣之召，前去任职的。“马革裹尸当自誓，蛾眉伐性休重说”，与上片“破敌金城雷过耳，谈兵玉帐冰生颊”前后照应，一以褒王郎先人，一以勉王郎继业。东汉马援自请北击匈奴乌桓，说：“男儿要当死于边野，以马革裹尸还葬耳，何能卧床上在儿女子手中耶?”枚乘《七发》中吴客劝楚太子戒女色，认为“皓齿蛾眉，命曰伐性之斧”。“马革裹尸”两句从正反两个方面给王郎以开导，体现了一个长者对青年的谆谆教诲，再三叮咛，言辞恳切。“马革裹尸”与“蛾眉伐性”属对甚工，运用成语而成巧对，正是辛弃疾善于用事的特色之一。末句楚台庾楼皆本地风光。楚台即兰台，在江陵。庾楼又名南楼，晋庾亮镇武昌时尝登此楼，因名庾楼。此词于篇终始见别意，嘱王郎别后记着荆南故土，也就是别忘了辛弃疾这个老朋友。惜别之情见于言外。

古代有临别相赠以言的传统。唐宋散文中这类赠序很多。这首《满江红》是用词体写的临别赠言，勉以“马革裹尸”，戒以“蛾眉伐性”，关切叮咛，情意俱厚。词中送别，常不免儿女沾巾，低回欲绝。但送人从军，却必须一扫伤离伤别的儿女情态，去柔为刚，化懦立顽。此词送别，就出以“划然变轩昂，壮士赴战场”的英声壮概，不失唐人边塞诗中那种长歌出关、万里赴边的雄风。英雄的先辈寄厚望于英雄的后辈，可惜王郎其人及其行事今皆无从考查了。

旧游飞燕能说

——《念奴娇·书东流村壁》赏析

蔡义江

野棠花落，又匆匆过了，清明时节。刬地东风欺客梦，一夜云屏寒怯。曲岸持觞，垂杨系马，此地曾轻别。楼空人去，旧游飞燕能说。　闻道绮陌东头，行人曾见，帘底纤纤月。旧恨春江流不断，新恨云山千叠。料得明朝，尊前重见，镜里花难折。也应惊问：近来多少华发？

这首词作于淳熙五年（1178 年）清明后。上一年，辛弃疾先任江陵知府兼湖北安抚使，入冬后，迁隆兴（今江西南昌市）任江西安抚使。到官三个月，于次年春被召为大理少卿。他东赴临安（今浙江杭州市）途中，沿江泊驻于池州的东流县某村（今安徽东至县西北）。三年前，他任江西提刑时曾来到过这里，这次重经，不免勾起往事的回忆，就将这首词书写在村舍的墙壁上。当时，词人 39 岁。

词开头说："野棠花落，又匆匆过了，清明时节。"野棠就是棠梨，也叫野梨，古称甘棠。农历二月间开白花，清明一过，花就纷纷飘落了。这两句好象只是即景点明时令，好象是信口吟成的。其实并非随意下笔。从词后面写到的事情来看，我们知道，词人前次来游，曾在此与一位女子有过某种情深意长的关系，但随即就分手了。好景不长，春梦无迹。那位村野间结识的女子，恰如野棠花那样飘落难觅了。眼前景物很自然地与后文“镜里花”之喻相呼应，而带有象征意味。这里“又匆匆”三字用得特别好，它毫不费力地说明时光“匆匆”的感慨，不仅仅为今天而发，当初的佳期也是那么的短暂。这又暗逗了下文的“轻别”。“刬地东风欺客梦，一夜云屏寒怯。”刬(chǎn 产）地，在这里是依然的意思，“地”字轻读，亦可作“的”。清明过了，天气该转暖了吧，可是依然是东风料峭，夜间都有点冷得睡不着觉。云屏，是云母石镶嵌的屏风，室内多置于床前，所以用它来表示夜间睡眠。这是写客观环境、气候特点吗？不完全是。它主要还是表现词人的主观心情，写自己的寂寞孤清。“欺客梦”三字值得玩味。“客”是词人自指，他旅途暂宿于此。客中多愁，又触物伤感，所以夜梦难成；睡不着觉，才有怯风畏寒之感。不说“客畏风寒”，却说“东风欺客”，把客子孤独少欢的处境和他难耐冷落愁绪的精神状态写出来了。词在对将要说出的情事作具体交待之前，先叙所见所感，表现上往往是含蓄的，象征性的，因为还毋须说得十分明白。这几句都是如此。

然后，便转入对往事的回忆。写往事，不先写聚、写游，而先写散、写别。“曲岸持觞，垂杨系马”，正是写那位女子为词人饯行。临别前，系马登楼，举杯劝慰，然后就这样轻易地分别了。“此地曾轻别”，不但“轻别”二字十分感慨，“此地”二字还将今与昔，眼前所见景物与回忆中的情形绾结起来了。现在，这曲曲折折的江岸边，当初系过马的柳树还清楚记得，可是人已不见了。“楼空人去，旧游飞燕能说。”这是活用燕子楼典故。唐代张建封死后，家妓关盼盼曾居燕子楼十余年不嫁。后苏轼有《永遇乐·夜宿燕子楼》词，其中“燕子楼空，佳人何在？空锁楼中燕”句甚著名。辛词化用其意，不但说出人去楼空这层意思，也顺便暗中交代了离别者并非男性朋友，而是“佳人”。“旧游”，本应是回忆之重点，若由常人来写，或许要渲染一番，现在竟于“楼空人去”之后，用虚笔轻轻一点，不实写旧游欢乐，却因典故中楼中燕子，遂化虚为实，用“飞燕能说”四字一结，以示当初两情欢好种种难忘情景，除却梁间飞燕，无人知晓。构思全不落俗套，用笔又何等空灵、巧妙！辛弃疾之擅长使事用典，于此可见一斑。

下阕写别后。承前“楼空人去”，先说佳人消息。“闻道绮陌东头，行人曾见，帘底纤纤月。”听有人说，曾经在繁华的都市里某府中见到过她。“绮陌”，等于说锦绣的街衢。梁简文帝《烽火楼》诗：“万邑王畿旷，三条绮陌平。”“纤纤月”，喻美人足。苏轼《江城子》词：“门外行人，立马看弓弯。”以“弓弯”喻美人足。纤月如弓，所以刘过《沁园春·咏美人足》词也有“知何似，似一钩新月，浅碧笼云”等语。说女子已有他属，措词极为婉曲绮丽，意思已十分明白。听到这一消息，词人自然感伤不已：“旧恨春江流不断，新恨云山千叠。”“旧恨”，昔日匆匆离别之愁恨；“新恨”，今朝物是人非之愁恨。“春江流不断”、“云山千叠”，都喻恨长愁多。前者出自李煜《虞美人》词：“问君能有几多愁？恰似一江春水向东流。”这两句比喻用得极好，还在于：一、“春江”、“云山”，都是眼前所见景象，因而更加自然；二、取喻又各与当时心境贴切：放船远去时，别情依依，恰好寄情于长流之水；人分两地，不可得见时，又总恨云山重重，千里相隔。

词最后转到对将来可能出现的境况的预料。步步推进，层次井然。“料得明朝，尊前重见，镜里花难折。”这是说，想到今后即使在某次筵席上还有重新见面的机会，恐怕也不可能再象以前那样随便亲近了。“尊”，同“樽”，酒杯。“镜里花”，出佛家语，与“水中月”一样，都是不可掇取的美好的虚象。“花难折”，就是美人难为自己所有。人分东西，相思而不得相见，已多憾恨；尊前重见，却视萧郎作路人，又当何如！这是深一层写恨，但还是从自己的角度写对方的变化；结句“也应惊问：近来多少华发?”反过来，从对方的视角写自己的变化，这就将恨更深化了。从对方的改变，想到自己的改变。看到对方的改变，自己是吃“惊”的，但没有直接写，而只是从自己的改变使对方吃惊中补出。因为对方吃惊地问：“你怎么近来头发如此花白了呢?”在“惊问”前有“也应”二字，可见“惊”讶是彼此共同的，虽则原因不同。从感慨他人，转到自慨身世，与上阕开头写自己作客时的孤凄心情相合，首尾呼应。李商隐有《夕阳楼》诗说：“欲问孤鸿向何处，不知身世自悠悠。”此词的结尾，亦有同慨。

辛弃疾有识见，有才干，有胆略，而仕途屡遭挫折，一生爱国壮志未遂，是令人为之不平的。但他也曾过着姬妾成群、诗酒风流的生活，物质条件比较优裕，这也是毋庸讳言的。此词中所写到的女子，看来象是艺妓一类人物，所以与严肃的爱情又有区别。尽管如此，此词的技巧还是很高明的，词人的艺术经验，仍有不少地方值得我们借鉴。

志士的壮怀与逸兴

——《水调歌头·舟次扬州，和杨济翁、周显先韵》赏析

林家英

落日塞尘起，胡骑猎清秋。汉家组练十万，列舰耸层楼。谁道投鞭飞渡，忆昔鸣髇血污，风雨佛狸愁。季子正年少，匹马黑貂裘。　　今老矣，搔白首，过扬州。倦游欲去江上，手种橘千头。二客东南名胜，万卷诗书事业，尝试与君谋。莫射南山虎，直觅富民侯。

宋孝宗淳熙五年（1178年），辛弃疾由杭州出任湖北转运副使，赴任途中路过扬州时，触景生情，追忆了十七年前金主完颜亮大举南侵、兵败身死的历史，联想起自己奉耿京之命南渡抗金的战斗生活，一时感慨万千，遂依友人杨济翁、周显先《水调歌头》词原韵，写下了这首抒壮怀、歌逸兴的《水调歌头》。

上阕从十七年前的往事写起。宋高宗绍兴三十一年（1161

年）秋，在落日映照战火的烟尘中，面对金主完颜亮从扬州举兵南侵的紧迫形势，南宋王朝十万精兵严阵以待，许多兵舰整齐地排列在宽阔的大江上，有如高楼拔地而起。谁说金兵能够轻而易举地飞越长江？历史上苻坚南侵东晋时，自恃兵力强大，以为把兵士的马鞭投到长江中去，就足以截断江流。（见《晋书·苻坚载记》）结果呢？“淝水之战”中不是被东晋军队打败，留下了“风声鹤唳，草木皆兵”的教训，贻笑百代！北魏太武帝拓拔焘（佛狸）发兵南侵，也只能愁对长江岸边的风风雨雨，终于被迫在瓜步（今扬州附近）撤退！来势汹汹的金主完颜亮不就象苻坚、拓拔焘一样，以失败告终，被部下杀死，就象汉代匈奴单于头曼被自己儿子和部下用乱箭射杀，落得个血污鸣髇的下场！在南宋将士奋力抗金的大好形势下，作为一名爱国志士，年青的辛弃疾驰骋了报国的志愿：“季子正年少，匹马黑貂裘。”象战国时代的策士苏秦（季子）跨上战马，身着貂裘，游说四方一样，年青词人也以战士的英姿，转战在扬州一带，抗击金兵！

历史的悲剧在于南宋小朝廷一直以弃战求和作为基本国策。十七年来，不图恢复，甘心求和，断送了抗金的大好形势。一代爱国志士，报国欲死无战场，蹉跎岁月，空嗟白首！陆游在无可奈何之中，“醉弄扁舟……做个闲人样！”（《点绛唇·采药归来》）杨济翁在登览之际，也只能悲慨“可怜报国无路，空白一分头！”（《水调歌头·寒眼乱空阔》）旧地重游，面对当年鏖战过的战场，读着友人悲愤的词章，触景生情，作者心海深处那一泓痛苦、压抑的感情潜流，顿时勃发为奔腾难抑的浪涛。下阕，由追忆往事的昂扬豪情转抒英雄失路的悲慨和思归田园的雅兴。十七年来，南宋朝廷屈膝求和的局面没有什么变化，自己在官场上却几经周折，壮志难酬，白发衰颜。面对文恬武嬉的偏安政权，作者感到精神上的厌倦。山川无语，风景依旧，大自然以其灵秀蕴藉的神韵启迪了他的心胸，他只能回到农村，寻找一个安身立命的归宿！因此，在词的结尾，借对朋友的建议，表达了自己对南宋王朝的失望和不满：你们二位都是胸有万卷诗书、准备干一番大事业、播名江南的名士，但是，在这只能令人“空白一分头”的无所作为的时代，我试着给你们出个主意吧：不要去追求射虎南山的战斗生活，还是去当一个安居乐业的富民侯吧！这样，全词就在由壮怀到逸兴的转折中结束了。从作者这种感情上的大起大落的跌宕中，令人感受到一代志士报国无门、欲哭无泪的悲愤。这悲愤，联系着国家、民族的悲剧命运，是对南宋偏安政权苟且偷生可耻行径的无言斥责。

和辛词中那些直面现实的慷慨悲歌，那些清新恬淡的田园歌唱，那些婉丽缠绵的感情倾诉不同，《水调歌头》在今昔对比中，通过典故的大量运用，在具有典型意义的历史氛围中寄托作者对现实的深沉感受。上阕追忆往事，选用的三个典故都和历史上在扬州发生的大事有关。活跃在这些典故中的历史人物，如苻坚的狂言、拓拔焘的妄想、匈奴单于头曼死于非命的史实，无不十分贴切地比喻了金主完颜亮南侵的野心及其兵败身死的下场，不但抒发了作者强烈的民族自尊心与自豪感，同时揭示出一条符合历史规律的真理，即一切非正义的、掠夺性的战争，都将以失败告终。这三个典故的运用，情理兼见，情景栩栩如生。拓拔焘愁对大江风雨，苻坚在风声鹤唳之夜惊魂不定，匈奴单于鸣髇血污、横尸原野的情景，无不给人以形象生动的联想。在运用典故方面，作者还善于将历史人物、事件融化浓缩为精妙优美、节奏鲜明的高度诗化的语言，与自已在特定环境中的强烈感受契合，事事皆着“我”的色彩。因之，出现在词中的典故，已非历史故事的机械搬用，而是经过作者创造性的艺术实践提炼出来的富有个性色彩的艺术语言，令人掩卷而思，倍感亲切有味。例如“季子正年少，匹马黑貂裘!”虽说用的是苏秦的典故，由于强调了“正年少”的年龄特征，这样，出现在读者想象中的那位跨马披裘、英姿勃勃青年战士的形象，使人确信这正是作者风华正茂光彩照人的英姿！所谓善用事而不为事障，此是一例。又如“倦游欲去江上，手种橘千头。”如果不注明这是用丹阳太守李衡种橘千株的典故，读者从“倦游”的语气，从橘树所象征的高洁的品德、坚贞的情志，联系上下词意，也不难把握到作者在壮志难酬的苦闷中向往田园以洁身自好的心绪。清人薛雪论诗中用事说：“用事全在活泼泼地，其妙俱从比兴中流出。一经刻画评驳，则闷杀才人……”又说：“作诗用事，要如释语：水中着盐，饮水乃知。”(《一瓢诗话》）这是说用事要活，要做到实为用事而表面上使人不觉得在用事，却能把典故的用意和境界充分传达出来。辛弃疾这首词在典故的活用方面，几乎消尽痕迹，堪称“水中着盐”。尤为可贵的是词中对一些典故的运用，往往构成了生动传神的细节描写，产生了强化感情、引发读者情感波澜的艺术感染力。例如“今老矣，搔白首，过扬州”，直接用杜甫《梦李白》“出门搔白首，若负平生志”诗句。“搔白首”，在杜甫诗中就是一个生动的细节，充分揭示了李白空怀壮志而蹉跎岁月的悲剧命运。辛弃疾在舟泊扬州，故地重游的特定情景中，抚今思昔，自然更添有负平生志的伤感。因之，他也以“搔白首”这一传神细节，透露出心潮澎湃、感慨万千而终无可奈何的凄然心绪。又由于他在这一细节前，加上“今老矣”这个短句，精心地选择了“矣”字这个表示完成貌的语气词，更将无法挽回的人生悲剧斩钉截铁地在这声感慨中肯定了。读了“今老矣”这三个短句，令人联想到千古传颂的名句：“凭谁问，廉颇老矣，尚能饭否?”（《永遇乐·千古江山》）从而更加亲切地品味到辛词沉郁顿挫的特色。

万里功名莫放休

——《破阵子·为范南伯寿。时南伯为张南轩辟宰卢溪，南伯迟迟未行，因作此词以勉之》赏析

喻朝刚

掷地刘郎玉斗，挂帆西子扁舟。千古风流今在此，万里功名莫放休。君王三百州。　燕雀岂知鸿鹄，貂蝉元出兜鍪。却笑卢溪如斗大，肯把牛刀试手不？寿君双玉瓯。

辛弃疾的内兄范如山（字南伯），河北邢台人，绍兴三十一年（1161年）随其父范邦彦自新息（今河南息县）起义来归，也是有志于恢复事业的中州俊杰，与作者时有唱和。淳熙五年（1178年），荆湖北路安抚使张栻（字敬夫，号南轩，抗战派张浚之子）征聘他为长州卢溪（今湖南泸溪）县令。范南伯自视很高，认为到偏远的小县去做县令，是大材小用，故迟迟不肯赴任。此时，辛弃疾已调任荆湖北路转运副使。他感到范南伯的想法不对，于是便借祝寿的机会，写了这首词对他进

行劝导，希望他以抗金大局为重，不要计较个人的名利地位，把自己的才能和智慧献给统一祖国的事业。

词分上下两片，每片各用三平韵，格律、句式和写法相同。前两句以古喻今，后三句议论劝说，都是针对范南伯而发的。有开导，有鼓励，也有委婉的批评，促膝相谈，语重心长，读来使人倍感亲切。

掷地刘郎玉斗，挂帆西子扁舟。

开头二句，连用两个典故，初看好象与主题关系不大，其实作者是有意借用两位姓范的古人，含蓄地劝诫对方应当积极用世，勿生退隐的念头。刘郎，指刘邦。玉斗，玉制的酒杯。据《史记·项羽本纪》，鸿门宴上，项羽放走刘邦，谋臣范增认为项羽不足以成大事，把刘邦托张良送给他的玉杯扔在地上，拔剑击碎，愤然离去。西子，即西施，春秋时越国美女。据《越绝书》，范蠡将西施献给吴王夫差，作为内应。越王勾践灭亡吴国后，范蠡急流勇退，带着西施，驾着扁舟游五湖而不返。这两句表面上是叙述历史故事，实际上意在言外，含蕴很深。作者开篇列举两位历史人物，是希望范南伯不要象自己的先辈范增和范蠡那样。他们中途引退，离开政治舞台，或许事出有因，而今日的形势与当年大不相同。国家民族处于危难之际，有多少事正等着我们去做，你千万不能步他们的后尘。这层意思词人虽然没有明说，但联系后文不难体会出来。

千古风流今在此，万里功名莫放休。君王三百州。

接着三句，既是对范南伯说的，也是作者自抒胸臆：为了祖国三百州领土的完整和统一，如今正是英雄豪杰大显身手、建立千古不朽业绩的时候，切莫放过转战万里、为国杀敌立功的机会呵！三百州，泛指宋朝辽阔广大的领土。宋初统一全国后，共有三百二十八州，此举整数而言。在封建社会，君王是国家的代表，忠君与爱国很难分开，辛弃疾也不可能突破这一历史的局限。这三句是全词的中心思想所在，虽然也表现了作者的忠君观念，但基本精神是积极的，用意在于鼓励对方应该为收复失地、统一祖国而奋斗。

燕雀岂知鸿鹄，貂蝉元出兜鍪。

过片两句，再用两个典故来启发范南伯。鸿鹄（hú 胡），即天鹅，古代常用以比喻志向远大的人。据《史记·陈涉世家》，秦末农民起义领袖陈涉年轻时曾说："嗟乎，燕雀安知鸿鹄之志哉！"貂蝉，汉代侍中、中常侍等武官的帽子上饰以金蝉、貂尾。这里代指高官。兜鍪（móu 谋），古代士兵所戴的头盔。以上二句大意是说：你是有远大志向的人，可是也应知道，从古以来不少成大事业者都是从小事做起的，许多公侯将相原来也是一名普通的战士。作者在肯定对方的同时，又希望他眼光要放远一点，可谓推心置腹的知己之言。

却笑卢溪如斗大，肯把牛刀试手不？寿君双玉瓯。

最后三句，点明题旨，劝其赴任，表示祝寿之意。牛刀，宰牛的刀。据《论语·阳货篇》，孔子曾说："割鸡焉用牛刀？"意为大材不当小用。玉瓯，玉制的酒杯。前面从国家需要和个人前途，通过反复说理，已将道理讲清，所以结尾从正面提出问题，希望范南伯仔细加以考虑：卢溪这地方的确很小，能不能去试一试你的大才呢？让我敬你两杯美酒，祝你健康长寿。这诚挚的忠告，含蓄不尽的情意，范南伯是不会无动于衷的。

本篇虽为寿词，但不同于一般专事溢美颂扬的应酬之作。词人从抗金事业的大前提出发，勉励亲友胸怀大志，以恢复国家的统一为重，其立足点是比较高的。词中谈古论今，委婉陈辞，既不盛气凌人，也无空洞说教，而是以理服人，以情动人，充分发挥了“以议论为词”的特点。

恐美人之迟暮　伤灵修之数化

——读《摸鱼儿·淳熙己亥自湖北漕移湖南，同官王正之置酒小山亭，为赋》

龚克昌

更能消、几番风雨？匆匆春又归去。惜春长怕花开早，何况落红无数。春且住，见说道、天涯芳草无归路。怨春不语，算只有殷勤、画檐蛛网，尽日惹飞絮。　　长门事，准拟佳期又误。蛾眉曾有人妒。千金纵买相如赋，脉脉此情谁诉？君莫舞，君不见、玉环飞燕皆尘土。闲愁最苦。休去倚危栏，斜阳正在、烟柳断肠处。

辛弃疾的《摸鱼儿》，借美人迟暮和遭妒被弃的不幸境遇，来暗喻自己政治上的不得志。

我们知道，辛弃疾生活的时代，正是宋王朝腐朽积弱的时代，正是半壁河山沦入敌手的时代。辛弃疾是位著名的民族英雄，是位出色的政治家。辛弃疾 22 岁时，便在沦陷区的老家济南啸众起义，抗击金兵。23 岁时，曾亲率五十骑，冲入五万金兵把守的敌营，活捉叛徒张安国，押赴江南处决。这事曾轰动朝野，连皇帝也要“一见三叹息”。26岁，他进奏《美芹十论》；31岁，又作《九议》。这些奏议对当时的敌我形势都作了精辟的分析，并能提出一些符合时宜的抗敌复国的主张。辛弃疾33岁时出知滁州，这里地处抗金前哨，受金侵略者蹂躏“最酷”，“地僻而贫”（周信道《奠枕楼记》），但经他半年的精心治理，很快就变成一个“面城邑之清明，俯闾阎之繁夥，荒陋之气一洗而空”（崔敦礼《宫教集》，代严子文作《滁州奠枕楼记》）的新滁州。辛弃疾确是一个“有文武材”的“伟人”（同上）。有人把他比作谢安石。难怪右丞相叶衡也称赞他“慷慨有大略”，而“力荐”于朝（《宋史·辛弃疾传》）。

但南宋最高统治者却未能真正认识辛弃疾的才能而加以大胆擢用。从23岁（绍兴三十二年，1162年）南渡以来，到写这首《摸鱼儿》时的40岁，已经历了十七个春秋，但他还只能充当一般的地方官吏，而不能到抗敌前线去指挥作战，或留在朝廷上参与军国大事。而且对他的调动还格外频繁，十七年间换了十二个地方，使他的才能难以发挥。眼看自己已进入不惑之年，怎么能不感慨万分呢！所以，在这次仍无任何升迁迹象的调动——由湖北转运副使移任湖南转运副使——中，他的愁绪受到了深深的触动，从而写下这首千古传颂、感人至深的佳作。

词首句兀突而起，激切不平，蕴含着丰富的内容：“更能消几番风雨”？消，经得住；更能消？还能经得住？全句意思：还能经得住几番风雨？也即再经受不起几番风雨的摧残了。这里的“风雨”，从字面上讲，是摧残众花的自然界的风雨，实指催赶岁月匆匆流逝的风雨，消磨摧残美人政治生命的风雨。而且这两者又相互联系，互为因果。从这句可以看出，这位美人已经受过多次政治风雨的袭击，身心已受到严重的创伤。有人认为这句是肯定句式，解为：“如此风雨残春，经过已多，还能消受几次。”（刘永济《唐五代两宋词简析》）我看不对，因为如果这样讲，这位美人就不当“惜春”了。我以为，这是一个反诘疑问句。清陈廷焯说：“起处三字，是从千回万转后倒折出来，真是有力如虎。”（《白雨斋词话》）说得很中肯。

词接着写道：“匆匆春又归去”。写的是眼前实况，是诱发前一句所写的美人感叹的因由。“匆匆”这个形容词重迭，道出了这位美人的特殊心理状态，很形象，很深刻。

“惜春长怕花开早”。“惜春”两字，点出这片词的主旨。正因为“惜春”，所以“长怕花开早”。因为花开得早，也就凋谢得早。“长”者，“常”也，见出美人对花开花落长久以来一直耿耿于怀，而不是一时的心血来潮，触景生情，这正与首句“几番”相呼应。“何况落红无数”，这句既是即目，也是追忆。“花开早”已叫人“怕”，何况已是“落红”，而且又是“无数”的“落红”。景色逐次暗淡，美人心情也随之愈加沉重。“春且住”，这是美人悲伤至极喊出的心声，表现的情绪不可谓不激烈，但却又软弱无力，显系虚张声势。不信请看下句：“见说道，天涯芳草无归路”，这算什么留春理由？这不正充分暴露了她那无可奈何幼稚可笑的神貌?！但也唯其如此，才使人们感到迟暮美人的可怜和可爱。前人评这句词是“痴语”、“情语”，可谓洞察美人的心胸。又有人解释：“无归路”是指春溜走了，春草遮断了春的归路，春是回不来了。这样理解显然不对。这句是美人留春的话，意即你的归路已被春草挡住了，无路可走了，不要走吧。此处的“归路”，与第二句“归去”，是同一个含意。人们可能会问：前面说“春又归去”这里又说“无归路”，不是矛盾吗？是的，是矛盾，但这是美人心理矛盾的反映，是美人“惜春”惜得深，惜得发痴的表现。

春已归去，美人明知春不能来同她对话，但她却偏要“怨春不语”。这个“怨”，怨得神态毕现，见出美人怨重憾深。“算只有殷勤、画檐蛛网，尽日惹飞絮”。对此句理解也颇多歧异，或以为喻小人（指张俊、秦桧一流人）当道；或以为指少数爱国志士在力挽颓势；或以为影射南宋小王朝的残败局面。这些理解都可以，都讲得通，古人有所谓“诗无达诂”！但这样理解似乎有些牵强。我以为，此处只是表现美人在留春留不住，春匆匆归去后而产生的空虚寂寞的心境罢了。在美人眼里，春归去后，大地显得空空荡荡，毫无生气，唯有几只蜘蛛在忙碌地织网而已。这几只蜘蛛的出现，更有效地衬出大地的沉寂。这种表现手法在古代诗词里运用得很普遍，如王维的《鸟鸣涧》（“人闲桂花落”），写花落、月出、鸟鸣这些声响，正为衬托春山的幽深寂静。

说到这里，我们可以看出，词上半片只是抒写美人因年龄渐大而惜春，因惜春而留春，因留春不得而怨春，其意实如屈原所倾诉的“恐美人之迟暮”（《离骚》）。这里的美人，当然是作者借以自比。有人说，“以风雨飘摇象征国事的危急”等等，联想也属牵强。

词的下片所要表现的内容，我们同样可以用屈原《离骚》的一句诗来概括，即所谓“众女嫉余之蛾眉兮”，“伤灵修之数化”。这一点与上片有联系，也有区别，有递进，但归根结底，遭妒被弃却是产生惜春心理的根本原因。

“长门事，准拟佳期又误”，指陈皇后失宠后，被打入长门宫，武帝曾与她约定好日子相会，但后又爽约。这是作者编造的故事，历史上无此记载。“蛾眉曾有人妒”，作者以为陈皇后失宠是由于人家的嫉妒。这点也是纯属编造。根据《史记·外戚世家》、《汉书·外戚列传》、《文选·长门赋序》记载，倒是陈皇后实实在在地嫉妒卫子夫，而不是她遭到人家的嫉妒。作者这样写，无非想说明陈皇后之所以失宠，关系不大。但现在很多注本都顺着作者的编造作注，这就不妥当了。诗词的注释，起码要给读者一点真实的历史知识。“千金纵买相如赋，脉脉此情谁诉”。《文选·长门赋序》说，陈皇后被弃后，“奉黄金百斤为相如、文君取酒”，相如替她写赋“以悟主上”，“陈皇后复得亲幸”。陈皇后有无向相如买赋，不得而知，但“陈皇后复得亲幸”，却纯系子虚乌有之事，所以辛词说，陈皇后纵使花费千金买赋，又有什么用呢，愁闷悲思向谁诉说？但现在许多注家却又不据辛词作注，而专信《文选》之说，以致弄得这两句词扞格不通，因为陈皇后如果“复得亲幸”，就不存在“脉脉此情谁诉”的问题，她尽可以向武帝倾诉去嘛！这里作者当然又以陈皇后的被弃，以喻自己所遭受的排斥和闲置。

“君莫舞，君不见、玉环飞燕皆尘土。”“君”指唐玄宗的贵妃杨玉环和汉成帝的皇后赵飞燕，两人均妙歌舞，并得幸，但后又都不得善终：杨玉环被缢于马嵬，赵飞燕自杀于被废。这两人又都以善妒著称。作者在这里借她们俩的可悲结局以警告那班骄横一时、专以打击陷害忠良为能事的权贵奸小们。“闲愁最苦”。闲愁，因闲暇而愁闷。字面上仍是紧扣美人被冷落遗弃后的心情，但骨子里还是借以表现作者自己不能最大限度地为国家效劳而产生的忧愁。“休去倚危栏，斜阳正在、烟柳断肠处”。有人说这几句作者已抛开己身之遭遇，说到国家局势之危急，“斜阳”以比国事之衰微，“烟柳”则比朝政之昏暗，此正所以令人“断肠”之处。这样比附毋宁过于直接、牵强。我看这两句仍没有离开写弃妇的心理状态。美人被弃，登楼眺望，眼前所见，一片烟柳迷濛、夕阳西坠的景色，她怎能不感到迟暮哀愁呢？在古代诗词中，象辛词这样把登楼与哀愁联系在一起，是俯拾皆是的。诗中如著名的陈子昂《登幽州台歌》，崔颢《黄鹤楼》，即是。堂堂的男子汉，触景生情，尚且要“独怆然而涕下”，“烟波江上使人愁”，何况弱女？词里更多，如柳永的《蝶恋花》：“伫倚危楼风细细，望极春愁，黯黯生天际。”李重元的《忆王孙》：“萋萋芳草忆王孙，柳外楼高空断魂。”这里登楼所见，还不是令人断肠的“斜阳”、“烟柳”，而是微风、“芳草”这类有生气的景物，但同样要引起观览者的哀愁。可见人们只要心有所怀，愁思莫解，不管见到什么景色，都会引起相同的反应的。所以我们完全不必对“斜阳”“烟柳”作种种曲解。

总而言之，《摸鱼儿》词始终紧紧扣住美人的迟暮和失宠这条线索来写，并以此借喻作者自己的失意。在后面这一点上，读者当然可以有广泛的联想余地，只要符合作者的身世，都可以尽情去联想，去发挥。但也仅止于此，如果越出这个范围，随意比附，甚至大至政局大事，敌我形势，那就漫无边际而令人无所适从了。

辛弃疾词以豪放著称，但他是一个大家，各种表现手法都运用得十分纯熟自如，如这首词就写得很委婉含蓄，近于婉约派词风。当然，作为一个矢志于驱敌复国的英雄，在这首委婉含蓄的词中，我们仍然可以感受到他那颗善善恶恶的愤激不平之心在。难怪宋人罗大经说："愚闻寿皇（宋孝宗）见此词颇不悦。"（《鹤林玉露》）辛词与一般词人之词的确大有异趣，这一点我们是应该指出的。

憔悴尚自赋《招魂》

——《阮郎归·耒阳道中为张处父推官赋》赏析

金启华　史双元

山前灯火欲黄昏，山头来去云。鹧鸪声里数家村。潇湘逢故人。　　挥羽扇，整纶巾，少年鞍马尘。如今憔悴赋《招魂》，儒冠多误身。

淳熙六年至淳熙七年（1179—1180年），辛弃疾正在湖南安抚使任上。一次，在抚视州郡途中，在湖南耒阳道上，遇到了故友张处父，倾盖相接，把襟话旧，写下了这首词。

张处父生平不详，从两人所谈的少年战斗生涯来看，张可能是作者青年时代的抗金战友。这样看来，词作表达的不仅是故友情，也是战友情。

上片首先描绘了一幅凄凉的行役图：时间已是黄昏，山前亮起了点点灯火，浮云在山头缓缓飘动，地点是潇湘岸边，小桥流水数家村。黯黯暮色，孑孓行人，耳边又传来鹧鸪声声："行不得也哥哥"。"江晚正愁余，山深闻鹧鸪"，愁绪如暝色，无边无际，渗入心灵。然而就在这凄黯的山道中，在这寂寞孤单时，作者意外地遇上了故友张某，“他乡遇故知”，而且是青年时代的战友，其快慰之情，当溢于言表，注于笔端。但作者没有着力渲染这种喜悦的气氛，却用一个最平淡不过的“逢”字轻轻点出。“逢”字是一个客观性描述的字眼，似乎没有丝毫传达主观感情的力量，然而，体味作者当时的心境，特别是由于上文细细描绘出的旅途凄苦孤单之情景的反衬，我们却分明感受到了“逢”字丰富的内涵：猝然相逢，久别重逢，惊逢，喜逢……平静中包含着激动，平淡中富有深意，不是寻，不是觅，而是“逢”，似无意又似有心，是偶然又似必然，故友何处不相逢？前人评陶潜“悠然见南山”之诗，一个“见”字写出了诗人与自然不期而遇，默契于心的神态，这个“逢”字也有“见”字之妙。作者任湖南安抚使时，革弊兴利，打击豪强，贬斥污吏，因“刚拙自信，年来为众人所不容”常常感受到“孤危一身”之苦（《论盗贼札子》），独自行役于暮色中，这种“孤危”感会更加强烈。所以，此时此地，战友相逢，必定是惊喜感慨交集。

遇故人而话身世，下片自然转入回忆：少年时代，鞍马征尘，抗击金兵，的卢飞快，霹雳弦惊，至今忆来尚是眉飞色舞。“挥羽扇，整纶巾”，借前人描写儒将之风采来表现自己的倜傥英姿。“少年鞍马尘”五字，以十分豪迈的笔调概括地描写了往日军旅生涯，粗线条，大手笔，饶有气魄，情文相生。但往日艰辛与光荣自豪联在一起，今日艰辛却与失意潦倒联在一起，结尾两句，思昔抚今，意思陡折。往日驰骋疆场之少年今日也如憔悴行吟的屈子，徘徊于暮色中、湘水滨。对比那些鲜衣肥马的纨绔，文恬武嬉的官僚，自然要感叹“儒冠多误身”了。然而，可贵的是，作者倾诉满腹牢骚之际，并非发誓“远游”，而是顽强地表示，还是再赋《招魂》，直道而行，九死不悔，等待时机，有所作为。沉郁中有着执着。

此词上片重在写景叙事，下片重在议论抒情，景中有情，情生景中，过片不分，故今交织。此词还有一个特点：辛词喜用典，这词却几乎不用典，但化用前人诗意和诗句却不少，而且不着痕迹，如盐入水，贴切巧妙。如：由于词中“潇湘”，“憔悴”，“《招魂》”几个词的张力——联想力，使人很容易体会到屈子诗意。又如上片化用李白“浮云游子意，落日故人情”诗意也十分含蓄。再如上片结句用梁柳恽《江南曲》中现成诗句，下片结句采杜甫《赠韦左丞丈》中诗句，都好像天然生成一般，一点不见牵强。这些地方，都见出诗人熔铸之妙。

借古喻今　感慨情深

——《木兰花慢·席上送张仲固帅兴元》赏析

曹济平

汉中开汉业，问此地、是耶非？想剑指三秦，君王得意，一战东归。追亡事，今不见，但山川满目泪沾衣。落日胡尘未断，西风塞马空肥。　一编书是帝王师，小试去征西。更草草离筵，匆匆去路，愁满旌旗。君思我、回首处，正江涵秋影雁初飞。安得车轮四角？不堪带减腰围。

辛弃疾南归十多年来，南宋朝廷苟安于一隅，并未充分发挥他运筹恢复的军事才干，而在地方官任上，且频繁调动，使他深感不满。孝宗淳熙八年（1181年），辛弃疾担任江西安抚使。是年秋，江西转运判官张坚（字仲固）将奉调兴元府（今陕西汉中市）任军政长官时，他感慨万千，思绪翻腾，即席奋笔写了这首词。

汉中在当时是南宋的西北抗金前哨，在地理形势上有着非常重要的位置。乾道八年（1172年），陆游从军南郑，爱国感情激扬奋发，在那里写过“会看金鼓从天下，却用关中作本根”（《山南行》）的著名诗句。汉中在历史上一直是兵家必争之地。楚汉相争时，一度处于劣势的刘邦在汉中奠定了创立汉朝的帝业。因此，学识浩博的辛弃疾在为张仲固饯行的席上赋词，既着眼于现实，又注重于历史的借鉴。

词的开头“汉中开汉业”一句，从赴任汉中着笔，紧扣入题，而沉雄气势，笼罩全篇。这里词人想象的翅膀已超越时空而飞驰，它把读者带到了楚汉战争的纷繁激烈的年代。一个“想”字领起下面三句，而一气贯下，犹如长江大河。这三句高度概括了刘邦经营汉中所开创的帝业。“三秦”，根据《史记·高祖本纪》的记载，项羽自立为西楚霸王，后三分关中，立秦三将：章邯为雍王，司马欣为塞王，董翳为翟王。刘邦在汉中奋发图强，后来出关东向，打垮了三秦王，战胜项羽，终于完成了灭楚建汉的统一大业。

“追亡事，今不见”。词人的笔锋由历史的回顾转向眼下的现实。“追亡事”，是用萧何追韩信的故事。《史记·淮阴侯列传》中说韩信有大将之才，起初不为刘邦重用，于是不告而去。当时逃亡将士数十人，萧何并不介意。但听说韩信也逃走了，觉得他是国士无双，急忙前往追赶。这段历史趣事和刘邦帝业联系在一起，尽管时移世变，也没有冲淡人们美好的记忆。然而如今的雄豪意气何在？这里词人借用唐代李峤《汾阴行》的诗句：“世事回还不可测。昔时青楼对歌舞，今日黄埃聚荆棘。山川满目泪沾衣，富贵荣华能几时？不见只今汾水上，唯有年年秋雁飞。”借古是为了喻今，当时偏安的朝廷，屈辱求和，国势日衰，没有一点振奋作战的气象。词人面对着眼前的剩山残水，怎能不使他感伤落泪呢！“胡尘未断”和“塞马空肥”，既写出严重的民族危机，又抒发报国无路的悲愤。几年前，著名诗人陆游怀着无比激愤的心情，在《关山月》诗中对朝廷主和，官僚不思收复，沉缅于歌舞的腐败现象作了深刻的揭露：“和戎诏下十五年，将军不战空临边。朱门沉沉按歌舞，厩马肥死弓断弦！”辛弃疾与陆游的爱国心意是息息相通的。不过这首词里由追叙历史转入写景抒情，如今纵有秋风塞马，也只是“空临边”而已。

换头“一编书是帝王师”，用张良佐汉的故事，与篇首回应。《史记·留侯世家》中说：“（张）良尝闲，从容步游下邳圯上，有一老父出一编书，曰：‘读此，则为王者师矣。’旦日，视其书，乃《太公兵法》也。”后来张良熟读兵书，辅佐刘邦创建了汉代的帝业。这里词人以张良来比喻张仲固。“小试去征西”，对具备雄才大略的张仲固来说，只要稍试其技，就能在汉中为恢复事业作出贡献。然而，当词人想起文恬武嬉的现实，心中不免产生一种惆怅的意绪。“更草草离筵”三句，以“更”字领起，纵笔直抒，沉恨离愁，尽吐纸上，充分揭示出别离时的愁苦心境。

“君思我，回首处，正江涵秋影雁初飞。”词人推进一层写别后情景。江涵一句，借用唐杜牧《九日齐山登高》：“江涵秋影雁初飞，与客携壶上翠微”的诗句。这里不仅设想张仲固到达兴元府已是深秋季节，而且寓情于景，更触动人们的情思悠扬。

结束“安得”二句，以情收结，语意深厚。“车轮四角”，是借用唐陆龟蒙《古意》：“君心莫淡薄，妾意正栖托。愿得双车轮，一夜生四角。”从主观的心愿来说，他多么希望车轮能长出四个角来，使它无法转动，这样可以暂时留住友人。然而事实是不可能的。这种欲留而又留不住的心态描写，反映了他们之间的深切情意。“带减腰围”，是用《梁书》中昭明太子萧统的故事。《昭明太子传》中说，萧统“体素壮，腰带十围，至是减削过半”。形容昭明太子因读书劳累而身体消瘦。唐杜甫《伤秋》：“懒慢头时栉，艰难带减围。”词中所写“带减腰围”的消瘦形体，既揭示出思君的深厚情谊，又表达出系念中原的忧愁心绪。

在“南北共，正分裂”的民族灾难深重的年代，辛弃疾“要揽银河仙浪，西北洗胡沙”（见《水调歌头·寿赵漕介庵》），但他的一腔热血始终不能挥洒在战斗的疆场上，内心深处埋藏着壮志未酬的无限悲愤。而时代所赋予的历史重负又使他不自甘于消沉，时刻惦念着中原的故土。张元幹在《次友人书怀》诗中说：“中原何日再京华”？这也是积淀在辛弃疾心头并努力去追求的重大现实问题，可以说是他众多爱国词中的一个主旋律。在这首词中正是凝聚着词人伤时离别与中原遗恨相交织的复杂感情，并通过纪实和写景抒情的手法，从多侧面中表达出来。词的语言如散文般的流畅而遒劲，抒写南渡新恨又是那么深沉，在送别词中，堪称为“别开天地，横绝古今”的杰作。

三径初成 稼轩未归

——《沁园春·带湖新居将成》赏析

潘君昭

三径初成，鹤怨猿惊，稼轩未来。甚云山自许，平生意气；衣冠人笑，抵死尘埃。意倦须还，身闲贵早，岂为莼羹鲈鲙哉。秋江上，看惊弦雁避，骇浪船回。　东冈更葺茅斋。好都把轩窗临水开。要小舟行钓，先应种柳；疏篱护竹，莫碍观梅。秋菊堪餐，春兰可佩，留待先生手自栽。沉吟久，怕君恩未许，此意徘徊。

“壮岁旌旗拥万夫。”年轻时的辛弃疾怀着满腔爱国热忱率领起义军于1162年南下，到1181年已在江南度过了二十个春秋。他的官位虽然逐渐升高，但由于他力主恢复中原，持论劲直，不为迎合之言，从而也招来不少忌恨，对此他早就有所察觉并产生退隐之意。1178年他在《水调歌头》中说：“今老矣，搔白首，过扬州。倦游欲去江上，手种橘千头。”并且也物色到一个退隐后合适的去处，这就是江西上饶城北一里许的带湖之滨（“带湖”是他为该湖所取的名字）。1181年，开始在此地修建了集山楼（后改名为雪楼），楼前是一排平房，由于面对着一片稻田，故将平房取名为“稼轩”，辛弃疾自己也因此以“稼轩”为号，以示不忘稼穑、重视农事之意。

对于这所自己规划的新居的营建情况，他是十分关心的，当他听到新居即将落成的消息时，虽然还在江西安抚使任上，但考虑到目前的处境，已预感到退隐是必然之事。在这样的心情下他写下了本词。就在1181年底，谏官王蔺对他提出弹劾，加之以“用钱如泥沙，杀人如草芥”，“凭陵上司”等等罪名，朝廷由此将他罢免，而辛弃疾也就此来到带湖落成未久的新居。

范开《稼轩词序》称辛弃疾“以气节自负，以功业自许”、“果何意于歌词哉，直陶写之具耳”、“意不在于作词”，说明他的词大都是有所为而作，而且在表现手法上也自有其特点。稼轩词好用典故，在诵读辛词时，必须理解词中所运用的典故，才能较好地体会作品内容和作者内心的复杂心理活动。他博览多闻，熟悉经史而又大多数能恰当地和词中内容融合无间，从而形成了辛词善于以贴切自然的语言运用典故的艺术特色，这一特色在本词中也给人以很深的印象。

上片表达了作者欲求退隐的心情和原因，在写法上用自问、反诘等方式，先从副标题“带湖新居将成”引出新居行将落成而主人却迟迟未至，这究竟是什么原因呢？再自问本来自许甚高而与世俗不合，应该及早抽身，这难道就是为了个人得失吗？接着点出宦途的险恶，是他想退隐的真正原因。以上的描写是在变化多样的语气和典故的自如运用中曲折地表达的。

首三句使用两个典故，“三径初成”，是化用陶渊明《归去来辞》中的“三径就荒，松竹犹存”之句，说自己新居的小路刚刚修好，人还未赋归，不像陶渊明不顾旧居荒芜就毅然弃官赋归。“鹤怨猿惊”，出自孔稚珪《北山移文》：“蕙帐空兮夜鹤怨，山人去兮晓猿惊。”是说湖畔猿鹤都在怨怪，接着点出怨怪的原因是由于主人留连官场而迟迟不回。

“甚云山”以下就从自己的志向来说明对于归隐的态度。辛弃疾自南归以后，就一直致力于恢复中原，对国计民生十分关注，而决不肯与奸佞之辈同流合污。如果事与愿违，则毋宁及早抽身赋归，虽然壮心犹存，但面对现实，不能不作好准备。这说明他的为新居而绸缪并非为了个人优哉游哉地逍遥林下，而实在有着不得已的苦衷：由于他雷厉风行的做法和突出的政绩已经引起某些达官贵人的忌恨，他自己也预感到风暴即将来临。

“甚云山”七句描写被弹劾以前的复杂心情。他自问平生志趣、气度都不同于凡庸之徒，且不屑与之同浮沉，甘愿以啸傲云山自期，那么为什么还老是（抵死）厕身于龌龊的官场（尘埃），而受到那些衣冠楚楚的俗士的嘲讽呢？“意倦”三句，反用西晋张翰（季鹰）回吴事，“张季鹰辟齐王东曹掾，在洛，见秋风起，因思吴中菰菜莼羹、鲈鱼脍，曰：‘人生贵得适意尔，何能羁官数千里以要名爵，’遂命驾便归。”（《世说新语·识鉴篇》鲙，通脍）他用反诘的口气说，身在官场却不能舒展长才而无所作为，则还不如及早抽身退隐，难道能像张翰那样仅是为了“适意”而辞官回乡？意思是说自己并非由于个人的荣辱得失而考虑退隐之计。

“秋江上”三句，用比喻方式点明准备退隐的原因，是因为宦途险恶，风波迭起。“惊弦雁避”，出自庾信诗，“麋兴鹿前，雁落惊弦。”惊弦、骇浪，是指那些针对他而发的谗言和排挤他的行为。他说自己犹如飞翔于江上的雁儿，听到弦响急忙躲避；又好像是颠簸在江上的船儿，遇到迎面扑来的恶浪只好赶快掉转船头。从这些比喻中透露出他在安抚使任上用世与出世的矛盾。

下片是设想退隐以后的种种打算，要修茅舍、置小舟，还要亲手种植柳、竹、梅、菊、兰等树木花卉，用来怡情养性。结尾忽然一转，又沉吟不决，去留难定，为的是“怕君恩未许。”其实，他本来一心以国事为重，并不想在中原未曾恢复之时就退居林下，无所作为，这种意图在他友人赵无咎的和词中说得很清楚：“试凭高望远，长谁清浅；伤今怀古，故国氛埃。壮志求申，匈奴未灭，早以家为何谓哉。多应是，待着鞭事了，税驾方回。”（《应斋杂著》卷六）赵词中道出他本来是要等恢复中原以后才退归田里的。这也是“君恩未许”这四个字的真正含意。

“东冈”以下九句，都是作者继上片准备归隐而产生的想像之辞。他首先想到带湖之畔的东面山岗上将来还要修筑一座茅斋，轩窗一律临水而开，可以静坐观赏湖景；还要有一只小船，兴来可以上船垂钓；湖边应先种上杨柳，让柳丝轻拂垂钓者的肩头；再筑起篱笆，围好那一片竹林。梅树要植在空旷之处，以便徘徊观赏。至于春兰秋菊，《离骚》有云："扈江离与辟芷兮，纫秋兰以为佩"、"朝饮木兰之坠露兮，夕餐秋菊之落英"，可见兰和菊是屈原高洁品德的象征。对于屈原的爱国热情和崇高志向，辛弃疾不仅十分钦佩而且还要效法，所以说要亲手加以栽培。

结尾三句，词意陡然一转，他再三考虑，难定去留，说是"怕君恩未许"，上面已经提到这不过是表面之辞，内心思想则仍是壮志未伸，何以家为，他也预感到厄运即将临头，但只能作此宛转之言，同时也在为一旦罢黜做好准备。果然，在写作本词之后不久，辛弃疾就遭到王蔺弹劾，所谓的"君恩"，就是"落职罢新任"的处分。他也随即来到那"千丈翠奁开"的带湖新居，开始了退隐生涯。

永远不消之愁，无处倾诉之恨

——《满江红》赏析

邱俊鹏

点火樱桃，照一架、荼蘼似雪。春正好，见龙孙穿破，紫苔苍壁。乳燕引雏飞力弱，流莺唤友娇声怯。问春归、不肯带愁归，愁千结。　层楼望，春山叠。家何在？烟波隔。把古今遗恨，向他谁说？蝴蝶不传千里梦，子规叫断三更月。听声声、枕上劝人归，归难得。

这是一首借叹春之流逝而抒发永远不消之愁、无处倾诉之恨的词篇。写作的具体时间难考，大概作于淳熙八年（1181年）作者落职闲居江西上饶前后。

惜春、伤春虽是一个熟题，但稼轩这首词却非一般伤春逝、惜年华、思家园的旧调。要知稼轩家在金人统治下的济南，本人又素怀抗金复地的大志。为此，他才在22岁时聚众在家乡抗击金人的侵凌。绍兴三十二年（1162年），23岁的稼轩，又抱着报效民族国家的宏愿，率众南归。其后，便辗转江、浙、安徽、两湖、江西等地为官。在长达十九年之间，不仅不能实现自己的宿愿，江山依然半壁，南北仍旧阻隔，而且自己恢复中原的正确言行，还不时遭到攻击、诽谤，终于在1181年，以“肆厥贪求，指公财为囊橐；敢于诛艾，视赤子犹草菅。凭陵上司，缔结同类”的“罪名”被落职（见崔敦诗《西垣内稿》卷二《辛弃疾落职罢新任制》）。此时、此境、此情，都寄托在这首伤春、惜春之作中了，因此，词中所言之“愁”与“恨”，深涵着社会与时代的内容，其分量是十分沉重的。

词的上阕在写暮春景象时，不像通常的惜春之作那样，摄取落花飞絮、斜风细雨、天涯芳草等与惜春之情互为表里的景象，而是摄取春末夏初时节欢快的富有生气的典型景象，也即是作者所说的“春正好”的景象：如火一样红艳的樱桃，盛开似雪的荼蘼花，冲破一切阻力、不断上长的竹笋（龙孙），带领着雏燕的雌燕，呼唤着朋友的黄莺，大自然的一切，是那样的情趣盎然，生意勃发，动静相宜，声色互谐。最后，忽然发出：“问春归不肯带愁归”的感叹。初读起来，似乎前面所写“春正好”的客观景象与作者的主观心境不协调，其实，这正是作者的匠心独运。它固然表明了作者并非是一般地抒发惜春之情，而在艺术上也收到了“以乐景写哀，倍增其哀”的艺术效果。作者越是把客观景物写得勃发、谐协，表现大自然虽然春去夏来，却仍能美景常新，就越能对比出自己内心的不平衡、不协调，从而揭示出自己内心的“愁”是不能随春同去、与时俱逝的。难怪作者在《祝英台令》（宝钗分）一词中也写道："春归何处？却不解将愁归去。"特别是乳燕引雏，飞莺唤友的景象，在展现客观世界亲情的谐协的同时，更兴起自己宦游的孤寂感与思求知音的迫切心情。这样，词也就从内在的联系上很自然地过渡到下阕的思念乡国了。

在词的下阕，诗人把思念乡国之情，说成是无人可以倾诉的"古今遗恨"，似乎不可思议。如果我们联系到诗人的家乡是在金人铁蹄践踏下的济南，也就不难理解了。诗人为了从金人铁蹄下夺回这块土地，才聚众起义，率众南归；才在短短的四、五年间，连上《美芹十论》、《论阻江为险须藉两淮疏》等，力主抗金，恢复中原；才在一些地方官任上练兵习武，作好进兵中原的准备，可这一切都未能实现自己的志愿，家乡仍在金人的占领下，自身也如飘蓬，还不时受谗遭谤。这就是诗人在遥望烟波阻隔的家乡时所兴起的"千古遗恨"，也就是诗人在《念奴娇》(野棠花落）一词中所写的"旧恨春江流未断，新恨云山千叠"的"恨"。这"恨"之无处可以倾诉，也像在此之前，作者登上建康赏心亭，看了吴钩，拍遍栏杆，而无人理会的"意"(见《水龙吟·登建康赏心亭》)。词中一问"家何在?"再云"归难得"，再再都为了显示"千古遗恨"的分量。

历代词评家都肯定稼轩词善于运用前人的诗、文与典故，这首词中的"蝴蝶不传千里梦，子规叫断三更月"，即用唐崔涂《春夕旅怀》"蝴蝶梦中家万里，杜鹃枝上月三更"(《庄子·齐物论》："昔者庄周梦为蝴蝶，栩栩然蝴蝶也。"后即称梦为蝴蝶梦，而屡见于诗词之中)。但稼轩将崔涂诗"梦中家万里"

改为“不传千里梦”（意谓想在梦中回到家乡也不可能），将“枝上月三更”，改为“叫断三更月”（意谓杜鹃啼声不住，直到三更月落），都比原诗更为深刻，而给词中抒发的“愁”、“恨”涂上了一层凄苦的色调。

春归不解带愁去

——《祝英台近·春晚》赏析

曾枣庄　吴洪泽

宝钗分，桃叶渡，烟柳暗南浦。怕上层楼，十日九风雨，断肠片片飞红，都无人管。更谁劝、啼莺声住。　鬓边觑。试把花卜归期，才簪又重数。罗帐灯昏，哽咽梦中语：是他春带愁来，春归何处，却不解、带将愁去。

这是一首伤春伤别的闺怨词，形象地展示了晚春时节一位思妇在离愁折磨下的神态和心理。

开头三句连用三个典故，都与离别有关。宝钗分，就是分钗赠别，白居易《长恨歌》说："惟将旧物表深情，钿合金钗寄将去。钗留一股合一扇，钗擘黄金合分钿。"将钗分开，一人拿着一股，除了用作纪念之外，大概还有合钗团圆的愿望吧。桃叶渡，在南京秦淮河与青溪合流处，是东晋王献之送别爱妾桃叶的地方。南浦，典出江淹《别赋》："送君南浦，伤如之何！"后多用之代指送别之地。作者不写出真实地名，而用这些具有特殊含义的典故，目的即在强调别愁上。“烟柳暗南浦”，一个“暗”字，既隐约扣题“春晚”，也勾连了离人黯然伤神的别愁。三句已抒发了全词伤春、伤别的主旨。“怕上层楼”以后几句集中写“春晚”，抒发伤春之情，而又暗含伤别。词人不说难上或者不上层楼，而用一个“怕”字，说明她不是不想上，也不是上不去，而是没有勇气上去。她怕什么呢？怕看到绵绵不断的风风雨雨，吹打得红花片片飘零，也就是怕看到暮春景象，触景情伤。苏轼《水龙吟·次韵章质夫杨花词》：“似花还似飞花，也无人惜从教坠。”辛弃疾的“断肠片片飞红，都无人管”，显然是从苏轼的无人惜杨花、任其坠落脱化而来。而苏轼的杨花词是为章质夫与妻子儿女离别而作，可见辛词的伤春惜花也暗含伤别。“更谁劝，啼莺声住”，化用唐人金昌绪的《春怨》（“打起黄莺儿，莫教枝上啼。啼时惊妾楚，不得到辽西。”）诗意，含意也在伤离怨别。烟柳迷离，风雨绵绵，落红片片，啼莺婉转，充满了“无可奈何春去也”的伤春之情，而别愁又通过所用典得到强化并充溢于辞表。

下阙集中写伤别，而又紧扣伤春。沈际飞《草堂诗余正集》说，“花卜归期”是化用唐诗“莫作商人妇，金钗当卜钱”。商人妇以金钗卜夫归期，辛词中的这位思妇却以鬓边花卜归期。妙就妙在“才簪又重数”五字上：她看到插在鬓发上的花，忽然灵机一动，取下花数起花瓣来，卜算着情人归来的日期；她卜出归期，把花插回头上，但不放心，于是又取下来重数一遍。可见她是多么痴情，多么急切，被离愁折磨得多么痛苦！难怪清人沈谦说这首词“昵狎温柔，魂消意尽”（《填词杂说》)。以上是写她醒着时候愁肠百结，急不可待的神态。“罗帐灯昏”以下，写她说梦话都带着“哽咽”之声。张侃《拙轩集》盛赞“是他春带愁”数句，认为“近世春晚词，少有比者”。其实，辛词结尾几句亦有所本，这就是赵德庄的《鹊桥仙》：“春愁元自逐春来，却不肯随春归去。”陈鹄《耆旧续闻》说：“大抵后辈作词，无非前人已道底句，特善能转换耳。”是的，辛词明明是袭用赵词，但经辛一“转换”，意味更长更深。赵词是愁作主语，愁随春来却不随春去，辛词转换为春作主语，“春带愁来……却不解、带将愁去”，中间还加一“春归何处”，紧扣着“春晚”主题，语句短促，伤春之情更浓，怨气更大。这就叫点铁成金。

这首怨气颇深的词，到底为何而作？历来众说纷纭，莫衷一是。宋张端义说：“吕婆有女事幼安，因以微事触其怒，竟逐之。今稼轩《桃叶渡词》因此而作。”（《贵耳集》卷下）这样说来，词中的思妇就是吕婆的女儿，然而，既已逐之，又何必作此情意缠绵的《春晚》词呢？清谭献说：“末三句托兴遥深。”(《谭评词辨》）什么托兴，他没有说。特别爱讲托兴的张惠言，几乎认为这首词句句有寄托，他说：“点点飞红，伤君子之弃；流莺，恶小人得志也；春带愁来，其刺赵、张乎？”(《词选》)这样解词，恐怕太坐实了，反而难以令人信服，还不如象“托兴遥深”那样引而不发为好。今人邓广铭说这首词是辛弃疾“中年游宦思家之作”（《辛稼轩词编年笺注》卷一）。古代文人把自己思家写成家人思己，比比皆是，这样解释也许更符合实际。当然，这首词可能有身世之感，借闺怨以抒发从宦无功、归家不得的哀愁怨气，但不宜讲得太落实。

辛词好用典，这首词也用了不少典故，但用得不着痕迹，以致不少注家往往忽略了它的出处。辛词以豪放著称，但这首词却写得缠绵悱恻，以婉约见长，乃至沈谦不禁惊叹道："词人伎俩，真不可测！"

带湖盟鸥鹭 忧愤赋隐诗

——《水调歌头·盟鸥》赏析

李茂肃

带湖吾甚爱，千丈翠奁开。先生杖屦无事，一日走千回。凡我同盟鸥鹭，今日既盟之后，来往莫相猜。白鹤在何处？尝试与偕来。　　破青萍，排翠藻，立苍苔。窥鱼笑汝痴计，不解举吾杯。废沼荒丘畴昔，明月清风此夜，人世几欢哀。东岸绿阴少，杨柳更须栽。

这首词约写于淳熙九年（1182 年）初，当时作者在江西上饶，被迫闲居。

辛弃疾自绍兴三十二年（1162 年）南归，至写这首词时，已整整过了二十年。在这二十年的漫长岁月里，他一直“以气节自负，以功业自许”（范开《稼轩词序》），希望得到驰骋疆场，奋勇杀敌的机会。但是昏庸腐朽的南宋当局，却推行屈辱求和的投降路线，对有爱国思想的志节之士，不仅不给以支持，反而进行压抑和打击，辛弃疾即是其中的一个。淳熙七年

(1180年)，辛弃疾在湖南安抚使任，曾招募民兵，建立飞虎军，这一举动固然有“弹压蛮猺”、镇压少数民族起义的不良意图，但主要的还是“备御边境”，抗击金人。因此“北虏颇知畏惮，号虎儿军“(见《历代名臣奏议》，转引自邓广铭《辛稼轩年谱》)。但是这一具有战略意义的措施，却受到最高统治者的阻挠，“降御前金字牌，俾日下住罢”(《宋史》本传)。辛弃疾虽以特殊的机智和胆识顶住了这股恶风，但却招致投降派官员的更多诽谤和攻击。当时的言官王蔺，竟以“奸贪凶暴”、“虐害田里”、“用钱如泥沙，杀人如草芥”的罪名弹劾辛弃疾。辛弃疾于淳熙八年（1182年）十一月被削职闲居。“千年往事已沉沉，闲管兴亡则甚?”（辛弃疾《西江月》）辛弃疾抱着抗战志愿不得实现的苦闷来到江西上饶，来到他刚建的带湖新居。

带湖在上饶城北一里许，辛弃疾调任江西时，在这里建立了一所庄园。这里倒是一个幽闲的所在，灵山倒影，湖水如镜，白鸥出没，柳暗花明。就在这里辛弃疾开始了他十年被迫闲居的生活。《水调歌头·盟鸥》这首词写于这一时期，而且是这一时期最早的作品。

在古人的观察中，白鸥是自由自在的象征，而且它出没于湖滨溪泽之地，又多与山泽隐士相处共居，因此一些愤世嫉俗希望退隐避世的人，常以歌咏白鸥或与白鸥为盟寄托自己的生活向往和苦闷心情。唐代诗人李白就有“明朝拂衣去，永与海鸥群”（有的版本作“白鸥盟”）的诗句，而且表示“鸥兮飞来，长与君兮相亲”(《鸣皋歌送岑征君》)。辛弃疾根据自己生活环境的特点，又受到前人诗词的启发，因此这首词以“盟鸥”为题，抒发了他希望避开黑暗社会现实的苦闷。

词分上下两阙，上阙从“我”写到白鸥，下阙又从白鸥写到“我”。学术界有人认为这首词属“会盟体”，所以词中所见，全是“我”和白鸥的活动。

前四句写带湖之美，以及作者喜欢带湖的心情。“千丈翠奁开”一句，形容湖水清澈明净，像刚打开翠绿色的镜匣看到一方明镜一样，因此作者杖屦无事，每天要几次来到这里。接着词意一转，紧扣“盟鸥”的题意，写出了对同盟者的要求：“凡我同盟鸥鹭，今日既盟之后，来往莫相猜。”这几句话，展示了一个新的意境，作品中的“我”进入了人与物化的境界，而且“问鹤在何处？尝试与偕来”。于是作者与鸥鹭为朋，与湖光山色化为一体。这样描写，既表现了作者喜爱自然风光和性格洒脱的特点，同时也透露了作者政治失意，讨厌黑暗的社会现实，只有与鸥鹭为朋的苦闷心情。词的下阙，先从鸥的动作写起，它“破青萍，排翠藻”，站立在绿色的青苔上。“窥鱼笑汝痴计”二句，写得很有特点。作者痴笑白鸥只顾窥鱼待机捕捉，却不领会我举杯相邀的心意。这样描写使“盟鸥”的活动进了一步，加深了人与物化的意境。“废沼荒丘畴昔”三句转出，通过对带湖今昔对比的描写，发出无穷慨叹。据宋人洪迈《稼轩记》记载：稼轩的带湖新居，原是一片荒废的“旷土”，经稼轩的经营才成为风景优美的所在。这里表面上慨叹带湖的今昔变化，实际上是慨叹人世沧桑、世态炎凉，抒发了自己政治失意的苦闷。因此“人世几欢哀”的“欢哀”二字，重点是在“哀”。结尾“东岸绿阴少，杨柳更须栽”二句，是哀叹之余的自慰，是无可奈何的抒情，它无异是说：哀叹愁苦又有什么用呢？还是种树自娱，消遣时日吧！

在我国古代诗词中，描写鸥鹭和歌颂与之盟好的作品很多，陶潜《游斜川》诗描写了“闲谷矫白鸥”的情况，陆游也有“平湖烟水已盟鸥”的诗句，上述李白的《赠王判官，时余归隐居庐山屏风叠》影响较大。作者痛恨安史之乱“大盗割鸿沟，如风扫秋叶”，而自己有济世之志但不得进用，因此发出“明朝拂衣去，永与海鸥群”的慨叹。但是李白与海鸥为群，并没有具体描写，看不到形象的活动，显然辛弃疾的《水调歌头·盟鸥》就不同了。辛弃疾以幻想联翩的艺术构思，展现了人与物化的意境，塑造了化身鸥鹭的自我形象，与白鸥往来，并通过白鸥“问鹤在何处？”而且举杯邀与共饮。这种意境和形象的出现，新颖别致，增加了艺术趣味，而且更深刻地表现了作者对黑暗社会现实的厌弃心情。所以这首词在辛弃疾的带湖之什中是有影响的佳作。

在遣辞造句方面，这首词也有创新，曾引起当时人们的注意。作者的朋友汤朝美在《京口耆旧传》中说：“近日辛幼安作长短句，有用经语者，《水调歌头》云：‘凡我同盟鸥鹭，今日既盟之后，来往莫相猜。’亦为新奇。”查辛词所用“凡我同盟”三句来自《左传》。《左传·僖公九年》：“齐侯盟诸侯于葵丘曰：‘凡我同盟之人，既盟之后，言归于好。’”可见辛弃疾是化用《左传》的语言入词的。所以引用经、史的散文语言写词，是辛词的重要特色。上述的例子还可举出很多，如《贺新郎》“甚矣吾老矣”，语本《论语》；《南乡子·登京口北固亭有怀》“天下英雄谁敌手”三句，活用《三国志》曹操的话；《西江月·遣兴》“近来始觉古人书，信著全无是处”二句，语本《孟子·尽心》。这说明辛弃疾不仅吸取前人的诗句入词，而且活用前人散文中的语言和表现方法写词，这是一个创举。

在苏轼以前，诗和词是不同的，苏轼打破了二者的界限，采用诗的语言和方法写词，开拓了词的意境，加强了词的表达力量。文与词更是不相同的，而辛弃疾不仅打破了诗与词的界限，同时也打破了散文与词的界限，大量吸取经、史散文语言和表现方法入词，这就使词的写作进一步灵活多样，使词这一文体得到进一步解放。宋人刘辰翁《辛稼轩词序》说：“词至东坡，倾荡磊落，如诗如文，如天地奇观……然犹未至用经用史……自辛稼轩前，用一语如此者必且掩口。及稼轩横竖烂熳，乃如禅宗棒喝，头头皆是……词至此亦足矣。”这段话指出了在词的发展上，苏东坡与辛稼轩各自不同的贡献和写作特点，是值得重视的。

未应两手无用

——《水调歌头·汤朝美司谏见和，用韵为谢》赏析

徐北文

白日射金阙，虎豹九关开。见君谏疏频上，谈笑挽天回。千古忠肝义胆，万里蛮烟瘴雨，往事莫惊猜。政恐不免耳，消息日边来。　笑吾庐，门掩草，径封苔。未应两手无用，要把蟹螯杯！说剑论诗馀事，醉舞狂歌欲倒，老子颇堪哀。白发宁有种，一一醒时栽。

本篇约当作于宋淳熙九年（1182年），辛弃疾43岁时。他自淳熙七年冬任江西安抚使，翌年十一月改任两浙西路提点刑狱公事，刚刚一个月，即被台臣论列而罢官。先是他曾在江西上饶的带湖之滨修建了一座上百间的庄园，内有稼轩、集山楼、婆娑堂、植杖亭、信步亭等房舍，以及青径、锦路、涤砚渚等园林景观。罢官后即迁入这处宽绰幽雅的新居。当时上饶“最密迩畿辅，东舟西车，形势便近。士大夫乐寄居焉，环城中外，买宅且百数。”（洪迈《文敏公集·稼轩记》）辛宅是高级

住宅区中最宏丽的，朱熹见后“以为耳目所未曾睹”。按常理说，他满可以过起诗酒风流的退隐生活，独善其身以闲适自得了。从外表看，他似未能免俗，一样地参与士绅之间的祝寿、送别等宴会，诗歌赠答，游山玩水，应酬频繁，颇不寂寞。

他在定居的第二年春写了《水调歌头·盟鸥》一词，说“带湖吾甚爱，千丈翠奁开。先生杖屦无事，一日走千回”。并且要和湖上的鸥鸟、鹭鸶结为“盟友”，忘掉人世的“机心”，回归到大自然，颇可以说很超脱的了。然而这首《盟鸥》却又不免落到人间，在其友人间传阅甚至互相唱和起来。仅从现存于《稼轩词》中就有三篇，除首唱外，他又写了重和严子文、傅安道的和韵一篇，以及本篇为汤朝美和作再次赓和而用原来韵脚填写的《水调歌头》。

汤邦彦字朝美。《京口耆旧传》卷八有其传记，说他深得宋孝宗的信任：“时孝宗锐意远略，邦彦自负功名，议论英发。上（孝宗）心倾向之，擢左司谏兼侍读。论事风生，权幸侧目。”不久因被论列贬谪到新州（今广东新兴县）编管，后来又量移至信州（即上饶）居住，得以和弃疾交游。故而本篇上阕即是说的汤朝美的情况：“白日射金阙，虎豹九关开”，把南宋的宫殿写得壮丽而肃穆。而作为左司谏的汤朝美曾在这政权中枢之中，人们看到“见君谏疏频上，谈笑挽天回”，议论英发的汤朝美提出很多的直言谠论，而且在“谈笑”之间能“挽回”皇帝（“天”）的旨意，对于国事起了很大的作用。却不料旋又被放逐到当时边远的“万里蛮烟瘴雨”之地。诗人在这里用一联组织整齐语词贴切的对仗句，以“千古忠肝义胆，万里蛮烟瘴雨”的鲜明对比，来强调朝美之遭贬斥是多么不合理。紧跟着用“往事莫疑猜”这一宽解安慰的话来截住这一层次。然后用东晋名相谢安的典故：“谢安在东山居布衣时，兄弟已有富贵者，翕集其门，倾动人物。刘夫人戏谓安曰：‘大丈夫不当如此乎?’谢乃捉鼻曰：‘但恐不免耳。’”（《世说新语·排调》）推断朝美之重新入朝也是“政恐不免耳”，召还复官的“消息”会从“日边”（朝廷）而“来”的。上阙是就朝美而言，下阙则以自己的落寞和朝美的虽暂遭不幸但大有前途之望的情况作对比。

“笑吾庐”——笔锋一转，过渡到自己，却是“门掩草，径封苔”的“贫居闹市无人问”的境遇（这自然是诗人的夸张）。辛弃疾此时正当43岁的盛年，却罢官而无事可做，难道真的是“未应两手无用”？只能和东晋毕卓所云：“一手持蟹螯，一手持酒杯”，“便足了一生”（见《世说新语·任诞》），而“要把（持）蟹螯杯”吗！以文韬武略自负的辛弃疾本应为恢复大业重整山河而鞠躬尽瘁，而今只能“说剑论诗”以空谈消磨时光，本来就极无聊赖了，但是现在却连这种“谈论”也是其生活中的“馀事”，日常生活倒是以“醉舞狂歌欲倒”为主，岂不是最大的痛苦——“老子真堪哀”啊！为什么要用醉酒狂歌来麻醉自己？诗人在篇末以“白发宁有种，一一醒时栽”来作为回答：这种报国无门的痛苦，在清醒时是无法忍受的，满头白发就是在清醒时生出来的，只能“一醉解千愁”而已。

美丽舒适的庭园，诗酒歌舞的生活，是不能餍足诗人心灵的渴望的。看来，什么“带湖吾甚爱”，什么要和鸥鹭结盟，都是百无聊赖中无可奈何的寄托。而这“寄托”也并不能依仗它以安身立命，徒然使诗人的内心感到更大的痛苦罢了。这就是本篇及其原唱主旨的真正所在吧。

我们也可进一步体会到，上阕虽然是说的汤朝美赤胆忠心的品质，谈笑挽天回的能力，乃至消息日边来的大有可为的前程；其实在隐隐中折射出诗人对自己的评价和期待。他内心是多么希望束带立于朝而使国运兴隆的啊。在这一意念上，也可以说词中所指的不仅是汤朝美，也是写的诗人自身，上下阕也可以倒置过来，如此，下阕就是写的诗人的现在，上阕就是他希冀的将来。因为“白日射金阙”的华丽辉煌，“虎豹九关开”的威武庄严，也不是南宋行在——临安皇宫的写实的描摹，而是一座大一统王朝的伟大宫殿的意象，而“谈笑挽天回”的巨大能力，是赫赫相业的赞美，也是诗人衷心向往的象喻。这些神采飞扬的形象恰与“醉舞狂歌欲倒”形成强烈的对比，从而使作者沉痛复杂的悲愤感情跃然于纸上，形成了强大的感染力量。

不落常格的寿词

——读《水龙吟·为韩南涧尚书寿，甲辰岁》

刘文忠

渡江天马南来，几人真是经纶手？长安父老，新亭风景，可怜依旧！夷甫诸人，神州沈陆，几曾回首？算平戎万里，功名本是，真儒事，君知否？　况有文章山斗，对桐阴、满庭清昼。当年堕地，而今试看：风云奔走。绿野风烟，平泉草木，东山歌酒。待他年整顿，乾坤事了，为先生寿。

这是一首为韩南涧尚书祝寿的词，从题下署“甲辰岁”三字，可知此词写于宋孝宗淳熙十一年（1184 年），辛弃疾时年 45 岁。1181 年十一月，词人从江西安抚使任上被劾落职。他似乎早作好了闲居的准备，在落职半年以前，便开始营建位于信州（今江西上饶市）城北的带湖新居，以后便在带湖度过了他的十年闲居生活。韩南涧即韩元吉（1118—1187 年），字无咎，号南涧，许昌人，晚年寓居信州，与辛弃疾时有往来，曾官至吏部尚书。他也力主恢复中原，但反对轻举妄动，张浚不听他的劝阻，以致有符离之败。黄昇《花菴词选》称他“政事文学为一代冠冕”。有《南涧诗余》存世。

《全宋词》录有韩元吉（南涧）《水龙吟》一首，题作“寿辛侍郎”。查《宋史·辛弃疾传》，辛弃疾在写此词的45岁之前没有做过侍郎，他晚年任过兵部侍郎，那时韩元涧已去世二十年了。邓广铭《稼轩词编年笺注》说：“题云‘寿辛侍郎’，系后来所追记者。”现将韩作附后：

南风五月江波，使君莫袖平戎手。燕然未勒，渡泸声在，宸衷怀旧。卧占湖山，楼横百尺，诗成千首。正菖蒲叶老，芙蕖香嫩，高门瑞，人知否？　凉夜光躔牛斗，梦初回，长庚如昼。明年看取，锋旗南下，六骡西走。功画凌烟，万钉宝带，百壶清酒。便留公腊馥，蟠桃分我，作归来寿。

韩作与辛词比较，不但词调相同，韵字全同，是和作无疑。韩作所写，也切合辛弃疾的身分，如“使君莫袖平戎手”，弃疾落职前为江西安抚使，故称“使君”，韩元吉希望弃疾重新出来做官，故词中有“莫袖平戎手”之说，“卧占湖山”句，指弃疾营居带湖事。更有趣的是韩作篇末自注云：“仆贱生后一日也，故有分我蟠桃之戏。”这说明辛、韩生日只差一天，辛在前，韩作应比辛作早一日，辛词是步韩词之韵的和作，这一点是大体可以肯定的。

此首词虽为祝韩南涧的67岁大寿而作，但词中所言大半是政治问题，上片一开头便斥责南宋政权的误国罪行，感叹南宋朝廷没有安邦治国的能手，指出平戎是儒者的真正功名，故这首寿词能不落俗套。

“渡江天马南来，几人真是经纶手?”上句用晋代童谣“五马浮渡江，一马化为龙”的典故，这里指宋室南渡，从此偏安江南。下句说朝廷中缺乏整顿乾坤的能手，一语道破偏安王朝的腐败无能。

“长安父老，新亭风景，可怜依旧。”描写北中国沦陷区的父老们，日夜盼望北伐，收复失地，南渡的士大夫们，也在新亭对泣，感叹山河变异，但他们只是空盼、空叹，偏安的情况依然没有改变。“新亭风景”，用《世说新语》的典故。《世说新语·言语》载：“过江诸人，每至美日，辄相邀新亭，藉卉（坐在草地上）饮宴。周侯中坐而叹曰：‘风景不殊，正自有河山之异。’皆相视流泪。惟王丞相愀然变色曰：‘当共勠力王室，克复神州，何至作楚囚相对！’”“新亭”一名劳劳亭，三国吴时所建，在今南京市南。

“夷甫诸人，神州沈陆，几曾回首?”夷甫即东晋清谈家王衍，字夷甫。《世说新语·轻诋》载：“桓公（指桓温）入洛，过淮、泗，践北境，与诸僚属登平乘楼（即楼船），眺望中原，慨然曰：‘遂使神州陆沈，百年丘墟，王夷甫诸人，不得不任其责！’”这里用王夷甫诸人，指代误国的南宋权贵。“神州沈陆”指中原沦陷，沈陆同陆沉。这三句是指责南宋朝廷对恢复事业漠不关心。

“算平戎万里，功名本是，真儒事，君知否?”这三句说为了消灭侵略者，我已在戎马倥偬之中，奔波了万里之遥，只有平戎的功名，才真正是儒者的事业，您是否明白这一点呢?词人提出这个问题，正说明他在闲居时，并未忘怀北伐收复失地，他对被逼隐居山林，是不满意的，这位“平生塞北江南”为平戎奔走万里的英雄，如何能甘心栖息林泉，与山花山鸟为友呢？

因为这阕词是寿词，自不免要说几句祝寿的话以切题，下片便过渡到这方面来，当然也免不了对韩南涧作一些称颂。

“况有文章山斗，对桐阴满庭清昼。”上句赞其文章可比韩愈。《新唐书·韩愈传》说：“自愈没，其言大行，学者仰之如泰山北斗。”下句是颂其光荣的家世。陈振孙《直斋书录解题》载韩元吉《桐阴旧话》，说是“记其家世旧事，以京师第门有梧木，故云。”由此可见，“对桐阴满庭清昼”，是歌颂韩氏京师旧居有满庭的梧桐树，树阴使庭园格外清幽。

“当年堕地，而今试看：风云奔走。”这三句写韩氏与自己的出生地，均已沦陷，而今回首北望，只见风云变幻，旧家难归了。

“绿野风烟，平泉草木，东山歌酒。”此三句用古代三个著名的宰相寄情山水的佳话来象喻韩元吉寓居上饶的志趣。“绿野风烟”指唐朝宰相裴度别墅绿野堂的景色，旧址在洛阳午桥。“平泉草木”指唐朝宰相李德裕的别墅平泉山庄的园林，旧址在洛阳郊外。“东山歌酒”，东晋谢安曾寓居东山（在今浙江上虞县），“虽放情丘壑，然每游赏，必以妓女从。”

末三句，明其等待恢复中原，完成统一大业之后，再为韩氏痛痛快快地祝寿。

这首词写作的特点是议论多，感慨深，感情曲折回荡，终不离恢复中原之志，上片几乎全部是对国事的议论，可谓指点江山的激昂文字，又多用设问来表现，气势逼人，矛头直指偏安江南的小朝廷。下片上半段，有些揄扬韩元吉的描写，因为它是寿词，不足为怪，难能可贵的是最后几句，又回到“整顿乾坤”上来，所以从写法看，仍不落常格。

这首词用典较多，典故用得较贴切恰当，达到了“援古证今，用人若己”（《文心雕龙》）的程度，这样使得激烈的感情，多少变得婉转含蓄了一些，但总的风格，还是豪放率直的。

别歌一曲见性情

——《满江红·送李正之提刑入蜀》赏析

王思宇

蜀道登天，一杯送绣衣行客。还自叹：中年多病，不堪离别。东北看惊诸葛表，西南更草相如檄。把功名收拾付君侯，如椽笔。　儿女泪，君休滴。荆楚路，吾能说。要新诗准备，庐山山色。赤壁矶头千古浪，铜鞮陌上三更月。正梅花万里雪深时，须相忆。

这是一首送别之作，作于淳熙十一年（1184年）冬，时作者家居信州（今江西上饶市）城北之带湖。李大正，字正之，是作者的好友，据《稼轩词》，后来李正之病逝时，辛弃疾曾写了《卜算子·闻李正之茶马（官职名）讣音》哭吊，可见二人感情之深。李正之于乾道中和淳熙中，曾两度任江淮荆楚福建广南路提点坑冶铸钱公事（掌采铜铸钱），作者写此词前，他正任此职。信州是当时主要产铜地区，故李氏常驻于此。这时他将入蜀任利州（治所在今四川广元县）提刑（提点刑狱使的简称，主管一路的司法、刑狱和监察)，作者写了此词送别。

清人谢章铤说，“稼轩是极有性情人”(《赌棋山庄词话》)。近代著名词人兼词论家王国维也说，“幼安（辛弃疾的字）之佳处，在有性情”(《人间词话》)。上面这首《满江红》，就是从作者心中流出来的，最能看到他的真性情。

“蜀道登天，一杯送绣衣行客。”起笔就点出送别正题。首句用李白《蜀道难》“蜀道之难，难于上青天”语意。“绣衣”是官名，西汉武帝设绣衣直指巡行各地，审理重大案件。李正之任提刑，故以此官称他。送别词，通常都是先从送别之地写起，此词则不然：首句先写行者所到之处，次句又立刻回到送别之地来；上句盘空而起，有气吞山河之概，下句又直转直下，变得情意绵绵，低徊无限：一纵一收，大起大落，劈头一个跌宕，读者的精神，一下就被摄入词中。“蜀道登天”，行者匪易；杯酒送别，送者情深。此时作者四十五岁，正当中年。“中年多病，不堪离别”，却又不能不离别，叫人若何为情！这几句字字都凝聚着作者的深情，读者的心弦也为之震憾。

这次送别不是在平常时候，是在国家多难的时节；送别者也不是一般的人，是辛弃疾这样的英雄豪杰。杯酒难温，行人就要上路。想到山河破碎，国事日非，作者热血沸腾，因而以古代贤相才人相勉。诸葛亮北伐曹魏，有前《出师表》上蜀汉后主。据《史记·司马相如列传》记载，西汉武帝时，唐蒙略取、打通夜郎（古国名，在今四川、云南、贵州三省交界一带)、僰（bó，地名，在今四川宜宾西南一带）中等地，大量役使巴蜀之民，并杀其首领，巴蜀之人大惊恐，武帝乃使司马相如写了《喻巴蜀檄》，安抚巴蜀之民。后来武帝又任相如为中郎将，攻取平定了西南大片地方。“君侯”是汉代对列侯的尊称，后来也用来尊称地方重要官员。词中即指李正之。《晋书·王珣传》：“珣梦人以大笔如椽与之，既觉，语人曰：‘当有大手笔事。’俄而帝崩，哀册谥议，皆珣所草。”因为上面举的都是文章（表、檄），所以这里引王珣事，“如椽笔”在《晋书》中指文才，词中引用则指功业，取义是不同的。李正之这次是入蜀任官，作者因引用同巴蜀有关的两个历史人物，勉励他治理好西蜀，为抗击金兵、收复中原失地作出贡献。作者这时受主和派打击，被罢官闲居，虽然被迫离开了政治生活，心里却时刻关心着国事。对友人的勉励，其实就是自己内心愿望的真实写照，表现了他的爱国主义思想感情。

上片叙眼前离别场面，主要写对友人的希望和祝愿；下片重点转到想象别后情况，集中抒写离情。

值得注意的是，此词写离情，也与其他通常写法不同：它是用宽慰的形式来表现，词的下片，即全是对友人的宽慰之词；作者对友人的深厚情谊，即自然融合在这宽慰之词中。

好友相别，是令人伤心的。“儿女泪，君休滴”，是用王勃《送杜少府之任蜀州》“无为在歧路，儿女共沾巾”诗意。劝友人别流泪，其实自己也忍着泪，不过作者性格豪放，不作儿女态罢了。这是宽慰之词，但这宽慰的本身，就含着深重的伤感，体现着对友人的眷恋。

然而，单是这简单的宽慰是不够的，所以下面接着加以申述。三至八句是用此次行程沿途的美丽景色慰解之。“荆楚路”指入蜀必经之江西、湖北等地。“赤壁矶”在今湖北黄冈县西北，苏轼误以为是周瑜破曹操之处，曾与友人来游，写了前后《赤壁赋》和《念奴娇·赤壁怀古》凭吊，其《念奴娇》起句云：“大江东去，浪淘尽千古风流人物”。辛词“千古浪”语本此。“铜鞮陌”指湖北襄阳，唐雍陶《送客归襄阳旧居》诗：“唯有白铜鞮上月，水楼闲处待君归。”“荆楚路”是总述；庐山、赤壁矶、铜鞮陌都是荆楚之地，是分叙。这几句有两层意思。从友人方面说，是希望他尽情领略沿途风光，凭吊古迹，以驱除旅途寂寞，勿为行役而苦，勿以别离伤怀，是对友人的关怀体贴；“新诗准备”绾合下面三句，是希望友人把沿途的好山、好水、好月，都写入新诗相寄，是赞美友人文才出众。从作者方面说，友人别去后，作者就计算着行程，时时把他挂念。

结尾总结这次行程，以景寓情，收结全篇。这里暗用南朝宋陆凯寄梅事，《荆州记》：“陆凯与范晔交善，自江南寄梅花一枝，诣长安与晔，兼赠诗曰：‘折梅逢驿使，寄与陇头人。江南无所有，聊赠一枝春。’”这几句是说，屈指行程，您到任之日，正是梅花飘香、万里雪深之时，那时您定会想起，千里之外，有一个人正把您忆念。梅雪都是高洁之物，因而还含有象征意义，隐喻友人的高洁。“相忆”自然包括双方在内，但从语气上讲，词中从友人方面说，显得更加蕴藉含蓄，而且这里还包含着希望友人到任后寄书报道平安之意，犹现今送人登车上船，临别叮嘱到达后寄封信来。沿途之美景如彼，抵达时白雪红梅迎接，是此行之佳胜绝矣——仍然是遥接开头的宽慰之词。李白《送孟浩然之广陵》结云：“孤帆远影碧空尽，惟见长江天际流。”是以眼前实景写离情。此词则是以想象行者到达时之景写离情。取径不同，表现的都是对友人的依依不舍，读来余味不尽。

周济说：“稼轩固是才大，然至情处后人万不能及。”（《介存斋论词杂著》）本篇把爱国之情和朋友之情融为一体，正是一首至情之词。通篇一往情深，意气昂扬，无半点衰飒气，这正是辛弃疾的本色。

嬉笑怒骂　愤世嫉俗

——《千年调》赏析

邓魁英

卮酒向人时，和气先倾倒。最要然然可可，万事称好。滑稽坐上，更对鸱夷笑。寒与热，总随人，甘国老。　　少年使酒，开口人嫌拗。此个和合道理，近日方晓；学人言语，未会十分巧。看他们，得人怜，秦吉了。

辛弃疾这首《千年调》是和他的朋友郑汝谐开玩笑作的一首小词。郑汝谐，字舜举，于淳熙十二年至十三年间曾任信州知州。为官“威而能惠”，颇有政声。在郑汝谐守信州时，经常同辛弃疾过往唱和。辛弃疾于淳熙八年（1181 年）任江西安抚使，本来救荒赈灾，甚有成效。但监察御史王蔺却捏造罪状，弹劾他“用钱如泥沙，杀人如草芥”，又说他“凭陵上司”，于是便被罢了官，来到上饶带湖之滨赋闲。辛弃疾自 23 岁南归以后，朝廷对他东遣西调、叱来挥去，他始终没有机会驰向抗金战场，实现自己北定中原的愿望。他曾先后上过《御戎十策》和《九议》，但都不被采纳，且因“持论劲直，不为迎合”（《宋史》本传）而得罪了许多主和派人物，以致二十年来不断遭受排挤打击。早在淳熙六年他在上《论盗贼劄子》时便说过自己“生平则刚拙自信，年来不为众人所容，顾恐言未脱口而祸不旋踵。”（《辛稼轩诗文钞存》）可见他对自己的恶劣处境是有清醒认识的。这一次被罢职他极为愤慨不平，为了排遣郁闷，发泄牢骚，他把词当作“陶写之具”，创作了许多寓意深远的作品。这首《千年调》便是“寓庄于谐”，以嬉笑怒骂的方式，抒发自己内心愤懑的小词。

作者在词的前面有一小序写道：“蔗菴小阁名卮言，作此词以嘲之。”蔗菴是郑汝谐的宅第，座落在上饶城的一隅，那里古木盘绕，石径幽回，景致很美。蔗菴中有一小阁，主人给它取了个名字叫卮言。“卮言”出于《庄子·寓言》的“卮言日出，和以天倪”，和《庄子·天下》的“以卮言为曼衍”。卮是一种盛酒用的圆形器皿，盛满酒便向前倾斜，不盛酒时则仰起，从来没有一个固定的姿势。《经典释文》卷二十八引王叔之解释“卮言”一词说：“卮器满即倾，空则仰，随物而变，非执一守故者也。施之于言，而随人从变，已无常主者也。”卮言是指那种人云亦云、毫无根底的话，也有随意漫谈、毫无定见的意思。主人给自己的小阁取这样一个名字，看来颇有些愤世嫉俗的味道。辛弃疾便借题大肆发挥，抓住一个“卮”字生发开去，用以抨击、痛骂当时的人情世态。

“卮酒向人时，和气先倾倒。最要然然可可，万事称好。”作者用“空满任物，倾仰随人”的卮形容那种圆滑、狡狯的人说：有些人就像盛满了酒的卮一样，见到人先笑容可掬地倾身下拜。在他们看来最要紧的是总得说：“是的、是的，可以、可以，”对任何事情都要服从依顺，绝不违拗。作者从卮的特性联想到社会上的一种人：他们不能主持正义，是是非非，贤贤恶恶，只会逢迎阿谀，恭维上司。对于这些世俗小人，作者是极其憎恨的，但这种鄙夷的情感在开头并没有全盘托出，他只是用稀疏轻淡的笔墨勾勒出一幅漫画式的图象。而当我们读下去，把词中写到的几个物件的形象联系起来体味思考时，才会进一步领悟出作者的用心。“滑稽坐上，更对鸱夷笑，”作者又描绘了两种酒器。滑稽（滑，旧读作 gǔ），是古代宴席上一种专供斟酒用的壶，酒倒尽了，再盛满后接着倒，它可以“转注吐酒，终日不已”（《史记·滑稽列传》司马贞“索隐”引崔浩语）。鸱（chī）夷，是一种用皮革缝制的巨型酒器，在用时它可以盛很多的酒，不用时又可卷起来收藏。这也是在写那种凡事然然可可、油滑圆通的人物。作者用拟人手法特地写出滑稽和鸱夷的相视而笑，这是会心的笑，说明它们彼此相同，都是或动或止，舒卷随人；隐忍容纳，决不违时忤物。这是得意的笑，说明他们意识到自己在宴席间有着不可或缺的地位。下面作者又写道：“寒与热，总随人，甘国老。”中药里的甘草味道甘甜，它自身本没有多大医疗作用，但却能调和药性，在寒药和热药的配方中总是少不了它，因而博得了“国老”的称号。作者用“甘国老”比喻那种在官僚社会中随波逐流，人寒亦寒，人热亦热，没有独立人格的人物。

在上片里辛弃疾一连写到了四样东西：万事称好的卮、多所容纳的滑稽和鸱夷、寒热随人的甘草。他从郑汝谐的小阁卮言的“卮”，联想到滑稽和鸱夷，因为它们都是酒器，而且特性相近，那就是它们都俯仰随人，很象社会上那种圆通油滑，不持己见，不争是非的人。而正是这种人在官场上极吃香，于是作者便又联想到了中药配方里经常少不得的甘草。他通过这几个特点相近的形象向我们展示了他的思辨过程，我们可以看到他的思维多么活跃，联想多么丰富！读到这里，作者那讥俗骂世的用心就会清楚地看到了。他是在以冷嘲热讽的手段，以漫画式的技法为当时官僚社会中的某些人物画象，他敏锐地揭露和抨击了南宋时期士大夫中那种苟且因循、逡巡自保的作风。这种作风如果追溯上去，应该说是北宋以来优礼士大夫政策的产物。有些人做高官、享厚禄，却只顾自身的安乐而不关心国家命运。到了南宋，朝廷无志北伐，只满足于维持偏安局面，当权的主和派专力排斥异己，于是便更助长了某些人保禄位、全性命的思想。“唯唯诺诺”，无所作为就成了他们习以为常的处世哲学。辛弃疾与这些人不同，他热心于恢复中原的事业，一贯与朝廷里的主和派大唱反调，在地方官任上所作所为也极不合时宜，因而被打击陷害，罢官落职。而一些跟在当权者身后卑躬屈膝、随声附合的人却得到当权者的垂青，有着受用不尽的荣华富贵。辛弃疾十分鄙视这些人，极端不满那种时风流俗，他正是怀着这样一种心情为这些人物画象的。

词的下片是写作者自己，以幽默、滑稽的手法发泄内心的牢骚愤懑。“少年使酒，出口人嫌拗。此个和合道理，近日方晓。”是说自己少年时代好恃酒使气，说话做事极其刚直、倔强，因而总被人嫌弃。而最近才明白了必须与人和睦相处的道理。所谓“近日”，应是指作者因受诬陷而被罢官后的日子。他说直到近日才清醒地认识到自己是因为不会迎合时俗、取悦上司才被弃置的。他说自己的“持论劲直，不为迎合”是“使酒”，是“拗”，称那种庸俗的处世哲学为“和合道理”，这分明是正话反说，似自嘲，实是骂世。下面作者充满激愤地写道：“学人言语，未会十分巧。看他们，得人怜，秦吉了。”他说自己也很想仿效一下那些人的巧言令色，但却又笨拙得很，怎么也学不利落。这时，他忽然想到了秦吉了。秦吉了，又名结辽鸟，亦称鹩哥，是一种比鹦鹉、八哥还善于学人言语的小鸟。他把那些人云亦云、随声附和的人比做只会学舌的鹩哥，他们只会模拟别人的声音，而没有自己见解。辛弃疾在《美芹十论·自治》中说：“今之论天下者皆曰：‘南北有定势，吴楚之脆弱不足以争衡于中原。’”这种论调往往被秦吉了式的人物反复学舌，作者在这里讽刺的正是这一类主和派舆论的传播者。

在下片里，作者巧妙地构成了一组对比：一方面是自己的执拗，不会学人言语，以致“出口人嫌拗”；一方面是秦吉了的如簧巧舌，因之能够“得人怜”。两种态度，两样遭遇，对比之下，就使得作者对现实社会的揭露和批判更加尖锐了，这首词所蕴含的思想也就更加深刻了。它使读者看到了辛弃疾那刚直、耿介的品格，看到了那些庸俗的人物和丑恶的世风。在整首词里作者连续描写了众多有趣的器物和鸟雀，语言幽默，格调轻快。这是一首以嬉笑怒骂之笔，寄愤世嫉俗之情的小词。

华发苍颜悲流年

——《清平乐·独宿博山王氏庵》赏析

朱靖华　王　洪

饶床饥鼠，蝙蝠翻灯舞。屋上松风吹急雨，破纸窗间自语。　平生塞北江南，归来华发苍颜。布被秋宵梦觉，眼前万里江山。

这首词写于淳熙九年（1182年）之后，是作者被革职闲居信州（今江西上饶）带湖时期的作品。博山，在今江西省广丰县西南三十里，“南临溪流，远望如庐山之香炉峰”（见《清一统志·江西广信府》），风景优美。故作者在博山寺旁筑“稼轩书屋”读书，时常往来于信州至博山的道中。他以途中见闻写下十余首词，此是其中的一首。

作者素怀收复中原大志，遭到朝廷投降派的忌恨和排斥，在落职隐居中虚度年华，内心悲愤不已。此词的写作特点，是以空间与时间的频繁转换，抒发了他深埋心底的壮志难酬、报国无门的愤懑感情。

上片呈现在读者面前的，是一个十分狭小而凄冷的空间——在一间简陋破败的茅草空庵里，作者被秋夜的冷风吹醒了。词人耳目所接，是昏暗油灯光下的绕床饥鼠，翻飞蝙蝠，松风急雨和破窗纸鸣……周围的一切，都是那样的空寂、阴森、冷落和荒凉，独宿难眠的词人，几乎要被这狭小丑陋的空间所窒息了。当年叱咤风云的战斗英雄，现在却被抛弃到这样一个空寂无聊的黑暗角落里，社会的不公平待遇是如此的冷酷，南宋小朝廷的糟踏人才已达到了令人发指的地步了！作品就是这样以狭小、昏暗、丑陋的空间，显示出主人公被压抑、被扼杀的高洁善美的品格。但同时，更重要的，作品所设置的这个狭小、昏暗、丑陋的空间，还进一步构成为映衬主人公博大、光明胸怀的典型场合。狭小空庵的景物，虽然都是冷漠、寂寥的标志，但它们又都是动荡、不平静的象征：绕床鼠群是饥饿的，它们四处乱窜发出啾啾的尖叫；蝙蝠是寻觅光亮的，正鼓翼环灯翻覆飞舞；狂风是夹带松涛的，有如汹涌波涛般放声呼啸；急雨是瓢泼如泻的，阵阵沉重地敲打着屋顶；破窗纸是暴风撕裂的，时而发出沙沙的拍击声……一切都腾发着激荡不安的声响，这些声响汇为激越的旋律，从而衬托出词人忧患失意内心的奔腾动荡的狂飙。一种意欲冲决狭小空庵的黑暗、驱散凄冷境遇的势态，笼罩了全局，从而表现了词人的不甘寂寞而思打烂这狭小空间世界的雄伟气势。

在上片借境发端、极尽渲染烘托的基础上，下片得以顺利地展开了抒情叙怀的笔势："平生塞北江南，归来华发苍颜。"塞北、江南的迅速转换，显示出时间的飞速流逝；"归来华发苍颜"的巨变，体现出盛年难再、时不再来的喟叹。作者不禁追忆起平生的战斗经历，激荡着历史长河的怒涛。那"壮岁旌旗拥万夫，锦襜突骑渡江初”（《鹧鸪天》）刀斩义端、生擒张安国的壮举，是何等的豪迈磅礴！“醉里挑灯看剑，梦回吹角连营，八百里分麾下炙，五十弦翻塞外声。沙场秋点兵”（《破阵子》），又是何等雄壮的生活！而如今，免职退隐，年事渐高，壮志、事业皆付之尘土，怎能不令人潸然泪下呢！但是，词人并没有在泪花中淹没斗志，希望的火花仍在胸中燃烧。词人在对时间飞逝的恐惧感中，促发了他愈加珍惜有为之年的感受：“布被秋宵梦觉，眼前万里江山。”一阵凄冷的秋风吹透了单薄的布被，词人在睡梦中惊醒了，眼前所看到的，正是自己日夜眷念和热爱着的祖国的万里江山。词人再也难以安然入睡，他浮想联翩，急欲乘时而用。整个画面立即呈现出勇往直前者的雄沉、铿锵的足音，使我们感到了一颗赤子之心正无时无刻不在跳动，从而集中体现了词人在有限时间内的无限豪情壮志的人格美。

词的最后两句，峰回路转，柳暗花明，在与上片狭小、空寂、破败茅屋的空间对比中，此处展现的是无限广袤的雄伟壮丽的祖国大好河山，令人心旷神怡；词人也终于在感奋沸腾的心境中摆脱悲凄哀伤，从而获得了精神的解放。这样的结尾，顿时把全词旨意提高到空前的境界，使人荡气回肠、振奋激昂。

总之，词人对时间的惜取，是此词所表现出的精神境界美的根本所在，也是读者得以获得感人肺腑的艺术力量的主要原因。

陶写英雄失志之愤

——读《鹧鸪天·博山寺作》

陈祖美

不向长安路上行，却教山寺厌逢迎。味无味处求吾乐，材不材间过此生。　宁作我，岂其卿。人间走遍却归耕。一松一竹真朋友，山鸟山花好弟兄。

词题中的博山，不是指今天山东济南附近的博山。作为山东省旧县名的博山，那是晚在清代雍正十二年设置的。辛弃疾虽然是济南人，但他早已于宋高宗赵构绍兴三十二年（1162年），23岁时南归宋朝。同年被派作江阴签判，至孝宗赵昚淳熙八年（1181年），42岁时被劾退居带湖。辛词中的博山，是在当时的广信府永丰县（今属江西上饶市），离稼轩之带湖新宅不远。作者于42至52岁闲居期间曾多次往游。据《广丰县志》记载：“博山寺在邑西南崇善乡，本名能仁寺，五代时天台韶国师开山，有绣佛罗汉留传寺中。宋绍兴间悟本禅师奉诏开堂。辛稼轩为记。”辛弃疾不但为博山寺作记，其与博山有关的词，竟有好几首，其中《丑奴儿近》，题作《博山道中效李易安体》。恐怕“博山”这个字眼儿，曾激起过作者北望故乡人事的情愫。这种对沦陷家园的思念，实际就是一种委婉的爱国情绪。

这首词在以往的稼轩词选本中，几乎见不到。论者偶尔涉及此词，大多把它归于消极的一类。认为它流露出作者忘怀时事、寄情山水、逃避现实等等的颓唐情绪。笔者认为这种看法似是而非，或者说是浅尝辄止。众所周知，辛弃疾是一个血性男儿，他曾传奇般地追擒携印章叛逃的僧人义端，赤膊率五十骑突入金营捉获叛徒张安国。为了抗拒金兵，他组织义军，又劝说义军首领耿京归奉宋朝。他对大宋的社稷江山可以说一片赤诚，尽管屡遭坎坷，其壮志未曾泯灭，又何况写这首词时，作者正是四十多岁的壮年时期。不错，词的前二句“不向长安路上行，却教山寺厌逢迎”，从字面上说，那是“空梦长安，认取长安道”（李清照《蝶恋花》）的反语，仿佛意味着作者与其钦敬的同乡李易安相反，已经厌于国事。因为自秦至唐许多朝代建都于长安，长安便成了帝都的通称。李白《金陵》诗之一的“晋家南渡日，此地旧长安”，是以长安代指东晋的都城建业。辛弃疾笔下的长安，一种可能是指南宋的国都临安，还有一种可能是指当时抗金前线地带的建业（今南京市）。作者说自己不向国都走去，或不再到抗敌前沿，却一次次地游览远离都城、远在后方的博山寺，以至使它感到厌于逢迎。这两句岂不是旨在表现作者倦于军政大事、专意流连光景吗？

其实，头两句不是真心话，而是怨绝语，或者叫做反话。作者哪里是愿意归闲！前此几年光景，他在湖南安抚使任上，创置“雄镇一方，为江上诸军之冠”（《宋史》本传）的“飞虎军”，为南宋的军事建设作出了重要贡献；在江西安抚使任上，他接替陆游，一到任，就在大街上贴出“闭粜者配，强籴者斩”的告示，惩治那种乘洪水灾害囤粮不卖的豪商，严办那些强行买粮的人。这一措施对缓解灾情、维护地方治安大有好处。所以灾荒过后，辛弃疾受到朝廷加俸晋级的嘉奖。不料几个月后，被谏官王蔺诬为“奸贪凶暴”、“虐害田里”，“用钱如泥沙，杀人如草芥”，而朝廷又不问是非曲直，免去他尚未到任的两浙西路提点刑狱的新职。于是，他归居带湖，自号稼轩，转事农耕。向“以功业自许”（范开《稼轩词序》）的“英雄之才”（谢枋得《祭辛稼轩先生墓记》）的辛弃疾——一个军事上难得的人才，正在其施展抱负的节骨眼儿上，始而被调离，继而被罢归。毫无疑问，其对于耕稼的选择完全是不得已的。这个曾使“圣天子一见三叹息”（洪迈《稼轩志》）的孤胆英雄、“前身诸葛”（姜夔《永遇乐·北固楼次稼轩韵》），临死尚大呼“杀贼！杀贼！”（《康熙济南府志·人物志》），又怎么会甘愿放弃功业，去游山玩水呢？

三、四句“味无味处求吾乐，材不材间过此生”，其典分别出于《老子》六十三章和《庄子·山木》篇。前者曰：“为无为，事无事，味无味”，意思是说立身行事应做到自然无为、清静无事、恬淡无味；后者云：“明日，弟子问于庄子曰：‘昨日山中之木，以不材得终其天年；今主人之雁，以不材死。先生将何处？’庄子笑曰：‘周将处乎材与不材之间。’”意思是说做一个人，成材为患，不成材也为患，不得已的话，只好处于材与不材之间。这里单看字面，是老庄的原话，自然可以说是老庄哲学，但作者的本意并不是要宣扬消极意义上的老庄哲学，而在用来说明生逢乱世远害全身之难，只有无所追求、无所事事，才能免去祸患。辛弃疾当时的处境正是这样，他本来是一个文武全才，统治者对他不能不用，但又不敢大用；主和派则处处猜忌排挤他。自己如果不象老庄那样超脱一点，不用说想干一番事业，就是保全性命也是很困难的。

第五、六句，意谓不管有多么强的争胜之心，到头来还是得走归耕隐居的道路。“宁作我”，语出《世说新语·品藻》篇：“桓公（温）少与殷侯（浩）齐名，常有竟心。桓问殷：‘卿何如我?’殷云：‘我与我周旋之，宁作我。’”“岂其卿”，语见扬雄《法言·问神》卷第五：“或曰：‘君子病没世而无名，盍势诸名卿，可几也?’曰：‘君子德名为几，梁、齐、赵、楚之君，非不富且贵也，恶乎成名？谷口郑子真不屈其志而耕乎岩石之下，名震于京师。岂其卿，岂其卿。’”与古人的心意相通，看来作者似乎是要表达这样一种意向：与其被人“呼而来，麾而去”（陈亮《辛稼轩画像赞》），倒不如归耕山野以完己志。

结拍二句紧承前意。“一松一竹真朋友”，似取意于元结《丐论》：“古人乡无君子，则与云山为友；里无君子，则与松竹为友；座无君子，则与琴酒为友。”“山鸟山花好弟兄”看来是化用杜甫《岳麓山道林二寺行》诗：“一重一掩吾肺腑，山鸟山花共友于。”这里松竹花鸟，只是作为一种悠闲高洁的象征，是作者的托意。实际上象辛弃疾那样一个貌比“青兕”（sì音寺，兽名），神如“真虎”的人物，怎么会甘愿在“宜醉宜游宜睡……管竹管山管水”（《西江月》）中，打发日月呢？

从表现手法上看，这首词最突出的特点是用典多。对于辛词用典之得失，历来多有论析。应该说是得大于失，而不应笼统地贬称为獭祭鱼或“掉书袋”（刘克庄《跋刘叔安感秋八词》）。真正的“掉书袋”是像《南唐书》记载的彭利用那样，言必据书史，断章破句，不看对象，显示自己渊博。辛弃疾不同，即以此词而论，其上片及下片的前二句所引老庄、《世说》及扬雄诸典，完全不是为用典而用典，而是包含着词作者对当世的苦语针砭；结拍二句取用元结和杜甫的句意，也像是隐寓着对于官爵和富贵功名的蔑视之意。这首词中的所有故实，不但用得贴切自然，给人以天衣无缝之感，还能使人从中体会到作者那种英雄失志的孤愤。如果有谁认为作者真是心甘情愿过那种与松竹花鸟为友、闲饮酒、醉吟诗的生活，那只能说明自己太不理解这位“壮声英概”（洪迈《稼轩记》）、矢志恢复的“江南游子”了！

愁思百结

——谈《丑奴儿·书博山道中壁》

龚克昌

少年不识愁滋味，爱上层楼。爱上层楼，为赋新词强说愁。　　而今识尽愁滋味，欲说还休。欲说还休，却道天凉好个秋。

此词不见《稼轩词》四卷本甲集，但四卷本丙集收了，而且加注："书博山道中壁"。《清统一志·江西广信府》说："博山，在广丰县西南三十余里，南临溪流，远望如庐山之香炉峰。"辛弃疾42岁被劾落职后，闲居信州上饶（今江西上饶市）。这里离博山不远，辛氏于博山寺傍还筑有"稼轩书屋"，故常来往于博山道中，先后在这里写下十几首词，这首词当写于此时期的一个秋天。

辛弃疾这次被劾失官，一下子闲居十年，是很令人惋惜和不平的。我们知道，辛弃疾是一位才兼文武的"一世之雄"（《黄榦斋集·与辛稼轩侍郎书》），用世之心极切，抗金之志极坚。他"抱忠仗义"南归，原想做一番事业。如果当权者能加以重用，他的抗敌复国的理想是可能实现的。正如宋人刘克庄所说的："及公盛壮之时，行其说而尽其才，纵未封狼居胥(在今蒙古人民共和国境，汉霍去病追击匈奴，在此封疆立界)，岂遂置中原于度外哉。"（《刘后村大全集·辛稼轩集序》）但他们对像辛弃疾这种北来的归臣，总存戒心，不敢重托，而且动辄削职罢归，长期闲置。人们的同情当然在辛氏一边，辛氏的愁怨也很自然。《词苑萃编》载梨庄话说得好："辛稼轩……负管（仲）乐（毅）之才，不能尽展其用，一腔忠愤，无处发泄……故其悲歌慷慨，抑郁无聊之气，一寄其词。"信而见疑，忠而被谤，能无怨乎？《丑奴儿》就是在这种思想支配下写出来的。

词上片一开始即说："少年不识愁滋味，爱上层楼。"这里的"少年"，当指他南归入仕前的青少年时期。理由我们后面还要说。层楼，高楼。为什么"不识愁滋味"，就"爱上层楼"呢？这大概是，登楼所见者广，所观者远，茫茫四野的景色，容易触动人们的愁肠，所以柳永的《八声甘州·对潇潇暮雨洒江天》说："不忍登高临远，望故乡渺邈，归思难收。"这种情况在诗词中比比皆是，登楼与发愁几乎结成不解之缘。这事实上也正是文艺理论中所谓"情"与"景"的关系问题。刘勰说："物色之动，心亦摇焉……情以物迁，辞以情发"（《文心雕龙·物色》），就是这个意思。

但由于当时作者尚属年少，涉世未深，即使登楼，要愁也愁不出来，所以下句接着说："爱上层楼，为赋新词强说愁"。这个"愁"，是无根之愁，是做作之愁，所以在"愁"字之前冠以"强"字。

词上片是追忆，下片转入记实："而今识尽愁滋味，欲说还休"。这里的"愁"，再不是空喊造作之愁了，而是实实在在存在之愁。它当指国愁，指作者想为国分忧而不可得之愁，说得更明白一点，就是他南归入仕后处处殊感事与愿违之愁。这样，我们就把上片的"少年"与下片的"如今"界定在南归前后。在此之前，他当然也会有愁，身陷敌国怎能无愁？大片山河沦入敌手怎能无愁？但情况不一样。那时，他"少年横槊，气凭陵"（《念奴娇·少年横槊》），不受羁束：可以潜入敌人心脏"谛观形势"，时机成熟可以率众起义，对叛徒或立行追杀（如对义端和尚），或擒回斩首（如对张安国），何其痛快，哪待愁上心头！就因为眼下的愁是国愁，受到压抑难于辩释、无法解脱之愁，所以说"欲说还休"。这种愁是最折磨人的，作者心中之苦楚是不言而喻的。

但作者并没有沿着愁一直写下去，而是将笔锋一转，说，"欲说还休，却道天凉好个秋"。把原来想说的话咽回去，改口说，天气凉快了，多好的一个秋天。短短两句词，写出了人们的两付面孔：一付是心事重重，愁思百结；另一付是吞下苦泪，强作笑颜。多么不协调的两付面孔！但也正因这个不协调，才使我们真正看到他那深沉、复杂、矛盾、哀怨的内心世界。这种笔法是很经济很高明的，它收到了极好的艺术效果。

在这里，似乎有个问题不应回避。现在人们一谈起王蔺等等对辛弃疾的弹劾，就欢喜用"造谣诬蔑""无端攻击"等辩词来替辛解脱，这恐怕不是实事求是的态度。我们知道，王蔺弹劾他，说他贪、酷；王朝的罢免令，也说他贪、酷，不巧十几年后的黄艾、何澹等等也接二连三地弹劾他，还是说他贪、酷。这些全是“无根流言”吗？恐不尽然。如辛弃疾诱茶商军首领赖文政招安，尔后自食其言，将赖杀掉，不是真有点“酷”的味道？（镇压茶商军可不算）他在带湖“筑室百楹(间)”，楼台亭阁应有尽有（见洪迈《文敏公集·稼轩记》），朱熹“潜入去看”，也惊叹“为耳目所未曾睹”（《龙川文集·与辛幼安殿撰书》），不也露出一点“贪”的端倪。我倒疑心，事实的最大可能是：由于辛弃疾对自己的思想作风不大注意，以致被人抓住把柄，加以扩大，导致被罢落职。如果真是这样，那才是直正令人惋惜。因为为此而误了自己的前程事小，误了抗金复国大业事大。这一点教训是永远值得人们记取的。

用浅俗之语，发清新之思

——《丑奴儿近·博山道中效李易安体》赏析

刘扬忠

千峰云起，骤雨一霎儿价。更远树斜阳风景，怎生图画！青旗卖酒，山那畔别有人家。只消山水光中，无事过这一夏。　午醉醒时，松窗竹户，万千潇洒。野鸟飞来，又是一般闲暇。却怪白鸥，觑着人欲下未下。旧盟都在，新来莫是，别有说话？

要理解“效李易安体”的涵义，得说几句追根溯源的话。稼轩词，就其大多数篇什来看，书卷气比较浓。他极擅长于广博地、大量地化用古人的语言，来抒写自己的思想感情。这无疑是他在语言技巧上的显著特征。但除此而外，他也常常选取浅俗易懂、明白如话的民间口语，来谱写清新朴实的篇章。这一点，因为似乎不是稼轩词语言艺术的主要方面，历来总是被人们忽略。古代词话家大多称赞辛词驱使经、史、子、集的本领，而很少论及他对口头语的成功运用。实际上，稼轩运用民间口语所取得的成就，在词史上是不容小觑的。我们知道，词这一文学形式来自民间，通俗易懂、可歌可颂是其本来的语言特色。可它自从变成文人的专利品之后，由于片面向“雅”的方向发展，渐渐离开了民间乐章的本色。北宋时，虽然柳永、黄庭坚等人大量用口语填词，并有一定的成绩，但多杂以狎媟鄙俚之语，颇为时人所讥。女作家李清照力破柳、黄鄙俗尘下之弊，运用经过精心选择、提炼和加工的口语入词。她极善于将自己真挚深沉的感情用浅俗的口语和白描的手法明明白白地表达出来。她的词由于有这种语言特色，所以被誉为“李易安体”。后起的辛稼轩极为推尊“李易安体”，并在自己的一部分作品中追步他的这位老乡，一扫书卷气，专用新鲜活泼的家常语来抒情表达，从而成为宋代运用口语最成功的词家之一。这首《丑奴儿近》就是一篇李清照式的“用浅俗之语，发清新之思”（《金粟词话》评李词语）的佳作。

博山，在今江西省广丰县西南约三十余里，南临溪流，远望状如庐山的香炉峰。辛弃疾受迫害而闲居信州（今江西上饶市）带湖时，经常到这个临近自己家园的风景区来消愁，写下了十多首记游词。这首《丑奴儿近》即其中之一。它通过对夏天山中美景的描写，表现作者置身政治斗争旋涡以外时对宁静恬淡生活的追求，对自然山水风光的热爱。

上片描写博山骤雨复晴的幽美景色。画面疏朗，用笔简练活泼，很讲究层次。首二句，“千峰云起，骤雨一霎儿价”，笔势陡健，破空而入，富有动态美和音响效果。“一霎儿”，宋代口语，意即一阵子。“价”，也是当时口语，作助词用，相当于现代汉语的“地”。山中夏日的气候，阴晴不定，复杂多变。

陡然间晴空里阴云四合，千峰万壑皆笼罩在雨幕之中。这里一个“骤”字，用得很经济，将气候的突然变化状写出来了。不过“骤雨”只是那么“一霎儿”，忽然卷地风起，雨收云散，天晴日出，山间一派清幽明彻的景象。“更远树斜阳风景，怎生图画”二句，淡淡着彩，略加点染，使得画面生趣盎然。雨后日出的山景，有许多可写之处，但最有诗情画意的，是那温润的远树反射着斜阳之光，使满山蒙上一层新鲜明丽色彩的镜头。“更”，转折连词，含有“岂料”之意，表达出作者对雨霁天晴的自然景色的欣喜之情。

这里顺便指出，从下片换头处“午醉醒时”可知，以上写的，是正午以前的景色。此词对景物与情事的铺叙，完全是顺叙，先写雨景，次写雨后天晴，再写远处酒家，又写因午醉而睡和酒醒后的所见所感，层次分明。因而上片的“斜阳”指的无疑是上午的太阳。按一般的习惯，斜阳多指黄昏时西下的太阳。但这里显然不是指夕阳。正午前的阳光也是斜射的，也可称斜阳。古代作品中尚有类似的例子，这里不备举。

“青旗卖酒，山那畔别有人家”。紧接着对远树斜阳的明媚风光的描写，作者把我们的目光导向另一个更引人入胜的去处：山那畔，绿树阴中青布酒招儿高扬，原来这深山中竟有卖酒的人家！“山那畔”也是口语，意即山那边。青旗，指酒店门前的青布做的招揽顾客的幌子。作者的摄影镜头由近及远，又由大到小。这个镜头先从山中阴晴变幻的近景摇向远树斜阳的瑰丽背景，又摇向山林掩映的小酒店，最后细微到连小酒店的布招牌也摄入镜头了。这样层层推进，富有吸引力。你看，来到这个宁静优美的山深处，饱经忧患的爱国词人心旷神怡，未曾饮酒先就被山光水色陶醉了，“只消山水光中，无事过这一夏”。这两个景中生情的句子，既用以收束上片的景物描绘，也作为下片抒写闲情的张本。“只消”是一个普普通通的俗词，但一经用在这里，感情色彩却很鲜明，准确地传达出此时作者摒除尘世的种种干扰、唯求闲散安宁的心音。

词的下片着重抒写作者因流连风景而产生的闲适潇洒之怀。“午醉醒时，松窗竹户，万千潇洒。”过片三句，写酒醒后所见。潇洒，闲散清幽的风貌。万千，极言眼前美景之怡情悦性者极多，松竹摇曳特其一端而已。“午醉”承上片“青旗卖酒”而来，交代明白了困卧的缘由，前后关合，脉络分明。午睡初醒，天色尚早，睁开惺忪的两眼，发现卧处的景物格外清幽，特别是掩映窗户的青松翠竹婆娑摇曳，更增人不少清闲潇散、超尘脱俗之趣！作者醉卧之处在哪里？是酒店？还是他的其他咏博山的词中提到过的王氏庵、博山寺、雨岩等留宿点中的某一处？这里没有交代，也无须明确交代，我们只要明白这里是一个风光绝佳的好去处就够了。

“野鸟飞来，又是一般闲暇。”以下由写景转入专写山鸟。山光树色、松窗竹户已经够美好的了，这时更使人倍增乐趣的是，野鸟也款款飞来了。它们见人不惊，亲昵活泼，似专为游客助兴，让人更添闲适旷达之感。只有那后来的白鸥仍在空中盘旋，不愿下来与人同乐，使人感到美中不足。于是作者以厌恶“机心”（互相猜疑、戒备、不信任的心）的口吻写道：“却怪白鸥，觑着人欲下未下。旧盟都在，新来莫是，别有说话？”

觑，看，窥探。旧盟，指作者在隐居带湖之初所作《水调歌头·盟鸥》中“凡我同盟鸥鹭，今日既盟之后，来往莫相猜”的旧约。这里是责问白鸥：“我们不是早就订立了共同玩乐互不猜疑的盟约吗？你今天不肯从空中飞下来，莫不是怀疑我会加害于你，和我翻悔了？”在这里，作者假托与禽鸟的对话，来表达自己厌烦当时社会尔虞我诈，渴望在自然界物我两忘、得到解脱的意向。用这几句话来收束全篇，看似风趣幽默，骨子里却透露了作者倔强的性格和愤世的心理。对鸥鸟的问话，是暗用典故。《列子·黄帝篇》：“海上之人有好鸥鸟者，每旦之海上从鸥鸟游，鸥鸟之至者百，住而不止。其父曰：‘吾闻鸥鸟皆从汝游，汝取来吾玩之。’明日之海上，鸥鸟舞而不下也。”古来多有用此典以示厌恶机心的。本词中由于作者是改用口语和问话来变化运用这个寓言，不露书卷痕迹，所以给人的印象是在径直描写眼前景物，几乎看不出是用典。

从整体来看，这首词遣字用词朴素自然，淡雅平易，毫无雕琢藻绘的痕迹。它的语言看似明白容易，一读就懂，实则字字句句经过精心选择与锤炼，表情达意十分准确生动。比如写白鸥，说它“觑着人”，似乎真在偷眼观察人；说它“欲下未下”，是形容它狐疑不决。这两个连续的动作描写，不用一个奇字，却已将禽鸟高度人格化，写出了一种胆怯和犹豫不决的心理状态。又如，词的主旨是表现作者忘情于自然界的意愿，所以在表现（或映衬）自己心绪的时候，选择了“只消”、“潇洒”、“闲暇”等等能准确传达这一意愿的词。篇中的“更”、“别”、“只”、“又”、“却”等虚字，都是诗词中常见的字眼，但作者把它们分别安放在抒情写景的关键处，却一一起到了勾勒、提带、承接、转折和选择等重要作用。由此可见，此词之所以自然天成，耐人品味，除了情真意新之外，也是作者精确选用浅俗平易的字词，巧加编织的结果。这首专用“寻常语”的佳作，通篇笔调空灵，节奏舒徐平缓，一以冲淡清新为归，和稼轩词中那些以书面语见长的雅词相比，另有一种“清水出芙蓉，天然去雕饰”的美。这样的成功地学习他人风格的篇章，虽非作者的本色，却同样属于稼轩词中的艺术珍品。

独行溪边　高歌谁和

——说《生查子·独游雨岩》

陈邦炎

溪边照影行，天在清溪底。天上有行云，人在行云里。　高歌谁和余？空谷清音起。非鬼亦非仙，一曲桃花水。

这首《生查子》词是一首景中寓情之作。从写景看，整首词由倒影、回音、反光组合而成。上半阕专写清溪中的倒影；下半阕的前两句写空谷的回音，后两句写水面的反光。

起句“溪边照影行”，是以清澈的溪流所映出的倒影，作为独行溪边的作者的自我写照。它与贾岛《送无可上人》诗中“独行潭底影”句的机杼相同，采用的是镜中取影手法，把取景的角度，不对着岸上而对着水中，不摄取岸上的行人身形而摄取水中的行人倒影。次句“天在清溪底”，仍从水中取景，把作为岸边行人背景的春天，也摄入这幅倒映的画图中。但天空本一片春冥，与清溪的水色是融合为一、无迹可寻的，因而再承以“天上有白云”一句，借助白云来显示水中之天的存在。这二、三两句合起来，正似朱熹在《观书有感二首》之一中所写的“半亩方塘一鉴开，天光云影共徘徊”，都是从水中倒看青天白云之景。下面“人在行云里”一句，则既紧承“天上”句，又遥应“溪边”句，使水中反映的天上云与溪边人合成一个静中见动的画面。照说，天上行云是远方景、天空景，溪边行人是近处景、地面景，只因词人观景的角度与众不同，是从水中来观察这些景物，就在视觉上改变了远近、上下的距离感和方位感，感到天上云与溪边人似重叠在一起，从而在他的视界内呈现了一个行人在行云中的奇妙景观。

这上半阕四句，总共只二十个字，而“溪”字两见，“天”字两见，“行云”二字也两见。次句的“溪”字与起句句首的“溪”字，上下呼应；第三句句首的“天”字与次句句首的“天”字，彼此绾合；第四句的“行云”二字又与第三句句末的“行云”二字，紧相钩连。这样，在谋篇上环环相扣，在行文上一气贯注，就使这由四句词组成的水中倒影图给人以布局紧凑、浑然一体之感。

换头“高歌谁和余，空谷清音起”，由绘影转而绘声，使这清溪边传出了带有空谷回音的歌声。清人正嵒《点绛唇》词的下半阕“得意高歌，夜静声偏朗，无人赏，自家拍掌，唱得千山响”，与这换头两句有相似处。这两句暗示上半阕所写的清溪是在群山环绕之中，以见其境界之清幽；而这山谷中回荡的歌声则收到王藉所说的“蝉噪林逾静，鸟鸣山更幽”（《入若耶溪》）的效果，把这一境界烘托得加倍幽静。下面结拍两句“非鬼亦非仙，一曲桃花水”，则由写声转而写光。上句出苏轼《夜泛西湖五绝》之五“湖光非鬼亦非仙，风恬浪静光满川”；

下句点明这次词人独游是在桃花开、溪水盛的季节。这时，以漫射方式散布和浮荡在整个水面上的反光，变化陆离，使人似置身于幻境之中，使人疑鬼疑仙，而又非鬼非仙。

这首词题作“独游雨岩”。词人于孝宗淳熙八年（1181年）冬在两浙西路提点刑狱公事新任上被劾免后，在江西信州（治所在今江西上饶）城北的带湖闲居十年之久。雨岩在带湖附近的博山脚下，景色佳胜。词人居带湖期间曾写了多首赋雨岩的词。这时，他的心情是矛盾的。一方面，他在罢官前已鉴于宦途风波险恶而萌退志，在一首《沁园春·带湖新居将成》词中曾说“意倦须还，身闲贵早”，“秋江上，看惊弦雁避，骇浪船回”；罢官后，他更写了大量热情赞颂带湖景色、与大自然悠然神会的篇什。另方面，作为一个始终不忘恢复中原的爱国词人，他又怀着平生志事百无一酬的苦闷。这一矛盾也体现在这首词中。就全篇而言，它似以写景为主，而且从对景物的描绘中，可窥见词人留连山水、悠游自得之乐。但这只是一个方面。如果把词的首句与他的另一首在带湖写的《沁园春》词中“但凄凉顾影，频悲往事”两句合参，又可想见其独行溪边、顾望倒影的踽踽凉凉之状。若再对照王安石《秣陵道中口占二首》之一所写的“经世才难就，田园路欲迷，殷勤将白发，下马照清溪”，那就更可推知其“照影”时的复杂心情。前面曾说，正嵓《点绛唇》词的下半阕与这首词的换头两句相似，这只是就其独自高歌引来千山回响这一外境而言。如果从作者所显示的内心境界看：正嵓是方外人，其所表达的纯是放迹江湖、“得意高歌”的高情逸致；这两句词的上句，却在表达其性格豪放的同时，令人从“谁和余”三字中也品味到一种孤独感。这不仅因为他这次是“独游”，致在放声高歌之际感到无人和唱，而且还反映了他这时离群索居的处境和政治上自叹知音无人的心情。其内心深处所蕴结的这一空虚寂寞之感，也时时自觉地或不自觉地表现于他居带湖期间所写的另外许多词作中 。下句中的“空谷”二字则出《诗经·小雅·白驹》“皎皎白驹，在彼空谷”，而《诗经》的这两句，据传统解说，是叹贤人因不见用而乘白驹遁往大谷之中，再联系词人另一首赋雨岩的《蝶恋花》词中的“九畹芳菲兰佩好，空谷无人，自怨蛾眉巧”诸句，以及意境与之约略相似的杜甫《佳人》诗“绝代有佳人，幽居在空谷”两句，其见遗于世、无人知赏的隐痛，是寓藏于字里、流露于行间的。

春意农家荠菜花

——《鹧鸪天·游鹅湖，醉书酒家壁》赏析

吉明周

春入平原荠菜花，新耕雨后落群鸦。多情白发春无奈，晚日青帘酒易赊。　闲意态，细生涯，牛栏西畔有桑麻。青裙缟袂谁家女，去趁蚕生看外家。

词自晚唐五代转入“花间派”文人手中之后，逐渐蜕变为宫廷、都市、贵族豪门娱乐赏玩的专利品。因而，宋以前罕见反映农村生活的词作。只是在宋代词坛巨擘、豪放派宗师苏、辛崛起后，这种词与农村几乎绝缘的沉寂局面，才真正打破。北宋苏轼，以五首描绘徐州石潭附近农村生活的《浣溪沙》，首开农村词的先河；南宋辛弃疾则以十余首叙写江西上饶带湖、瓢泉乡居生活的农村词，给宋词发掘了新题材，引入了新内容，开拓了新境界。

淳熙八年（1181 年）冬，辛弃疾被劾落职，在江西上饶城北灵山外带湖的一所居宅，渡过了十年投闲置散的村居生活。闲来愁至，常到铅山县东北的风景名胜鹅湖游玩。据《铅山县志》载：“鹅湖山在县东北，周回四十余里。其影入于县

南西湖。诸峰联络，若狮象犀猊，最高峰顶三峰挺秀。《鄱阳记》云：'山上有湖多生荷，故名荷湖。'东晋人龚氏居山蓄鹅，其双鹅育子数百，羽融成乃去，更名鹅湖。"这首《鹧鸪天》，便是辛弃疾游览鹅湖时，趁醉墨淋漓之际，挥洒在酒家壁上的一篇农村即景词。

词的上片即景抒怀，叙写春日感伤。"春入"二句，描写平原春光。首句"春入平原荠菜花"，意境清新，饶有野趣，使人联想起词人另一首《鹧鸪天·代人赋》中的名句："城中桃李愁风雨，春在溪头荠菜花"，反映出词人热爱农村生活的朴素审美观。"入"字新警灵动，仿佛春天舒展开双翼，飞入广袤的平原，降临在小小的荠菜花上，传神写照，全在阿堵中。"入"一本作"日"便觉索然无神。荠菜花，草木植物，二年生，花白，茎叶嫩时可食用。这种野生植物，农村随处可见，并不特别引人注目。然而，词人却以独特的审美眼光捕捉并表现这种自然美，把它看作是春的象征、春的使者，这就不但同一般喜好桃红柳绿的人大异其趣，而且美学观点也高出一筹。"新耕雨后落群鸦"句，景中藏情，富有浓郁的乡土气息。新耕的土地，散发泥土清香；雨后的田野，空气格外清爽。一群乌鸦飞落下来，在新耕地上争相觅食，一阵乌啼划破自然的安谧，这种情形在词人心中引起的烦躁是不言而喻的。"落群鸦"三字，巧寓着词人隐约而微妙的情感变化。"多情"二句，抒写感春伤己的心绪。"多情白发"，化用苏轼《念奴娇·赤壁怀古》"多情应笑我，早生华发"句。不说多情而生白发，直以"多情"形容"白发"，这就给白发赋予一种多愁善感的情致，读来妙趣盎然。对词人来说，最感慨系之的，莫过于白发。他回首“平生塞北江南，归来华发苍颜”(《清平乐·独宿博山王氏庵》)，感叹“了却君王天下事，赢得生前身后名。可怜白发生”(《破阵子·为陈同甫赋壮词以寄之》)。可见这“情”，不是逸致闲情，也不是儿女艳情，而是联系“天下事”的壮怀豪情，是愧对“平生”报国志的愁绪忧情。这一句，用拟人手法写春风对多情白发无可奈何，与“春风不染白髭须”(《鹧鸪天·有客慨然谈功名，因追念少年时事，戏作》)同一机杼。末句点明时间、地点，于记景叙事中寓情。“晚日”即夕阳；“青帘”，指酒帘，古时酒店挂的幌子，这里借指酒店。唐刘禹锡即有“斜阳青帘背酒家”(《鱼腹江中》)句。夕阳残照，青帘高悬，正好借酒来遣愁解闷。“酒易赊”，说明词人常来此酒店饮酒，与酒家相熟，故而容易赊酒畅饮了。由此也可看到词人与当地人融洽和谐的关系。

下片景中寓情，赞赏农村生活。词人醉饮酒家，不觉观赏起室外景象。“闲意态”三句，以简练的笔墨，概述农村生活。“意态”，指人的神情姿态，王安石有诗云：“意态由来画难成”(《明妃曲》)，是很难表现的。词人只下一“闲”字，农民悠闲自得、怡然自乐的神态就表现俱足。“生涯”，即生活。着一“细”字，农民琐细而忙碌的劳动生活概括殆尽。“牛栏”、“桑麻”，意即喂牛、养桑、种麻，俨然一幅男耕女织的劳动图画。这三句分三层叙写：第一层刻画精神状态；第二层概叙生活情形；第三层揭示何以有这种“意态”，显示这种“生涯”的细节，环环紧扣，层层深入。“青裙”二句，摄取村中妇女走娘家的生动镜头，展现农村和睦、融洽的亲戚关系和淳厚质朴的风俗人情。“青裙缟袂”，衣着朴素，色泽淡净，显见是一般农家妇女。女子出嫁后称娘家为外家。“趁蚕生”，点明时节正值寒食前后。古代南方有寒食节妇女走娘家的风俗。金刘瞻《春郊》诗云：“寒食归宁红袖女，外家纸上看蚕生。”词人虽不认识眼前这些青裙白衣的农家女，但“谁家寒食归宁女，笑语柔桑陌上来”（《鹧鸪天·鹅湖归，病起作》）的欢乐气氛，已在不知不觉中感染了词人。情之所至，便不由自主地趁醉援笔，记录下这难以忘怀的一幕。细吟词句，一种赞叹、向往的感情，正洋溢在字里行间。

这是一首写于忧愤无遣、借酒浇愁时的词作，读来却无悲戚凄清之感，反倒使人意外地领略一种村野别趣。究其原因，一是成功地以景语传情。荠菜花带来的春天喜悦，群鸦引起的莫名烦躁，晚日青帘招致的以酒消愁，牛栏桑麻象征的田家乐，农家女归宁显示的人情美……词人不置一字，却能使人从景语中一一意会。这种以不言言之的妙处，正是其艺术感染力所在。二是撷取大量反映本地风光和农家特色的景、物入词。清刘熙载说：“词贵得本地风光”（《艺概》）。词中斜照的夕阳、高悬的酒帘、平原荠菜花、雨后新耕地、飞落的乌鸦、初生的春蚕、宽大的牛栏、茂盛的桑麻、青裙缟袂的归宁女……无不勾起人们对田园风光的憧憬和向往。三是运用无理而妙的艺术手腕。白发本无情可言，词人非但谓之有情，而且称之多情；白发与春光应无涉，词人偏将二者联在一起；本是人对白发无可奈何，词人却移植到春天身上……凡此种种，看似无理，却更臻妙境，平添无穷兴味。至于词中以青（“青帘”、“青裙”、“桑麻”）、白（“荠菜花”、“白发”、“缟袂”）二种颜色，构成整个画面的基色，色泽的运用与词的基调自然妙合，准确地再现农村风光的特色，恰当地衬托词人当时的心境，更增加了这首词淡而有味的艺术魅力。

病骥犹存千里志　丘壑难瘗报国心

——《鹧鸪天·鹅湖归，病起作》赏析

蒋哲伦

枕簟溪堂冷欲秋，断云依水晚来收。红莲相倚浑如醉，白鸟无言定自愁。　　书咄咄，且休休。一丘一壑也风流。不知筋力衰多少，但觉新来懒上楼。

辛弃疾遭谗废职后，退居江西上饶的带湖新居，过着与鸥鹭为盟、和松竹为友的闲逸生活。一位以“马革裹尸”自誓的英雄，忽然变成栽花种树的山林隐士，其内心的抑郁和不平，想已超出愤怒之外。

这年春天词人游鹅湖归来，生了一场大病。病愈初起，觉得筋力衰减，情怀萧索，寂寞和忧愤之中写下这首词，以抒发他矛盾苦闷和不甘衰颓的心情。清人黄蓼园评说：“其《匪风》、《下泉》之思乎？可以悲其志矣！”(《蓼园词选》)《匪风》和《下泉》是《诗经·国风》篇名，两首诗共同的主题是怀念西周，慨叹王室的衰微，联系辛弃疾当时的处境和思想状态，借用这两首贤人忧国的诗篇来探求本词的题旨，颇能受到启迪。

上阕写景，闲逸中见出词人心绪的孤寂。首句“枕簟溪堂冷欲秋”，叙写室内陈设和病弱者的体感。玉枕和竹簟是夏令用品，久病刚愈的人躺在上面，觉得凉浸肌骨，因而敏感到秋季即将来临。“冷欲秋”三字真切而细腻地叙写出肌体的感受，同时又交代了夏秋之际时令的渐变过程。次句起，转写室外景物。先总写湖景：“断云依水晚来收”，白天飘浮水面的烟霏云雾，到傍晚已渐渐消散。天高水清，湖面显得分外明净爽丽，这时词人的心境似乎也随之开朗起来。三、四句专写湖边景物，以表现观赏者闲适的心情。“红莲相倚浑如醉。白鸟无言定自愁。”看！娇艳的粉莲露出红润的笑脸，她们相互倚偎着在风中摇摆，真像一个个喝醉酒的姑娘；活泼的水鸟嬉戏一天之后，此刻收敛起白色的双翅，默不作声地停在沙滩边，它们的心中准在为什么事情发愁！这两句红白相间，对仗工整，无论花的动态、鸟的静态都很生动形象，而且富有人的性格和感情——花儿、鸟儿，原本就是词人的良朋好友嘛！无怪明人沈际飞评点说：“生派愁怨与花鸟，却自然。”（《草堂诗余正集》）

换头处笔势陡起波澜，由写景转入抒情。“书咄咄，且休休。一丘一壑也风流”，这三句连用三个典故：一，东晋殷浩废官后居家，终日用手指在空中比划“咄咄怪事”四字，以示心中不平。二，唐司空图隐居中条山，筑休休亭，其《休休亭记》云：“量其才一宜休，揣其分二宜休，耄且聩三宜休。”三，《汉书·叙传》载班嗣赞严子（庄周）曰：“渔钓于一壑，则万物不奸其志，栖迟于一丘，则天下不易其乐。”《世说新语·品藻》曾引用此典：“明帝问谢鲲：‘君自谓何如庾亮？’答曰：‘端委庙堂，使百官准则，臣不如亮；一丘一壑，自谓过之。”所谓一丘一壑即指寄情山水，隐居山林。以上三个典故集中反映了作者废退后内心的种种矛盾和苦闷，愤怒、怨恨、超脱、旷达、反思、探索、孤独、徬徨……表面上显得悠闲而旷达，骨子里煎熬着痛苦和忧伤，胸中的垒块欲吐又止，欲吞又吐，最终不得不自我宽慰地说：何必终日空书“咄咄怪事”？不如退出官场去寻求美好自在的生活，放情于山水，与麋鹿为友，不也很潇洒风流、自得其乐？结尾“不知筋力衰多少，但觉新来懒上楼”两句，历来受人赞赏，可与他的《丑奴儿》（少年不识愁滋味）同观。之所以传诵千古，除了因为明白而家常地说出病后乏力的普遍感受外，更主要的是由于它言浅意深、宛转多姿。俞平伯说：“懒上层楼，虽托之筋力衰减，仍有烈士暮年的感慨。”（《唐宋词选释》）此话简短明截，点出了本词主题的深刻含义。词中通篇不提抗金、杀敌、铁马、利剑，只谈病后的衰弱和花鸟的有趣，但病骥犹存千里志，丘壑难瘗报国心，透过闲适的表层，读者仍能清晰地感受到词人激动的脉膊和扑不灭的爱国热情。

着意寻春情悲凉

——《鹧鸪天·鹅湖归，病起作》赏析

魏同贤

着意寻春懒便回，何如信步两三杯？山才好处行还倦，诗未成时雨早催。　　携竹杖，更芒鞋，朱朱粉粉野蒿开。谁家寒食归宁女，笑语柔桑陌上来。

这是作者罢官后归隐带湖的春游之作。词的上片虽然涉及景物，如山好、雨催，可状物未免抽象，歌咏亦嫌空洞，所以与其说作者在写春游，勿宁说作者借春游抒发他的情怀：按照作者的本意，尽管有意寻春，可又觉得不如兴之所至地去喝上两杯。这开首的两句，既摆脱了一般游记文学的常套，又把作者那种疏懒沈郁、了无兴致、行止两难的复杂而又矛盾的心情坦露在读者的面前。正由于具有这种心情，所以接着涌向笔端的既不是甲山秀水的春光胜景，也不是客观景物所带给作者的欢快美感，相反地倒是“行还倦”、“诗未成”。在这里，通常所说的物我两通、情景交融的艺术境界，作者似乎并未或者不想达到，偏偏是物我两隔、情景难洽的文学追求在起着绝大的作用：脱离了人世嚣烦的自然美景尚且调动不起作者的兴致，

其心境的沉重不表露得更深邃么?!

词的下片全在写景状物，手持竹杖、脚穿草鞋的作者，观光于红白相间、繁花盛开的野草之间，寒食节日回娘家省亲的少妇，笑声欢语地穿行在夹于嫩桑的田间小路上。风景是优美的，气氛是欢快的，同上片对照，简直是大相径庭。作者的情绪如何？没有明确的交代。不过，竹杖、芒鞋，固然是一般登山游历者的常见装束，可苏轼有“竹杖芒鞋轻胜马”（《定风波》）之句，又多少烘托了一些轻快气氛。即使如此，我们可以说作者准确生动地描绘了山野之美、田家之趣，推出了一幅优美的画面，可是却难说作者受到陶醉而完全融合于这一优美而欢快的环境中。

词的上片和下片，是从不同的角度、采用不同的语言、表达了不同的事物的，那么，从全首词来看又到底怎么样呢？其实，开头的两句，已为全词奠定了基调，接写的两句，又已补充并完成了它的主旋律；而下片所写，则不过是选择一些虽然优美、却与主旋律并不和谐的音符特加对照，以此更突出作者的心态、情绪而已。

词人为什么会这样写、为什么会产生这样的情绪？表面看，似乎仅仅由于作者新病，题注中明写“鹅湖归，病起作”，可细绎词意，则感到一定会有远为深广的原因。关于这，如果能联系到作者的生平，就会恍然大悟。这位在抗金前线成长起来的爱国志士，南渡以后，有志难展，屡遭排挤，甚至罢官归隐，这对一个胸怀大志，眷念故土的铁血男儿来讲，简直是难以承受的。发而为词，固多慷慨激越之语：“壮岁旌旗拥万夫，锦襜突骑渡江初”（《鹧鸪天》），“醉里挑灯看剑，梦回吹角连营”（《破阵子》），“汉水东流，都洗尽髭胡膏血”（《满江红》）。说是“词中苏、辛”，豪放派宗主，应该是并不过分的。可是，生活既给辛弃疾安排了那么复杂的不同遭遇，时而“沙场秋点兵”（《破阵子》），时而“天教只住山林”（《临江仙》）；而从作家本人来讲，他的思想感情也并不能总是那么昂扬激奋，有时也会沉郁甚至消极。正由于此，辛词中也出现了“缠绵悱恻”（谢章铤《赌棋山庄词话》）、“清而丽、婉而妩媚”（范开《稼轩词序》）的作品。不过，又正如周济所说：“稼轩敛雄心，抗高调，变温婉，成悲凉。”（《宋四家词选序论》）可见豪放、激越、清丽、婉媚，形式可以多样，风格可以不同，不过，它们总还应该有一个统一的性格，有一个只能属于辛弃疾的个性，这就是那种无所不在而又莫可言状的“悲凉”！

言简意赅 景淡情浓

——《清平乐·检校山园，书所见》赏析

蔡厚示

连云松竹，万事从今足。拄杖东家分社肉，白酒床头初熟。 西风梨枣山园，儿童偷把长竿。莫遣旁人惊去，老夫静处闲看。

自宋孝宗淳熙九年（1182 年）到光宗绍熙二年（1191 年），辛弃疾被罢官闲居于信州（今江西上饶市）城北的带湖达十年之久。据邓广铭《稼轩词编年笺注》推论，此词“当作于隐居带湖最初之三数年内”。带湖居第依山而筑，因此辛弃疾又自称它为“山园”。

从词序可知：此词写辛弃疾巡视山园时所见景物。但真正写景只开头一句：“连云松竹”；紧接下去就抒情了：“万事从今足”。当然，辛弃疾不是见松、竹丰茂而从经济观点庸俗地感到满足的；也不仅由于贪爱林泉幽趣而怡然自足。很明显，在这松、竹的兴象中，寄寓着诗人的崇高品格。他是以如参天松、竹般的坚贞（常绿不凋）和兀傲（持节不阿）自许的。

“拄杖东家分社肉，白酒床头初熟。”诗人拄着拐杖到东边

邻里家领取社日（祭土地神的节日）分得的祭肉，把刚酿熟的白酒置放在床头。诗人就用这两件日常的生活题材（取肉和置酒），勾勒成一幅悠闲自适的村居图。客观上，它固然反映了当时农村自给自足的经济面貌；但主观上，却首先是为了抒写诗人因爱国壮志未酬而产生的一种逆反心理：以一种自我宽慰的形式，来深深隐藏他内心的无限忧愤和莫名感慨。

下片呈现出另一幅画面："西风梨枣山园，儿童偷把长竿。"山园里秋风吹拂，梨和枣都成熟了，孩子们拿着长竹竿在树下偷打果子吃。这样，既点明了季节（在秋社前后），又淡淡地绘出了山园里的风物景致，写出了儿童们的顽皮情趣。然后转出末尾两句："莫遣旁人惊去，老夫静处闲看。"诗人不仅没有制止孩子们打果子吃，还深恐随从的人把他们吓跑了。他拣了一处僻静的所在，安然地欣赏着这一切。这很容易使我们想起唐代伟大诗人杜甫的著名诗句："堂前扑枣任西邻，无食无儿一妇人。不为困穷宁有此？只缘恐惧转须亲！……"(《又呈吴郎》)。虽则杜甫写的是穷老妇人，辛弃疾写的是村野顽童，但都展示出一种"民胞物与"(张载《西铭》)："民吾同胞，物吾与也"的人道主义襟怀。

全词仅四十六字，却写出了如此深厚的思想内容。写景状物虽只淡淡的几笔（包括下片的村童扑梨、枣图），但是景物中或者寓有兴象，或者蕴有情趣，无不为抒发诗人内在的浓烈感情起着比喻或者烘托的作用。这种言简意赅、景淡情浓的手法，我以为是值得新诗借鉴的。

胸有雄兵十万望长安

——《满江红·送信守郑舜举被召》赏析

周振甫

湖海平生，算不负苍髯如戟。闻道是君王著意，太平长策。此老自当兵十万，长安正在天西北。便凤凰飞诏下天来，催归急。　车马路，儿童泣。风雨暗，旌旗湿。看野梅官柳，东风消息。莫向蔗庵追笑语，只今松竹无颜色。问人间谁管别离愁，杯中物。

这首词，是送信州（在今江西上饶县）长官郑汝谐奉诏书召回朝廷时作。《笺注》编年：作于“淳熙十三年（公元1186年）冬。”郑汝谐，字舜举，青田人，官做到徽猷阁待制，著有《东谷易翼传》、《论语意源》。《四库全书总目》称他“言《易》宗程子之说，然亦时有异同”（中华书局1965年6月版，18页），这是就他的学问说的。他信奉程颐《易传》的说法，但也时常跟程颐的说法不同，显出他是有独立见解的人。这是讲他的学问。这首词里写他的雄才大略，从另一方面来写。

这首词的开头：“湖海平生，算不负苍髯如戟。”《笺注》：

“〔苍髯如戟〕《南史·褚彦回传》：‘公主谓曰：君须髯如戟，何无丈夫意。’”郑汝谐在做信州长官，不在朝廷，所以说平生在湖海上，有丈夫气概，算来没有对不起苍髯如戟。苍髯指黑须也指花白须，须在颊叫髯。词中称郑汝谐为“老”，可能指花白须。郑为什么被召回朝廷呢？“闻道是君王著意，太平长策。”君王指宋孝宗，赞美宋孝宗留意建立太平良策，所以要调他回朝。太平良策指求得真正太平的好规划，不指向金国屈辱求和，如指后者，那就算不得良策了。什么是真正的太平良策 呢？“此老自当兵十万，长安正在天西北。”宋范仲淹守延安，有威名，西夏人说：“今小范老子腹中有数万甲兵。”见孔平仲《孔氏谈范》四（据商务本1980年8月《辞源》的《小范老子》条）。范仲淹胸中有数万甲兵，就使西夏人害怕。现在郑汝谐一人可抵当十万大军，那就可以规划收复西北方的长安。辛弃疾《菩萨蛮·书江西造口壁》：“西北望长安，可怜无数山。”借唐人的西北望京城长安来指想望北宋的汴京（今河南开封）。这里既指想望汴京，兼指西北失地，含有规划恢复失地的含意。只有收复汴京，恢复失地，跟金国各守疆界，才是求得真正太平的良策，“便凤凰飞诏下天来，催归急。”指朝廷传下诏书来，催郑汝谐回朝。“凤凰飞诏”，见陆翽《邺中记》：“石季龙与皇后在观上为诏书，五色纸，著凤口中。凤既衔诏，侍人放数百丈绯绳（红绳），辘轳回转，凤凰飞下，谓之凤诏。凤以木作之，五色漆画。”（中华书局1962年1月版《初学记》725页）

下阕结合郑的回朝来写：“车马路，儿童泣。风雨暗，旌旗湿。”《笺注》：“杜甫《对雨诗》：‘不愁巴道路，恐湿汉旌旗。’”郑汝谐坐着马车回京时，信州的人民都不愿他走，连儿童都在哭泣。那时碰上风雨，担心他的旌旗被雨淋湿。写人民对他的爱戴。当时韩元吉写了一首《菩萨蛮·郑舜举别席侑觞》来送他，下阕称：“灵溪霜后水，的的清无比。比似使君清，要知清更明”（中华书局1965年6月版《全宋词》1391页）。可见郑在做信州长官时，是清廉明察的，所以得到人民的爱戴，不愿他去。“看野梅官柳，东风消息。”韩元吉的词开头说：“诏书昨夜先春到，留公一共梅花笑。”写诏书在冬天到来，那时梅花已开放，柳条刚抽芽，在报告春风要到来的消息，这样写切合时令。“莫向蔗庵追笑语，只今松竹无颜色。”蔗庵不知是谁的别号，《笺注》未注，当是郑的友人。当时对郑送行的人都有离愁别恨，故说不要向友人追寻笑语了。郑一走，连松竹都没有光彩了。松竹耐寒，经冬不凋，可以和郑的高风亮节相配。郑一走，失去了这种相配，所以无颜色了。这里都赞美他的品格高。一结“问人间谁管别离愁，杯中物。”写分别时的离愁别恨，只能借酒消愁。

这首词是送信州长官郑汝谐被召回朝，用意还在抒发收复汴京的爱国激情。这首词艺术上的特点在刻画人物形象。一开头写郑的“苍髯如戟”，就把他突出的形象勾画出来了。这个形象跟他在湖海上的平生抱负结合着，写出他有丈夫气概。不光这样，还有“此老自当兵十万”，一人可抵当十万大兵，更突出他的雄才大略。这同写他的“苍髯如戟”，都是正面描写。还有旁衬。这样的人才，被召回朝廷，显出宋孝宗要大有作为，建立太平的良策。这是衬托出他是能够替朝廷建立真正太平良策的人才。怎样的太平良策？“长安正在天西北”，象唐朝人的“西北望长安”一样，当时人正在想望收复汴京。这里就衬出郑的回朝，具有收复汴京的雄心壮志。这是上阕里刻画人物形象，从容貌到才略到雄心壮志，通过正面描写和旁衬手法把他写出来了。

下阕从另一方面来刻画郑的人物形象，写郑在做信州长官时的形象。不用正面描写，而用含蓄和旁衬的手法来写。郑在做信州长官时的政绩，在短短的一首词里无法写，所以用含蓄旁衬的手法来写。写“儿童泣”，儿童都为他离去而哭泣，人民的哭泣就不用说了，他的政绩能使人民感动也就不用说了。“旌旗湿”，人民怕他回朝时的旌旗给雨打湿，更不用说担心他一路上的衔风冒雨了，这样写人民对他的爱戴，都是通过含蓄和旁衬的手法来写的。看梅柳预报东风要来的消息，这是切合当时的情景，这里也有含意，含有预报郑回朝以后有所作为的好消息的用意。“只今松竹无颜色”，用松竹来陪衬，衬出郑的品格高。他一走，连松竹也无颜色了，这里用拟人化手法，含有松竹也为他的离去而发愁的意思，与结句写朋友的离愁相应，也是含蓄的写法。

这样，上阕用正面描写和旁衬手法，下阕用含蓄和衬托手法，把郑的完整的人物形象刻画出来了。在短短一首词里，能把郑的人物形象作了全画的刻画，这是跟运用巧妙的艺术手法分不开的。

有心发问，无意作答

——《八声甘州》赏析

吴熊和

夜读《李广传》，不能寐，因念晁楚老、杨民瞻约同居山间，戏用李广事，赋以寄之。

故将军饮罢夜归来，长亭解雕鞍。恨灞陵醉尉，匆匆未识，桃李无言。射虎山横一骑，裂石响惊弦。落魄封侯事，岁晚田园。 谁向桑麻杜曲，要短衣匹马，移住南山。看风流慷慨，谈笑过残年。汉开边，功名万里，甚当时、健者也曾闲？纱窗外、斜风细雨，一阵轻寒。

《史》《汉》中的《李广传》，辛弃疾早已读过。但在淳熙八年（1181年）落职退居上饶带湖后重读《李广传》，就夜不能寐，枨触多端。除了加深对李广的同情和了解，还从中发现了自己：他的遭遇同李广的不幸身世多处相似。他感到同千载之上的这个故李将军精神上有相通之处，二人同是怀抱着英雄失志之恨。辛弃疾与李广可谓“异代知己”。此词“戏用李广事”，咏李广同时也就为自己咏怀，融入了辛弃疾废黜赋闲中的愤懑与不平。

李广是汉代名将，才气无双，自结发起与匈奴大小七十余战，战功卓著。然而始终不得封侯，最后竟受屈含愤自杀。辛弃疾从李广生平中独取其“岁晚田园”即废为庶人后闲居终南山一段。因为这一段也正切合辛弃疾当前的处境和心情：身遭落魄而犹心雄一代。李广尝于蓝田南山家居数岁，一次夜饮归来，还至霸陵亭，“霸陵尉醉，呵止广。广骑曰：‘故李将军。’尉曰：今将军尚不得夜行，何止故也！’止广宿亭下。”李广无端遭受霸陵尉的呵斥轻侮，无非由于他是已被废罢无权无势的“故将军”，霸陵尉即使不在醉中，可能也不会认识他和尊重他(司马迁于《李广传赞》引俗谚“桃李不言，下自成蹊”，赞美李广。词中“桃李无言”即以代称李广)。这是第一件事。李广猿臂善射，尝多次亲自射虎。一次打猎时，“见草中石，以为虎而射之，中石没镞，视之，石也。”这是第二件事。辛弃疾就从《李广传》中选取这二件事来表现其“岁晚田园”的境遇和心情。前者颇伤困顿屈辱，后者犹见勇力非凡，宝刀不老。“志士凄凉闲中老，名花零落雨中香。”这是英雄失志的寂寞与悲哀，辛弃疾所感受到的，或许并不少于李广。

杜甫诗中也曾咏及李广的南山闲居。《曲江三章》诗道：“自断此生休问天，杜曲幸有桑麻田。故将移住南山边，短衣匹马随李广，看射猛虎终残年。”辛弃疾此词上片咏李广，下片即落到自己，借用了杜甫诗词说自己将同李广一样移住山林。辛弃疾写这首词是寄给他的两个朋友晁楚客、杨民瞻的，以词约他们“同居山间”。过片“谁向”二字，即带有征询和邀约的意味。辛弃疾一生中曾两度投闲置散，写了不少山林田园的词，词中也常提到陶渊明。但需注意的是，辛弃疾的进退出处，与陶渊明属于不同类型，实际上其心迹都是近于李广。“要短衣匹马，移住南山。看风流慷慨，谈笑过残年。”这是李广式的英雄落魄的田园闲居，与“久在樊笼里，复得返自然”的陶渊明式的隐逸相去多远！李广此后就重上战场，自请为前锋出击匈奴，要独当单于作一决战。辛弃疾的本志不也正是这样吗？

这首词在写法上很特别。基本上用隐括体，但又不纯乎隐括。上片为隐括《李广传》，下片为隐括杜诗。皆随意点窜，自由改动，全如己出。不出于隐括的，仅篇末两韵。这两韵恰是全词的警策。前人读《李广传》发表过很多评论，大都着眼于个人不幸，归因于李广命中“数奇”或武帝赏罚不公。辛弃疾结合自身际遇而读《李广传》，为之通夜不寐，感慨很深，他所感慨的是什么呢？集中到一点，就是“汉开边，功名万里，甚当时健者也曾闲”？在匈奴构成严重边患，亟待人们立功万里的时代，却将李广这样大有作为的人才埋没当世，废弃不用，这该叫人们如何理解呢？其中难道有什么隐秘吗？“健者（强者）也曾闲”，这无论在李广的时代，还是在辛弃疾的时代，固属于个人的不幸，但何尝同时不又是时代的不幸？辛弃疾既是向历史发问，也是向现实发问。不过，这么发问，虽只一句，却触及了要害。问题太尖锐，就辛弃疾的实际处境来说，问题更太敏感。它只能有问无答，因为实在不便回答，也无可回答。于是顿然截住话头，按下不说。“纱窗外，斜风细雨，一阵轻寒。”这便是不答之答，把《李广传》读后的万千感慨一齐轻轻推开。

杜甫《缚鸡行》结句云：“鸡虫得失无了时，注目寒江倚山阁。”黄庭坚《王充道送水仙花五十枝，欣然会心，为之作咏》结句云：“坐对真成被花恼，出门一笑大江横。”都在篇末于是非得失、无情有恨之外，转作解脱语，人们称赞其“结语之妙，尤非思议所及”。辛弃疾词结语用这种写法的亦有多例。《丑奴儿》“少年不识愁滋味”一阕，结语转为“却道新凉好个秋”，将旧恨新愁一切摆脱。这首词的篇末两韵，乃是同一笔法，前者有心发问，后者无意作答。在历史和现实的纠结之中，转而寄情物外。这实际上又是一种不答之答。

别有人间行路难

——《鹧鸪天·送人》赏析

刘乃昌

唱彻《阳关》泪未干，功名馀事且加餐。浮天水送无穷树，带雨云埋一半山。　今古恨，几千般；只应离合是悲欢？江头未是风波恶，别有人间行路难。

“多情自古伤离别”（柳永《雨霖铃》），“感君情重惜分离”（韦庄《离筵诉酒》）。古人重友情，惜分离，“送别”是古往今来的诗坛词苑中写得最多、最为感人的题目之一。不过，同是送别，在立意和格调上却千差万别。江淹的《别赋》有些哀伤，李白的《赠汪伦》一往情深，欧阳修的《朝中措·送刘仲原甫出守维扬》儒雅旷放，王勃的《送杜少府之任蜀川》、高适的《别董大》，以壮语赠别，读之令人神旺。辛弃疾的这首送别词，则以立意之高、忧愤之深而别开生面，轶出前人。

上阕开篇擒题。诗人王维的《送元二使安西》七绝，有“劝君更尽一杯酒，西出阳关无故人”之句。后来人们把这首诗配上乐府曲调，作为送别之曲，称为《阳关三叠》。用歌唱“阳关”，表示送别，这是词人最常用的写法。寇准《阳关引》

说："更尽一杯酒，歌一阕。叹人生，最难欢聚易离别。且莫辞沈醉，听取《阳关》彻"(《苕溪渔隐丛话》后集卷九引兰畹集)。这里所描述的正是以阳关曲送别的典型场面。稼轩把这种送别场景凝缩成一句，最为精炼切要。《阳关曲》唱彻，眼泪未干，可说把送别的凄苦一语道尽。

接下去便转为开解劝慰，希望友人饱餐安乐酒饭，少问和战是非。"功名馀事"，谓忧国济民建功立业，乃鄙屑小事，微不足道。韩愈《和席八十二韵》有"馀事作诗人"之句。方世举注曰："按杜甫诗：文章一小技，于道未为尊。即此馀事之谓也。"《六一诗话》亦云："退之笔力，无施不可，而尝以诗为文章末事，故其诗曰：'多情怀酒伴，馀事作诗人'也。"可见"馀事"含卑微之意。文人谓文章为末技，不免语含牢骚。不过文章比起政事毕竟是次要的。至于政事，在士大夫心目中绝不是末事。而"功名馀事"，出自念念不忘光复旧物的稼轩之口，更显然是愤激之谈。抗战救国这类功名、勋业不过是区区小事，这种反语讽刺，恐怕是针对沉溺于宴乐的朝内官僚而发的。正面写送别的两句，充满了悲酸和愤懑。

三、四句以景衬情。一句写江中之水，一句写空中之云。江水汹涌与远天相接，把两岸挺立的树木仿佛伴送到望不尽的远方；乌云挟带着强大的雨势，在低空翻卷，遮蔽了大半截前路的山峦。这是水路迢遥，暴风雨又将来临的景象。这种景象与送别场面恰相衬映，烘染了行色的凄楚，增添了别情的忧虑和不安。

上阕写送别之情之景，心绪激楚，物象阴沉暗淡，感情的摅发已经达到高峰。好比歌曲已经唱到最强音，无法继续升高。因此下阕便采取了推开一层的写法，使词意另辟蹊径，更上一层楼。“今古恨，几千般；只应离合是悲欢?”初看似泛议，其实是紧承上文的离愁别恨而转出新意。古往今来，愁恨种种，何止万千，真是所谓“新愁往恨何穷!”（李煜《谢新恩》）其中离合之情自然是浓重的，但“离合”只是造成“悲欢”的一端，人间还有比离合更关重要的“悲欢”在。国家的存亡，朝内邪正势力的消长，不是更大的悲欢吗？“只应”这一诘问句，包括了丰富的内涵，它提醒友人关注君国大事。这是紧承“唱彻阳关”二句，用家国朝政攸关的大悲欢来开解离别之愁。

煞拍“江头未是风波恶，别有人间行路难”，是紧承“浮天水送”二句，说江上旅程山遥水远，也许会遇上惊涛骇浪，可是人间的道路还有比这更险恶的风波呢！这是用官场的险恶与旅程的艰难相比较，借以开解行人。也是作者提醒对方：政治风波比自然界中江水的风波更为可怕。这是饱含作者切身感受的经验之谈。辛弃疾南归之后，在封建官场中，早已意识到自己“不畏强御”，“刚拙自信，年来不为众人所容”（《淳熙己亥论盗贼札子》）。果然，他在湖南、江西关怀民瘼、纠弹贪吏、创置新军等政绩，引起了某些士大夫的刻忌，谏官王蔺摭拾一些无根流言进行弹劾，南宋当局不容剖辩，便于淳熙八年（1181年）把辛弃疾免职，从此他便回上饶带湖长期赋闲。这篇词写在带湖闲居时期，他在送别友人的时刻倾诉心曲，流露出自己的悲愤，并因以告诫友人当心提防朝内群小的政治迫害，这是十分自然的。

作者写送别而不滞着于送别，抒友情而不为友情所囿。他由别愁而翻出家国之恨，由自然风波而联想到政治风波，由旅途之艰而暗示抗战人士爱国斗争之艰难。这就使词的主旨升华到新的高度，有利于开扩友人的心胸和视野。刘熙载在《艺概》中说："一转一深，一深一妙，此骚人三昧。倚声家得之，便自超出常境。"稼轩此篇正可谓得"骚人三昧"，由前阕到后阕的发展，体现出"设色既穷，忽转出别境"（王又华《古今词论》）的结构特点，故而一转一深，思路高阔，轶出常境，成为一首出色的送别词。

意象丰美 寄兴遥深

——《满江红·中秋寄远》赏析

晓川 姚黎

快上西楼，怕天放浮云遮月。但唤取、玉纤横管，一声吹裂。谁做冰壶凉世界，最怜玉斧修时节。问嫦娥、孤令有愁无？应华发。　　云液满，琼杯滑。长袖舞，清歌咽。叹十常八九，欲磨还缺。但愿长圆如此夜，人情未必看承别。把从前、离恨总成欢，归时说。

这是一首寄内之作。辛稼轩忠肝义胆，平生以功业自许，发而为词，每多金戈铁马之声。像这样系乎风怀的作品是很少的。当然，这并不是说他缺乏温情。从集中罕见的几首有关作品来看，他是一个很重感情的人。比如《一落索》词："行绕翠帘珠箔，锦笺谁托？玉觞泪满却停觞，怕酒似，郎情薄。"不是很芳悱缠绵吗？这首《满江红》则写对妻子的怀念，格高韵远，尤为杰出。词的作年难以确指。但它既见录于范开所编的甲集中，则为其四十八岁以前之作，可以断言。这时作者服官外地，与家室分离，中秋对月，情不能堪，乃填此解以寄意。

词的上片以写景为主，然景中见情，如淡彩数笔，便觉清远有致。“快上”两句，纯用口语，既俊快又清新，将一种生怕错过了赏月良机的急切心情和盘托出。今日读来，犹能到口即消，毫无碍隔。这种提炼口语的能力是很突出的。月白风清，良宵独处，未免太煞风景了。于是有了听乐的描写。“但唤取”，“但”字平声，“只有”之意。只有请出盈盈少女，以纤纤玉指吹奏悠扬的笛韵，才能雅称此景，不负良辰。“吹笛”句，注家有以《石林诗话》王君玉诗“只在浮云最深处，试凭弦管一吹开”为解者，自不失为一说。然细绎“怕天放浮云遮月”文意，“遮月”云云，只是一种担心，尚不是已然之事。又“吹裂”与“吹开”意亦有别，不宜混同。据《唐国史补》：“李舟好事，尝得村舍烟竹，截以为笛，坚如铁石，以遗李牟。牟吹笛为天下第一。尝月夜泛江，与舟吹之，寥亮逸发。俄有客至，立于岸，呼船请载。既至，请笛吹之。其音清壮，山石可裂。牟平生未尝见。及入破，呼吸盘辟，而此笛应指粉碎。客散不知所之。舟为著记，疑其蛟龙也。”玩味稼轩词意，似应以“吹裂”状笛，以形容音乐之妙为宜。另稼轩《贺新郎》词“长夜笛，莫吹裂。”并以指笛，可以互参。“谁做”二句，一问一答，笔姿远扬。是谁造就这冰壶玉质般的清凉世界呢？不正是那些辛勤的修月匠人为我们打磨出这可爱的光明境界吗？“冰壶”，盛冰的玉壶。姚崇《冰壶诫》：“冰壶者，清洁之至也，君子对之，不忘乎清。”杜甫《寄裴施州诗》：“冰壶玉衡悬清秋”，则用来形容气象之清沏，尤与此词意合。玉斧修月，典出《酉阳杂俎·天咫门》：“郑仁本表弟游嵩山，见一人枕一幞物，方眠熟即呼之，且问其所自。其人笑曰：‘君知月乃七宝合成乎？常有八万二千户修之。予即一数。’因开幞，有斤凿数事。”“斤凿”即玉斧之类。这就是词人面对着朗照的秋月所驰骋的想像。上问下答皆从虚处生发，不仅空灵缥渺，亦觉曲折有致。接下去，歇拍二句，仍以问答出之，而句式参差，尤能见出章法之错综。为问月宫嫦娥，孤零零地，有愁苦没有呢？这是一问。“应华发”，这三字短语，就是词人代作的回答。一个离群索居的女子，青天碧海，夜夜怀思，能不急白了如云的秀发吗？在词人看来，即使是月宫仙姊也难以忘情呵。当然，作者笔下的嫦娥乃是一个两面关合的形象，她既是朗照青空的明月的化身，同时又寄托了对亲人的思念。由赏月而联想到月里嫦娥，由嫦娥而联想到分处他乡的妻子。转换自然，而又托义高洁，这是构思上的第一个特点。不明说自己的思念，而设想对方如何想白了头发，用移位换形的手法来镂写自己的思绪，便显得更为蕴藉而有思致。这是第二点。谁说稼轩不解绮思？是奇男子必有真性情。刘后村云：“其秾纤绵密者，亦不在小晏秦郎之下”（《辛稼轩集·序》），可谓知言。

词的下片以述情为主。“云液”四句，极写清欢场面，上衬嫦娥之孤独，下映别离之难耐，是精心结撰的铺垫之笔。“云液”，指美酒。曹唐《仙子送刘阮出洞》诗：“云液既归须强饮，玉书无事莫频开”，用指仙人佳酿。“琼杯”，美玉琢成的酒杯。眼前的景象是：美酒高斟，玉杯滑腻，舞态婆娑，清歌凄切。然而，歌围舞阵系不住词人念远思亲的归心。“叹”下两句，寄情于月，借月之缺多圆少，以寄托人生离多聚少之恨。这种好景不常的慨叹，可说是自古如斯的。然而辛词过人处在于，他没有停留在低徊的哀怨之中。在他心头翻腾的还有一种更为强烈的对光明和团聚的憧憬与追求。“但愿”句略用东坡“但愿人长久，千里共婵娟”词意，表达了一种对美好生活的追求。“人情未必看承别”，“人情”，犹人心。“看承别”，即别样看待之意，为宋人习用语。词人善感，珍重良宵，不肯轻掷。这同征逐名利，噩噩度日者自然不同。最后两句“把从前、离恨总成欢，归时说。”可谓化尽涕洟，并成欢畅，一结高健。“总”，都也。把往日的重重离恨，都化成团圆的欣悦，这就是归家一念在作者心头所唤起的明快和欢腾的感情。有多少相思的心曲等待着重逢时细细剖析呵。结笔一振，愈唱愈高，令人玩味不尽。词家射雕手，真是不凡。

情语耶、哲语耶？

——《青玉案·元夕》赏析

杨 燕

东风夜放花千树，更吹落、星如雨。宝马雕车香满路。凤箫声动，玉壶光转，一夜鱼龙舞。 蛾儿雪柳黄金缕，笑语盈盈暗香去。众里寻他千百度，蓦然回首，那人却在，灯火阑珊处。

爱国抗战派词人辛弃疾多豪言壮语，而少柔情蜜语。《青玉案·元夕》写元宵灯火，写寻找情人，是稼轩词中有数几篇涉及爱情的作品。然而仔细品味，这首词又写情淡远，寓意颇深。写情耶？言理耶？耐人寻味，实在是篇风格特异的作品。

满月，象征着团圆、美满。元夕，是每年第一个月满之夜，从古就被奉为吉日。北宋太祖削平群雄向海内昭示盛世太平，上元节假增至五日，庆贺隆重，通宵狂欢。柳永《迎新春》词："庆嘉节，当三五。列华灯，千门万户。遍九陌，罗绮香风微度。十里然绛树。鳌山耸，喧天箫鼓。"就记录了当时盛况。而辛弃疾这首词写的已是南宋临安的元夕了。

词的上片气氛热烈，笔调明快。“东风夜放花千树，更吹落，星如雨”两句，劈头推出了奇异壮丽的元夕放花图景。花炮初放，如火树银花；放后火花纷落，如流星陨雨，色彩缤纷，光辉灿烂。空中火花怒放，地上游人如织。“宝马雕车香满路”，写观灯的豪门富户兴致勃勃，策马驱车，遗香满路。“凤箫声动，玉壶光转，一夜鱼龙舞”三句进一步渲染元夕狂欢的热烈气氛。笙箫清音中，月移灯舞，灯月交辉，令人心醉神迷。“鱼龙”：扎制的鱼龙状彩灯。元夕有表演蚌壳舞、龙灯舞的风俗。“光转”、“一夜”互相呼应，交待了时间的转移。“动”、“转”、“舞”三个动词，生动地描绘了声与光使人眼花缭乱的分化和组合。由灯之飞舞而推想到耍灯、观灯之人的酣狂忘情。

词的上片写景，把明月、焰火、彩灯分天上、空中，地下三个层次交叉描绘，动态地渲染了一个绚烂的灯节之夜。笔重而彩浓。下片换用白描笔法，叙述词人在人众中寻找情人的情景。“蛾儿雪柳黄金缕”都是美丽的头饰，用来指代服饰鲜明的女子们。“笑语盈盈暗香去”写女子们活泼娇媚的神态。她们衣香袭人，有说有笑地一阵阵从词人眼前掠过。但是，“众里寻他千百度”，词人怀着焦渴、反复寻找的心上人却不在这些盛装的欢乐的人群中。词人苦苦搜寻，几近绝望，“蓦然回首，那人却在，灯火阑珊处”，只见自己的意中人娉娉婷婷、淡泊安静地站在灯火稀少的地方！在欢乐痴狂的人群中，这位女子是如此不同寻常。她为什么落落寡合？她在想什么？词人通过她要反映什么？全词至此戛然而止了，却留给读者一大片思索想象的空地。

词写情耶？由“众里寻他千百度”的执着痴情，似乎如此。但是词人着力描写的只是对意中人的渴念与寻觅，无意描述两情之旖旎与欢洽。这与一般爱情词大相径庭。词写理耶？王国维先生在论及古今之成大事业大学问者必经之三种境界时，就曾把“众里寻他千百度，蓦然回首，那人却在灯火阑珊处”作为第三境。但凡事都须艰苦跋涉，往往踏遍铁鞋无觅处，最后才能得来全不费功夫这个哲理，是后人读词得到的启示。仁者见仁，智者可以见智，并非词人本来的立意。词人极写灯景之繁盛，写众人之狂醉，只有词人与“那人”不逐众流、自甘清冷，这种强烈对比显然意味深长。喜繁、喜简、喜喧、喜静，有时是情性有别，有时也是怀抱各异。细读全词，词人虽然全力描绘节日狂欢之热烈，但似乎是以旁观立场在客观冷静观察，自身并未沉醉。不象柳永《迎新春》词所叙：“堪对此景，争忍独醒归去。”而他千方百计寻觅的意中人同样沉静寡欢。梁启超先生《艺蘅馆词选》论说：“自怜幽独，伤心人别有怀抱。”是极有见地的。张孝祥《六州歌头》词云：“隔水毡乡，落日牛羊少，区脱纵横。看名王宵猎，骑火一川明，笳鼓悲鸣，遣人惊。”敌虏隔岸肆虐，虎视眈眈，令志士仁人寝食难安。词人揭竿而起，弃家投南，指望南宋当朝厉兵秣马，挥戈北征，收复国土。不料南宋当朝只图偏安，歌舞升平。词人空怀壮志，请缨无路，回天无术，当然难免世人皆醉吾独醒的痛苦。南渡后家破人亡的李易安亦有一首元夕词。她的《永遇乐·落日熔金》通过对比回忆“中州盛日”的种种情景，寄托了深刻的故国家园之思。词中："香车宝马，谢他酒朋诗侣……如今憔悴，风鬟雾鬓，怕见夜间出去。不如向帘儿底下，听人笑语"的那种自甘寂寞的情绪与这首词不是十分相似吗？济南二安，许是情怀相同，心志相类吧？

诗人们历来爱用香草美人手法寄寓政治怀抱。辛幼安的特别之处在于他是用整首词构成一个意味深长的艺术意境来含蓄地表达心志的。而且这首词不象屈原那样神游天上，而是借人间情事取譬。这对比兴手法是一种扩大运用。因此他创造的艺术境界更接近现实，更亲切生动，寓意也更隐而不露，似有若无。唯其寄寓含蓄隽永、耐人寻味，这首词也更增添了强烈的、永久的魅力，引人深深思索。

更无花态度，全是雪精神

——《临江仙·探梅》

严寿澂

老去惜花心已懒，爱梅犹绕江村。一枝先破玉溪春。更无花态度，全是雪精神。　剩向空山餐秀色，为渠着句清新。竹根流水带溪云。醉中浑不记，归路月黄昏。

神宗淳熙九年（1182年）至光宗绍熙三年（1192年），稼轩落职闲居，在江西上绕北灵山下的带湖十易寒暑。这首《临江仙》即作于此时（据邓广铭《稼轩词编年笺注》）。稼轩文武全才，慷慨负气，可惜困于遭际，不得施展抱负。他又是极有性情的人，对恢复大业的无成、朝廷的失计，一直耿耿于怀。此时他正值壮年，却居于带湖之上，与鸥鹭为伴，销磨壮志，无补国家。因而磊砢不平之气随处触发，往往流露于不自觉。这首《探梅》所表现的，就是这样一种情绪。

此词的主脑，在上片最后二句“更无花态度，全是雪精神”。以梅花比冰雪，诗词中常见。江湖诗人何应龙《见梅》

云：“云绕前冈水绕村，忽惊空谷有佳人。天寒日暮吹香去，尽是冰霜不是春。”天寒日暮，幽韵冷香，冰清玉洁，颇能摄梅花之魂。与稼轩这两句相比较，一是以韵胜，一是以格胜。何氏笔下的梅，是山中高士，是空谷佳人。而稼轩笔下的梅，是扼腕的英雄，是铮铮的铁汉。“更无”、“全是”二语，说得何等斩钉截铁。陈亮有一首著名的《梅花》诗，中二联云：“一朵忽先变，百花皆后香。欲传春信息，不怕雪埋藏。”写梅之高格，确是风骨棱棱。稼轩此二句，足可与之匹敌。然而陈同甫还是将梅作花看。稼轩则只见其精神，不见其体态，眼中只是梅的冰雪之姿，无丝毫花的柔媚之态，意境似更深一层。稼轩词笔力之劲健豪壮，于此可见。

不过，豪放不足以尽稼轩。只解豪放，流于粗犷，不是词的上品。辛词的胜场，在于笔力强而气息厚，浑浩流转。说稼轩可比诗中杜甫，就在这一点。这首词是短调，不足以尽见稼轩之长，然而也能表现辛词这一特点。短调近于诗中绝句，以含蓄为贵。但是，若仅是摇曳生姿，难免流于靡弱。因此，在含蓄的同时，还须排荡有气。此词首句说，行将老矣，惜花之心已懒。次句立即作一转折：尽管如此，爱梅之心犹在，犹欲绕江村而寻梅。（“犹绕”二字颇沉郁）不仅将梅与他花相对，以见其别具标格；而且首句先说一意，次句随即一转，归到《探梅》题意。一反一正之间，具排荡之势。三句便说到梅。玉溪，形容其所处之地的高洁。一枝，脱胎于唐诗僧齐己的“前村深雪里，昨夜一枝开”。“一枝先破”，表示此梅一放，春色即因之而破开，较齐己二句笔力更强。于是过渡到后二句。

至此，梅的精神境界全出，作者的人格、怀抱，也呈露在读者之前。

若是下片仍以豪语出之，便太过直率，流入粗豪一路了。稼轩并不如此。“剩向”二句一笔挽回，另起一意。写梅即是写自己。自己具冰雪之操，无软媚之态，可是如今既不能雍容于庙堂之上，亦无缘驰骋于戎马之间，只能向空山餐秀色，为梅花写下清新之句，真是无可如何。无穷感慨，尽在不言之中，极含蓄，极沉着。辛词不同于一味粗豪之作者在此。第三句宕开一笔，写梅的前后左右。着一“带”字，颇有风度。竹根、流水而带溪云，很有烟水迷离之致。看似闲笔，实则由此过渡到末二句。

对此佳景，能不开怀畅饮？“醉”字即自此而来。此外，如此的烟云供养，也着实令人陶醉。这是“醉”的第二层意思。词人陶醉于此境界之中，流连忘返，忽忽已至黄昏，于是扶残醉而归。月色朦胧，加之以醉眼，归途中的景色，自不复记省。因探梅而陶醉，因醉而归，词人之心与梅花之神息息相通，物我莫辨，“浑不记”的含义在此。英雄失路，唯求一醉以自遣的牢落心情，读者自能于言外领会。以浑成语作结，留下无穷远致。老杜所谓“篇终接混茫”者，即此境界也。

清新村景入画图

——《清平乐·村居》赏析

孟二冬

茅檐低小，溪上青青草。醉里吴音相媚好，白发谁家翁媪？　　大儿锄豆溪东，中男正织鸡笼。最喜小儿无赖，溪头卧剥莲蓬。

辛弃疾南归之后，23 岁任江阴（今江苏江阴县）签判，三年任满后，即抛弃了这种文墨小吏的冷官生涯，次年——乾道元年（1165 年），便开始漫游吴楚各地。这首词便是同年夏季写于吴中（参见蔡义江、蔡国黄《辛弃疾漫游吴楚考——探索其史传中的一段空白》见《北方论丛》1979 年第二期）。词中通过对一个普通农家的描写，展现出一幅和平安宁的农村生活画面，同时也表现出作者的情趣。

上片首两句描景：青草溪边有一座低小的茅屋。三、四句写老人：不知谁家的白发苍苍的老头儿和老婆婆，操着悦耳的吴音，在醉里闲谈取乐。这里“相媚好（读上声）”用以形容柔软悦耳的南方话，同时也有逗趣取乐的含义。“媪”（ǎo），指年老的妇女。作者采用倒装的句法，未见其人，先闻其声。

先是听到一阵娓婉动听的谈笑声，大概是一对青年男女在谈情吧？但是一看，不免有些惊奇：原来是一对白发苍苍的老年夫妇。这就不仅要制造一个出人意外、令人惊奇的效果，而且更能体现出他们闲适的晚年生活和心境。

下片转写年轻人。大儿在溪东的豆地里锄草，中男正在编织鸡笼，各自埋头劳动。只有最小的一个，年纪太小，不会劳动，正躺在溪边剥莲蓬吃。“无赖”，在这里是淘气、顽皮的意思，这是用反衬的手法来加重“最喜”的色彩。“溪头卧剥莲蓬”，一作“溪头看剥莲蓬”，“看剥”只能说明他在干什么，却反映不出人物的精神面貌，而“卧剥”二字，就极为传神地勾勒出小孩子天真活泼的神态，同时也把上句的“无赖”二字形象化了。此外，“莲蓬”二字也暗示了小溪中长满了荷叶、莲蓬，因此这句既是写人，也是壮景。

这首词在艺术上颇有特色。首先，就画面的经营构造来说，显得极为匀称和谐、清新自然。作者将一条覆满荷叶、莲蓬的清溪纵贯画面的中心，这一点颇似西洋画法中的焦点透视，其它的景物都由这“溪上”、“溪东”、“溪头”铺展开去。那低小的茅屋、如茵的青草、旺盛的豆田，都和谐地排列在它的两旁；这普通农家的老老小小，也是在它的两岸休养生息、平安度日：老人的闲适晚年、青年的勤劳耕作、少年的顽皮淘气，都显示出农村生活的淳朴宁静。清新的景致、宁静的心境，犹如那缓缓荡漾的、清静安宁的一弯溪水；人物的心境与自然的景象交织成一片和谐自然的村居美景。而作者此时此地的心境，也无疑卜邻其间、陶醉其中了。

其次，就语言艺术来说，通篇采用通俗、平易的口语，犹如一篇有韵的散文。在宋代词人中，运用典故，辛弃疾堪称独步，但这首词却以清新自然的面貌出现。它一方面可以增强情节的连贯性和语言的形象性，既没有丧失词的音律，又保持着极醇厚的诗意；另一方面，这种通俗平易的语言，恰与整首词清新自然的情、景相吻合，通篇从内容到形式完全构成一个和谐的、清新自然的艺术境界。优美的意境，和谐的音韵，读来清爽轻松，它可以使我们在心灵上得到陶冶，在美感上获得满足。

尽管作者在这首词中有美化当时农村生活之嫌，但我们必须看到，初离官场的辛弃疾，在当时确有“复得返自然”（陶渊明《归园田居》五首之一）的情绪，对官场生活的厌恶，也更增强了他对农村生活的喜爱，更何况他常常把陶渊明引为异代知己呢？把对农村的喜爱之情，倾泄在这首《清平乐》中，这正是作者思想、生活情趣的形象体现。

忧风忧雨　恨春爱春

——《蝶恋花·戊申，元日立春，席间作》赏析

金启华　史双元

谁向椒盘簪彩胜？整整韶华，争上春风鬓。往日不堪重记省，为花长把新春恨。　春未来时先借问，晚恨开迟，早又飘零近。今岁花期消息定，只愁风雨无凭准。

宋孝宗淳熙十五年（1188 年），辛弃疾 49 岁，南渡已二十七年了，此时他却被迫退闲江西带湖，呼斗酒，寻幽约。他日日盼望成就恢复大业，但身在江湖，有志难申，他力图在湖光山色中熨平灼热的心境，但殷忧国事之情却不由自主地时时流向笔端。“壮士凄凉闲处老，名花零落雨中看。”这一年的元日（正月初一）正好立春，感时触怀，抚今思昔，作者写下这首词，以比兴寄托的手法表达了对国家之关切与忧虑。

首三句用自问自答的形式，描写迎春青年的欢乐。椒盘，即盛椒之盘，据《尔雅翼》：“后世率以正月一日以盘进椒，号椒盘。”彩胜：即幡胜，宋代，士大夫人家喜欢在立春这一天

将彩绸剪成春天中各种动植物的图案，或戴在头上，或缀于枝头。元日又恰逢立春，佳节相重，人们格外高兴，青年人更是无忧无虑，喜气洋洋。春风阵阵，椒香温润，彩胜耀眼，青年人争着，抢着，双鬓盈盈，韶华正盛。首三句，极写一派欢乐景象，有声有色有味，十分生动。这真是“少年不识愁滋味”啊！然而又岂只是少年呢？天马南来，偏于一隅，厩马肥死，歌舞不休。多少人醉生梦死，有几人夜半起舞，眼前景触动词人心中事，“往日不堪重记省”一句，由今而昔，由人及己，由扬而抑，由热而冷，跌宕中显出黯然，对比中显出沉郁。少年昂扬，而今闲退，多少次希望，多少次失望，不堪记省，偏要记省，“不堪”写出难以为怀之抑郁愤懑，“重”字又写出时时萦绕心头。壮士虽凄凉而不失壮士本色，因为他心头所思所想不是个人得失恩怨，而是家国之仇，恢复大业。这种情感是如此深厚，触物所及，无不附着“我”之情感，花开花落，春来春去，一一触动词人心中积郁的情感。“为花长把新春恨”，国事如此，经历如此，自己再不会像少年一样，春风一吹就喜笑颜开。花易飘落春易去，片刻喜悦往往带来长久的惆怅，词人盼极爱极反生恨，这一句词，以“变态”写出情感之强烈。

下片过片而意不断，承上片末句而来，细腻地写出盼花，惜花，爱春，叹春之意。因盼得切，爱得深，春天未来就先把花期问，春晚了，恨花开得迟，春早来，又怕花飘零。今年元旦正好立春，花期看来能敲定了，但只怕又是无端风雨，春信难凭。词人时时担心风雨骤至，葬送春天，摧残百花，一片惜花爱春之心包含了深深的爱憎。作者下笔之时，也许因春事而起兴，但由于词人情感强烈，渗透到笔下，这词就有了某种政治象征意义，其深层意识要联系生平形势才能体会；在写作这首词的前几个月里，即淳熙十四年（1187 年）十月，南宋发生了一件有利于抗战的事——宋高宗赵构死了。南渡以后，赵构立意："偏安忍耻，匿怨忘亲"，重用汉奸秦桧，贬斥爱国志士。宋孝宗即位后，一度"锐意恢复"，但此时的太上皇赵构却又时时掣肘，符离兵败后，无人敢议抗金之事。高宗一死，许多抗战志士以为少了块绊脚石，词人也寄希望于孝宗，盼望他振作有为，留住春光。但凭多年的经验，他又隐隐感到风雨难测。作者这首词通过感叹花期虽定，风雨无准，曲折表达了对抗战"花期"又盼望又担心的复杂心情。

这首词通过比兴寄托立意，将人生遭际和政治感受铸为一体，将自然意象与象征意义打成一片，十分含蓄而巧妙。词虽短而扬抑变化，对比有致，先以少年之喜衬托自己之忧，又以今年花期已定之喜反衬担心风雨之忧，一起一伏，沉郁顿挫。全词不借重典故而隽永有味，写景、议论、抒情融为一炉，属辛词之佳作。

费尽人间铁，铸就相思错

——《贺新郎》赏析

陈邦炎

把酒长亭说。看渊明、风流酷似，卧龙诸葛。何处飞来林间鹊，蹙踏松梢微雪。要破帽、多添华发。剩水残山无态度，被疏梅、料理成风月。两三雁，也萧瑟。　佳人重约还轻别。怅清江、天寒不渡，水深冰合。路断车轮生四角，此地行人销骨。问谁使、君来愁绝？铸就而今相思错，料当初、费尽人间铁。长夜笛，莫吹裂。

作者于宋孝宗淳熙八年（1181 年）冬由江西安抚使改除两浙西路提点刑狱公事，旋被劾罢官，即在江西信州（治所在今江西上饶）城北的带湖闲居。淳熙十五年（1188 年）冬，作者的好友陈亮来访，相聚十日。这首词写于陈亮去后，词前有一篇情文兼美的小序，叙述了写作原委：

陈同父（陈亮字）自东阳（县名，在今浙江）来过余，留十日，与之同游鹅湖，且会朱晦庵（朱熹号）于紫溪（今江西铅山南），不至，飘然东归。既别之明日，余意中殊恋恋，复欲追路。至鹭鹚林，则雪深泥滑，不得前矣。独饮方村，怅然久之，颇恨挽留之不遂也。夜半，投宿泉湖吴氏四望楼，闻邻笛悲甚，为赋《贺新郎》以见意。又五日，同父书来索词，心所同然者如此，可发千里一笑。

后来两人依原韵往返酬和，共写同调词五首，而这次“鹅湖之会”也就成为词坛佳话。

周济在《介存斋论词杂著》中说：“稼轩郁勃，故情深。”又说：“稼轩不平之鸣，随处辄发。”陈廷焯在《白雨斋词话》中称其词“气魄极雄大，意境却极沉郁”。就这首《贺新郎》来看，也可窥见这一内涵和风格上的特点。词以写长亭饮酒话别发端。试将其与同样写话别场面的柳永《雨霖铃》开头几句相对照，可见辛、柳在词情、词风上之迥然不同。柳词写了七句话：“寒蝉凄切，对长亭晚，骤雨初歇，都门帐饮无绪，留恋处、兰舟催发，执手相看泪眼，竟无语凝噎”，把相别时的恋恋之情烘染和铺叙得凄惋缠绵、黯然魂消；这首词，虽然在词序中也说“意中殊恋恋”，却只用“把酒长亭说”五个字，一语带过。破空而来，截然而止。如果说前者是曲尽儿女之情，那后者就是不失英雄本色了。

二、三两句“看渊明、风流酷似，卧龙诸葛”，撇开长亭话别之事，转而从对陈亮的推许中透露作者自己的政治抱负以及两人之所以投合无间的思想基础。陈亮也是一位念念不忘恢复中原的爱国词人。他与作者不仅政见一致，词风也近似。

《宋史》本传称其“才气超迈，喜谈兵，论议风生，下笔数千言立就”。他青年时曾撰《酌古论》一书，中有《诸葛孔明》上、下二篇，对诸葛赞颂备至。这里就既以陈亮比作诗酒自适、不为五斗米折腰的陶潜，又以他比作始则隐居隆中、终而施展其经世之才的诸葛亮。从表面看，陶潜是避世的，诸葛亮是用世的，而作者却说前者酷似后者。这次作者与陈亮约在紫溪相会的朱熹也曾说：“陶渊明诗，人皆说是平淡。据某看，他自豪放。”又说：“陶欲有为而不能者也。”(《朱子语类》)这些看法，想必也为陈亮所赞同。陈亮在和词中说“只使君、从来与我，话头多合”，当两人这次相会，纵谈天下大事、臧否古今人物时，这也可能是“话头”之一；而对这两位历史人物的评价，实际是借以自我写照，是有感于当时局势和个人遭遇，表达其后来在酬和陈亮答词的第二首《贺新郎》中所说的“看试手，补天裂”的壮志和“汗血盐车无人顾”的愤慨。

上半阕的后七句却又撇开二、三两句的“话头”，转而写“把酒长亭”或“独饮方村”时所触之景，并从写景中抒发其自伤老大之情和山河残破之痛。“何处飞来林间鹊”三句写的是近景、小景，而即景生意，把被飞鹊踏碎而洒落在帽上的枝头残雪，说成是有意要使自己再增添一些白发。三句看似信手拈来，自我嘲笑，实则是作者深藏在内心的壮志未酬、美人迟暮的悲哀。这种悲哀，在他的词作中时时有所流露，如他在一首称为“戏作”的《鹧鸪天》中曾感慨系之地说：“追往事，叹今吾。春风不染白髭须。都将万字平戎策，换得东家种树书。”他在答陈亮的和词中则以“老大那堪说”起调，在为陈亮所赋“壮词”的结拍处也发为“可怜白发生”（《破阵子》）的感叹；而梁启超评后一首词说：“无限感慨，哀同父，亦自哀也”（《艺蘅馆词选》中引）。“剩水残山无态度”四句写的是远景、大景，而景中寓意，既描绘了眼前冰雪覆盖的远山近水，以及点缀其间的几树寒梅、两三征雁。这可以是所见实景，但词人之摄取这些景物，并不是为写实而写实，是主观之我与客观之物恰相会合，内心之情与外在之景正相洽浃，就借以寄寓其“举目有江山之异”（《晋书·王导传》记周𫖮语）的哀痛。句中的“疏梅”、“雁”，也可以是喻指仍坚持抗金的爱国志士。在作者看来，多亏有了他们，当时苟安一隅、委靡不振的局面才有点生气，但联系朝中主战派的失势，联系本人之被排斥在野，又不禁有同道凋零的“萧瑟”之感。

换头“佳人重约还轻别”一句，追惜陈亮的别去。“怅清江、天寒不渡”四句，就是词序中所说的“既别之明日，余意中殊恋恋，复欲追路，至鹭鹚林，则雪深泥滑，不得前矣，独饮方村，怅然久之”的情景。句中的“车轮生四角”，出陆龟蒙《古意》诗“愿得双车轮，一夜生四角”。但陆句是希望车轮不前，留住行人；作者则恨车轮不前，因而追赶不上陈亮。从这四句词，并对照词序，足见作者与陈亮的交谊之厚和别后的相思之深。如果就这几句顺写下去，也许应当进一步叙说在此时此地怎样为刻骨相思所苦；但下面“问谁使、君来愁绝”一句，却把词思推回到十天前陈亮之来相会，突然问是谁叫他来的。从本句看，似把“愁绝”归咎于“君来”；联系上一句和词序看，似把“此地行人销骨”的远因追溯到“陈同父自东阳来过余”。照说，离愁的产生来自离别，因而一般诗词只从怨离恨别落笔；但反过来从头说起，则是先有相会才有相离，有相离才有离愁。作者的词思就跳过了中间的“相离”这一层次，使两头的“相会”与“离愁”直接挂钩，因而在换头一句已经惋惜陈亮之别后，这里就更向上推，只抱怨陈亮之来了。其词意与司马光《西江月》“相见争如不见”句有相似处，是翻进一层的写法。而且，这句中所说的“愁绝”，除了指离愁外，还可以有另一重含义。在这次“鹅湖之会”前，陈亮曾赴今南京、镇江一带观察军事地形，并向孝宗上书，力主北伐。其来与作者相会，正为了共商恢复大计。两人在“憩鹅湖之清阴、酌瓢泉而共饮”之际，曾“极论世事”（作者《祭陈同父文》）。而论及“世事”，就必然会引发他们对国土未复、国耻未雪的悲慨。这就不仅是陈亮去后留下的怨离恨别之愁，而且是陈亮来时勾起的忧国伤时之愁了。而既然这句中所写的愁是双重的愁，后两句“铸就而今相思错，料当初、费尽人间铁”，就也可以有双重含义。铸错典出《通鉴》及《北梦琐言》。唐哀帝天祐三年（906 年），魏博节度使罗绍威借朱温兵力铲除了魏博内部的牙军，但为供应朱温派来的军队，历年积蓄耗用一空，魏兵也从此衰弱。绍威后悔说：“合六州四十三县铁，不能为此错也。”错，本指错刀，这里借指错误，语意双关。这两句词的含义之一是借用此语来写别后相思，表达词序中所说的“颇恨挽留之不遂”的心情，联系前几句，正如俞陛云在《唐五代两宋词选释》中所释：“车轮生角，自古伤离，孰使君来，铸此相思大错。铸错语而用诸相思，句新而情更挚。”但夏承焘在《论陈亮的龙川词》一文中则把这两句词视作“抒写对国事的慨叹”，这是深入一层的剖析。从这一重含义来看，句中所说的“当初费尽人间铁”所铸就之错，可以兼指和议之误国，而“相思”一词也可推广其义，指南方志士之北望中原，北方父老之南望王师。

结拍“长夜笛，莫吹裂”两句，写作者在上述感情状态下，卧听笛声，深夜难眠。这也就是词序中所说的“夜半投宿泉湖吴氏四望楼，闻邻笛悲甚”。这样，词的下半阕就从陈亮别去，写到第二天追陈亮不及，一直写到当天深夜投宿闻笛，而全词也就在作者的澎湃起伏的思潮中、在回荡于夜空的悲凉哀怨的笛声中结束了。

作者写这首词时的感情是复杂的；其人间离别之恨、壮志难酬之悲、河山破裂之痛，是相互渗透、交集心头的。其积也厚，其感也深，因而其词情分外郁勃，其词笔也凝回跳荡，加以神力独运，劲气内转，堪称为力透纸背之作。陈廷焯评作者《贺新郎·别茂陵十二弟》一阕说：“沉郁苍凉，跳跃动荡，古今无此笔力。”这几句话，也可移用作这首《贺新郎》的评语。

困顿仍是补天手

——《贺新郎·同父见和，再用韵答之》赏析

曲世川

老大那堪说。似而今，元龙臭味，孟公瓜葛。我病君来高歌饮，惊散楼头飞雪。笑富贵千钧如发。硬语盘空谁来听？记当时、只有西窗月。重进酒，换鸣瑟。　　事无两样人心别。问渠侬：神州毕竟，几番离合？汗血盐车无人顾，千里空收骏骨。正目断、关河路绝。我最怜君中宵舞，道“男儿到死心如铁”。看试手，补天裂。

“世人皆欲杀，吾意独怜才。”这是杜甫关怀李白《不见》诗里的两句话。“人皆欲杀，我独怜才。”这是辛弃疾给他的好友陈亮（字同父）写的《祭文》里的两句话。李、杜友情传为千古佳话，四百年后的辛弃疾和陈亮比得吗？比得。有词为证，有事为证。

辛弃疾曾为朝廷命官，陈亮是一介布衣，在金兵铁骑践踏着中州国土的时候，中华男儿，同仇敌忾，结下了生死之交。

十年间，虽是“云泥异路”，实乃肝胆相照。以至辛弃疾遭弹劾罢官闲居上饶的时候，46岁的陈亮戴雪履冰，跋涉三百里，到此一聚；以至二人分别之后，49岁的辛弃疾尾追不舍，在大雪阻路、追之不得的时候，赋《贺新郎》以寄慨；以至一咏不足，反复咏之，在得到陈亮的和词以后，再咏这首词作答。

这既然是一首答词，内容当然要与陈亮的词相呼应，又是用原韵，就有了许多限制。但是，大手笔仍然恢恢乎其于游刃，在限制中纵横捭阖，创造出壮阔的艺术境界。

词的上片在呼应中追叙至友相聚之欢。破喉起唱，忧愤中来，发出“老大那堪说”的喟叹。诚然，辛弃疾青年抗金，老大无成，还有什么可说的呢？“似而今”就是像如今，只有好友相聚可堪一提。“元龙臭味”比陈亮。三国时陈登，字元龙，忧国忘家，有救世之意。陈亮“欲为社稷开数百年之基”，义气颇象陈登，所以说他有陈元龙的情趣。“孟公瓜葛”比自己。西汉陈遵，字孟公，非常好客，每逢客满醉酒之时，把门关紧，“取客车辖投井中，虽有急，终不得去”。辛弃疾与陈亮在上饶盘桓十日，“憩鹅湖之清阴，酌瓢泉而共饮”，意犹未尽，分别之后，竟然冒雪尾追，再求一叙。自称有孟公之干系，实当之无愧。

“我病”以下六句叙相聚的欢畅。“病”是词人的身病加心病。此时得好友一会，真乃是雪中得炭。况是对酒高歌，意气风发，无怪使楼头积雪为之飞动。谈话间，看抗金复国大业重如泰山，那世俗的千金富贵轻如毛发，只配一笑置之。“硬语盘空”是化用了韩愈“横空盘硬语，妥帖力排奡”（《荐士》）的诗句，指铿锵有力、干预国事的言论。此种言论令投降派掩耳，只有雪后的凄清月色，从西窗透进来，似是略表同情。“重进酒，换鸣瑟。”境遇的孤独凄凉，压不住志士们激昂慷慨的情绪。夜虽已深，激情不减，他们重新添酒调弦，又继续饮宴了。

词的下片在呼应中抒情，陈亮词中以金人与中国平分土地为世间怪事，以让金人占据中国的土地为奇耻大辱，并以扶危定倾的事业与辛弃疾共勉。辛弃疾的词便在息息相通中抒发自己的情怀。

“事无两样人心别。”收复沦丧的国土，自古以来人同此心，心同此理。只有朝中权奸，内外勾结，才弃大片国土于不顾。自从1127年“靖康之变”金人侵占了中原地区，到写这首词的当时，已经过去六十多年。正如陈亮词中所说，中原父老大半已经死去，使金统治者胎毛未干便认定中原是他们的领土，使中原后生忘记了故国和民族。这是何等悲惨而又可怕的事啊！无怪辛弃疾愤怒质问：“问渠侬，神州毕竟，几番离合?”先生们，你们究竟要让神州大地，在敌人的铁蹄之下蹂躏多少时日啊?

“汗血盐车无人顾，千里空收骏骨。”这两句是对南宋王朝埋没人才，压制爱国志士的生动写照。“汗血”是大宛产的名马，因流汗如血而得名。宝马良驹应该驰骋疆场，建立功业，正如辛弃疾和陈亮等有才有志之士，应该在抵抗金兵、收复国土中发挥作用。实际情况却令人痛心。辛弃疾23岁南渡，二十六年间屡遭排挤打击。在他写这首词的当时，又从隆兴府知兼江南西路安抚使任上被罢官弃置达七年之久。陈亮的境遇更惨。他力主抗金北伐，“独奋迹于草野，诋排众议，倡言恢复”。他的爱国奏章曾使宋孝宗“赫然震动”。就这样一个忠贞之士，竟然被“以为狂怪”，几乎置于死地。此种情况和《战国策》中那个让千里马去拉盐车，以至膝折尾溃、漉汁洒地的故事有什么两样？这样一个昏暗的王朝，纵然摆出一副象燕昭王花五百金买骏骨的爱才姿态，又有什么实际意义？“正目断、关河路绝。”表面写的是大雪弥漫的景，实际写的是山河被割裂，坦途变蜀道的政治情势。从逻辑上说，这也是当权者投降卖国、压抑人才所造成的必然结果。描述间，表露出词人极其沉痛的心情。“我最怜君中宵舞，道‘男儿到死心如铁’。”是对陈亮词“谁换妍皮痴骨，但莫使伯牙弦绝”的回答。把陈亮比作半夜闻鸡舞剑，后来击楫中流，渡江北伐的祖逖，可见器重与期望之情。“最怜”就是最爱。表明了这样一个矢志奋发、心坚如铁的壮士，正是辛弃疾心目中的英雄楷模。

陈亮词中有“龙共虎，应声裂”的句子，是以点铁成金的炼丹术为喻，要立志经过磨炼成为治国安邦的英才。辛弃疾以“看试手，补天裂”相应答，既是鼓励陈亮，也是鞭策自己，是要象女娲补天一样去整顿破碎的山河，完成统一祖国的大业。到这里，词人感情震起，斗志昂扬，词便戛然而止了。

这首词充满了抗金无路，报国无门的悲愤之情。这种悲愤之情是从三个方面表现的。其一是对好友陈亮的赞美与同情。赞美陈亮蔑视富贵，不怕打击，以抗战复国为己任，奋斗不止、心坚如铁的高贵品质，同情陈亮壮志难申，被压制，被埋没的艰难处境。在赞美与同情中，表现出自己的爱憎，自己的志向，自己的愤懑与不平；其二是对英雄无用武之地的愤慨。词人以千里马自喻，把壮士无用武之地的现状放在国土无收复之日的大恶果之下来表现。这就说明了，词人的悲愤，是为国为民的义愤和忠愤，而绝不是个人的私愤；其三是对卖国投降者的忿恨。其中既有对投降派苟且偷生、丧权辱国的指责，又有对他们弄权误国，阻塞贤路，使复国无望的鞭挞，表现出一个爱国者大义凛然的态度。关于这首词，清人黄梨庄说的好："辛稼轩当弱宋末造，负管乐之才，不能尽展其用，一腔忠愤无处发泄；观其与陈同父抵掌谈论，是何等人物！故其悲歌慷慨，抑郁无聊之气，一寄之于其词。"（转引自《词苑丛谈·品藻》）但是，作为一个爱国主义词人，他没有把自己的感情单单停留在悲愤上。他向往的是为抗金救国而献身，是要在统一祖国的大业中作出贡献，要"补天裂"。这样，在悲愤之间，又使词充满了激昂慷慨之气。

这首词上片记事，下片抒情。在抒情中表现了抒情主人公的自我形象，使我们看到词人的整体面貌。在记事中又给我们提供了许多细节，也使我们看到了词人豪迈潇洒的姿态和刚直孤傲的性格。这样我们读了这首词，眼前便呈现出一个有血有肉的爱国英雄形象。

词开头起得突兀，因是接陈亮"老大凭谁说"的话头，开全篇对面交谈的语调，便不觉得生硬。上片叙事以"硬语盘空"为伏笔，引出下片的抒情。下片是今日的心情，也是当时"硬语盘空"的主要内容。这就在遥相呼应中逐渐推出感情的高潮。最后以励人自励结束。

感叹国事 悲愤难禁

——《贺新郎·用前韵送杜叔高》赏析

曹济平

细把君诗说。怅馀音、钧天浩荡，洞庭胶葛。千丈阴崖尘不到，惟有层冰积雪。乍一见寒生毛发。自昔佳人多薄命，对古来、一片伤心月。金屋冷，夜调瑟。　去天尺五君家别。看乘空、鱼龙惨淡，风云开合。起望衣冠神州路，白日销残战骨。叹夷甫诸人清绝。夜半狂歌悲风起，听铮铮、阵马檐间铁。南北共，正分裂。

这是一首赠送友人的词作。所用前韵指辛弃疾送给陈亮的《贺新郎》（把酒长亭说）词。后来陈亮用原韵作词唱和，弃疾再用韵作答。大概在这个时候，杜叔高适来访晤，辛弃疾抚时感事，思绪翻滚，于是又用前韵奋笔写下了这首词。

杜叔高，即杜斿（yóu），字叔高，浙江金华兰溪人。他有弟兄五人，都是博学能文之士，时人称之为“金华五高”。陈亮在《龙川文集》卷十九《复杜伯高书》中说：“叔高之诗，皆入能品。”同卷《复杜仲高书》中又说：“叔高之诗，如干戈森立，有吞虎食牛之气，而左右发春妍以辉映于其间，此非独一门之盛，盖亦可谓一时之豪矣。”可见对他诗歌创作的评价是很高的。

辛弃疾读了杜叔高的诗作，细心品赏，诗中引起他的审美感受与陈亮的评论是一致的。这首词的开头就是从评说杜叔高的诗歌落笔，对他的艺术才华进行热情的赞扬。“钧天”，本指上帝所居，这里是“钧天广乐”的简称，是神话传说中天上的仙乐。《史记·扁鹊传》中提到赵简子病后，五日不醒，后经扁鹊医治，醒悟后对诸大夫说：“我之（往）帝所甚乐，与百神游于钧天广乐，九奏万舞，不类三代之乐，其声动心。”这里的“洞庭”，是指《庄子·天运篇》中所说：“黄帝张《咸池》之乐于洞庭之野……其声能短能长，能柔能刚，变化齐一，不主故常。”胶葛，是形容音乐声响的空旷深远。司马相如《上林赋》云：“张乐乎胶葛之寓。”这两句表明词人对叔高诗歌的谈论，首先是以余音绕梁、不绝于耳的美妙音乐来形容的。读他的诗集宛如倾听天上人间动人的乐章，给人一种神奇的美的艺术享受。“细把君诗说”，词人对他诗歌的评论是很仔细的，多层次的，涉及到诗作的韵味、风格和内容，包括外在的感觉和内在的心理反应。

“千丈阴崖”以下三句，从诗作的艺术风格着眼。他的诗歌，犹如一尘不染的层冰积雪的千丈悬崖，又如干戈森立，初读起来，使人内心产生一种严峻、冷峭的感觉，显示出诗风的奇崛。这是细谈的第二个层次。“自昔佳人多薄命”以下四句，议论诗作的内容，形成第三个层次。词人从叔高诗中流露出的怀才不遇的思绪中，表示了深切的同情。这里以“佳人多薄命”来比喻杜叔高的才华出众而命运多蹇。“金屋冷”，见《汉武故事》：大意是说武帝年幼时，姑母把他抱在膝上问“欲得妇否”？并问他是否想娶她女儿阿娇做夫人。武帝笑着回答说：“若得阿娇作妇，当以金屋贮之。”武帝长大成人后娶了阿娇，封为皇后。但后来又失宠，黜居在长门宫。这里是借以比喻杜叔高怀才不遇的冷落遭际。词人读着他的诗歌，那种哀怨的情绪引起了丰富的联想，跨越了时空，撷取了古代美女阿娇由宠爱到废黜的故事。人们仿佛听到她在寂静的夜间，对月调瑟自遣的如泣如诉的声音。“自昔佳人多薄命”，不正是杜叔高壮志难酬、知音难得的形象写照吗？

词的下片转入对国事的感慨。换头“去天五尺君家别”，束上启下。《辛氏三秦记》中说：“城南韦、杜，去天尺五。”这是说唐代长安城南的韦、杜两家离皇帝很近，又是掌有权势的贵族，词人用来比拟杜叔高家一门之盛，与别人家是不相同的。

“看乘空、鱼龙惨淡，风云开合”二句，近来注家，颇有歧义。一种意见说，这二句意思是我认为你象鱼龙一样，一旦得势，经过艰苦努力，就会使变幻莫测的局势发生变化，或者简括地说，杜叔高在政治上会有好遭遇。另一种意见，认为这两句说朝廷中奸佞之辈如水里妖魔翻腾其中，他们左右朝政，使局势愈趋混乱。两种意见的主要分歧之处，在于一是把“鱼龙”比作有才华的杜叔高，一是比作奸佞之辈。对于一种比喻的理解，可以各抒己见。问题是这二句并不是孤立的，作为词篇整体的一个组成部分，它有着贯上联下的意念。因此，我认为“鱼龙”不作正面形象来理解，比较符合词作的上下意脉。这二句的意思是说，杜叔高本来可以展翅高飞，然而鱼龙逞凶，使风云变幻无常。在含蓄的笔墨中，显示出深沉的寓意。

“起望衣冠神州路”二句，随着时地的转换，词人的感情，由倾吐朋友之间的情愫，一下子升华到对国事的慨叹：遥看那昔年冠盖相望的中原大道，如今是一堆堆残存的白骨暴晒在战场上。这种“沙头空照征人骨”的悲惨情景，怎能令人容忍！陆游在《关山月》诗里曾愤怒地指责：“中原干戈古亦闻，岂有逆胡传子孙？遗民忍死望恢复，几处今宵垂泪痕！”中原人民是那样热切地渴望着收复，但是年复一年，始终不见王师出散关。这究竟是谁的过错？词人怀着无比愤慨的心情，一针见血地指出，是那些清谈误国的投降派。“叹夷甫、诸人清绝”一句，忽然中断了面对现实的感喟，而采用借古讽今的手法，进行强烈的对比，更突出了词人深藏内心的愤恨。夷甫，即王衍，西晋的宰相。他不理政务而妙于谈玄。在匈奴贵族举兵侵犯时，清谈误国，丢失了不少国土。《世说新语·轻诋》谓：“神州陆沉，百年丘墟，王夷甫诸人不得不任其责”。在淳熙十一年（1184年），辛弃疾为韩元吉所作寿词《水龙吟》中已痛心疾首地指出：“夷甫诸人，神州沉陆，几曾回首！”如今南宋朝廷当权的主和派，正是清谈误国的王夷甫诸人的历史投影，丑恶的灵魂，刻画得入木三分。

“夜半”二句，词人的悲慨愈来愈激越高昂。“铮铮”，金属相撞击的声音。“檐间铁”，即铁马，亦称风铃或风马儿。据唐代冯贽《南部烟花记》中说，相传隋炀帝后临池观竹，既枯，后每思其响，夜不能寝。于是帝为作簿玉龙数十枚，以缕线悬于檐外，夜里因风相击，听之与竹无异。民间效之，不敢用龙，以竹马代之。今之铁马，是其遗制。这里从檐下铁马在悲风中撞击而发出的声响中，触发起词人深夜慷慨高歌。犹如陆游在《十一月四日风雨大作》诗中的感叹吟唱：“僵卧孤村不自哀，尚思为国戍轮台。夜阑卧听风吹雨，铁马冰河入梦来。”这种爱国激情，同样体现在辛弃疾笔端凝聚的时代感和现实性方面。结束二句：“南北共，正分裂。”词人想到祖国河山南北分裂，悲愤填膺，不可遏抑的激越感情推向高潮，深化了主题。

这首词的艺术特色，主要是善于运用比喻。词中的巧比妙喻，不仅采用“以彼物比此物”的方式，如以“钧天浩荡，洞庭胶葛”的动人乐章来比喻诗歌的韵味，以“千丈阴崖”、“层冰积雪”来比喻诗作的风格，都富有形象性而又很贴切。尤其在比喻中带有深沉的寄托，但又不是如《满庭芳》的“群蛙”、《洞仙歌》中的“飞蚊”那样以比群小的猖狂，而是用王夷甫清谈亡国的事例来比喻影射朝廷中主和清谈的当权者。这既寓寄着词人时刻对国事的深切关念和忧愤，又使人读来感到咀嚼有余味。

失意英雄的慷慨悲歌

——《破阵子·为陈同父赋壮语以寄》赏析

朱德才　王　华

醉里挑灯看剑，梦回吹角连营。八百里分麾下炙，五十弦翻塞外声。沙场秋点兵。　马作的卢飞快，弓如霹雳弦惊。了却君王天下事，赢得生前身后名。可怜白发生。

唐乐中有《破阵乐》。《旧唐书·音乐志》载：“《破阵乐》有象武事”，“舞者至百二十人，被甲执戟，以象战阵之法”。可见是武舞曲。当时唐太宗观后就有“发扬蹈厉”之赞。词中《破阵子》一调当是由此大曲摘编而来，以之“赋壮语”，自然是声情并茂。但任何形式的艺术创造都不应是简单的重复，辛弃疾有着自己独特的境遇和感受。仔细体味本词，豪壮中蕴涵着深沉和苍凉。题作壮词，但壮中含悲，是一支失意英雄的慷慨悲歌。

开篇“醉里挑灯看剑”，突兀而起，刻画的正是一位落魄英雄的典型形象。这里有两物：“灯”与“剑”，有两个动作：

“挑”与“看”，而总冠以“醉里”二字，使笔触由外在形象的刻画透入到主人公的内心世界。剑是英雄立功沙场的武器，此时“醉里挑灯”这一“看”，蕴涵着多么深沉而丰富的感慨啊。李白说：“抽刀断水水更流，举杯消愁愁更愁。”酒后醉里，满腹心事，万千惆怅，充郁心头，难遣难消。这一句先声夺人，把读者的情感紧紧摄住。“梦回吹角连营”平接一句。醉中入梦，梦醒犹觉连营号角声声在耳。以下承“吹角连营”，回忆梦中情景。

“八百里”谓牛，晋王恺有一条良牛名“八百里駮”。一次王济与恺比射，以此牛为赌。济“一起便破的”，遂杀牛作炙，“一脔便去”。事见《世说新语·汰侈篇》。这里用此事，乃取济之豪气，苏轼有诗曰：“要当啖公八百里，豪气一洗儒生酸。”（《约公择饮，是日大风》）五十弦，《史记·封禅书》载：太帝使素女鼓五十弦瑟，声音悲切，帝禁不止。这与悲壮苍凉的“塞外声”有相近之处。“八百里分麾下炙，五十弦翻塞外声”两句，从形、声两方面着笔，写奏乐啖肉的军营生活，有力地烘托出一种豪迈热烈的气氛。结句一个重笔点化——“沙场秋点兵！”写得肃穆威严，展现出一位豪气满怀、临敌出征的将军形象。前两句描绘军营，用“分”“翻”，重在热烈的动；最后一句刻画主帅，则如电影镜头运行中的一个突然定格，突出的是一种静的威力。动静相衬，摄人心魄。

下片紧承上文描绘战事。作者并不泛泛用笔，而是抓住了战场上最具典型特征的马和弓来写。“马作的卢飞快，弓如霹雳弦惊。”的卢是一种良马，相传刘备荆州遇难，所骑的卢“一跃三丈”，因而脱险。这就是三国故事中有名的“刘备跃马渡焥溪”。霹雳，是雷声，此喻射箭时的弓弦声。《南史·曹景宗传》说，曹在乡里，“与年少辈数十骑，拓弓弦作霹雳声，箭如饿鸱叫。”这里写马、写弓，全是侧面描写，意在衬托人的意气风发、英勇无畏。马快弓响固然仍从形声两方面着笔，但与上片豪壮凝重不同。这两句写得峻急明快，从气氛上向人们预示着战事的胜利。因此下面便直抒胸臆道：“了却君王天下事，赢得生前身后名”。这是作战的目的，也是作者的理想。“了却”二字下得很好，人们通常说：“了却心病一桩。”这两字正有这样的意思。现实无奈，终于在梦中“了却”了驱金复国这一素志宿愿，语中充满意气昂扬的欣慰之情。但梦境毕竟代替不了现实。词末一声浩叹凝聚着作者万千感慨——“可怜白发生。”由梦境返回现实，情绪一落千丈。其实辛弃疾是不服老的，“凭谁问，廉颇老矣，尚能饭否？”（《永遇乐》）这里的“可怜”有着另一番特定的意味，那就是投闲置散、壮志难酬的郁懑和惆怅。这一句与篇首失意英雄的形象遥为呼应，它一反梦境中的昂扬意气而出以凝重深沉，从而形成一个特大跌宕。此正欲抑先扬之法，前为宾，后为主，一句逆转点化，化“雄壮”为“悲壮”，从而完成了失意英雄的心灵塑造。作品就在这力重千钧的转笔中收煞，有如重锤猛击在铜钟之上，震荡着读者的心。

统观全词，前九句一气贯注，酣畅淋漓，直至结句始转笔换意，痛苦的现实与理想的梦境相互映照。而从结构上看，这就打破了词必须上下分片的一般定格。

词与诗不同。诗多偶句，词则有奇句。这一方面使词更加自由而富于变化，但另一方面运用不当也容易产生画蛇添足的毛病。作词应避其短而扬其长。从宋词实际来看，以奇句作结之佳篇都能起到一种突出点化的作用。本词的上片结句正是如此。这在名家词中尚屡见不鲜，如白居易的“能不忆江南”（《忆江南》)、皇甫松的“人语驿边桥”（《梦江南》）等，都具有这一特色。辛词奇在下片结句。它不是承上点化，而是逆转突变，另翻新意，在与上文的鲜明对照中深化题旨，并给人以悲壮之美。以唐人李绅的《悯农》诗相比：“春种一粒粟，秋收万颗子。四海无闲田，农夫犹饿死。”前三句铺陈，末句逆转，但由于诗为偶句，其末句奇变仿佛只是针对第三句而来，所以突变之感犹不甚强烈。辛弃疾把此种手法用之于词，得心应手，可以说最充分地发挥了词体奇句的独特功能。

关于本词的写作时间，历来说法不一。有人认为写于福建安抚使任上，是鼓励新中状元陈亮的贺词。这只看到了词壮的一面，而没有体味出其中悲的意味。从以上分析可见，它是失意英雄的慨叹。大体可定为辛弃疾与陈亮鹅湖之会略后。此时作者虽被迫闲居，但壮志未酬，壮心不已，这与词中悲慨感叹的情怀是相符的。辛、陈鹅湖之会是淳熙十五年（1188 年）的事，上距“隆兴和议”已二十四年，朝庭上下文恬武嬉，抗战气氛十分暗淡，辛、陈对此极为不满。鹅湖相聚，他们慷慨激昂，“极论世事”（辛弃疾《祭陈同甫文》)，此后又以《贺新郎》词相互应答，对“剩水残山无态度，被疏梅、料理成风月”的现状表示了无比的悲愤，同时也表现了他们“最怜君中宵舞，道男儿，到死心如铁。看试手，补天裂”的壮志雄心。本词悲中见壮，壮中含悲，正不妨看作其与陈亮酬答之《贺新郎》词的续篇。

与此相关，内容也就不能简单地理解为只写陈亮。其实“为……赋”只说明此词是写给谁的，并不说明词中写的一定是谁。词是抒情艺术，不可拘泥过死。我们认为，本词中的境界是以梦的形式展现的一种理想境界，这里有作者的生活体验，但更是一种美好愿望的表现。不能看成单纯记哪一个人或哪一件事。创造一个立功疆场的将军形象，正是现实中被迫闲置、报国无门的折光反映，因此篇末才有“可怜”之叹。

千顷稻花香，农舍笑语频

——《鹊桥仙·己酉山行书所见》赏析

刘乃昌

松冈避暑，茆檐避雨，闲去闲来几度。醉扶怪石看飞泉，又却是、前回醒处。 东家娶妇，西家归女，灯火门前笑语。酿成千顷稻花香，夜夜费、一天风露。

己酉是孝宗淳熙十六年（1189 年）。从淳熙八年末罢职退隐，稼轩闲居上饶带湖已经七、八年了。这期间，他啸傲山岩，寄情林泉，对清闲淳朴的农村生活，表现出浓郁的兴致，写了不少清新秀雅的农村词。本篇就是其中之一。

上片写山行，下片书所见；上片侧重写经行的自然环境，下片着意烘染农村的生活气氛。全篇组成了一幅自然风光和农家风俗浑然融合一体的农村风俗画。

请看这画面上松柏荫翳的山冈，棘篱茅舍的村落，曾经是我们的诗人经常信步寻访、乘凉避雨的尘外幽境，这次又行经此地，自然感到分外亲切。他酒后徜徉于田头斜径，又停下脚步，手扶嶙峋的怪石，观赏那凉气袭人的悬泉飞瀑。待到酒意渐消，方始发现这幽静的去处，原来正是前回出游时歇脚醒酒的地方呵！——这里写景中暗点了时间和季候，是在一个夏季的傍晚，也许是新雨之后。这里景物有松冈、茅檐、怪石、飞泉，极富清幽爽凉之致。且景物全与词人的山行揉合到一起来写，行人步履经行此景，景物全由行人眼中看出，景中有人，人亦是景，使画面充满盎然的生机。

黄山谷《次韵柳通叟寄王文通》诗云：“头白眼花行作吏，儿婚女嫁望还山。”归返故里，为儿女早完婚姻，是所有父母的心愿，人之常情，在农村尤其如此。因此邻里婚娶，是农家的大事。几家婚娶，全村沸腾，几乎成为村民们的盛大节日。作者摄取这一生活断片，来反映山村生活的亲睦和乐是富有情趣的。“东家娶妇，西家归女，灯火门前笑语。”寥寥几笔便勾画出了山村男婚女嫁忙办喜事的动人场景。夜虽渐深，仍是烛火通明，笑语喧闹，宾客满堂，充盈着一派欢乐气氛。村里是如此热闹，村外呢？看似幽静的郊原，其实也并不沉寂。为人间作美的天公，正在每夜不停地用清风甘露细心地滋润着千顷一碧的稻田，使农人心爱的庄稼缓缓地散发出诱人的馨香，预示着丰年的吉兆。村里喜庆盈门，男欢女笑；村外稻花飘香，丰收在望。村里村外洋溢着浓郁的生活气氛。

这首小词用清新平易不假雕饰的语言，采取淡笔勾勒的手法，描绘了富有特征的江南风光和村舍中常见的生活小景，从而显示了农村环境的雅洁纯朴，令人欣羡。它与往日作者所经历的那种充满机诈、猜忌和争斗的官场生活，显然形成了鲜明的对照。没有词人多年带湖闲居的生活体验，没有深入村舍的细心观察，没有作者对迥然不同于上层社会的另一世界——农夫野老们存朴守拙的劳动者的世界——的由衷爱悦，那是断然写不出这种清新刚健的词章来的。

重阳节近多风雨

——《踏莎行·庚戌中秋后二夕，带湖篆冈小酌》赏析

蔡义江

夜月楼台，秋香院宇，笑吟吟地人来去。是谁秋到便凄凉？当年宋玉悲如许。　随分杯盘，等闲歌舞，问他有甚堪悲处？思量却也有悲时：重阳节近多风雨。

词题中的“庚戌”，是宋光宗绍熙元年（1190年），当时，词人五十一岁，在江西上饶带湖家居。篆冈是带湖的一个小地名，地势高平处曰冈。这是一首写平居生活的小词，词中所抒发的也是一种安闲自适的感情。

词先写良宵小酌于篆冈的愉悦。“夜月楼台，秋香院宇，笑吟吟地人来去。”“秋香”，指桂。李贺《金铜仙人辞汉歌》：“画栏桂树悬秋香。”正如题中所说，这一天是中秋过后的第二个夜晚，景物十分宜人：明月尚圆，辉映楼台；桂花正开，香飘庭院。对景而坐，一杯在手，侍者笑颜往来，词人心情很好。因而觉得历来文人逢秋兴悲实在大可不必。“是谁秋到便

凄凉？当年宋玉悲如许。”战国楚宋玉《九辩》：“悲哉秋之为气也，萧瑟兮草木摇落而变衰。”这是最早的著名的悲秋辞。词中这两句用自问自答形式，对宋玉因秋气萧瑟而竟如此凄凉悲感，表示有点不理解或不以为然。东晋时，许多南迁的士大夫常因有“山河之异”，而相聚新亭对泣，独王导不以为然。南宋爱国文人常爱借此事讥讽当时政治上的软弱者。现在，词人表面上对宋玉有微词，实质上也是有点瞧不起那些现实生活中多愁善感的弱者。陆游有诗云：“宋玉悲秋千载后，诗人例有早秋诗。老夫自笑心如石，三日秋风漫不知。”（《立秋后作》）与辛弃疾的思想感情十分相似，只是陆诗表现为痴顽，辛词表现为放达而已。

词下阕先说只是人能恬然自适，秋日里亦自可乐，承上进一步说秋不足悲。“随分杯盘，等闲歌舞，问他有甚堪悲处？”“杯盘”、“歌舞”，正面点到了题目中的“小酌”，但要表现的思想，重点则落在“随分”、“等闲”几个字上：杯盘何妨草草，只要有兴致，不必非玉盘珍馐不可；歌舞尽可随意，能自得其乐，不在乎鼓板丝竹有无。凡事随分而安，等闲处之，则无往而不适，纵使老居山野，又有什么可悲的呢？这几句话，说得似乎很旷达，但仔细体会起来，却有一点牢骚的味道。“问他有甚”是诘问，意思却是确定无疑的：不足悲。既无问意，本不必作答，但为与上阕一问一答形式保持一致，还是作了回答：“思量却也有悲时：重阳节近多风雨。”这一答，从不足悲转出“也有悲”来，可谓“无中生有”。北宋释惠洪《冷斋夜话》卷四曾记潘大临（邠老）轶事一条曰：

黄州潘大临工诗，多佳句，然甚贫。东坡、山谷尤喜之。临川谢无逸以书问："有新作否?"潘答书曰："秋来景物，件件足佳句，恨为俗氛所蔽翳。昨日闲卧，闻搅林风雨声，欣然起，题其壁曰：'满城风雨近重阳。'忽催租人至，遂败意。止此一句奉寄。"闻者笑其迂阔。

辛弃疾用此事，变化了出处原意。潘诗以"风雨近重阳"为佳兴，败兴者是催租人；辛词以眼前晴明为乐事，联想到不久将到来的重阳佳节，更宜登高饮酒，便忧愁风雨会败兴。这是两者的不同。但在表达"秋来景物，件件足佳句"的意思上，又是彼此相合的。化用典故，极其灵活。因"中秋后二夕"而想到"重阳"；因"篆冈小酌"之乐而想到莫败坏来日趁晴宴游的兴头，扣题甚紧。清人黄仲则诗曰："中秋无月重阳雨，孤负人生一度秋。"(《午窗偶成》）现在，中秋是有月的，只是重阳的晴朗天气还靠不住。在无足悲之中，总算也找出一点悲来。以只关心天气好坏来表现尘杂之念全不系心头。这正是换一种说法来写自己恬淡闲适的生活态度。不过，应该注意的是：对陶渊明，我们尚且不能视之以"浑身静穆"的诗人，对辛弃疾此词中所表露的情绪，当然更不宜孤立地去看待它了。

评人述怀 顿挫沉郁

——《沁园春·答余叔良》赏析

曾枣庄 侯安国

我试评君，君定何如，玉川似之。记李花初发，乘云共语；梅花开后，对月相思。白发重来，画桥一望，秋水长天孤鹜飞。同吟处，看珮摇明月，衣卷青霓。　　相君高节崔嵬，是此处耕岩与钓溪。被西风吹尽，村箫社鼓；青山留得，松盖云旗。吊古愁浓，怀人日暮，一片心从天外归。新词好，似凄凉《楚些》，字字堪题。

高宗绍兴三十二年（1162年）辛弃疾决策南归，近二十年过着长期的仕宦生活，各处奔波，不暇定居。孝宗淳熙八年（1181年）春，他在信州上饶郡城外买得一块土地，兴建一座庄园，叫“带湖新居”。就在这年冬天，由于谏官王蔺的弹劾，辛弃疾被削职，退居带湖，开始为期二十年的被迫退休生活。由于上饶地处京城西向的交通要道，且带湖灵山倒影，湖水似镜，甚是美丽。许多好友常来造访，品茗饮酒，吟诗作词。余叔良就是信州朋友之一，这首词也就是写给余叔良的赠答词。

赠答词不同于一般的抒怀词，它既要照顾到作者与被赠答者之间的关系，又要抒发作者自己的情怀。二者虽有主次之分，但必须兼顾。这首词通过对余叔良的评述，歌颂了余叔良隐居不仕的崔嵬高节，同时也抒发了作者壮志不酬、被迫赋闲的悲愤心情。

上阕开头三句统领全篇，特别是“我试评君”的“评”字更是全词之眼，通篇都是围绕这一“评”字展开的。“君定何如”提示“评”，“玉川似之”是总评。玉川即唐代诗人玉川子卢仝。卢仝为范阳人，家贫好读书，隐居少室山，不求仕进。韩愈为河南令，爱其诗，厚礼之。卢仝尝为《月蚀诗》，讥刺宦官，韩愈称其工。甘露之变，为宦官所杀。从辛词看，余叔良亦隐居不仕，能词，且多怨刺之作，故辛弃疾以卢仝比之。“记李花初发”四句均系玉川子之事。韩愈有诗记卢仝说“李花初发君始病”（《寒食日出游诗》），此“李花初发”所本；“夜领张彻投卢仝，乘云共至玉皇家”（《李花诗》），此“乘云共语”所本；卢仝也有诗说：“娟娟姮娥月，三五盈又缺……相思一夜梅花发，忽到窗前疑是君”（《有所思》），此“梅花开后，对月相思”所本。这是进一步描写“玉川似之”，赞扬余叔良过着像卢仝一样的高洁生活。“白发重来”以下数句，写余叔良来访。“白发”二字透露出余已年老，“重来”二字表明他们以前就有交往。每当余叔良来后，他们就一起在画桥欣赏“落霞与孤鹜齐飞，秋水共长天一色”（王勃《滕王阁序》）的美丽景色，相互唱和。“珮摇明月，衣卷青霓”，真是飘飘欲仙，活画出了一位隐士，一位退休官吏的闲适生活。

上阕从评余叔良写到他们观景同吟，下阕仍立即回到“我试评君”上来。“相君”的“相”在这里作“看”、“观察”讲。前两句的大意是：我看你的崔嵬高节就在于能隐居不仕。“耕岩”用傅说隐于傅岩之事。《史记·殷本纪》说：“武丁夜梦得圣人，名曰说。以梦所见视群臣百吏，皆非也。于是乃使百工营求之野，得说于傅险（即“傅岩”）。是时说为胥靡，筑于傅险，见于武丁，武丁曰是也。得而与之语，果圣人，举以为相，殷国大治，故遂以傅险姓之，号曰傅说。”“钓溪”用太公垂钓之事。《史记·齐太公世家》说：“太公望吕尚者，东海上人，本姓姜氏，从其封姓，故曰吕尚。吕尚盖尝穷困，年老矣，以渔钓奸（干）周西伯，西伯将出猎，卜之，曰‘所获非龙非彲，非虎非罴，所获霸王之辅。’于是周西伯猎，果遇太公于渭水之阳，与语大说，曰：‘自吾先君太公曰，尝有圣人适周，周以兴。子真是邪？吾太公望子久矣。’”这里用此二典，至少有两层意思，一是赞扬余君身怀傅说、太公之才，而不与世浮沉的清高品质；二是赞余君不是一般的隐士，而仍胸怀壮志，象傅说隐居，太公垂钓，只是等待时机而已，而后终有武丁、周西伯亲自求贤，得以辅佐圣主，干一番大事业。“被西风吹尽”四句，紧扣前一层意思，进一步写余君的闲居生活：秋风扫尽残绿，余君同村民一样，吹箫击鼓，祭祀土地神；隆冬万物凋残，而所居山上的青松仍象云旗招展，郁郁苍苍。这里语意双关，既写了余叔良的隐居生活，也歌颂了他的崔嵬高节。“吊古愁浓”以下数句，紧扣后一层意思，写余叔良刻苦作诗，不忘忧国，是一位有志之士。据《诗话总龟》卷十载，刘禹昭“为诗刻苦，不惮风雪，有句云：‘句向夜中得，心从天外归。’”楚些：沈括《梦溪笔谈》卷三说：“《楚辞·招魂》句尾皆曰‘些’，因以‘楚些’代表《楚辞》。”余叔良为什么“吊古愁浓”？为什么日暮还在怀人？为什么所作新词却似凄凉多怨的《楚辞》？这一切都说明余叔良就象卢仝一样，虽隐居不仕，却忧时忧国；也许正因为举世混浊，他才隐居不仕。

这首词，首先自然是对余叔良的“评”述，但同时也是辛弃疾的夫子自道。辛弃疾满怀爱国热情。他痛心“南共北，正分裂”（《贺新郎·细把君诗说》）和南宋统治者“剩水残山无态度”（《贺新郎·把酒长亭说》）的状况，念念不忘“西北有神州”（《水调歌头·日月如磨蚁》），朝夕盼望“试手补天裂”（《贺新郎·老大那堪说》），有实现“神京再复”（《水调歌头·泰岳倚空碧》）的壮志。可是自他南归以来，从未得到朝廷重用，四十年间二十次变动职务，三次被谗毁罢官，弃置不用二十多年。眼看年华流逝，壮志未酬，作者胸中充满了忧愤和不平，故其为词悲壮沉郁。他在闲居带湖期间，一面热烈歌颂“带湖吾甚爱，千丈翠奁开。先生杖屦无事，一日走千回”（《水调歌头·盟鸥》）的闲适生活；一面又痛心疾首地质问：“渡江天马南来，几人真是经纶手？”（《水龙吟·寿韩南涧》）。因此，身处“耕岩与钓溪”“新词好，似凄凉《楚些》”的余叔良，引起他强烈的共鸣，写下了这首借“评君”以自抒怀抱的名篇。

这首词颇能代表辛词沉郁顿挫的风格。正如清人黄梨庄说：“辛稼轩当弱宋末造，负管乐之才，不能展其用，一腔忠愤不能发泄……故其悲歌慷慨，抑郁无聊之气，一一寄之于词”（徐釚《词苑丛谈》卷四引）。所以，苏轼和辛弃疾虽同是豪放词之大家，然其风格却有差异。苏轼早年虽有“西北望，射天狼”（《江城子·密州出猎》）为国杀敌立功的壮志，但终无行动，更无行动中遇到的苦闷，加之其旷达乐观的人生态度，故其词豪放中更多地表现出清旷飘逸的风格；而辛弃疾不但有壮志，而且曾经跃马横戈，委身锋镝，故其词豪放中更多表现出刚壮之美，怀才不遇之词更多表现出沉郁、悲痛之情。因此我们说，苏词是有志文人之豪，而辛词却似武人沉痛之豪。辛词更为悲壮、沉婉，更能催人泪下。

赋笔写景　闲适恬淡

——说《西江月·夜行黄沙道中》

施蛰存

明月别枝惊鹊，清风半夜鸣蝉。稻花香里说丰年，听取蛙声一片。　七八个星天外，两三点雨山前。旧时茅店社林边，路转溪桥忽见。

这首词是辛稼轩晚年闲居带湖（在江西上饶）时所作。有一天夜间，他走过黄沙岭下，欣赏田野间的夜景，就做了这首小词。全篇都是写景句，没有什么寓意，可以说是一首纯用“赋”的创作方法写的反映作者闲适生活的作品。

这首词文句浅显，其实不必解释，人人都看得懂。上片四句是写田野中夜景。在月光下，乌鹊还在惊飞不定，时间已是半夜，清风还在把远处的蝉鸣声送来。一路上，闻到的是稻花香气，听到的是田水里喧闹的蛙声，这些都说明了今年稻子的收成一定很好，是个丰年。

下片写他在山岭下走过的情况：天外有七八个星。因为刚才下过雨，天上还有乌云，所以只能见到七八个星。雨虽已停止，可是山前还有两三点残雨。从岭下小路上转个弯，过了一座溪桥，忽然望见土地庙旁边的树林外，有一座茅屋。噢，认出来了，原来就是从前曾经在那里歇脚过的小酒店（或小客栈）。

纯然写景，没有比兴思想的诗词，就得从它写景手法的艺术性来评价。这首词，虽然不能说是突出的名作，但作者还是能抓住山野间夜景的一些特征，用疏淡的辞句记录了它们的形象。前六句全是客观描写，最后二句却表现了作者的主观感受。这样，就使这首词中有了作者的感情。如果最后二句也仍然是客观描写，这首词就显得单调了。

这首词的第一句中“别枝”二字，几乎所有的注释本都是讲错了的。有的释作“斜伸的树枝”，有的释作乌鹊“要离开树枝飞去”。有的注本引方干诗“蝉曳残声过别枝”，解作“另外一枝”。这些错误都由于没有弄清楚“别”字的意义。考这里所用“别枝”的来源是曹操的诗：“月明星稀，乌鹊南飞，绕树三匝，无枝可依。”（《短歌行》）苏东坡用此意，作诗云：“月明惊鹊未安枝”（《次韵蒋颖叔》），又有词云：“拣尽寒枝不肯栖”（《卜算子》），都是形容飞禽在月光中拣选不定栖止的树枝。从汉魏至唐宋，这个“别”字有拣选之意，亦即现在用“鉴别”“别择”的“别”字。挑选良马，谓之“别马”，早见于《后汉书》。唐宋人用的最多，如“别画”、“别茶”、“别花”等等。此词所用“别枝”，应当解释为“拣选（可以栖止的）树枝”。“明月别枝惊鹊”这一句，如译作散文句，就是“明月光惊骇了正在拣枝不定的乌鹊。”文言句就是“明月惊别枝之鹊”。总之，这个“别”字是个动词。

长恨裁作短歌行

——《永调歌头·壬子三山被召，陈端仁给事饮饯，席上作》赏析

杨积庆

长恨复长恨，裁作短歌行。何人为我楚舞，听我楚狂声？余既滋兰九畹，又树蕙之百亩，秋菊更餐英。门外沧浪水，可以濯吾缨。　一杯酒，问何似，身后名？人间万事，毫发常重泰山轻。悲莫悲生离别，乐莫乐新相识，儿女古今情。富贵非吾事，归与白鸥盟。

壬子，是指宋光宗绍熙三年（1192 年）。这一年春天，辛弃疾在经过十年落职家居的生活以后，出任福建提点刑狱。这在作者的生活上虽是一个转折，然而并未能充分施展他的才能与抱负；而他这时所上的“经界钞盐”的建议既未被朝廷采纳，又加上与上司的意见不能投合，所以满怀愤懑，久欲辞官归去。就在这年冬天，光宗召其入京，升任他为太府少卿，兼福建安抚使。这首词，就是辛弃疾在离福州（三山）赴行在杭

州前，一位新结识的废退在家的友人陈端仁为其饯行时的席上之作。陈端仁，名岘，闽县人，绍兴二十七年王十朋榜进士，曾历任平江知府、两浙转运判官、福建市舶、四川安抚使等职。

按理说，一个有心报国而被闲置已久的士大夫，在听到皇帝有旨召见，理应是闻之雀跃，感恩图报尚恐不及，可是对这时的辛弃疾来说，却相反地惹起他的一腔幽恨、满腹牢骚来。上片开头，单刀直入，迳直说明长期郁结的怨愤难以尽情倾吐，只得裁成“微吟不能长”的短制，聊诉衷肠。紧接着连用三事以抒写自己的心志。“为我楚舞，听我楚狂声”二句，是溶合了刘邦安慰戚夫人“为我楚舞，吾为若楚歌”的话语和楚狂接舆以《凤兮歌》嘲讽孔子的两则故事，旨在以政治上的反对派羽翼已成、无可与争和“今之从政者殆而”（现在做官的人很危险）这两点来借古喻今，初步表明自己当时的政治观点，也是他因“被召”而生恨的原因之一。“余既滋兰九畹”三句，则以屈原自比，虽一再遭受排挤打击，甚至被弃置多年，但仍滋兰树蕙，餐食落英，勤身自勉，真正做到志洁行芳不同流俗。“门外沧浪水”二句，进一步以《孺子歌》为喻，表示自己要用清取尊，绝不随波逐流。综合三事，正是作者向陈端仁这位志同道合者作愤懑不平的内心倾诉。

下片转向当前的饮饯席上。首句用《世说新语》中张翰（季鹰）所说“使我有身后名，不如即时一杯酒”句意。看似放诞、旷达，实际上内心是充满了愤激。辛弃疾一向是以誓志恢复、马革裹尸为己任的，他在《破阵子·为陈同甫赋》中曾吟道："了却君王天下事，赢得生前身后名。"而这里却把"身后名"比作"一杯酒"也不如，岂不是自相矛盾？联系作者前此长达十年的被闲置和此时沉居下僚的处境，在这样的情况下被召，他自然地意识到前途黯淡，理想是无法实现的，因此对"身后名"是不抱任何希望的。这是对现实的讥刺，也是对南宋小朝廷失去了信心。"人间万事"句，则再一次点明导致自己消极、失望的根本原因，是"邪夫显进，直士幽藏"。世间一切都变成轻重倒置、是非混淆，作者又怎能不寄情于酒！"悲莫悲生离别"三句始转入正题，点明自己与陈端仁是"新相知"，恰又"生别离"，虽不免儿女情态，但遭谗陷、被废置的命运，却是古今以来所共有的，是从屈原以来历史上一切忠贞爱国之士共同的遭际。结尾二句，是告别语，对陈端仁的安慰语，也是作者对被召前途的估计：此去不图升迁，只求归老家园。而这两句又与上片结句遥遥对映，衬托出作者的志行与心愿。

通篇以短歌写长恨。其中有忧虑世事危殆之根，有高洁志行不为人知之根；既写了不能建功立业之恨，又写了新知别离之根。错综杂揉，紧扣主题，毫无雕饰痕迹，而作者感时愤世之情，委婉流露于纸上。

以性灵语咏物，以沉着之笔达出

——《瑞鹤仙·赋梅》

严寿澂

雁霜寒透幕。正护月云轻，嫩冰犹薄。溪奁照梳掠。想含香弄粉，艳（一作“靓”）妆难学。玉肌瘦弱。更重重、龙绡衬着。倚东风、一笑嫣然，转盼万花羞落。　　寂寞。家山何在？雪后园林，水边楼阁。瑶池旧约，鳞鸿更，仗谁托？粉蝶儿只解，寻桃（一作“花”）觅柳，开遍南枝未觉。但伤心、冷落黄昏，数声画角。

今人论稼轩词，往往只赏其豪放。然而一味豪放，失之粗犷叫嚣，究非词中上乘之作。广义而言，词也是诗的一种。词之有别于诗者，除体制外，主要在于其有特殊的境界，即要眇宜修。稼轩词所以卓绝千古，可比诗中之老杜，并不仅在于豪放雄壮，而在于沉郁深挚，在于豪壮之气以缠绵之笔出之。稼轩词中，也有一味粗豪，读来索然寡味的，如《哨遍》（蜗角斗争）、《六州歌头》（晨来问疾）之类，不能视为佳作。辛词之佳者，是刚柔相济、具异量之美的一种，如《摸鱼儿》（更能消几番风雨）、《贺新郎》（绿树听鹈鴂）等，既能保持词所固有的柔美的特色，又具有阳刚之气，相反而相成。这首《瑞鹤仙》亦为一例。稼轩所以能臻此地步，在于气壮、情深、才大。小山，少游，多情而乏气，有柔而无刚。龙川、后村，又多为有刚而无柔，着力鼓气而情韵终寡。东坡气豪才大，胸襟开阔，其词超旷，缺乏稼轩那样的执着精神。白石老仙，清旷脱俗，所不及稼轩者，亦在逊其深挚。

稼轩既能下马草檄，又能上马杀敌，是文人中不世出的豪杰之士。他的官职不可谓不大，仕途不可谓不达。然而他自有超乎一己穷通之上的事业目标，对此又是如此执着，“虽九死其犹未悔”。无奈举世偏多碌碌之辈，对他的心绪有几人能了解，能同情？他心中能不耿耿？这种郁勃之情托于微物，发而为词，就产生了这首《赋梅》。此时他任职福建，（据邓广铭《稼轩词编年笺注》）远离朝廷，也远离疆场。英雄老矣，功业无成，在冷落黄昏，见到溪上的梅花破春独放，能不感从中来？岳武穆《小重山》云：“欲将心事付瑶琴。知音少，弦断有谁听？”稼轩此词的含意也在于此。

时值初春，雁虽归来，霜尚未退，寒意透幕而入。又在凌晨，淡月朦胧，轻云流动。溪水之间，薄冰犹在，更觉春寒之料峭。溪上照映着数株梅树，犹如美人临水，梳妆拢发。首三句写梅所处之境。第四句以梅比拟翠袖倚修竹的空谷佳人。五、六句意思转入一层，由翠袖天寒之感，想到自已独抱孤贞，不愿含香弄粉，效世俗的艳妆，暗寓“在山泉水清”之意。“玉肌”以下三句，又回到梅花自身。空谷佳人，毕竟弱质，虽衬着重重龙绡，仍难禁寒气的侵袭。然而梅花终究是冲寒第一开，质虽弱而风骨不弱。回顾万花，料想你们能不羞死？意思又转入一层。这上片最后三句，字面甚丽，细加体会，实有一股兀傲不平之气郁结于中，其中消息，可于“转盼”、“羞落”等语参透。

过片处“寂寞”二字是全篇关捩。上片所说种种，可归结为此二字，于是引出下片的无限感慨。此梅寂寞无主，不由想起家山何在。“雪后园林”二句，用林和靖《梅花》诗句“雪后园林才半树，水边篱落忽横枝”，此处即指梅的家山。因家山不见，而念及昔日的瑶池旧约。当时信誓旦旦，而今音信杳然，欲鱼雁传书，又凭谁可托？侘傺无聊之际，更想到大好春光之日，成群的狂蜂浪蝶，纷纷寻桃觅柳。而如此高标格的梅花，凌寒独放，开遍了向阳的南枝，却不见蜂蝶的踪迹。可见世间真赏实是难得。至此更深一层，渲染寂寞情绪，可谓淋漓尽致。最后二句，用“但伤心”三字领起。当此冷落黄昏，四顾萧然，伴我者唯有数声凄清的画角。“举世无人见知”的抑塞之情，郁勃于胸中，回旋于言外。

中国诗词以抒情为主，最重意境。就咏物之作而言，若是只作客观描写，不论如何体物入微，终非第一流。咏物之中，必须融入自己的情感。不即不离，亦物亦我。不知庄周梦为蝴蝶，蝴蝶梦为庄周，蘧蘧栩栩，两实难分。“以性灵语咏物，以沉着之笔达出。”（《蕙风词话》卷五）如此方为合作。此词处处说梅花，又处处不离自己，自道胸臆，笔致沉着，于此境界，庶几得之。

欲飞还敛壮士心

——《水龙吟·过南涧双溪楼》赏析

曲世川

举头西北浮云，倚天万里须长剑。人言此地，夜深长见，斗牛光焰。我觉山高，潭空水冷，月明星淡。待燃犀下看，凭栏却怕，风雷怒，鱼龙惨。　峡束苍江对起，过危楼、欲飞还敛。元龙老矣，不妨高卧，冰壶凉簟。千古兴亡，百年悲笑，一时登览。问何人又卸，片帆沙岸，系斜阳缆？

这首登览词，即景抒情，赋中有比，象中含兴，描绘出一幅寂寥迷茫的图画，传达出词人郁闷的情怀。词中高瞻阔步，俯仰古今，透过个人的政治境遇来表现对景物的特殊感受。

上片写登楼所见，以及由此触发起来的想象。

“举头西北浮云，倚天万里须长剑。”登上双溪楼，首先映入眼帘的是中原失地上空飘卷的浮云。爱国激情所致，随即生出“安得倚天剑，跨海斩长鲸”（李白《临江王节士歌》）的设想，希望能得到一种力量，驱逐金兵，使中原父老重见天日。

“人言此地，夜深长见，斗牛光焰。”传说西晋张华，夜间长见丰城有紫气上冲到斗牛两星之间，便问雷焕。雷焕说紫气是神光，那里一定有宝剑藏在地下。张华叫雷焕去做丰城令，果然掘出两把宝剑，两人各得一把。张华、雷焕死后，宝剑相继失去，后见在水中变成两条长龙，光彩照人，波浪翻滚。词人由设想中的倚天剑，就地起想，羡慕传说中那两把灵异的宝剑，反映出国土丧失，耿耿于怀，时时处处都想一展抱负的急切心情。

“我觉山高，潭空水冷，月明星淡。”这是词人登楼见到的景致。山高、潭空、水冷、月明、星淡，这五个短句描绘的景象，用“我觉”二字领起，即刻染上了词人寂寥忧愤的感情色彩，表现出词人从轰轰烈烈的幻想中，回到冷冷清清的现实中来。

“待燃犀下看，凭栏却怕，风雷怒，鱼龙惨。”登高俯视，溪水幽深，想起了《晋书·温峤传》上的那个故事。温峤奉命平乱，至牛渚矶，见水深不可测，点燃犀角而照之，见许多水族，奇形怪状。这里词人用典故唤出许多奇异的想象与联想。“风雷怒，鱼龙惨”两句写得朦胧、怪诞，是对当时政治情势的一种幻化。

下片借景抒情。

“峡束苍江对起，过危楼、欲飞还敛。”写江水受到山峡的制约，在经过双溪楼时，奔腾之状像要飞起，但最终还是平静下来缓缓流过了。这既是景，又是情，景中寄寓了不平之气。

“元龙老矣，不妨高卧，冰壶凉簟。”承山水之美，动江海之兴。词人自比陈登，感伤年老，愿以高卧云霞，睡凉席，喝冷水为归宿。国家动乱，正在用人之秋，壮士却生出这种弃世隐居之想。这之间，有壮志难酬、心灰意冷的情绪，也有不愿与社会同流合污的愤激。若非社会容不得人，何至如此？

“千古兴亡，百年悲笑，一时登览。”作者登楼，恰如登上时间的高峰。一时间，千年兴亡的人类历史，百年盛衰的国家命运，几十年间自己的身世沉浮、喜怒哀乐，尽从眼底流过。这时候，词人胸中该翻滚着多少波涛？

“问何人又卸，片帆沙岸，系斜阳缆。”夕阳西下，见江边岸头又有人卸帆归宿，不由得勾起思归之情。

这首登览词，没有《登建康赏心亭》那么雄心勃发，锋芒毕露。它表现出一种悲愤难诉、极端郁闷的感情。这是由词人当时的政治环境所感发的。

南宋光宗绍熙五年（1194 年），辛弃疾在福建任上，又被诬告落职，在回归途中经过南剑州，登上双溪楼。这时候，辛弃疾南渡三十多年，已经是 54 岁的人了。三十多年间，他长期被排斥，受打击，饱尝忧患。偶而起用，又遭免职，眼看着恢复国土的希望越来越渺茫。面对这种情况，欲进不得，欲退不甘。作为一个词人，一生如许伤心事，不向词中何处消？于是便在这首词中表现出极端郁闷的感情。

这是一首登览词，从登楼写起，到傍晚眺望为止。总的看是即景抒情，实际上它是景由情牵，情随景出，是根据抒情的需要来安排布局的。志士登楼，偏偏先望西北。遥望那里乌云翻滚，便想起乌云下的土地和父老，忧愤并起。于是向往着取出宝剑，扫荡金兵，统一祖国。但潭空水冷的现实给词人头上浇了一瓢冷水，他不能不从幽深莫测的景物中联想起严酷的现实。南宋朝廷，政治昏暗，投降势力内外勾结，破坏抗战事业，形成一种风雷震怒、鱼龙器张的险恶形势。词到这里，思想为之一沉，上片结束。此刻词人的心情难以平静。恰如受夹持的江水，纵然奔腾汹涌，终难施展飞跃。词人身受着政治上的压抑与迫害，面对着双溪楼前的幽美景色，想到了高卧云林，栖隐山野。志士想到隐居，实乃出于无奈。登览间，国家的残局，自己的遭遇，一股脑儿涌上心头，百感交集，不可言状。忽见岸头归帆，引发出词人对当前处境和渺茫归途的许多沉思。词也便在含蓄不尽中结束了。

这就可以看出，这首词以过南涧双溪楼为题，展现出的是一幅起伏跌宕、波澜壮阔的感情图画，表达的是欲雪国耻家恨而不得的悲凉忧愤情怀。

在表现方法上，这首词很像李白的《远别离》。《远别离》写了许多古代传说和自然景象，极尽迷离隐显之变，用象征性的手法表忧国怀忠之心。这首词联系着历史传说写山川景物，联系着当时的政治风云写自然风光，把自己的政治情思寓于摇曳闪烁的形象与意象之中，也是一种象征的手法。例如，“待燃犀”几句，于惝恍迷离间传达出对王朝险恶政治形势的极端忧虑。在元龙高卧的词句里，寄托了对世道不公的愤懑不平与政治失意的辛酸。总之，景与情互相渗透，互相包容，成为一体。

寄情山水，即兴抒怀

——《沁园春·再到期思卜筑》赏析

喻朝刚

一水西来，千丈晴虹，十里翠屏。喜草堂经岁，重来杜老；斜川好景，不负渊明。老鹤高飞，一枝投宿，长笑蜗牛戴屋行。平章了，待十分佳处，着个茅亭。　　青山意气峥嵘，似为我、归来妩媚生。解频教花鸟，前歌后舞；更催云水，暮送朝迎。酒圣诗豪，可能无势，我乃而今驾驭卿。清溪上，被山灵却笑，白发归耕。

绍熙五年（1194 年）秋，辛弃疾在福建安抚使任上，又一次被弹劾罢官。这首词是他从福州回到上饶后不久，再到期思时所作。期思，在江西铅山县东，是一个依山傍水、风景幽美的村子。辛弃疾闲居带湖期间曾来这里，并发现了瓢泉，以后便常来此小住。这次再到期思的目的是"卜筑"，即选择一块地方，建造几间房屋。不久，瓢泉新居建成，他即迁居于此。

本篇是一首寄情山水，即兴抒怀之作。词的上片，描绘期思的秀丽风光，说明择地筑屋的意图。

开头三句写景，用简洁的文字和工整的句式，勾画出一幅朴素淡雅、色彩鲜明的山水图。作者仿佛伫立山头，纵目眺望，期思的自然美景尽收眼底：一条小河自西而来，那闪闪的波光映照着骄阳，犹如悬挂在晴空的千丈彩虹；那绵延起伏的群山，又好像一座绿色的屏风，遮掩着这迷人的山村。这三句既生动地描绘出期思的优美环境，同时笔端也流露出不胜欣喜、赞叹之情，从而为全篇张了本。

接着四句宕开一笔，用“喜”字领起，抒写自己再度宦游归来，重到期思的感想。词人连用两个典故，以杜甫和陶渊明相比，表示乐于隐居的心情。草堂，杜甫在成都的故居。唐肃宗乾元二年（759 年），杜甫弃官入蜀，投奔严武，次年在成都浣花溪北筑草堂卜居。代宗宝应元年（762 年）西川兵变，杜甫离草堂避难梓州。代宗广德二年（764 年）严武再镇四川，杜甫重归草堂。这里是以杜甫重归草堂，比喻自己“再到期思”。斜川，古地名，在今江西鄱阳湖北星子、都昌两县之间的沙洲上，风景异常优美。东晋诗人陶渊明归隐后常游于此，写有《游斜川》诗。这里是以斜川比期思，暗示出有心在此卜筑隐居。以上四句，两句一联，成扇对形式，用事贴切，语言工稳。大意是说：令人高兴的是，几年以后又来到了期思，就象大诗人杜甫重归草堂一样；眼前的风光景物可与斜川比美，一定不会辜负我这个当代的陶渊明。

“老鹤高飞”三句信笔而书，以动物作比，说明在人生的道路上应当随遇而安，不必过多地考虑个人的行止居处，以免浪费精力。一枝，用《庄子·逍遥游》：“鹪鹩巢于深林，不过一枝。”这里是说，白鹤高飞远翔，没有负担，只要有一枝树枝就可以安身栖息；可笑那愚笨的蜗牛，总是背着它那小螺壳到处爬行，自然不可能走得很远。这个比喻表达了词人豁达的胸怀，隐寓卜筑期思不过是为了寻找一处暂时的安身之所而已。

“平章了，待十分佳处，着个茅亭”几句，平章，品评、筹划。着，这里是建造的意思。这三句收束上片，点明卜筑期思之意：待我筹划好了，再找个最佳的位置，到这里来盖间茅屋。据词集《浣溪沙·瓢泉偶作》上片说：“新葺茅簷次第成，青山恰对小窗横。去年曾共燕经营。”瓢泉新居大约始建于次年（1195 年）春季，青山横对小窗，正是他所选择的“十分佳处”。

词的下片畅叙寄情山水之乐，同时也流露出内心深处的悲愤，反映了作者再次被罢官后的矛盾心情。

换头以后，用拟人化手法，写青山热烈欢迎词人归来的情景：“青山意气峥嵘，似为我归来妩媚生。”两句，照应上片起处，突出“十里翠屏”之胜景。作者再到期思，山河为之生辉，那雄伟高峻的峰峦今日似乎显得格外多姿多彩、美好可爱。这里赋予青山以人的性格和感情，使客体与主体交融，创造出一种富有诗情画意的境界。

接着四句，又用“解”字领起，进一步渲染青山盛情欢迎作者的场面：它理解我的心情，一次次地指派山花野鸟，前呼后拥，为我歌舞不停；又催促山头的白云和山下的流水，黄昏时候来相送，黎明之际来相迎。本来是词人被期思的自然风光所陶醉，却反说山水花鸟殷勤好客。这种写法使词意更加显得清新隽永，耐人寻味。

“酒圣诗豪，可能无势，我乃而今驾驭卿。”面对此情此景，词人既感到心旷神怡，更感到无比自豪，不禁踌躇满志地对青山说道：那酒中的圣贤，诗坛的豪杰，大概也没有这样的权势，而我今天却能够驾驭你们，这真是人生的最大乐事呵！这三句气概不凡，出人意表，横绝古今，充分体现了辛弃疾豪纵不羁的性格。

结拍三句，由喜入悲，笔锋陡转，词境为之大变。正当作者沉醉于山水之乐的时候，在小溪旁边却仿佛听到了山中神灵的嘲笑声：白发老头，你高兴什么呢？还不是又被罢了官，才不得已回到山里来把田耕！作者本想以寄情山水来医治心灵上的创伤，忘掉在政治上所受到的打击，但眼看白发日多，岁月蹉跎，报国理想难以实现，心境如何能平静呢？这三句借山灵之口，曲折地揭示了词人内心的隐痛和愤懑，含蕴极深，为全篇主旨所在。

这首词围绕“卜筑”的命题，指点河山，融情入景，意象飞动，妙趣横生，笔力十分遒劲，风格旷放而豪壮。结拍一语破的，道出郁结于胸中的不平之意，堪称寄情山水、即兴抒怀的佳作。

魂兮归来歌瓢泉

——《水龙吟·用些语再题瓢泉，歌以饮客，声韵甚谐，客皆为之釂》赏析

潘君昭

听兮清珮琼瑶些。明兮镜秋毫些。君无去此，流昏涨腻，生蓬蒿些。虎豹甘人，渴而饮汝，宁猿猱些。大而流江海，覆舟如芥，君无助，狂涛些。　路险兮山高些。愧余独处无聊些。冬槽春盎，归来为我，制松醪些。其外芬芳，团龙片凤，煮云膏些。古人兮既往，嗟余之乐，乐箪瓢些。

在退隐上饶期间，辛弃疾曾经到铅山县的期思买下了瓢泉以及附近的几间房屋，并经常去那儿小住。1191 年冬，他被朝廷起用为“提点福建路刑狱公事”，在福建，他写了《山花子》词怀念瓢泉：“记得瓢泉快活时，长年耽酒更吟诗。”1194 年八月，谏官黄艾以“残酷贪饕、奸赃狼藉”为罪状对辛弃疾提出弹劾，这是由于他任职期间所施行的推行“经界”、改变盐法等措施触犯了豪门官僚的利益。朝廷随即罢免了他的福州

守和福建安抚使的官职。在再度被废黜家居后，他在期思修建了一些房舍，次年春全部落成。一年后，因带湖住宅主要房屋被毁于火，辛弃疾一家就此迁居到期思的瓢泉之畔居住。从内容来看，本词大概是在迁居以后所作。

副标题指出本词特点是“用些语”，“些（suò）”和“兮”都是楚国的方言，用“些”字是楚国巫觋禁咒语的旧习。在屈原《招魂》中，每隔一句就用一个“些”字做语尾。《招魂》内容主要是写巫阳招魂，实际上是屈原自己招自己，对所招之魂，举出四方上下的可怕而不可居住，又盛夸归来之魂可以获得各种享受。朱熹在《招魂》题下指出，“而荆楚之俗乃或以是施之生人。”杜甫《彭衙行》也有“暖汤濯我足，剪纸招我魂”之句。本词在写法上有模仿之处，并通过这种写法反映出宦途的险恶，自己想有所作为却反被加罪，只有回到瓢泉，才能重新获得安慰和乐趣。

上片首先赞美瓢泉的水声动听，明澈如镜，劝自己不要离开此地。然后举出别处的可怕，或是蓬蒿遍地，荒野中虎豹出没，以食人为乐；或是大海无边，波涛汹涌，将掀翻乘坐的小舟，以此反衬出瓢泉安宁宜人。“听兮”两句突出瓢泉佳处，先说水声的动听，如美玉相击，“闻水声，如鸣佩环”（柳宗元《小石潭记》），真是十分悦耳；再说水色之晶莹，可以明察秋毫，真是清澈之极。这样的描绘，是用来说明瓢泉的使人留恋，为以下叙述不可离开此地作好张本。

“君无去此”以下，是劝自己归居瓢泉以后不要离去，接着便刻划别处的险恶，将陷人于死地。并模仿巫阳招魂的口气进行劝阻。“流昏涨腻”，出自杜牧《阿房宫赋》：“渭流涨腻，弃脂水也。”这里指流淌着污泥浊水，上面长满蓬蒿的荒野；还有虎豹出没其间。《招魂》中云：“参（三）目虎首，其身若牛些，此皆甘人。”注谓“言此物以食人以为甘美”。它们以人为美味，渴饮人血，就象铺得猿猱（náo，猿类）一般。（“宁”为语助词）。此五句指出蓬蒿遍地、虎豹出没的荒野之危险可怖，接着形容浩瀚汪洋的红海，如果乘坐小舟，遇到狂涛滔天，则将得不到救助而覆没。“覆舟如芥”，出自《庄子·逍遥游》，用来比喻舟之小。这四句指出怒涛吞舟的江海之危险可怖。其含意也即《招魂》所言四方上下都十分可怕，不能前往。由此而引出下片叙述的目前生活和心情。

下片写归来以后的情况。由于此次是再度遭到罢黜，感触也就更深，而对瓢泉四周的美景感到特别可爱可亲，这在他的《沁园春》中充分表达：“一水西来，千丈晴虹，十里翠屏。”“青山意气峥嵘，似为我归来妩媚生。”事实上，他此次“白发归耕”以后的生活就是领略江山之美，以佳酒香茶作为消遣，借此平静内心的郁勃难平之气。

换头“路险”两句，承上片所云虎豹食人、波涛吞舟而来，大有“行路难、归去来”的味道。经受了路险山高的艰苦历程，能够安然归来，真是好不容易，所以说是“愧”（即“惭愧”，有侥倖、难得之意）。但回来以后又有独自无所事事、壮志难伸的感慨。“冬槽”以下六句，介绍闲居生涯，是以茶酒作为消遣。“槽”，是酿酒、捣茶或研药的器具。“盎”，为装酒的器具，腹大而口小。松醪（láo），指浊酒。三句是说用槽酿酒，将制成的浊酒装进盎中，以供随时饮用。“团龙片凤”，皆茶名，指团茶（茶饼），有龙团、凤团两种，“太平兴国初，特制龙凤模，遣使臣即北苑造团茶，以别庶饮。”（《宣和北苑贡茶录》）“煮云膏”，指“点茶”。蔡襄《茶谱·点茶》：“茶少汤多则云脚散，汤少茶多则粥面聚。”可见“云膏”是点茶时所出现的情景，即所谓“云脚散”、“粥面聚”。茶须煎煮，“约天性嗜茶，能自煎，谓人曰：‘茶须缓水炙，活火煎。’”（赵璘《因话录》）煎时芳香四溢，饮时沁人心脾。上述饮酒点茶，都是介绍自己“独处无聊”时的消遣。

最后三句与句首呼应，备称隐居之乐，所乐者何，是“箪食（sì）瓢饮”，与古代颜回一样，“一箪食，一瓢饮，在陋巷，人不堪其忧，回也不改其乐。”（《论语·雍也》）他表示古人虽已逝去，而自己仍深慕其“安贫乐道”的品德，不因贬黜而空自嗟怨。

本词在体制上属于“独木桥体”，又名“福唐体”。分两种，一是全首以同一字押韵，目前所见最早者为黄庭坚的《瑞鹤仙》，系檃括欧阳修《醉翁亭记》为独木桥体，全首押“也”字韵，这是真正的独木桥体。还有一种仅部分韵脚用同一字押韵，如黄庭坚《阮郎归·效福唐独木桥体作茶词》，共用八韵，其中四韵都用“山”字为韵脚。沈雄《古今词话》云：“山谷《阮郎归》全用‘山’字为韵，稼轩《柳梢青》全用‘难’字为韵，注云‘福唐体’，即独木桥体也。”张德瀛《词征》卷一亦云：“福唐体者，即独木桥体也。创自北宋黄鲁直《阮郎归》用‘山’字。”本词整首以“些”字为韵，但实际上其韵脚在

“些”字的上一字，即“瑶”、“毫”、“蒿”、“猱”、“涛”、“高”、“聊”、“醪”、“膏”、“瓢”，这和《楚辞》中《招魂》、《大招》的用韵方法是一致的。所以，本词在体制上虽说是独木桥体，其实它的协韵方法是和《楚辞·招魂》相一致的。由于歌唱时声韵谐美动听，在座的宾客听后都十分赞赏而“为之釂（jiào）”，即举杯一饮而尽（干杯）。

雄深雅秀　雍容磊落

——《沁园春·灵山齐庵赋，时筑偃湖未成》赏析

朱德才　王　华

叠嶂西驰，万马回旋，众山欲东。正惊湍直下，跳珠倒溅；小桥横截，缺月初弓。老合投闲，天教多事，检校长身十万松。吾庐小，在龙蛇影外，风雨声中。　争先见面重重，看爽气、朝来三数峰。似谢家子弟，衣冠磊落；相如庭户，车骑雍容。我觉其间，雄深雅健，如对文章太史公。新堤路，问偃湖何日，烟水濛濛？

上片用赋笔写山水，由远至近，由大到小，层层铺叙出灵山齐庵的优美景色。

起三句是远观总写。作者用鸟瞰式表现手法，句句相扣。“叠嶂西驰，万马回旋，众山欲东。”第一句以拟动手法，着一“驰”字，先将山一笔点活。下一句承“西驰”而来，用直喻，直接以万马喻众山。而第三句拟物中又兼有拟人的成分，强调

山之“欲”，显示一种趋势。三句相连，由“西驰”经“回旋”而“欲东”，从总观的角度，以动的气势，绘出大山的走向，破空而来，气魄非凡。节奏上一纵一勒又一纵，展现一种奔腾之美。

若说头三句尚在山之外，那么下面“正惊湍直下，跳珠倒溅；小桥横截，缺月初弓”四句则深入到山之中。“正”字总领，以下四个四言排偶句，小巧而有序。前两句写动的流水，用“跳”用“溅”，美在灵巧活泼；后两句绘静的小桥，用“截”用“弓”，美在静妙优雅。与起首三个对句相比，“万马回旋”是雄健的壮美，小桥、跳珠则是灵秀的优美。开篇作者就将两种不同的美的境界展现在我们面前，它们从不同的方面展露着灵山的诱人魅力。读者的目光随作者的笔触，由山外入山中、由雄壮而幽雅，最后“吾庐小，在龙蛇影外、风雨声中”，笔墨定于一点——“庵”。“龙蛇”喻松树，苏轼诗：“我昔少年日，种树满东岗……不见十余年，想作龙蛇长。”（《戏作种松诗》）“龙蛇影”是晴日之像，“风雨声”是雨天之响。小小的“吾庐”，晴日“在龙蛇影外”，雨天在“风雨声中”，衬以壮健的外山，伴以优雅的内景，其美自是不在言中。写物而不拘于物，从景物起笔，层层烘托，不着一颂词，而物美自显。整个上片形成一幅“山水松涛图”，而“吾庐”一点，正隐现于这优美的图中。

上片写山写庵，基本上完成了“灵山齐庵赋”的题旨，下片或可承上“吾庐”而抒情明志，但不免流于一般。大手笔全在绝处翻新。上片既写山“动”，重在形；下片就翻深一层，绘山内在之“神”。不同凡响的是作者在这里用了三个立意别致、构思奇特的比喻。过去多以高山比人，辛弃疾则反其意而用之，以人来比山：“似谢家子弟，衣冠磊落；相如庭户，车骑雍容。”魏晋是讲“风度”的时代，谢安一家子弟多杰出，衣冠潇洒、风度翩翩，这是以人的衣冠比山；《史记·司马相如传》：“相如之临邛，从车骑雍容闲雅甚都”，这是以人的风采比山。其实“衣冠磊落”、“车骑雍容”都是人的内在气质的表现，以之拟山也正在传山之神：如才子士人般从容优雅，风采不凡。此外还有一喻。柳宗元是唐代散文大家，韩愈评其文“雄深雅健，似司马子长”，是以《史记》比柳文，这里则直接移来赞山：“我觉其间，雄深雅健，如对文章太史公。”以文章风格比山，这当是辛词的创造。“雄深雅健”是作者对灵山风神的内在把握。本来文章与山是不相关的，这里有“如对”之感，是运用了中国古典文学传统的通感手法，是作者心灵上的契合。

上片由大到小，由山而庐，这里又返回山，但并不是简单的回归。正如上片层层展露，在突出最后的“吾庐”一样，这里铺绘山之神采仍是以景衬物，衬托“齐庵”的优美。而写山之神，全从主观感觉入手，是承“争先见面重重，看爽气朝来三数峰”之后的感觉与联想。这样，写物本身也就写出了人，展现了作者内心的审美追求。词人有一首《贺新郎》词：“我看青山多妩媚，料青山见我应如是，情与貌，略相似。”他引青山为知己，融情于山水之中，追求一种物我合一的审美境界，正可作为此词的说明。全词结句“新堤路，问偃湖何日，烟水濛濛?”一方面呼应题序“时筑偃湖未成”，另一方面也正以向往的形式表现了词人对这种美的境界的追求。可以说，全词都是通过移情作用，把情感融注于景物之中，使客观之物变成主观之物，写物的同时也就表现了自我。

本着这样的体味，我们再统观全词。“山——庐——山”的外在结构，其实蕴含着“山——庐——人”的内在逻辑。表面全在绘物，而人已融入其中。

词作于词人罢居带湖时期。“老合投闲，天教多事，检校长身十万松”、“争先见面重重，看爽气朝来三数峰。”随笔击点，都隐约带着一些怨气。前一句是“却将万字平戎策，换得东家种树书”的自嘲反语。后者用王徽之事。王任桓冲府参军，一次桓对他说话，他不理，目视青天自谓道：“西山朝来，致有爽气。”这里用其事，也不过是投闲置散的自我宽解。也许在封建士人那里，寄情山水都与政治失意多少相关，但作为一种审美追求，融情自然所得到的雄而雅的审美境界则更具有永久的魅力。

不平之鸣，抚慰之情
——《贺新郎》赏析

林家英

逸气轩眉宇。似王良、轻车熟路，骅骝欲舞。我觉君非池中物，咫尺蛟龙云雨。时与命，犹须天付。兰佩芳菲无人问，叹灵均、欲向重华诉。空壹郁，共谁语？　儿曹不料扬雄赋。怪当年、《甘泉》误说，青葱玉树。风引船回沧溟阔，目断三山伊阻。但笑指、吾庐何许。门外苍官千百辈，尽堂堂、八尺须髯古。谁载酒，带湖去？

这首词题为“和徐斯远下第谢诸公载酒相访韵”，是作者和徐斯远相与酬答之作。徐斯远，即徐文卿，玉山人。宋宁宗庆元二年（1196年），赴礼部试，落第而归。题中的“诸公”，可能是指平日和他友好往来的赵昌父、韩仲止等，还有作者本人。

善于洞察人的神貌的作家常称：眼睛是心灵的窗户，面貌是灵魂的镜子。这不是没有道理的。一般地说，一个人在眉宇之间流露出来的风姿神采，总是或多或少地反映出他的学识修养、襟怀志行的。这首词以“逸气轩眉宇”开篇，犹如空谷之音，不同凡响。如此气度轩昂、风神俊爽的人物，该不会是浑浑噩噩的庸才吧！“似玉良、轻车熟路，骅骝欲舞。”徐斯远的文章才学，造诣精深，有如春秋时代优秀的御手王良，驾着骏马，轻车熟路，自由地驰骋，多么得心应手！按理说，这样有才学的人，应该为时所识，为世所用。在高度赞美了徐的文章才学之后，作者对他报以殷切的期望：“我觉君非池中物，咫尺蛟龙云雨。”象蛟龙之得云雨，翻江倒海，他能够有所作为的！怎能默默无闻，象蛰居水中的“池中物”一样？以上数句，词意层层递进，极富气势，为后文对徐斯远深表同情张目。在埋没人才的社会中，徐斯远落第而归，这不公平的命运是谁造成的？作者感到茫然。在无可奈何之中，他只能归结为不可知的“天命”：“时与命，犹须天付！”人生的机遇和命运，人是无法掌握的，那是由冥冥之中的天意决定的。这种宿命论的观点，是作者在失意、颓丧中思想上软弱、苦闷的表现。但是，宿命论毕竟无法消释作者心头的不平，这不平，该向谁去诉说？思绪在漫漫的历史长河中浮泛、上溯，他想起了屈原！“兰珮芳菲无人问，叹灵均、欲向重华诉。”即如屈原（灵均）志行高洁，才华富赡，怀抱对祖国执着的爱心，一生不息地追求从政报国的理想，不也遭贬流放，只能在超现实的幻想世界中，向虞舜（重华）陈词，洒下浪浪的泪水？这两句不仅是为徐斯远怀才不遇的命运一鸣不平，借屈原的悲剧，作者也倾诉了英雄失路的悲愤。在历史的回顾中，心中的不平也许可以得到平息，但当他从幻想世界转而面向现实时，他仍然无法摆脱忧郁和寂寞："空壹郁，共谁语?"在那埋没人才的社会中，怀才不遇的不平之鸣，向谁去诉说？纵然诉说，又有何用，还不是徒增压抑、烦闷？这两个令人感伤的短句，以其凄然的悲剧意味令人深思回味，比起浅薄的痛快，更有力量。下阕由徐斯远落第的原因写起。"儿曹不料扬雄赋。怪当年、《甘泉》误说，青葱玉树。"这几句用了左思对《甘泉赋》批评失当的典故。左思在《三都赋序》中对扬雄《甘泉赋》"翠玉树之青葱兮"一句加以指责："……考之果木则生非其壤，校之神物则出非其所。于辞则易为藻饰，于义则虚而无征。"认为象扬雄这种描写手法，论词句是容易用装点门面的词藻，论意义却是虚伪而没有证据的。这种见解是失当的。辛弃疾借用这个典故，意在比喻当朝主考官未能识别徐斯远文章才学的造诣，因而错误地将他黜落，使他抱负难伸。"风引船回沧溟阔，目断三山伊阻。"用古代传说中人物到"三神山"求长生不老之药，因阻于海上风浪失败而回的典故，喻徐氏落第还乡。全词写到这里，作者对徐氏其人其事的赞美和同情，已告结束。由"但笑指"开始，是词意的转折，作者含着微笑向徐发出访问带湖的邀请。人在孤独、失意中是需要亲人、朋友的抚慰的。人情的温暖，可以使孤独者在心灵的平静中蕴蓄自信的力量，冲出寂寞、失意的重压。作为一位对人生、自然毕竟有着深刻领悟的词人，作者知道怎样去抚慰一个失意者的心灵。大自然的无穷美妙，它不但给人带来精神上的享受，同时也给人以哲理的启迪。"但笑指、吾庐何许。门外苍官千百辈，尽堂堂，八尺须髯古。谁载酒，带湖去？”不说带湖的山、带湖的水，单指着家门前那一片高大古老的松柏翠林，那枝髯苍劲、霜皮黛色的生机，那从容迎对风雨、高标傲世的神采，不就是对人生的启迪吗？

和辛弃疾其它词作一样，这首词也体现出作者爱用典故、善用典故的功力。词中对徐斯远怀才不遇的同情和抚慰，对社会现实的愤然不平，一一通过典故的运用表达出来，给全词带来了深邃、醇厚的韵味。这也许是由于作者在经历了英雄失路的苦闷压抑之后，感情已由激越动荡转而进入冷静的沉思。尤其是词的转折处以“但笑指”开拓意境，于闲远处见深邃，其情隐而可感，其意温而灼人。这种独具魅力的韵味，表明作者在感情上的升华。“笑”字一出，顿将全词的悲剧感伤色调冲淡，有如在“山重水复疑无路”之际，展现出“柳暗花明又一村”的风光，使人对短暂而多艰的人生依然怀着微笑和眷恋。作者对徐斯远的邀请，也许由于这一“笑”而增添温馨和魅力，使徐氏因落第失意的凄凉心绪得到了回暖！

有志难抒谁与共？

——《水调歌头》赏析

朱德才　王华光

将迁新居不成，有感，戏作。时以病止酒，且遣去歌者，末章及之。

我亦卜居者，岁晚望三间。昂昂千里，泛泛不作水中凫。好在书携一束，莫问家徒四壁，往日置锥无，借车载家具，家具少于车。　舞乌有，歌亡是，饮子虚。二三子者爱我，此外故人疏。幽事欲论谁共，白鹤飞来似可，忽去复何如？众鸟欣有托，吾亦爱吾庐。

1194年秋，辛弃疾在福建安抚使任上，因左谏司黄艾以所谓“残酷贪饕，奸赃狼藉”（《宋会要·黜降官》）的罪名弹劾落职，回到“飞流万壑，共千岩争秀”（《洞仙歌》）的隐居之地，开始了为期八年的带湖、瓢泉隐居生活。《水调歌头》词约作于1196年夏（据邓广铭《稼轩词编年笺注》），反映了稼轩当时生活的一个侧面，从中可以窥见作者的思想变化。

作者平生以功业自许，此次虽二度罢职，但依然不甘沉沦，仍执着地追求理想，常期效命沙场，一展恢复宏图，这一点正与屈原相似。相传屈原作《卜居》,“屈原体忠贞之性而见嫉妒，念谗佞之臣承君顺非而蒙富贵，己执忠直而身放弃、心迷意惑，不知所为……卜己居世，何所宜行，故曰卜居也。”(王逸《楚辞章句序》)所以词一起：“我亦卜居者，岁晚望三闾。”即借屈原自况，表现出其忠而见谤后的迷惘和对屈原的仰慕。“三闾”，屈原曾为楚三闾大夫，故称。“昂昂”两句承上文化用《卜居》语：“宁昂昂若千里之驹乎，将泛泛若水中之凫乎？与波上下，偷以全吾躯乎？”凫：水鸟，即野鸭。稼轩以振鬣长嘶、腾空飞驰的千里骏马与泛泛飘游、舒适安闲的野鸭对举，并以“不作”一语断然否定后者，作绝决语，表现出放废卜居后的志趣一如屈原，披忠履洁，决不与世沉浮。

以上开篇明志抒怀，严肃端庄。以下按题所示写迁居之事，则纯用诙谐之笔。“书携一束”用韩愈《示儿诗》：“始我来京时，止携书一束。”“家徒四壁”语出《史记·司马相如列传》：“文君夜亡奔相如，相如乃与驰归，家徒四壁立。”“置锥无”事见《传灯录》“去年贫无卓锥之地，今年贫到锥也无。”“借车载家具，家具少于车”更直接袭用孟郊《迁居诗》原句。这五句以夸张手法，极言家境之清贫，带有浓郁的戏谑色彩，旨在突出“好在书携一束”，强调虽清贫，人也不改其乐的情趣。

过片换意，极言退居生活的寂寞凄清。“子虚、乌有、亡是”，都是司马相如《子虚赋》中虚构的人物。“楚使子虚使于齐，王悉发车骑与使者出畋，畋罢。子虚过奼乌有先生，亡是公在焉。”歌、舞、饮（酒）三者，是当时士大夫生活中必不可少的遣兴之具，此时“因病止酒，且遣去歌者”。但这毕竟属于身外之物，不足多虑。令人感伤的倒是“二三子爱我，此外故人疏。”除二三知己之外，故人大多疏远了。纵有一腔悲愤，满腹牢骚，奈何欲诉无人，从而发出了“幽事欲论谁共”的感叹。看来，平生足以慰藉者唯有白鹤了。作者前番隐居带湖时曾与鸥鹭为盟曰：“凡我同盟鸥鹭，今日既盟之后，来往莫相猜。白鹤在何，尝试与偕来。”（《水调歌头·盟鸥》）谁料在当前的处境之下，不独人情冷落，就连最友善的白鹤也忽来忽去，情思难猜。歌散舞歇酒止，人去鸟亦飞，凡此种种，烘托出作者寂寞闲散的心境。

结句“众鸟欣有托，吾亦爱吾庐”袭用陶渊明《读山海经》诗句。撇开上述种种不快，宕开一笔，作旷达冲淡语。歌儿舞女也罢，故人白鹤也好，俱各有自己的归宿，我亦喜爱我栖身的茅屋。“爱吾庐者”，亦爱渊明之品性胸襟也。

此词开篇明志抒怀，以屈原自许，结处却悠然自乐，以渊明相期，辞情相逆。其实这正是作者矛盾心理的反映。一方面，稼轩不甘沉沦，期待有所作为，表现在词中就是“昂昂千里，泛泛不作水中凫”；另一方面，现实无情，屡遭挫折，隐逸思想便有所增长，悠然吟唱“吾亦爱吾庐”。这种矛盾心理在他同年所作的词中亦常有反映。如其两首《沁园春》写其戒酒不能，正是此种矛盾心理的曲折表现。一方面对“酒杯”大声疾呼：“勿留亟退，吾力犹能肆汝杯！”一方面“酒杯”又再拜道："麾之即去，招亦即来。"紧接着就是同"城中诸公载人山，余不得以酒为肆，遂破戒一醉"，并自我解嘲云："还堪笑，借今宵一醉，为故人来。"由此可见，词序所称"戏作"，不过是自我解嘲的一种手法而已，究其实，确乎"别有一般滋味在心头"的。

由于"戏作"，在词中多用夸张手法，出以诙谐情趣。所谓"置锥无""家徒四壁""家俱少于车"之类，显然纯系夸张。极写自身之清贫，正是为了突出他"好在书携一束"清贫自娱的情趣。如孔子所谓"一箪食，一瓢饮，回也不改其乐"(《论语·雍也》)，决不因处境艰难而改其忠贞本性。同样，下片夸张地描写作者的孤独：歌、舞、酒乌有，人去鸟飞，知音恨少，也正为烘托作者"吾亦爱吾庐"寻求自乐的心境。上下片都将作者置于经过放大的困窘凄楚的境地，而作者的行为、心理恰恰与此形成鲜明对比，依然我行我素、洁身自好。同时，这类环境、感情、行为都出之以诙谐、戏谑，于诙谐、戏谑中饱含感叹，可谓外谐内庄，引人深思。这种表现方式既不使人感到压抑，又非肤浅之作，具有独特的艺术魅力。

本词几乎全是化用或直接袭用古人词句。这些典故和诗句表现了不同时代、不同作者的感情，各有其特定的内涵。稼轩信手拈来，稍加点染，融化入词，能贴切地与个人感情相吻合，十分自然。稼轩在用典引诗时，不仅力求其内涵与自身感情一致，而且出语晓畅明白，显示出笔端驱使经骚、驾驭语言的杰出才能。这样的用典是决非那种纯"掉书袋"之作所能企及的。

游戏三昧　滑稽之雄

——《沁园春·将止酒，戒酒杯使勿近》赏析

周笃文

杯汝来前，老子今朝，点检形骸。甚长年抱渴，咽如焦釜；于今喜睡，气似奔雷。汝说刘伶，古今达者，醉后何妨死便埋。浑如此，叹汝于知己，真少恩哉！　更凭歌舞为媒。算合作、人间鸩毒猜。况怨无小大，生于所爱；物无美恶，过则为灾。与汝成言："勿留亟退，吾力犹能肆汝杯。"杯再拜，道"麾之即去，招亦须来。"

这是一篇戒酒之作。戒酒，不象饮酒，本来没有多少诗意。可是作者却翻空出奇，把它写得生动活泼，出人意表。大家手段，真是不凡。

首先，在构思上，作者以游戏三昧的笔法，设计出一个人与物（酒杯）的对话。通过辩难，斥退酒杯，开始戒酒。用拟人化的手法大发议论，这在稼轩以前的词中是不多见的。其次，在语言上，作者大量使用成句和典故，以散文的句法入

词，则又显得十分熨贴和雄肆，这也是很有特色的。

“杯，汝来前！”用一句呼语，以凌厉的语气拉开这场论战的序幕。“老子今朝，点检形骸。”从今天开始，我要约束自己，保养身体了。“老子”，是长者的自称，与上句的“汝”字相对，俨然是一副居高临下的阵势。微物小事也做得煞有介事似的，这就是通人的滑稽和词家的幽默吧。“点检”，即“检点”，词人表示要改“邪”归正，戒酒养生了。“甚”字以下的四句，是用所谓扇面对（隔句对）的格式写出病酒的种种症状。长年耽酒，喉干舌燥得象是一口干烧着的锅子；如今又添了鼾声如雷的瞌睡之症。为什么要这样折磨自己呢？前边用一个“甚”字，把语气兜转，表示了同这些坏毛病决裂的决心。“抱渴”，嗜酒成瘾之意。《世说新语·任诞》：“刘伶病酒渴甚，从妇求酒。”为此句所本。以上诸语是主人公对嗜酒之害的批判与声讨，用活泼的对仗与夸张的语言说出，读来令人解颐。“汝说”三句则写酒杯的申辩。《晋书·刘伶传》：“（伶）常乘鹿车，携一壶酒，使人荷锸而随之。谓曰：‘死便埋我。’其遗形骸如此。”这种名士的放达与清高，正是万千酒徒所用来玩世和自解的藉口。现在用酒杯的口说出，不仅文意为之顿挫，同时也从侧面反映出主人公在戒酒上的迟疑和矛盾，可说是一个两面关锁的转折之笔。“浑如此”以下，则是一种否定之否定式驳论，是在更高层次上对酒杯的托辞之批判。“浑”，付词，简直、竟然之意。你（指酒杯）对于知己，竟然这样狠心，这是令人遗憾的。“真少恩哉”，为韩愈《毛颖传》中的成句，现在原封不动地用在歇拍处。平仄韵脚，拍合无间，如同天设地造一般，表现了词人的才气和魄力之不凡。

词的下片，从“更凭”到“吾力”九句，与上片末尾三句密衔，是一气说出批判之辞。从章法上讲，它突破了平常分片的限制，构成一种跨片之格，这是散文式的技法。起始着一“更”字，将词意翻进一层。用缓歌曼舞勾人酒兴，使人们意志消沉，体质衰惰，这种害人的饮料，岂不就跟鸩毒一样可怕吗？“鸩”，是一种毒鸟，浸羽酒中可以杀人。《汉书·景十三王传赞》：“是故古人以宴安为鸩毒。”稼轩取义于此，故语气特别严重，非仅戏言的夸张而已。隆兴和议以后，南宋朝廷苟安一隅，文恬武嬉，不自振作。这种可悲的现状或许就是触发词人愤激的感情之原因吧。“况”下四句，再进一步，从哲理的高度说明贪杯之害。指出失望的爱心，会产生怨恨；过了头的美，也会导致灾难。以“理语”入词，却无“理障”之弊者，在于其才大情深可以泯却痕迹故也。“与汝”三句，斩钉截铁地宣告：跟你说定，不许逗留，赶紧退下，不然我就要把你砸得稀烂。“肆”，即戮尸之谓。古代称将杀死者陈尸示众为“肆”。“吾力犹能肆诸市朝”，语出《论语·宪问》。这里整句搬来，移指酒杯，是重申戒酒的决心。最后以酒杯的答复作结。“麾之即去，招亦须来”，“麾”，同“挥”，“须来”，会来。这是进退从命的意思。在这场唐·吉诃德式的战斗中，最后酒杯败阵，以干脆利索的服从收束全篇，显得活泼而极有风致。

风格的多样化和艺术的独创性，是诗歌创作中最可宝贵的品格。这首《沁园春》在情彩发皇的稼轩词中，算不得重头巨制。然而它却具有其独特的光彩。同作者多数作品中所反映出的虎掷龙拿、狮腾象踏的风格不同，它是一种偶然兴到之作，是一种近乎漫不经心的游戏笔墨。他同酒杯开玩笑，其实也是同自己开玩笑。半是风流自赏，半是自嘲。他摆出好大的阵势发动了一场对酒杯的声讨，他疾言厉色地威胁着要砸烂这小小的东西。这副模样就象雄狮去捉虱子一样，是滑稽的，可笑的。然而，在这热闹的后面，是否也有岑寂和悲凉的阴影呢？一个壮岁旌旗拥万夫的爱国志士，落得投闲置散无事可作，只好检校长松、平章风月，甚至与酒杯自言自语来打点时光，不是也很可悲叹吗？《七颂堂词绎》称："稼轩词'杯汝前来'，毛颖传也；'谁共我醉明月'，恨赋也。皆非倚声家本色。"这个评价，不无道理。韩愈的《毛颖传》："赏不酬劳，以老见疏，秦真少恩哉。"也是以滑稽的形式，抒发心头的郁勃，与此词意境有相通处。当然，以戏谑的方式写词，与传统的文人学士之雅调是很不相同的。从这个意义上讲，确非倚声家本色。可是，它却以新的姿态和技法丰富了词坛的品种，为这座花团锦簇的艺苑，增添了一束别具风致的奇葩。这种摆落故常，意行无碍的词作一出，立即引起了热烈的反响，当时即有效者。不过也应看到，这类游戏三昧的谐谑作品，毕竟有异于严肃的创作，一过分寸往往堕入打油恶道。无稼轩之性情、襟抱、学识、才气，是难以学步的。刘过仿作之《沁园春》（"斗酒彘肩"），尚且被岳珂讥为"白日见鬼"（《桯史》卷二），他人又何可轻易言之。

别具一格的写酒词

——《沁园春》赏析

金启华　史双元

城中诸公载酒入山，余不得以止酒为解，遂破戒一醉，再用韵。

杯汝知乎？酒泉罢侯，鸱夷乞骸。更高阳入谒，都称齑臼；杜康初筮，正得云雷。细数从前，不堪馀恨，岁月都将麴蘖埋。君诗好，似提壶却劝，沽酒何哉？　君言：“病岂无媒？似壁上雕弓蛇暗猜。记醉眠陶令，终全至乐；独醒屈子，未免沉菑。”欲听公言，惭非勇者，司马家儿解覆杯。还堪笑，借今宵一醉，为故人来。用邴原事

这首词和《沁园春·杯汝前来》是姊妹篇，写成于宋宁宗庆元二年（1196年），作者隐居于瓢泉时。在屡起屡伏的政治斗争中，辛弃疾被迫退隐，难免思想消极。为排遣心中的抑郁苦闷，他借酒浇愁。“一饮动连宵，一醉长三日。”（《卜算子·饮酒不写书》）终于“饮酒成病，”于是，“病怯杯盘甘止酒，”

(《浣溪沙·瓢泉偶作》)决定暂时止酒养病。《沁园春·杯汝前来》中有题记云:“将止酒,戒酒杯使勿近。”但数日后,“城中诸公载酒入山”,作者又“破戒一醉,”遂再用前韵作词,以之自纪,以之自嘲,以之自解。

词的开头十句为一段,以呼告形式,反复申说自己业已戒酒,并认识到饮酒的危害。“杯汝知乎?酒泉罢侯,鸱夷乞骸。”三句为一层。“杯汝知乎?”应读成“杯,汝知乎?”呼告酒杯,与之对话,这一句为一三句法,奇昪之响,有效地配合了作者欲与杯论道的生动情趣。“酒泉”是郡名,据《汉书·地理制》注云:“城下有金泉,味如酒”。喜欢饮酒的人大概都希望到这里做官,以便饱饮如酒之泉。《拾遗记》记载:“羌人姚馥嗜酒,武帝擢为朝歌宰,迁酒泉太守。”杜甫《饮中八仙歌》也写到:“汝阳三斗始朝天,道逢麯车口流涎,恨不移封向酒泉。”但这里反用其典,说酒泉侯已罢免,意指再也无法守着酒泉整日喝酒了。“鸱夷”是皮制的口袋,可以盛酒,《汉书·游侠传》:“鸱夷滑稽,腹如大壶,尽日盛酒,人复借酤。”颜师古注云:“鸱夷,韦囊(皮袋),以盛酒。”“乞骸”是古代官员申请退休的惯用语。酒袋退休也是指因为戒酒用不着酒具了。“更高阳入谒,都称虀臼,杜康初筮,正得云雷。”这四句,以隐语方式再次点明止酒之意。“高阳”隐寓“酒徒”二字,据《史记·郦生传》载:汉高祖刘邦从高阳路过,高阳人郦食其去见他,守门人告诉他刘邦不见儒生。郦食其对守门人说,再去回报,告诉刘邦,“吾高阳酒徒也,非儒人也。”“虀臼”系“辞”字。魏武帝曹操与谋士杨修过曹娥碑,见碑背题词："黄绢幼妇，外孙虀臼。"杨修解为："黄绢，色丝也，于字为绝；幼妇，少女也，于字为妙；外孙，女子也，于字为好；虀臼，受辛也，于字为辞。（"辞"古作"辤"）所谓绝妙好辞也。"（见《世说新语·捷悟》）酒徒入谒而被辞退，因为主人不喝酒了。杜康，周朝人，善于造酒，也常作为酒的代称。筮，即以蓍草占卜问吉凶，而杜康问卦，得到的是"云雷"卦，据《易经·屯卦·大象》："云雷，屯。""屯"是艰难困屯之意。造酒的占卜，其卦不吉，只好停止酿酒了。"细数从前，不堪余恨，岁月都将麯蘖埋"三句，慨叹从前的光阴都在酒杯中虚度了。这几句是自艾自怨，自叹自责，但也深藏着愤懑。因为词人并非甘心退闲，老死醉乡。他欲有所为而不能为，糟丘麯蘖下掩埋的不是酒徒，而是志士无法麻醉的心。岁月流逝，感叹何及。

以上一段为作者与酒杯交谈，立意是止酒。

从"君诗好"到"未免沉菑"是第二段。"君诗好，似提壶却劝，沽酒何哉？"三句应连成一读。"提壶"是一种鸟名，这种鸟名容易使人想到提壶买酒。如宋梅圣俞《禽言》诗云："提壶卢，沽酒去。"这三句意思是："城中诸公"（即"君"）写的诗，好似提壶鸟在不断劝说："买酒喝吧，这又有什么关系呢？""君言"以下六句直接引用城中诸公劝说之语：生病都是各有其原因的，不要像乐广的客人那样，杯弓蛇影，猜疑成病。陶潜终日醉眠，十分快乐，而屈原一人独醒，却免不了投水之灾（"菑"同"灾"）。如此看来，还是喝酒的好。这样，词作借客人之口为破戒提供了依据，同时，借客人之语间接传达了对世事的感慨：醉着比醒了好。

以上一段为主人和客人交谈，立意是破戒。

“欲听公言”以下六句为第三段，用了两个典故。“司马家儿”指晋元帝司马睿。据《世说新语·规箴》注引邓粲《晋纪》：“上（司马睿）身服俭约，以先时务。性素好酒，将渡江，王导深以谏，帝令左右进觞，饮而覆之，自是遂不复饮。克己复礼，官修其方，而中兴之业隆焉。”前三句就是用此典，“欲听公言，惭非勇者，司马家儿解覆杯”。自己想要听诸君劝告，开戒饮酒，但又惭愧自己不能象司马睿那样有勇气，有毅力，覆杯不饮。而现实又有几人能像晋元帝那样，戒绝嗜好，成就“中兴之业”呢，这或许是作者运用这一典故所包含的更深一层的意思吧！接下来三句又一转，说明虽然惭愧，但为了故人之情，还须“破戒一醉”。邴原，是三国时人。据《三国志》注引《邴原传》：“原旧能饮酒，后八九年间酒不向口，单步负笈，苦身持力。临别，师友以原不饮酒，会米肉送原。原曰：‘本能饮酒，以荒思废业，故断之耳，今当远别，因见贶饯，可一饮燕。’于是共坐饮酒，终日不醉。”结束以此典作例比，既写了破戒之情缘，又表示了友好的态度。

以上一段为主人内心表白，委婉曲折地传达出“止酒”与“破戒”交战的矛盾心理。

这首词是和韵之作，和前一篇《沁园春·杯汝前来》一样，采用了问答体形式，仿效了东方朔《答客难》和班固《宾戏》等作品，打破了词的上下片分段常规，在词作中别具一格。刘体仁《七颂堂词绎》曾批评“非词家本色”，其实，词中多此一格，有何不可。作者设想奇特，大发议论，与酒杯交谈，与客人交谈，与内心交谈，这种不拘一格的手法充分表现了作者自由创造的精神。作者打破常规，以议论为词，以古文为词，确有别开生面之感。

这首词围绕“酒”字选用了大量典故，体现了辛词的又一特色，驱驾演绎，手法十分纯熟。应当说，大部分用典是贴切的，以少胜多，以暗示启发取胜。但也不免有掉书袋之嫌，这一点也是应该指出的。

情与景谐，妙趣横生

——《玉楼春·戏赋云山》赏析

蒋哲伦

何人半夜推山去，四面浮云猜是汝。常时相对两三峰，走遍溪头无觅处。　西风瞥起云横度，忽见东南天一柱。老僧拍手笑相夸，"且喜青山依旧住"。

辛弃疾的词大声镗鞳，小声铿鍧，内容丰富，风格多样，除了慷慨纵横的爱国词、情致委婉的爱情词和清新明丽的田园山水词外，还有一部分富有谐趣的闲适小品。这类词往往脱口而出，妙趣横生，情与景谐，耐人寻味，反映了作者生活和审美情趣的诸多侧面。《玉楼春·戏赋云山》即其一例。

此词作于宁宗庆元元年（1096 年）以后，时作者已由带湖迁居瓢泉。瓢泉位于江西铅山和上饶交界的期思渡边。这里群山环抱，清泉长流，瓢形的石潭蕴蓄着清澈的泉水。词人爱其清幽，名之曰"瓢泉"，并在附近修葺了几间茅舍，面山而居，日与青山相对，夜共白云同宿，充分享受到摆脱樊笼后的清闲和愉悦。

题为"戏赋"，词的基调无疑是诙谐而幽默的，但词人的旨趣并不在调笑戏谑，而在描画山景的优美和抒写隐居的闲适。当然透过闲逸恬淡的表层，读者仍不难窥见词人内心郁郁不得老的情绪。

词的上阕写云雾遮山的奇观。首句设问："何人半夜推山去"，此话问得巧妙，巍然大山仿佛变成了舞台上的活动布景，可以任人推来移去。那么，谁又是那力大无穷的"移山老母"呢？词人指定四周的浮云说："四面浮云猜是汝"，这一问一答多么风趣！在词人的笔下，山会走，云能语，青山和白云简直像一群顽皮的孩童，一大清早就在玩着捉迷藏的游戏。词人置身其间，也像是他们的亲密伙伴，还准备参加他们的游戏呢！这两句虽然没有直接描绘山中景色，但山中云雾迷漫，对面不见物影的景象已鲜明地呈现于读者面前。

三、四句承上而有新的发展："常时相对两三峰，走遍溪头无觅处。"果然，词人加入了云和山的迷藏。他东寻西觅，走遍曲曲溪头，可是一无所获，平时天天相对而坐的山峰究竟躲到哪儿去了呢？其实，青山岂能藏之于溪头？庞物大物又怎能影踪全无？这种带有童话、寓言般的夸张，给作品增添了生动性和趣味性，不但把静景写动了，而且抓住读者的好奇心层层诱发，层层推进。首句提出疑问，造成悬念；次句作出猜想，解释疑窦；三、四句依据猜测虚构出一系列的动作，以突出词人觅山心切的情态。其中设问、对话、动作、情节，犹如叙述一个生动离奇的故事，深深地吸引住读者，实为词中罕见。

下阕写拨云见山后的喜悦。先正面写景，以交代周围环境所起的变化："西风瞥起云横度，忽见东南天一柱"，前一句说风起云散的突变，这是青山复现的原因；后一句说云去山现的突然，摄下了蓦然回首的瞬间：巍巍高山犹如支撑于天地之间的柱石，屹立于东南一方。至此捉迷藏的游戏似可收场。然而作者偏不肯直笔收结，在词的结尾，又安排了一个生动的细节："老僧拍手笑相夸，且喜青山依旧住"。原来，参加这次捉迷藏的人物，不止青山、白云和词人，还有山中古刹的老僧。可以想见，当词人东寻西找、到处觅山的路中，曾经寻问到山中老僧，老僧见说，也产生了猜疑，于是两人一起寻觅。如今复见青山，竟情不自禁地拍手大笑。老僧欣喜若狂的情态，也就是词人自我心理的表露。可见，通过次要人物的陪衬，可以收到以彼言此、相互映照的艺术效果。

这首词通过风趣的对话、曲折的叙事和奇妙的构思，达到了情与景谐、理与趣合的美妙境界。读罢全词，我们仿佛见到了云雾迷山的晨景，领略到词人溪头觅山的谐趣以及拨云见山时的愉悦之情。

词人爱青山、爱白云、爱花、爱草、爱自然界的一切美景。类似的情趣在他许多作品中都有流露，如《贺新郎·邑中园亭》："我见青山多妩媚，料青山、见我应如是"，《沁园春·再到期思渡卜筑》："青山意气峥嵘，似为我归来妩媚生。解嘲教花鸟，前歌后舞，更催云水，暮送朝迎"，《鹧鸪天·博山寺作》："一松一竹真朋友，山鸟山花好弟兄"，等等。这些作品几乎无一例外地采用了拟人化的手法，赋予山、水、花、鸟以人的性格和感情，词人和它们亲密相处，毫无机心。摆脱尘俗和机巧的理想境界，与混浊而凶险的官场生活恰成鲜明对照。通过这一对照，又使人窥见词人内心对世俗的鄙弃和对现实社会的深深失望。

一转一深，一深一妙

——《满庭芳·和章泉赵昌父》赏析

林家英

西崦斜阳，东江流水，物华不为人留。铮然一叶，天下已知秋。屈指人间得意，问谁是、骑鹤扬州？君知我，从来雅兴，未老已沧州。　无穷身外事，百年能几，一醉都休。恨儿曹抵死，谓我心忧。况有溪山杖屦，阮籍辈、须我来游。还堪笑，机心早觉，海上有惊鸥。

据题记“和章泉赵昌父”可知，这是一首唱和之作。赵蕃，字昌父，居于上饶玉山（今江西玉山县）之章泉。作者与他时相过从，互有唱和。作者曾称“赵昌父赋一丘一壑，格律高古”（见《蓦山溪》题记）。这首和词也就从“一丘一壑亦风流”（见《鹧鸪天》）的雅兴落笔。上阕放眼宇宙万物的变化，抒写对人生的感慨。太阳东升而西沉，谁能劝得住它，且向花间留晚照；江水滔滔东流，不舍昼夜！美好的春光物华也不因人们对它的眷恋而长留人间。春秋代序，“万物兴歇皆自然”！

（李白《日出入行》）从宇宙万物的兴衰变化中领悟到人间好景不长，人生难以达到十全十美的极致。古人向往的既做官，又有钱，还能骑鹤上扬州的快意人生，只能是幻想。屈指算来，在历史的长河中，有谁曾经这样如意地集三者于一身？因之，在对历史的沉思中，词意很自然地由对人生的感慨归结到对沧州雅兴的追求。作者一生以报国抗金为己任，但往往被迫投闲置散。在英雄失路的苦闷中，也只能在沧州的雅兴中聊以自遣。但是，作为一位渴望驰骋沙场的志士，归隐沧洲，在潇洒送日月的生活中耗费生命，对作者来说，毕竟是痛苦、不安的。怎样才能将郁结在心中的一腔难言的心绪透露出来，这就要看作者能不能在下阕完成词意的转折了。“无穷身外事，百年能几，一醉都休。”下阕一开始，化用了杜甫晚年所作《绝句漫兴九首》“莫思身外无穷事，且尽生前有限杯”诗句，感慨世事繁多，人生有限，只能以一醉来忘却无穷的烦忧。这几句承上启下，由沧州的雅兴逐渐转抒未能忘却世事的烦忧。“恨儿曹抵死，谓我心忧。”这是词意的第一层转折。酒，果真能让人“一醉都休”吗？尽管作者想掩饰自己的烦恼、忧伤，但是，儿辈们偏偏看出了他强自掩饰的苦衷，并且竭力“谓我心忧”！要知道，深藏在人们心底的巨大痛苦忧伤，往往是最不愿意让别人提起触及的难言之苦、深广之愁。因此，在“儿曹抵死，谓我心忧”之前，冠一“恨”字，收到了正面文章反面做的效果，于不经意之间，承认了自己“心忧”。“恨”字一出，词意遂深化了一步。“况有溪山杖屦，阮籍辈、须我来游。”这几句，宕开“忧”与“恨”，极写山林隐逸的愉快，竭力否认自己内心的忧伤。试想，拄着竹杖，穿上草鞋，在山光水色中流连，该是多么惬意的事啊！何况我还有一群志趣相投的朋友，象魏晋之交阮籍等名士寄身于山水竹林之乡，他们等着和我携手同游，诗酒唱和呢！我还有什么不愉快的事呢?!在词意的转折上，这几句用的是欲擒故放的笔法，以疏放、飘逸的韵致，明抒雅兴，暗接“心忧”，为篇末完成词意最终转折，作了大幅度的跌宕。山水娱人，诗酒醉人，它们果真能让“我”彻底忘忧吗?“儿曹抵死，谓我心忧”，“我”否认了。可“我”心底的隐衷，又怎能瞒过传说中象征机敏洞察力的精灵，那大海之边的鸥鸟？它们看透了“我”对无穷身外事机心未灭的秘密，似乎对我产生了警觉吧。那么，是该“恨”儿曹多事，怪鸥鸟多疑，还是“堪笑”自己强说无忧呢？作者以不言之一“笑”，顿将全词收束。如果对照作者那首抒写人生体验的词来读：“少年不识愁滋味，爱上层楼。爱上层楼，为赋新词强说愁。　而今识尽愁滋味，欲说还休。欲说还休，却道‘天凉好个秋’”！（《丑奴儿》）作者这一自我解嘲的“笑”，其言外之意，弦外之音，应是耐人寻味的“欲说还休”！忧与愁，别是一般滋味在心头！

孤立地读这首词的上阕，其意境、格调与一般抒发人生感慨、追求隐逸雅兴的词作并无明显的高低之分。待到读完全词，它那顿宕翻腾的韵致，超逸中见深沉的意境，却让读者为之倾倒。从全词的结构来看，上下两阕互相衬跌，转折自然。若无上阕之“沧洲雅兴”，则下阕之未能忘却世事的复杂感情难出。尤其下阕，在层层递进中，词意或似在空中荡漾，如

“一醉都休”的幻想；或平地波澜，如“恨儿曹”云云；或如山重水复，柳暗花明，如“机心早觉”云云，于恬然超逸之中，无端呼出“惊鸥”，最终点明未能忘机的心境。清人刘熙载论词意转折：“一转一深，一深一妙，此骚人三昧。倚声家得之，便自超出常境。”(《词概》)《满庭芳》就是得力于转折深妙的一首佳作。随着词意的层层递进，读者从中感受到燃烧在作者心底的对现实、人生的火一般的激情，它丰富、微妙而深刻，与那些肤浅的大声疾呼地抒写痛苦、忧伤的词作迥异。

这首词在语言风格上的特色是明快、流利，自然而有韵致。作者摒去辞藻堆砌，色泽敷抹，运用了接近口语而又饶有词的韵律节奏特色的语言述情叙事，自然洒脱，声情并见。特别是在词意层层递进中，选用了“问”、“恨”、“况”、“还”等富有表现力的字词，使词意的转折来去自如，洗净了痕迹，给全词带来了生动活泼、疏放超逸的韵致，给读者以天风海涛般的艺术感染。这种抒情魅力，是作者的思想情志、学识修养、艺术实践等方面的功力互相作用后取得的造诣，是大匠运斤，而非一味地追求工巧者所能企及。

写尽胸中 磈磊未全平

——《永遇乐·检校停云新种杉松……》赏析

薛祥生

投老空山，万松手种，政尔堪叹。何日成阴，吾年有几，似见儿孙晚。古来池馆，云烟草棘，长使后人悽断。想当年，良辰已恨：夜阑酒空人散。　　停云高处，谁知老子，万事不关心眼。梦觉东窗，聊复尔耳，起欲题书简，霎时风怒，倒翻笔砚，天也只教吾懒。又何事、催诗雨急，片云斗暗。

这首词大约写于宋宁宗庆元二、三年间。从宋宁宗绍熙五年（1194 年）到庆元元年（1195 年）两年当中，作者因受谢深甫、何澹等人的弹劾，先后由福建安抚使改领冲佑观，降为秘阁修撰，最后连秘阁修撰和主管冲佑观的空衔也被取消，落职闲居，政治上遭到严重打击。庆元二年，带湖住宅不幸被大火烧掉，于是移居铅山县期思瓜山瓢泉新居。作者面对停云新种杉松，有感于自己投闲置散的不幸遭遇，而写下了这首词。

这首词是写作者检校停云新种杉松的感慨和对亲友的思念

的。词题所说“检校停云新种杉松，戏作。时欲作亲旧报书，纸笔偶为大风吹去，末章因及之”，指明了本词的主要内容与写作目的。停云，即停云堂，瓢泉新居馆阁之一。停云堂座落在山上，“斜带水，半遮山，翠竹栽成路”（《蓦山溪》），环境很幽雅。“停云”一词，是从陶渊明《停云》诗来的，陶诗注明“思亲友也”。作者以“停云”名堂，也含有思亲友之意。检校有核查的意思，又是散官官名。东晋有检校御史，唐代有检校司空、检校礼部尚书，至宋自检校太师至检校各部员外郎均为检校官，其位高于正职。作者说“检校停云新种杉松”，当然是指核查新种杉松的情况，事实上也是向社会表明他已不是朝廷的封疆大吏，而是名符其实的十万长松的检校官，以示对落职闲居的不满。但又怕“言未脱口而祸不旋踵”，故特别标明这是“戏作”。其实“戏作”非“戏”，而是以“戏作”之名，行自嘲与讽世之实。

词的上片，写“检校停云新种杉松”以及由此引起的感慨。开头三句，写检校停云新种杉松。“投老”犹言临老，“空山”即是深山。作者临老之时，遭人陷害，被投到深山中种松植杉，消磨人生。这对一位以“了却君王天下事”为己任的爱国志士来说，是何等痛苦，可想而知。“政尔堪叹”四字，直抒胸臆，点明自己检校新种杉松的感叹，这既是对“投老空山”二句的深化，又是贯穿以下九句的主线，承上启下，有力地带起了全词。“何日成阴”三句，写作者对新种杉松成荫难期的感慨。“何日成阴”，承“万松手种”而来，写杉松虽已种下，但不知什么时候才长大成林；“吾年有几”从“投老空山”

化出，写自己虽然还可以手种杉松，但已来日无多。“绿叶成荫子满枝”，这是作者对新种杉松的希望；而新种杉松成荫难期，又使作者深感不安。“似见儿孙晚”五字，以生动的比喻，表达了作者对新种杉松成荫难期的焦虑与痛苦的情绪。“古来池馆”三句，写对古代池馆荒废的叹息。“是处移花是处开，古今兴废几池台。”（《鹧鸪天·寄叶仲洽》）花木能否成荫，固然使人担忧；池馆一旦荒废，更加使人悲伤。因此，作者由停云堂联想到和停云堂一样的“古来池馆”，随着时光的流逝，人事的变迁，而今已化为“云烟”，长满“草棘”，变成了废墟，使后人见之，触目惊心，悽然泪下。以后之视今，停云堂又何独不然！“云烟草棘”四字，以少总多，把古往今来一切池馆的荒废，个人的荣辱统统概括了进去，赋予这三句词以丰富的内容与深刻的意义。如果说“古来池馆”三句是鉴古以知今；那么，“想当年”三句则由今以溯古，即由今之荒废追溯到古之欢乐，再由古之欢乐揭示出隐藏在欢乐背后的痛苦。作者认为，不仅“古来池馆”之荒废使人“堪叹”，就是在当年，在那些良辰美景的日子里，那些享尽荣华富贵之人，“夜阑酒空人散”之后，又何尝不因生活空虚而愁恨万千。在这里，作者紧紧围绕“政尔堪叹”四字，象剥笋一样逐层进行剖析，把古与今、人与物、自然与社会融为一体，指出天地之间无处不使人“堪叹”，从而抒发了作者对宇宙人生的感慨。

词的下片，写作者忘怀世事，寄情诗酒的生活。“停云”三句，作者以“老子”自指，以“谁知”设问，说明他“投老空山”，栖息“停云高处”，既没人理解，也无人同情，冷冷清清，他也就只好“万事不关心眼”了。王维《酬张少府》诗说：“晚年惟好静，万事不关心。”从字面上看，作者和王维一样，忘怀世事、厌弃人生，其实不然。和同期《西江月》词所说“乃翁依旧管些儿：管竹、管山、管水”一样，都是一些愤慨之辞，是对投闲置散的另一种抗争方式。“梦觉东窗”六句，回应词题“时欲作亲旧报书，纸笔偶为大风吹去”，写作者对亲友的思念。作者在《声声慢·檃括〈停云〉诗》词中说：“春醪湛湛独抚，恨弥襟，闲饮东窗。”作者所说“梦觉东窗”，实际是说他酒醒梦觉之后，独坐东窗之下，作书寄恨之意。但是，当他想到即使作书向亲友诉说自己落职闲居之苦，也不见得有人能理解他时，也就以大风把纸笔吹去为由，停笔不作了。据《世说新语·任诞篇》记载，阮咸家贫，居道南；诸阮家富，居道北。七月七日，北阮大批晾晒丝绸衣物，阮咸无丝绸衣物可晒，于是把一条“大布犊鼻裈”挂在竹竿上晒到院子里。别人感到奇怪。他说：“未能免俗，聊复尔耳。”作者运用“聊复尔耳”一词，说明他作亲旧报书，不过是“未能免俗”而已。然后，又用“天也只教吾懒”六字，回扣词题，说明作书未成之意。因作书未成，无由倾诉自己落职闲居之苦，就只好赋诗寄恨了。不过作者没有明言，只是说恰在这时，忽然飘来一片黑云，下了一阵急雨，像是催我赶快写诗借以消愁解闷似的。沈义父《乐府指迷》说：“结句须要放开，含有余不尽之意，以景结情最好。”“催诗雨急，片云斗暗”八字，虽是化用杜甫“片云头上黑，应是雨催诗”诗意，但它写眼前实景，寄内心苦痛，寓抒情于写景之中，含蓄蕴藉，耐人寻味。

这首词的艺术成就也是很高的。其突出特点有二，一是叙议结合，二是寓庄于谐。一般说来，诗是要用形象思维的，而词更需要形象含蓄。不过，形象描写与议论说明并不矛盾，周振甫先生说，在适当的场合，用适当的方法发点议论，不仅不会损害诗意，反而会增添诗词的理趣，加强艺术感染力量。这首词的上、下两片，基本上是前三句叙事，后九句议论，议论的成份是很大的。但是，由于作者采用先叙事后议论的方法，把叙事作为议论的基础与出发点，把议论作为叙事的深化与提高，使二者有机地结合起来；同时，在议论当中，又饱和着强烈的感情，大量使用诸如“似见儿孙晚”、“云烟草棘”、“夜阑酒空人散”、“霎时风怒，倒翻笔砚”等生动比喻和形象描写，使人不仅不觉得这些议论枯燥无味，反而显得生动活泼，神彩飞动，构成了一个完美的艺术整体。明人毛晋在《稼轩词跋》中说：“稼轩率多抚时感世之作，磊落英多，不作妮子态。宋人以东坡为词诗，稼轩为词论，善评也。”这虽然是就全部稼轩词说的，也是对本词的最好评语。

寓庄于谐，是本词另一个显著的艺术特点。由于作者胸中郁积着大量不平之气，在写词时往往忽发奇想，一些具有嘲笑性的语句冲口而出，让人感到滑稽可笑，不觉为之解颐。比如用“检校”一词，嘲笑自己这个“壮岁旌旗拥万夫”的英雄，而今落拓无依，变成了十万长松的检校官，种松植杉的庄稼汉；用“谁知老子，万事不关心眼”，写自己因投闲置散而赌气不问世事，话都说得很俏皮，又具有浓厚的讽刺味道。又比如用“霎时风怒，倒翻笔砚，天也只教吾懒”写“作亲旧报书”未成，作者不去责怪大风，也不责怪自己，反倒说是天帝叫他懒散，把自己无所作为归“罪”于天，也就是把自己投闲置散归咎于当时最高统治者，语句诙谐，想象新奇，于嬉笑之中寄寓着深刻的思想意义，也富有寓庄于谐的色彩。

恬静景象　怡然心情

——《蓦山溪·“停云”竹径初成》赏析

邱俊鹏

小桥流水，欲下前溪去。唤取故人来，伴先生、风烟杖履。行穿窈窕，时历小崎岖。斜带水，半遮山，翠竹栽成路。　　一尊遐想，剩有渊明趣。山上有停云，看山下、濛濛细雨。野花啼鸟，不肯入诗来，还一似，笑翁诗，自没安排处。

这首词大概是稼轩第二次落职之后，于庆元元年（1195年），在江西铅山瓢泉的新居建成不久所作。可能在瓢泉的新居内有亭或园，以陶渊明《停云》诗命名（陶渊明《停云》诗，乃抒写诗人在乱离、昏暗的社会中，隐居农村，思与亲友同饮而不得的心情）。与此词同时，稼轩还写有《声声慢·檃括渊明〈停云〉诗》、《永遇乐·检校“停云”新种杉松戏作》、《临江仙·“停云”偶作》等词。

如果说，与这首词同时所作的几首与“停云”有关的词中，还有着对第二次落职的不满与牢愁的话，那么，这篇写

“停云”初成竹径的词，就更多地表现了诗人愿以陶渊明为榜样，在幽静的大自然中，求得心境的净化与宁静。因此，词的佳趣所在，也就在于幽静的客观自然美与诗人主观心境的怡然自得相互谐协。

词首先极力描写“停云”周围的山水之美：小桥流水，丘壑间错，幽径崎岖，野花啼鸟；山上云霭缭绕，山下濛雨纷纷，而“停云”也就座落在这水环山掩之中，翠竹夹道。这一派山光水色、鸟语花香的恬静景象，与官场的营营攘攘，局束窘迫，恰成鲜明的对比。然后，抒情主人公便置身于这恬静的大自然之中，寻幽探胜，杯酒遐想，自得山水之乐，一切尘俗的名利烦恼都得到了荡涤。这样极力描写大自然的恬静与内心的怡悦，充分反映了诗人对官场蝇营狗苟、尔虞我诈的厌恶和对政治生涯的厌倦。尽管如此，但稼轩毕竟是素怀建功立业的大志，也曾经是叱咤一时的风云人物，终不甘老死于山间水涯，因而才在词的最后写道：“野花啼鸟，不肯入诗来，还一似，笑翁诗，自没安排处。”以野花啼鸟之嘲笑在自己诗中尚未安排好他们的地位，表示隐居乡间并非其愿，而在一片宁静中透露出一丝淡淡的哀愁。

“停云”是以陶渊明《停云》诗命名，词是为“停云”竹径初成而作，因此，词中除明白表示对陶渊明的倾慕而外，还以陶渊明的一些诗文入词。陶渊明在《停云·序》中说：“《停云》，思亲友也。”稼轩这首词“唤取故人来，伴先生风烟杖履”，分明取陶诗思亲友之意。词中“山上有停云，看山下，濛濛细雨”，是化用陶渊明《停云》诗中的“霭霭停云，濛濛时雨”，而辛词中的“行穿窈窕，时历小崎岖”，则出自陶渊明《归去来辞》“既窈窕以寻壑，亦崎岖而经丘”。这样写，既反映了稼轩对陶渊明的敬仰，又能更切合词题与“停云”之名。

青山浊酒慰寂寥

——《贺新郎》赏析

许金榜

邑中园亭，仆皆为赋此词。一日，独坐停云，水声山色，竞来相娱，意溪山欲援例者，遂作数语，庶几仿佛渊明思亲友之意云。

甚矣吾衰矣！怅平生，交游零落，只今馀几？白发空垂三千丈，一笑人间万事。问何物能令公喜？我见青山多妩媚，料青山见我应如是。情与貌，略相似。

一尊搔首东窗里。想渊明、《停云》诗就，此时风味。江左沉酣求名者，岂识浊醪妙理？回首叫、云飞风起。不恨古人吾不见，恨古人、不见吾狂耳。知我者，二三子。

这首词是辛弃疾的得意之作。据《古今词话》引《词钞》云："幼安每开宴，必令侍姬歌所作词，特好歌《贺新郎》，自诵其警句：'我见青山多妩媚，料青山见我应如是。''不恨古人吾不见，恨古人、不见吾狂耳。'"这首词抒写了词人壮志未酬、知音难求的孤寂和激愤，也表现了词人不肯追名逐利的高洁情操。淳熙八年（1181 年），辛弃疾被王蔺诬以“奸贪凶暴”而落职，在江西上饶带湖之畔闲居达十年之久。绍熙三年（1192 年），辛弃疾再次被起用，先后任福建提点刑狱和福州知州兼福建路安抚使。绍熙五年（1194 年），又被诬告而落职，闲居于江西铅山的瓢泉。这首词就是为瓢泉新居的“停云堂”题写的。停云堂，因陶渊明的《停云》诗而得名。辛弃疾为他所游历过的铅山境内的园亭都题写了《贺新郎》，故照例也为停云堂写了这首《贺新郎》。

词的上片主要写词人年老力衰、事业未就、交游零落的孤寂和苦闷。辛弃疾自 22 岁南归之后，虽然满怀着杀敌报国的抱负，但却一直遭受打击。年光流逝，这时已近花甲之年，理想仍然不能实现，怎不令人感慨万千！因此劈头第一句就感叹道：“甚矣吾衰矣！”这句话表面上看来似乎只是叹息自己的年老力衰，实际上它有着更深刻的含义。《论语·述而》云：“子曰：‘甚矣吾衰矣，久矣吾不复梦见周公。’”何晏《集解》引孔安国云：“梦见周公，欲行其道。”辛弃疾在这里用孔子的话，其实是感叹自己人已衰老，而道不行于世，理想不能实现。词人大半生的经历，无限的悲慨，都浓缩凝聚在“甚矣吾衰矣”这短短的五个字之中。这是一个散文化的感叹句，但词人却顺手拈来，用在词中，其含义、语气、声律无不自然贴切，确不愧为词家高手。接着，作者以“怅”作领字，慨叹自己的生平和身世。南宋政权投降派得势，词人深感势孤力单、知音难寻，故慨然长叹道：“怅平生，交游零落，只今馀几?”

大敌当前，国势江河日下，但词人却是报国无路，回天无力，忧国忧民的词人不禁为此而满头华发了。伟大的诗人李白在《秋浦歌》中曾写下了这样著名的诗句：“白发三千丈，缘愁似个长。”辛弃疾借用李白的诗句说道：“白发空垂三千丈。”“三千丈”极言白发和愁思的悠长，而一个“空”字又表现了词人清醒地知道，自己的忧愁只是徒然无用而已。既然奋斗了大半生仍然无济于事，现已年老力衰，又势孤力单，忧愁也徒然无补，那么，对人间万事，便只好付之悲凉的一笑了！这种无可奈何的苦笑，只是故作达观而已，其中包含着无尽的酸辛。既然世间知音稀少，人事令人忧愁，便只有以秀丽妩媚的青山为友伴来自我安慰、寻求暂时的乐趣了。古代许多诗人都以美丽的山水作为精神的寄托。陶渊明是“采菊东篱下，悠然见南山。”（《饮酒》）李白是“相看两不厌，只有敬亭山。”（《独坐敬亭山》）辛弃疾则说：“问何物能令公喜？我见青山多妩媚，料青山见我应如是。情与貌，略相似。”词人看见青山觉得十分妩媚，料想青山看见自己也一定会觉得十分可爱，因为自己和青山的性情和面貌是十分相似的。青山优美纯洁，高雅正直，它青翠洁净，从不低头折腰，这和品格高洁、刚直不屈的词人具有某些共同之处。作者通过自己和青山的互相欣赏，表现了自己的精神和品格。作者把青山拟人化，写得有情有貌，情趣盎然。怪不得词人在宴会上总是把“我见青山多妩媚，料青山见我应如是”作为得意的警句来朗诵呢！作品先写愁，后写喜，但喜中却透露出更深刻的痛苦。试想，因为人间知音稀少，只好把无知觉的青山当作朋友互相欣赏，这是何等可悲啊！作品先用直笔直抒胸臆，后用曲笔婉转写情，跌宕顿挫，写法富于变化。

词的下片在进一步抒写词人孤寂心情的同时，又写出了他的高尚情操和疏狂情态。词人在极度孤寂之时，一方面以友青山自我安慰，一方面又借饮浊酒自我解脱。借酒消愁解闷乃是人们常用的方式。陶渊明的《停云》诗就是写其思念亲友、独酌消愁的情景的。该诗第一节有云："静寄东轩，春醪独抚。良明悠邈，搔首延伫。"辛弃疾在词中化用这四句诗的意思，说："一尊搔首东窗里。想渊明，《停云》诗就，此时风味。"陶渊明良朋不至、独酌解闷的心情大概就和词人知音难寻的孤寂心情相似吧？词人以陶渊明自比，写出了自己的孤苦；同时也表明了陶渊明那样的人才是词人的知己。陶渊明和辛弃疾宁可饮酒以慰寂寥，也决不会去追腥逐臭以寻求名利富贵，他们的饮酒是一种洁身自好的行为方式，这种妙理是那些醉心名利的人所难以理解的。魏晋时期许多名士都以纵酒为清高，所以有些人便把醉酒作为求名的一种方式。东晋偏安江左，故有"江左沉酣求名者"之句。南宋同样偏安江东，与东晋相似，所以"江左沉酣求名者"含有借古喻今之意。词人一方面肯定自己和陶渊明的饮酒妙理，一方面又批判了那些"沉酣求名"的追名逐利之徒，从而表现了自己的高尚情操。词人希望能借酒浇愁，殊不知"举杯消愁愁复愁"（李白《宣州谢朓楼饯别校书叔云》），饮酒并不能使词人心胸坦然，反而激发了词人的牢骚和疏狂。他乘着酒兴回头高叫，直引得云飞风起，如此的疏狂恐怕古人也很少见到过吧！而"狂者，所谓一肚皮不合时宜，发见于外者也。”（况周颐《蕙风词话》）辛弃疾的狂正是对黑暗现实的怨愤和不满的表现；同时也反映了词人不甘寂寞，渴望奋起搏击、叱咤风云的昂扬斗志。然而现实是无情的，词人的心情并不能为人们所理解，因此词人在最后沉痛地感叹道：“知我者，二三子。”结尾再次感叹知音稀少，与开头的“交游零落，只今馀几”相呼应，进一步强调了自己的孤寂之情，再一次突出了全词的基调，如同一首乐谱，最后以主音作结，使作品的中心显得更加鲜明突出，结构也更加完整。

全词以悲慨衰老、怅叹孤零开始，继而强颜欢笑、故作旷达，接以借酒消愁、鄙弃名利，转而牢骚疏狂、奋发昂扬，终以哀叹知音稀少作结。感情哀伤而不低沉，豪壮中有沉郁，表现了稼轩特有的复杂感情。写法上有直有曲，有正有反，跌宕变化，舒卷自如，表现了稼轩纯熟的艺术技巧。稼轩词素以善用典故著称。吴衡照《莲子居词话》云：“辛稼轩别开天地，横绝古今，论、孟、诗小序、左氏春秋、南华、离骚、史、汉、世说、选学、李、杜诗，拉杂运用，弥见其笔力之峭。”此词的用典也可见其功力之深厚。如“甚矣吾衰矣”和“二三子”语出《论语》，在有严格格律的词体中运用《论语》中的散文句式最难贴切，稼轩却顺手拈来，用于词中，十分妥贴自然。“白发空垂三千丈”源于李白《秋浦歌》，但加以“空垂”二字，便增加了新意。“不恨古人吾不见，恨古人、不见吾狂耳。”出自《南史·张融传》：“不恨我不见古人，所恨古人不见我。”但把原字句略加变动，便使散文句式具有了词的节奏，特别是添一“狂”字，便使原句更加符合特定情景的需要。

“一尊搔首东窗里”把陶渊明《停云》诗第一节浓缩为一句，形象鲜明，精华俱在。刘熙载《艺概》谓稼轩“任古书中理语、廋语，一经运用，便得风流。”《词林纪事》引楼敬思云：“稼轩驱使庄、骚、经、史，无一点斧凿痕，笔力甚峭。”用典而又能使其活跃生色，无生硬之痕，方为高手。稼轩词虽有时用典过多，但大多数都比较自然，总的来说还是成功的。这首词就是一个很好的证明。

红巾翠袖揾不干的英雄泪

——《贺新郎》赏析

邓碧清

鸟倦飞还矣。笑渊明、瓶中储粟，有无能几。莲社高人留翁语，我醉宁论许事。试沽酒，重斟翁喜。一见萧然音韵古，想东篱、醉卧参差是。千载下，竟谁似？　　元龙百尺高楼里，把新诗、殷勤问我，停云情味。北夏门高从拉攞，何事须人料理？翁曾道："繁华朝起。"尘土人言宁可用，顾青山、与我何如耳？歌且和，楚狂子。

这首词是辛弃疾退隐江西铅山鹅湖山下瓢泉时期的作品。原同题同韵一共两首，这是第二首（第一首即著名的"甚矣吾衰矣"）。和第一首一样，是为"停云堂"而作。"停云堂"的命名从陶渊明《停云》诗而来，《停云》诗的内容是"思亲友"，这首词也是"仿佛渊明思亲友之意云"。作者被投闲置散，壮志未酬，报国无门，积愤难申，眼看着南宋王朝的"剩水残山"、"故宫离黍"，联想到故人星散，知己无多，因而用含蓄曲折的笔调，抒写了郁积胸中的孤愤。

上阕通过对陶渊明的崇敬与赞颂，表达了作者表面达观自适，实则极不平静的思想感情。

“鸟倦飞还矣。”第一句是“词眼”，起总领全篇的作用。这里既是写陶渊明，又是写自己。陶渊明饱看了官场的尔虞我诈，厌倦了仕路的勾心斗角。“不能为五斗米折腰向乡里小人”(《宋书·陶潜传》)，拂袖而归，隐居田园，悠然地唱道：“云无心以出岫，鸟倦飞而知还”(《归去来兮辞》)。辛弃疾和陶渊明的心情真是太接近了，他曾说：“吾侪心事，古今长在，高山流水。”(《水龙吟》)他象陶渊明当初“猛志逸四海”一样，有着炽烈的爱国热情和救国的雄才大略，但在投降派横行的南宋王朝，他不但不受重用，反倒遭到排挤打击，投闲置散，因而对于“蜗角斗争，左蛮右触，一战连千里”(《哨遍·秋水观》)的官场生活产生了深深的厌倦，内心深处与陶渊明有着强烈的共鸣。

“笑渊明，瓶中储粟，有无能几。”陶渊明《归去来兮辞》辞序说：“余家贫，耕织不足以自给，幼稚盈室，瓶无储粟。”苏轼曾感叹道：“使瓶有储粟，亦甚微矣。此翁平生只于瓶中见粟也耶?”(《东坡志林》卷三)但陶渊明在如此贫困的生活中，能够真正做到闲适达观。这里的“笑”，字底的意思其实是“羡”，是崇敬陶渊明的安贫乐道，不同流合污。这是以前贤的事迹来宽慰自己：不要再为壮志难酬而牢骚满腹吧!

“莲社高人留翁语，我醉宁论许事。”陶渊明退隐后，庐山的高僧慧远等人结白莲社，招请他参加。他回答得很干脆：

“若许饮则往”（见《莲社高贤传》），至于其他事嘛，无暇谈论。陶渊明表面上静穆幽远，“爱酒也爱闲”，而实际上，他是把要“论”的事通过醉来埋藏心底的。鲁迅说：“陶潜正因为并非浑身是‘静穆’，所以他伟大。”（《题未定草》）辛弃疾借写陶渊明，曲折地表现了自己的心情：有志回天，无路报国，空谈国事有何用？还是喝酒吧。

“试沽酒，重斟翁喜。一见萧然音韵古，想东篱、醉卧参差是。”萧统曾说：“渊明之诗，篇篇有酒。”（《陶渊明集序》）据统计，陶渊明传世的142篇诗文中，谈到饮酒的占了百分之四十。然而，他不是颓废的酒徒，而是一个最清醒的人，近人逯钦立先生在谈到《饮酒》一诗时说：“这无疑肯定酣醉才能清醒，才能大胆对封建礼俗作斗争。”（《陶渊明集·附录一》）不难看出，以陶渊明的知音自许的辛弃疾，对于那位对酒狂喜、白发萧然、音韵古朴、醉卧东篱的古代高人，真是心心相印，息息相通，借其酒杯，浇己垒块，含蓄地表达了自己的情愫。

“千载下，竟谁似。”结上启下，言外之意是自己正像千年前的陶渊明，故下阕自然地转入写自己。

“元龙百尺高楼里，把新诗、殷勤问我，停云情味。”与那“求田问舍”的小人相比，“如卧百尺楼上”的“忧国忘家”的“湖海之士”陈元龙（见《三国志·陈登传》），处在我们这样的时代，恐怕是“国”也无法“忧”，“家”也不得不“忘”，只好和我一起谈论谈论诗歌，欣赏欣赏“停云堂”的湖光山色以打发时光了。这里含蓄地揭露南宋政府对于爱国志士的排挤打击已经到了何等严重的地步。

“北夏门高从拉攞，何事须人料理?”中原，胡虏铁蹄；朝廷，投降派甚嚣尘上；自己，被投闲置散——国事如此，我还能有什么作为呢?从，任凭。拉攞，崩溃、倒塌。语见《世说新语·任诞篇》：“任恺既失权势，不复自检括。或谓和峤曰：‘卿何以坐视元裒（任恺字）败而不救?’和曰：‘元裒如北夏门，拉攞欲自坏，非一木所能支’。”又《德行篇》：“（母）语（韩）康伯曰：‘汝若为选官，当好料理此人。’”辛弃疾揉合这两个典故，意思是说，我宁可象任恺那样“不复自检括”，放浪形骸，笑傲山水，即使被讥为“拉攞欲自坏”，也不需要别人来“料理”——扶持自己。这是作者激愤之语。

“翁曾道：‘繁华朝起。’”陶渊明的《荣木》诗是感慨老之将至、白首无成的。诗中唱道：“采采荣木，于兹托根，繁华朝起，慨暮不存。”辛弃疾引用这个典故，表明他对时事虽然失望，但尚未绝望，幻想着有朝一日能够实现“了却君王天下事，赢得生前身后名”的宏伟抱负，只是害怕“可怜白发生”。（《破阵子·为陈同甫赋壮词以寄之》）这里又透露出作者内心的矛盾。

“尘土人言宁可用，顾青山、与我何如耳。”尘土人，卑贱的人，指自己。宁，难道。回首往事，作者不禁牢骚满腹：我当年曾满腔热情地献过《十论》、《九议》，为中原的光复大计呕心沥血，结果呢?“却将万字平戎策，换得东家种树书”!（《鹧鸪天》）算了吧，既然无人能理解我，青山总是理解我的。“我见青山多妩媚，料青山见我应如是”（《贺新郎·“甚矣吾衰矣”》），我还是和它们交朋友吧!

“歌且和，楚狂子。”当年，孔子“知其不可而为之”，企图用自己的政治主张拯救衰世，挽狂澜于既倒。楚国佯狂避世的接舆唱着“凤兮凤兮，何德之衰？往者不可谏，来者犹可追。已而已而，今之从政者殆而”（《论语·微子》）来规劝孔子莫再徒劳奔走了。但孔子没有听从，结果处处碰壁，头破血流。今天，我又该怎么办呢？举世混浊，世人皆醉，我还能有什么作为？“劝君莫作独醒人，滥醉花间应有数”（晏殊《玉楼春》），还是和接舆一道，随流扬波，哺糟啜醨，佯狂避世，一唱一和吧。

后人论辛稼轩时曾说：“岭头一片青山，可能埋没凌云气？遐方异域，当年滴尽英雄清泪。”（张野《古山乐府·水龙吟·酹辛稼轩墓》，据《绝妙好词笺》引）透过作品故作达观自适的表幕，我们不应该只片面地去注意其中的所谓“消极颓废”，而应该看到字里行间浸透着的、红巾翠袖揾不干的、忧国忧民而又无门报国的英雄泪。

这首词在表现手法上最大的特点是用典灵活贴切，熔经史子集中的故实于一炉，借他人酒杯浇胸中垒块。《论语》、《世说新语》、《陶渊明集》、《三国志》直到《东坡志林》，任其掇采，几乎做到“无一字无来处”。用典如许多，但又丝毫不显堆砌之痕，天衣无缝，恰如其分地帮助抒情达意。这样，既避免了一览无余的直露，又增添了作品含蓄典雅的风格，如食橄榄，耐人寻味。正如清人刘熙载所评：“稼轩词龙腾虎掷，任古书中理语、廋语，一经运用，便得风流，天资是何夐异！”（《艺概·词曲概》）

凌铄古今　横绝六合

——《水调歌头》赏析

王思宇

我志在寥阔，畴昔梦登天。摩挲素月，人世俯仰已千年。有客骖鸾并凤，云遇青山赤壁，相约上高寒。酌酒援北斗，我亦虱其间。　　少歌曰：“神甚放，形则眠。鸿鹄一再高举，天地睹方圆。”欲重歌兮梦觉，推枕惘然独念：人事底亏全？有美人可语，秋水隔婵娟。

此词为庆元五年（1199年）前后作者闲居信州（治所在今江西上饶市）铅山（在今江西省，与上饶相邻）瓢泉作。词前有小序云：“赵昌父七月望日用东坡韵叙太白、东坡事见寄，过相褒借，且有秋水之约；八月十四日余卧病博山寺中，因用韵为谢，兼寄吴子似。”赵蕃，字昌父，当时家居信州玉山之章泉。吴绍古，字子嗣，庆元四年（1198年）至六年（1200年）任铅山县尉。他们都是作者的友人，作者题赠和同他们唱和的词甚多。“秋水”是作者瓢泉住所中的一个堂观名，也称秋水观。博山寺在今江西广丰县西南。赵昌父用苏轼《水调歌头》中秋词（“明月几时有”）的韵写了一首词寄给作者，并约定来秋水堂相访，作者因用原韵写了这首词致谢，同时还把它寄给吴子似，赵蕃之词已佚，东坡事当指游赤壁，李白事则已不可考。

这是一首借梦抒怀之作。除了开头结尾，通篇都写梦境。这里写的不是通常那种思乡怀人、回忆往事之梦，而是梦见登天。这充分体现了作者思想开阔，因而能道前人未道或很少道，写出新的境界。

想象极丰富，笔势极雄放，内容极奇幻壮丽，是这首词的最大特色。

“我志在寥阔”，一上来就写出登天的气概。“寥阔”既指空间的广阔境界，也隐喻心胸的无比宽广。正因为有此心胸，所以才有登天之梦。“畴昔”在这里不是泛指过去、从前，特指昨夜。因为下面写到梦中听友人赵蕃告诉他同李白、苏轼相遇事，说明此词是作者看到赵的赠词之后所作；而且，如果梦登天是很久以前发生的事，那么当时就应写入诗词中，不会许久以后才来提起。《礼记·檀弓上》：“予（指孔子）畴昔之夜，梦坐奠于两楹之间。”畴昔也指昨夜。起笔两句，由平生志趣引出正题，简洁遒劲，豪气射人。首句笼罩全篇，下面各句都是它的具体描绘。

以下直至下片“天地睹方圆”，都是写梦中登天后的情景。屈原《九章·惜诵》有“昔余梦登天兮”句，但他是到天上去请神灵占卜，辛词次句虽用其语，内容却不相同。李贺写《梦天》诗，是以旁观者的身份，观看天上月宫、银河的奇丽景象。辛弃疾这词却不同，它写的全是作者的活动。从这一点来说，它比《梦天》更有生活气息，更加激动人心。

从来写月，都是写望月；最多不过是想象去到月宫。此词写的却是“摩挲素月”，这该有多大的气魄！传说天上弹指之间，人间即已过了若干世代。“人世俯仰已千年”句即用此意，含有哲理意味。上文“寥阔”在写宇宙空间的广袤无垠，此句则是在写时间的久长无尽，这是在时间和空间方面获取更大的自由，以超脱人世的短暂局促。

然而作者并不以摩月为满足，还要同前辈和同辈友人，飞到更高的天上去。“有客”的客即指赵蕃。“骖鸾并凤”即乘着鸾凤，传说鸾、凤是仙人所乘之鸟，相传萧史、弄玉就是乘凤仙去的。“青山”指李白，他的墓在青山（在今安徽省当涂县，又名青林山）。“赤壁”在今湖北省黄冈县，苏轼误以为是周瑜破曹操之处，曾同友人来游，写了前后《赤壁赋》和《念奴娇·赤壁怀古》，辛词用来代指苏轼。“高寒”用上举苏轼中秋词“我欲乘风归去，又恐琼楼玉宇，高处不胜寒”句意，相对于上面的素月而言，指比月更高的天空。“云遇”两句是客向作者讲的话，说是他遇到了李白、苏轼，相约到极高极远的天上去。作者于是同他们同往。他们尽力飞行，最后飞到北斗旁边，便以斗勺酌酒，痛饮起来。北斗由七星组成，形如有柄的斗。《屈原·九歌·东君》：“援北斗兮酌桂浆。”词意本此。韩愈《泷吏篇》：“得无虱其间，不武亦不文。”词用此意，谓自己也厕身其间，是自谦之词。在梦中，已经没有了死生、古今、远近之别，已死去的古人李白、苏轼，远在别处的友人，大家一同到太空遨游。引李、苏为伴，是因为他们性格非常豪放，赵蕃词中即以此二人来赞誉作者。这几句气势雄伟，气象万千，读之使人顿生凌空飞举之意。

下片接写梦中之歌。上片是叙事，下片则转为抒情。屈原《九章·抽思》有“少歌”，王逸注谓“小唫（吟）讴谣以乐志也。少亦作小”，是随意轻声歌唱之意。“黄鹄”两句系用贾谊《惜誓》诗句：“黄鹄之一举兮，知山川之纡曲，再举兮睹天地之圜（圆）方。”黄鹄即天鹅，能高飞远举。古代认为天圆地方。这里的歌唱者不是作者一人，而是四人合唱；他们一边唱，一边仍然继续在向高处飞行。唱的歌词也很奇特，“神甚放，形则眠”拟梦中情态，非常传神：因为是在梦中，所以才能看到自己的躯壳处在睡眠状态。此刻他们的灵魂已经出窍，毫无拘管，自由自在地在太空遨游。他们象黄鹄那样，高飞又高飞，要飞在太空的最高处，看看地是如何方，天是如何圆。作者早年即怀有远大政治理想，一生为抗击金人、统一祖国而斗争，但因为受主和派打击，始终未能施展自己的抱负，写此词时，已经是第二次被朝廷罢官，被迫在家闲居。国家的苦难，自己的现实处境，使他忧虑、苦闷，感到压抑，他渴望摆脱它们。因此黄鹄的奋飞，实际隐喻着他希望精神解放，冲破阻碍，为国家做一番事业的强烈愿望。这和屈原《离骚》“路漫漫其修远兮，吾将上下而求索”的精神，有相通之处。

梦境是美好的，但却是短暂的。他们还想重新歌唱一遍，却突然醒来了。回忆美好的梦境，作者不禁惘然独念：人间之于梦境，为什么这么不同，为何人间的事那么不能如人意？此词作于中秋前一夜，“底亏全”是用月亮的圆（全）缺（亏）比喻人事的美满和不幸，这里重点是在“亏”上。这里除了用月亮不能常圆隐喻作者同友人赵蕃分居两地、不能团聚之外，还包含着上面讲到的作者的身世感慨，饱含着作者对国事的忧虑，对投降派的谴责和愤恨。末两句用杜甫《寄韩谏议》“美人娟娟隔秋水”句意，“美人”，优秀美好的人，“婵娟”，姿容美好，均指友人，包括赵、吴二人在内，有以词代柬之意：对赵而言，是希望他早日来践秋水之约；吴同作者相距不远，是希望他见到此词后即来相访。“可语”即包括上面所写的种种内容。有知心朋友交谈，自是乐事，给人带来安慰；但友人被秋水隔断，不能立刻来会，又使人惆怅表达了对友人的思念之情。

宋代词人刘克庄评辛弃疾的词说：“公所作大声镗鞳，小声铿鍧，横绝六合，扫空万古，自有苍生所未见。”（《辛稼轩集序》）清人彭孙遹云：“稼轩之词，胸有万卷，笔无点尘，激昂排宕，不可一世。”（《金粟词话》）这首词充分体现了这些特色。除了上面已谈到的想象丰富、雄放奇伟这个特点之外，用前人语入词，也是它的一个突出特点。短短一首词中，就引用《楚辞》、苏轼、贾谊、杜甫诗语，然而由于作者在引用时已加以融会，所以读来觉得语如己出，不见一丝引用的痕迹，见出作者非凡的才力。

最后还有一点：据词序，此词是作者病中所作，却雄放如此，无半点衰病气，这也反映出作者的气质。

却爱微风草动摇

——《鹧鸪天》赏析

朱靖华　王洪

石壁虚云积渐高，溪声绕屋几周遭。自从一雨花零落，却爱微风草动摇。　呼玉友，荐溪毛，殷勤野老苦相邀。杖藜忽避行人去，认是翁来却过桥。

辛弃疾的农村题材词，写景如“明月别枝惊鹊”的黄沙道夜色，写人如“醉里吴音相媚好”的老媪和“溪头卧剥莲蓬”的小儿，都很有名。但是，辛弃疾还有一首写人写景都堪称绝唱的力作，却鲜为人知，它就是这首《鹧鸪天》。

这首词大约写于庆元四年（1198 年），是辛弃疾退居瓢泉所作。上片主要写瓢泉之景及诗人政治理想的破灭和对农村景色的喜爱；下片用曲折的笔法，通过日常生活的一个真实、自然的场景，刻划出一位热情好客的野老形象，进一步反映了诗人热爱农村生活的情趣，深化了词中“却爱微风草动摇”这一象征性的主题。

“石壁”句，写出了瓢泉特异的云影溪声。《铅山县志》载：“瓢泉在县东二十五里，辛弃疾得而名之。其一规圆如臼，其一直规如瓢。周围皆石径，广四尺许，水从半山喷下，流入臼中，然后入瓢，其水澄渟可鉴。”此二句描写的正是瓢泉的这种独特景色。然而，这一描写又非简单地描摹和再现，而是更多地表现了词人身处瓢泉美景中的感觉和幻觉。辛弃疾极爱瓢山山云，刚到此地卜居时，他就曾说过：“青山意气峥嵘，似为我，归来妩媚生”（《沁园春·再到期思卜筑》）；又多次遐思山中之云：“何人半夜推山去，四面浮云猜是汝。常时相对两三峰，走遍溪头无觅处”（《玉楼春·戏赋云山》）。而在此时，词人看山赏云，已是注目发呆了，“积渐高”三字，活脱脱地表现了词人观云长久的感受。根据《铅山县志》所载“水从半山喷下”及词人“惊湍直下，跳珠飞溅”（《沁园春·叠嶂西驰》）等描写，可知此处之溪声实是山瀑之声。山瀑“惊湍直下”，似是从“石壁虚云”中倾泻而来。词人的目光，由于久久凝视着虚幻飘渺、游丝不定的山云，而感到溪声也变成了可视、可观、可赏的云朵了；它们似乎在自己屋宇檐梁间袅袅娜娜、环绕不绝，以至能够令人清晰地数点出“溪声绕屋”有“几周遭”。毫无疑问，这是词人审美观照中的幻觉，是听觉幻化为视觉的通感。这种幻觉的表现，就使石壁虚云的山水画，配入了“绕屋声喧”的绝美音乐，又进一步使音乐幻化成为了绘画，可谓画中有乐，乐中有画。这一艺术表现，不仅以简洁的笔法，极写了瓢泉之美，而且，也极写了词人陶然忘机、物我无间的心境。

词人为什么如此陶醉忘怀于山水呢？词中下二句解释说："自从一雨花零落，却爱微风草动摇。"由山云溪声的境界突然转向议论叙说，由实景转向象征性的意象，其中意味何在？众所周知，辛弃疾是"以气节自负，以功业自许"的"一世之豪"（范开语）。然而，他的政治理想却一再受挫，不仅是"大材小用"，而且是屡遭弹劾非议。特别是此次他退居瓢泉之前在福建任上，披肝沥胆、励精图治，希望能有所作为，但却受到谏官黄艾、御史中丞何澹等人的多次弹劾。说他"残酷贪饕，奸脏狼籍"，"掩帑藏为私家之物，席卷福州，为之一空"（《宋会要·黜降官》），以致使英雄横遭诬陷，罢官退隐。这一背景，当是"自从一雨花零落"之所象征。词人理想和报负的花朵被"雨打风吹去"，必然会转向大自然的怀抱，转向平凡而富于魅力的农村生活。进取与退隐、政治生涯与农村闲居，正如花与草的区别：前者绚烂多姿，却不堪风雨，易于零落；后者平淡无奇，却风吹不折、雨打不散，自得于人间。因此，词人在刚至瓢泉生活时，就把二者进行了比较："与花同草木，问谁风雨飘零速"（《归朝欢……野樱花一株，山上盛开，照映可爱，不数日，风雨摧败殆尽》）。此时，词人笔下的花草，有可能是由眼前实景而产生的联想，更有可能是词人在使用二个意象，分别象征政治生涯和农村隐居生活。因此，可以说，"却爱微风草动摇"，是词人热爱农村生活、景色、人物的概括和象征，也是他此词全篇的主旨所在。

上片写景，下片写人，从而使画面更富于活力，使主题获得进一步的深化。

“呼玉友，荐溪毛，殷勤野老苦相邀”。“玉友”，是白酒的代称。《珊瑚钩诗话》云：“以糯米药曲作白醪，号玉友。”“荐溪毛”，是说要奉献出溪沼间生长的野菜。《左传·隐公三年》载：“苟有明信，涧溪沼沚之毛……可荐于鬼神，可羞于王公。”此二句写野老准备了美酒佳肴，殷勤邀请词人去赴宴。

上二句是叙述和交待，下二句却是一个富有戏剧性的具体场景的描写：“杖藜忽避行人去，认是翁来却过桥”。野老拄着藜杖亲自来迎接词中的主人公去共饮，他在桥边看见行人，正欲避开，定睛细看，却认出了恰是自己所要邀请的客人，便赶紧过桥来迎接。寥寥数字，就描绘出了一个生动感人的场面，刻划了一个纯朴热情的野老形象。“杖藜”，是以借代修辞手法，描绘野老形象的外在特征。由“杖藜”这一局部特点，读者的眼前自然会浮现出白发飘髯、缓步徐行的野老形象；“忽避行人”，写出野老虽老态龙钟，却又谦恭有礼的意态，作者是在由外在描写转向内在揭示。下面一个“认”字，使画面由远至近，成为了野老在桥边定睛细看的特写境头；最后一个“过”字，使画面活动了起来，完成了野老由“避”到“认”到“过桥”的过程。

全词虽是上片写景，下片写人，但却一气贯通，表现了词人在政治理想破灭后，对农村生活和自然美景无比热爱的情怀。全词写得轻快、洒脱、自然、精美，应视为辛词农村题材的代表作之一。

平生五色线，难补舜衣裳

——《归朝欢·题赵晋臣敷文积翠岩》赏析

耿百鸣

我笑共工缘底怒，触断峨峨天一柱。补天又笑女娲忙，却将此石投闲处。野烟荒草路。先生拄杖来看汝。倚苍苔，摩挲试问：千古几风雨？　长被儿童敲火苦，时有牛羊磨角去。霍然千丈翠岩屏，锵然一滴甘泉乳。结亭三四五，会相暖热携歌舞。细思量：古来寒士，不遇有时遇。

这首雄浑逸放的作品，是庆元六年（1200 年）词人于江西铅山瓢泉赋闲时所作。赵晋臣，名不迂，官中奉大夫，直敷文阁学士，庆元六年罢职居家后常与稼轩酬唱往来。积翠岩是当地著名的风景区，他们很可能经常来此饮酒消闲，唱和甚多。除了这首作品外，稼轩赋咏积翠岩的尚有《贺新郎·拄杖重来约》词和《和赵晋臣敷文积翠岩去类石》诗等，而以此作为佳。

作品题写积翠岩，却不从正面描写着手，而异想天开地追溯起它的来历。积翠奇峰，好似共工怒触不周山时，天柱折断而遗下的半截残体；又好似女娲炼五色石补天，剩余下这么一块被闲弃在此。词人想像瑰丽，不作一字正面描绘，已把积翠岩的壮观和神奇描绘得令人倾心了。在这古往今来、天上人间的浪漫主义幻构中，作品却包含了更深的意义：天柱和补天石，本身就是维系天纲地常的支柱，因此，以天柱寓指社稷栋梁，以补天石寓指力挽国势的英雄，这一象征恰到好处。更何况，天柱是残缺的，补天石被闲置着，这种怀经世之才而难以为世所用的遭遇，不就是作者的自我写照吗？作品从浪漫主义笔法入手，为积翠岩披上了神奇的色彩，又以山自况，从而回归到现实主义的轨迹上，融情于景，借物写人，用意十分巧妙和贴切。

这样，就很顺妥地引出了下文。“野烟荒草路”五字，是作品承上启下的枢纽，也是作品的要意所在。这句把前四句所蕴寓的内涵非常明了地点明了。“先生拄杖来看汝”，这里不无同病相怜的辛酸，但更多的是一种抱负感和知音感，是一种寻找知己和寄托情怀的渴望，是作者欲作国家柱石的意志的磨砺。诗人与赵晋臣结伴此行，本是为观景消闲而来，而此语一出，诗人特意拄着拐杖来到这荒僻的所在看望落寞的朋友，这种感情顿时升华了，变得那样亲切、厚挚、意味深长。“倚苍苔”三句，便进一步地表达了关切安慰之情。“几”，意为“多少”。这苍苔斑驳、风雨侵蚀的痕迹，凝聚着千古的磨难，记录着悲剧的历史。作者将人世间的崎岖不平之情，借着这一问都尽情地抒写了出来。

过片作者打破上景下情的模式，换头不换意，继续描写积翠岩所受到的折磨和摧残。“长被儿童敲火苦，时有牛羊磨角去”二句，化用韩愈《石鼓歌》“牧儿敲火牛砺角，谁复著手为摩挲”的意思。积翠岩未必就是可供敲火的燧石，作者如此写来，只是现成套用韩诗，旨在描绘积翠岩的不幸遭际。虎落平川为犬欺，英雄落寞，才人失意，自然倍受群小攻讦。从上片“野烟荒草路”到这两句，作者用了点染法，即如同绘画中点墨于纸上、再四周染开的技法。“野烟荒草路”是点，是作者既写山，又自况的词眼所在；后文进一步加以渲染，“倚苍苔”三句，从纵向描写积翠岩之落荒和磨难；“长被”二句，从横向写积翠岩具体的遭遇。这两笔渲染，十分细致地阐发了“野烟荒草路”的内涵，照应转换都非常灵活。

至此，作品始终是在为积翠岩的命运作低声咏叹，山重水复，深沉厚实。而“霍然”句一出，则如同柳暗花明，生机顿起。在这被自然风霜和世俗摧残折磨得伤痕累累的岩山中，在这濒临枯竭的躯体中，生命并没有被磨灭，它在顽强地挣扎着，并积极地寻求着希望。“锵然一滴甘泉乳”，不仅是有声有色的写景妙笔，它还包含着诗人对人生的理解和自我的信念。作者看到的，不仅是像积翠岩一样被闲弃遭折磨的自我，他更看到了满腔热血、渴求效国的自我，不管灾难多么深重，内心的深处依然迸发出清亮甘甜的泉珠，这种生机是不可剥夺的。天柱和补天石，其修美的内质毕竟不是一般顽石所能比拟的。作品的格调，由此转向了欢快和高昂。“结亭三四五，会相暖热携歌舞。”三四五是虚数，意为多建几个亭舍。会，会当。

相，相将，行将。诗人打算在春还气暖的时节再来拜访这位天涯沦落的相知，而且是带着歌儿舞女来热闹一番。从诗人满腔的热情中可以看出，这个“暖热”，当不单指自然气候的复苏，而且还寓喻政治气候的回暖。虽然眼下物我之间还是同病相怜，但到有朝一日能报效国家、成为民族栋梁之时，诗人便会喜气洋洋地来与积翠岩同享欢乐。诗人的热情和理想，尽管表现得很含蓄，但却是分外高涨。末句“细思量，古来寒士，不遇有时遇”，射题“题赵晋臣敷文积翠岩”，赵晋臣名不迁，这里可视为词人用谐音法对去官后的赵不迁的宽慰。但作者更多的是激励自己，尽管君心难测，世道险恶，但为国效命的机会总会有的。诗人心地磊落，无私无瑕，兼有一身韬略，勇力过人，且国家正值用人之际，时代的需要和个人的志向，使诗人深深渴望着有能够施展抱负的那一天，去完成岳飞的未竟之业。

这首作品，联想奇妙，构思独特，寓意深微；结构上波澜起伏，感情跳跃强烈，却脉络分明，缓而不凝，快而不放，深沉而又坚毅，富有感染力。诗人能在失意的境遇中写出这样的作品，其才情已在其次，而其襟怀实在是令人感动。尽管诗人最终得到的仍是失望，但他留给人们的却是振作。

有志在丘壑，此生天休问

——《贺新郎·韩仲止判院山中见访，席上用前韵》赏析

吉明周

听我三章约：有谈功、谈名者舞，谈经深酌。作赋相如亲涤器，识字子云投阁。算枉把、精神费却。此会不如公荣者，莫呼来、政尔妨人乐。医俗士，苦无药。　　当年众鸟看孤鹗。意飘然、横空直把，曹吞刘攫。老我山中谁来伴？须信穷愁有脚。似剪尽、还生僧发。自断此生天休问，倩何人、说与乘轩鹤。吾有志，在丘壑。

庆元二年（1196年），辛弃疾徙居江西铅山县期思渡瓜山下。庆元六年某日，韩仲止至瓜山造访，辛弃疾设宴款待。席间，辛弃疾用同调“题傅君用山园”韵，填此词书愤咏怀。

韩仲止（1159—1224年），名淲，自号涧泉，吏部尚书韩元吉之子。志趣雅洁，有高节，出仕不久即归隐。南宋诗人戴复古称其“雅志不同俗，休官二十年。隐居溪上宅，清酌涧中

泉”(《挽韩仲止》)。其诗名甚著，与赵蕃（字章泉）并称“信上二泉”。辛弃疾为其父执，长仲止 19 岁。二人过从甚密，时有诗词往来。辛弃疾《行香子·博山戏呈赵昌甫、韩仲止》有“记前时劝我殷勤：‘都休殢酒，也莫论文。把相牛经、种鱼法，教儿孙’”语，深以仲止为相知。这首即席而赋的《贺新郎》，便是激越慷慨、宏论警拔的佳制。

上片席前约法，表现鄙弃功名、憎恶俗士的风节。起笔劈空而来，令人肃然警醒。“听我”二字，力重千钧，俨然元帅升帐，颁布军纪，有不容置辩的威势。词人自注云：“用《世说》语。”《世说新语·排调篇》云：“魏长齐雅有体量，而才学非所经。初宦，当出，虞存嘲之曰：‘与卿约法三章：谈者死，文笔者刑，商略抵罪。’魏怡然而笑，无忤于色。”词人特意点出典源，旨在说明这里并非用《史记·高祖本纪》中刘邦与咸阳父老间著名的“约法三章”，而是取《世说新语》中的调侃口吻和措词形式。紧接二句，郑重其事地宣布约法的三项内容：凡是在酒席上谈论建功或立名的，就罚他当众献舞；谈论儒家经学的，就罚他饮酒满盏。辛弃疾身为一世之豪，才兼文武，智略无前，平生“以气节自负，以功业自许”(《稼轩词甲集·范开序》)。他曾慷慨陈词：“算平戎万里，功名本是，真儒事，君知否?”(《水龙吟·甲辰岁寿韩南涧尚书》）也曾勉励内兄范如山：“万里功名莫放休。”(《破阵子·范南伯寿。时南伯为张南轩辟宰卢溪，南伯迟迟未行，因作此词勉之》）赋闲家居，有客与谈功名，他称许其“慨然”，并因而追思“壮岁旌旗拥万夫”(《鹧鸪天》）的豪举……那么，此间却何以不让宾客们谈功、谈名、谈经呢？下三句透露此中消息。“作赋”二句，化用杜甫《醉时歌》“相如逸才亲涤器，子云识字终投阁”意，借汉代辞赋家司马相如和文学家、语言学家扬雄怀才不遇的遭际，抒发功名无恃、经书无用的慨叹。《史记·司马相如传》载：“文君夜亡奔相如，相如乃与驰归……与俱之临邛，尽卖其车骑，买一酒舍酤酒，而令文君当垆，相如身自著犊鼻裈，与保庸杂作，涤器于市中。”子云，扬雄字。识字，多识奇字，指学识渊博。《汉书·扬雄传》云：“王莽时，刘歆、甄丰皆为上公。莽既以符命自立，即位之后，欲绝其原，以神前事；而丰子寻、歆子棻复献之，莽诛丰父子，投棻四裔，辞所连及，便收不请。时雄校书天禄阁上，治狱使者来，欲收雄；雄恐不能免，乃从阁上自投下，几死。”京师人以其《解嘲》中的语句奚落他道：“惟寂寞，自投阁；爰清静，作符命。”一个擅长辞赋，一个博识多学，都不免可悲下场。于是，直逼出下句深沉的喟叹。求功名、攻经书，耗尽精力和心血，到头来全是枉然，只落得被人耻笑的悲剧结局。“算枉把”，吐语痛切，为人悲，也为己哀。他对功名事，别有一番滋味在心头：有“功名妙手，壮也不如人，今老矣”（《蓦山溪·赵昌父赋一丘一壑，格律高古，因效其体》）的叹息，有“功名浑是错，更莫思量着”（《菩萨蛮·稼轩日向儿童说》）的悔恨，有“功名只道，无之不乐，那知有更堪忧”（《雨中花慢·登新楼有怀赵昌甫、徐斯远、韩仲止、吴子似、杨民瞻》）的顿悟，更有“功名破甑”（《玉蝴蝶·叔高书来戒酒，用韵》）的诅咒。个中辛酸，词人深谙。而席间谈功、谈名、谈经，势必勾起词人满腹愁绪，大败高士雅兴，预先“约法三章”，自是理所当然的了。“此会”二句顺势而下，笔锋转向俗士。政尔，正好、恰好。《世说新语·简傲篇》云：“王戎弱冠诣阮籍，时刘公荣在坐，阮谓王曰：‘偶有二斗美酒，当与君共饮。彼刘公荣者无预焉。’二人交觞酬酢，公荣遂不得一杯，而言语谈戏，三人无异。或有问之者，阮答曰：‘胜公荣者不得不与饮，不如公荣者不可不与饮，唯公荣可不与饮酒。’”阮籍与王戎同为魏晋时竹林七贤，王戎性贪吝，阮籍呼之“俗物”（见《世说新语·排调篇》）。王戎俗而不如刘公荣，阮籍却不可不与之饮。词人翻出新意，主张不如公荣的俗士莫呼来聚会，因为他们俗不可耐，会败人兴致，妨碍席间欢乐气氛。词人《夜游宫·苦俗客》即记其为俗客所苦的经历：有个“尖新”的俗客，“说底话，非名即利”，而且滔滔不绝，“说得口干”，词人不堪忍受，只得起身“去洗耳”。末句化用苏轼“人瘦尚可肥，士俗不可医”句，惊叹“医俗士，苦无药”！六字中，凝聚了切肤的人生体验。

下片即席议论，追昔抚今，抒发英雄垂暮的感慨和不甘同流合污的心志。“当年”三句，由现实折入回忆。鹗，雕属，性凶猛，常用以比喻出类拔萃的人物。《后汉书·祢衡传》云：（孔）融上书荐之（祢衡）曰：“鸷鸟累百，不如一鹗；使衡立朝，必有可观。”这里词人以祢衡自况。“众”、“孤”多寡悬殊，“鸟”、“鹗”高下迥异，突出自己决非等闲庸碌之辈。一个“看”字，见出众望所归，传神地写出词人当年在朝时鹤立鸡群、举足轻重的显位。“飘然”状神态飘逸的儒将丰采，“横空”写压倒一切的骁将气势，“曹吞刘攫”，当指祢衡辱骂曹操、侮慢刘表事，再现词人当年斥责投降议和派的英姿和气魄。“老我”三句，以今比昔。“老我”残年与风华“壮年”，“山中谁来伴”的孤独与朝廷“众鸟看”的豪迈，“穷愁”的窘态与“飘然”、“横空”的雄姿，一一相对，映衬鲜明。孤寂中唯一相依为伴的，却是穷困与愁苦，它们仿佛是生了双脚，形影不离地追随着词人。“须信”二字，表现词人在命运摆布下无可奈何的心境。这“穷愁”，不仅有这种可恨的粘着力，更有可恼的生命力，旧穷旧愁未除，新穷新愁又生，“似剪尽还生”的僧人头发，生生不已。末四句言志，声调高亢，措语激烈。“自断”句，化用杜甫《曲江》三章“自断此生休问天”。这里，词人将杜诗“休问天”三字的语序稍易，移入词中，句意则迥然大变。杜诗“休问天”，尚无排斥老天的语气；辛词“天休问”，自有挥斥老天的意味，表现一种自己决定此生命运的勃然英气和藐视最高统治者的宏伟气魄。倩，即请。轩，一种曲辕有幡的车，为卿大夫和诸侯所乘。《左传》闵公二年：“狄人伐卫，卫懿公好鹤，鹤有乘轩者。将战，国人受甲者皆曰：‘使鹤。鹤实有禄位，余焉能战。’”后以“乘轩鹤”，比喻无功食禄的人。词人这片独立决断的心曲，又能请谁去说给那些庸碌无能之辈听呢！他们心胸狭窄、鼠目寸光，又怎么理解得了呢！末句点明心志所在：“吾有志，在丘壑。”斩钉截铁，掷地有声。“丘壑”，山水幽深的处所。《汉书叙传》云：“桓生欲借其书，（班）嗣报曰：‘渔钓于一壑，则万物不奸其志；栖迟于一丘，则天下不易其乐。’”后引申为退隐在野的意思。退隐丘壑，赋闲乡居，原非词人自愿，多少有点暗淡色彩；而仰啸“天休问”、俯斥“乘轩鹤”，这决不同流合污的精神境界，则给词人的“丘壑志”增添了挥斥天意、独标亮节的思想光彩。

宋潘牥云：“东坡为词诗，稼轩为词论。”以此词观之，潘论洵非谬断。辛词“横绝六合，扫空万古”，豪气所致，词与散文豁然沟通，浑然交融。词的形式、散文化的笔法，完美统一，臻于无事不可入、无意不可言的妙境。这首词以议论取胜。“约法三章”的做法，凝聚着对功名、经学的极度失望和对自我的深刻反思；相如、子云的遭遇，饱含着对士子的满腔同情和对自己攻读生涯的深切悔悟；莫呼俗士的决定，反映着对庸俗之徒的厌恶和与世俗决裂的决心。忆当年中燃烧着今日的内疚和遗憾；悲老中充满着对当时社会的愤懑和不满；“天休问”中洋溢着对最高统治者的蔑视；“丘壑志”中闪烁着清廉耿介的思想亮色。“大声镗鞳，小声铿鍧”，真有议论纵横，力透纸背之势。这首词又以用典见长。词中几乎无句不用典，但驱使自如，灵活多变，给人深刻启示。或则如“三章约”，取其形式与口吻；或则如相如、子云典，正用其事；或则如刘公荣事，反用其意；或则如“医俗士”二句，改造句式，含意不变；或则如“天休问”句，脱胎换骨，推陈出新。清刘熙载《艺概》云：“稼轩词龙腾虎掷，任古书中理语、廋语，一经运用，便得风流，天姿是何夐异！”可谓道出个中三昧。整首词大气包举，挥洒裕如，若异军特起，醒人耳目，确是词中精品。

鲜明的爱憎　高尚的风节

——《生查子·简吴子似县尉》赏析

吉明周

高人千丈崖，太古储冰雪。六月火云时，一见森毛发。　俗人如盗泉，照影成昏浊。高处挂吾瓢，不饮吾宁渴。

辛弃疾的门人范开为《稼轩词》作序时曾说："其词之为体，如张乐洞庭之野，无首无尾，不主故常；又如春云浮空，卷舒起灭，随所变态，无非可观。无他，意不在于作词，而其气之所充，蓄之所发，词自不能不尔也。"

这首以词代书简的《生查子》小令，若以书简论，则"无首无尾"；若以词论，则又"不主故常"，在南宋一代词坛上也属罕见，确是词人新创，可谓稼轩"气之所充，蓄之所发"、"意不在作词"的产物。

这封别具一格的书信，是写给江西铅山县尉吴子似的。吴子似，即吴子嗣。《铅山县志》卷十一"名宦"载："吴绍古，字子嗣，鄱阳人。庆元五年（1199 年）任铅山尉。有史才，纂《永平志》，条分类举，先民故实搜罗殆尽。建居养院以济穷民及旅处之有病阨者。”辛弃疾家居铅山时，与吴子似相与酬唱甚多。辛词有不少篇什，记录他们二人的交游和情谊。《沁园春·和吴子似县尉》云：“我见君来，顿觉吾庐，溪山美哉!”《浪淘沙·送吴子似县尉》云：“金玉旧情怀，风月追陪，扁舟千里兴佳哉!”称赞吴子似：“君如星斗，灿中天”（《汉宫春·答吴子似总干和章》），表示“慕君人物东西晋”（《鹧鸪天·吴子似过秋水》）。可见吴子似也是有高怀远志的人物。这封向挚友吐露衷曲的词体书信，以崇敬高人、鄙弃俗人的强烈爱憎，表明自己清廉耿介、刚正不阿的志节。

上片盛赞“高人”，景仰之情溢于言表。首句以比喻起笔，形象、超妙。高人，即志向高超、品行高尚的人。其“高”表现在精神、思想、品质，词人则巧妙地化无形为有形，以千丈山崖作比，使人顿然产生高山仰止的崇敬感。首句写志向的高超，次句则写品行的高尚。“冰雪”状品行如冰清雪洁。“太古”言品行渊源深长，直承上古以来的民族道德精华。“储”字形象地展现长期的修养和陶铸。山崖的崇高、威严，冰雪的纯洁、坚贞，从两方面概括了高人的可敬。下两句承上而下，以夸张的笔致，表白对高人的敬仰。火云，赤色的云。“六月火云时”，正值炎热的盛夏，但即使在此时，一见到千丈崖上太古以来储积而成的冰雪，也会敬而畏之，毛发森然耸立。

下片严斥“俗人”，厌恶之情喷薄而出。首句仍以比喻出之。俗人，指道德品行猥琐低下的人。盗泉，古泉名，故址在今山东泗水县东北。以盗泉比俗人，系借泉的恶名寓俗人的声名狼藉。下句进而由名入实，揭示俗人的本质。以盗泉水映照人影，人影旋即变得昏浊不清，则盗泉本身的昏浊更可想而知。这两句间接映衬，入木三分地表现出俗人品质的肮脏。末二句化用典故，表明彻底摈弃俗人的决然态度。“挂瓢”，典出《逸士传》：“许由手捧水饮，人遗一瓢，饮讫，挂木上，风吹有声，由以为烦，去之。”同是高挂水瓢，许由饮讫而挂，词人不饮而挂，反用成典，更见词人精神。渴而不饮盗泉，典出《尸子》：“孔子过盗泉，渴矣而不饮，恶其名也。”同为不饮盗泉，孔子恶其名而不饮，词人则知其昏浊的实质而不饮，正用旧典，显出词人既承古圣贤遗风，又非盲目效法，表现出一种宁愿身处困境也决不向俗人求援的高风亮节。

这首《生查子》，以词代书信，形式别致，涵意深邃。词人把自己的一段社交经历，一种生活的感受，以词的形式向友人倾吐，而又不乏针砭当时现实、警醒世人的社会意义。其中，鲜明的爱憎、剀切的褒贬、高尚的风节、铿锵的决心，一一表述得言简而意赅。全词运用对比手法，艺术效果强烈。上片由衷的敬慕，下片刻骨的憎恶，各自独立成章，而又相辅相成，融汇一体。其比喻的运用也别具特色。上片隐喻，本体“高人”与喻体“千丈崖”、“冰雪”间省却比喻词“是”，读来隐而不觉晦涩；下片明喻，本体“俗人”与喻体“盗泉”间出现比喻词“如”，又明而不落直露。清刘熙载《艺概》云：“词中用事，贵无事障。晦也，肤也，多也，板也，此类皆障也。”这首词用典不晦涩、不肤浅、不求多、不呆板，毫无“事障”之感。知其出处，固然可悟出其中妙处；不谙其典源，也能明白其涵意。这些，可说是词人娴熟入化的语言艺术的体现。

幽默滑稽　锋颖毕露

——《夜游宫·苦俗客》赏析

邓魁英

几个相知可喜，才厮见、说山说水。颠倒烂熟只这是。怎奈何，一回说，一回美。　有个尖新底，说底话、非名即利。说得口干罪过你。且不罪，俺略起，去洗耳。

这首饶有风趣的小词可能是辛弃疾庆元五年（1199 年）的作品，这时他已经 60 岁了。绍熙五年（1194 年）他在福建路安抚使任上，因人弹劾，被强加以“残酷贪饕，奸赃狼籍”的罪名而落职。随后，他怀着满腔郁愤回到江西上饶家居。不久，又迁到铅山县的期思渡。这时，他进一步认识到“天下有恢复之理而难为恢复之言”（《辛稼轩诗文钞存·九议》）。他壮志莫展，报国无路，而且“心似伤弓塞雁，身如喘月吴牛”（《雨中花慢·吴子似见和，再用韵为别》），经常感到处境危殆，再没有条件为恢复事业奔走。于是就只好寄情山水园林，以排遣自己内心的抑郁悲愤。他常自比为恬淡、高雅的陶渊明，同吴子似、杜叔高等二、三知己相邀饮酒，诗词唱和。他在这一时期的词里，往往表现出对官场生活的厌恶，说“掩鼻人间臭腐场”（《鹧鸪天·寻菊花无有，戏作》）。他极鄙视那些醉心于功名利禄的人，把他们称为“俗人”、“俗士”、“俗客”，说：“俗人如盗泉，照影成昏浊”（《生查子·简吴子似县尉》），感叹“医俗士，苦无药”（《贺新郎·韩仲止判院山中见访，席上用前韵》）。这首《夜游宫》题作“苦俗客”，就是通过对俗客的鄙夷抒发自己热爱山林丘壑，厌倦富贵功名的思想。

上片写几个知心朋友刚一见面便大谈起山水风光来。他们的兴趣是那样浓厚，以至于翻来覆去话题始终没有变换。他们从不厌烦，并且感到每谈一回，都会有许多新的乐趣。这里表现了主人对几个相知的来访是欢迎的，因为他们和主人有一致的爱好，有共同的语言。围绕着自然山水这一话题，他们就这样热热闹闹，无休无止地谈下去。在上片里作者并没有去描绘那山光水色如何动人，只是写几个相知始终在“颠倒烂熟”地“说山说水”，而主人则很爱听，感到“一回说，一回美”。作者正是用他们的入迷来证实山水的美丽，来证实他们是极端热爱自然山水的。值得仔细体味的是作者特别强调“才厮见”、“只这是”，可见他们相见后并不需要什么客套寒暄，立即便进入了正题，而且中间从不插进别样的话题。这恰是他们的不俗和可喜之处。这首小词题为“苦俗客”，但作者都是先从不俗的相知们写起，从他们“说山说水”的话题写起。这样做绝不是轻掷笔墨，而是有意用几个相知的可喜可爱，来为自己的“苦俗客”作铺垫。

过片陡然一转，作者写道："有个尖新底，说底话，非名即利。"这位特殊人物与那几个相知截然不同，他不是"说山说水"，而是另有新鲜、别致的话题。他所谈的不是求名便是逐利，实在俗不可耐，而作者偏说是"尖新底"，显然是对面目可憎、言语无味的俗客的嘲弄与讽刺。"说得口干罪过你"，他也在"颠倒烂熟"地说自己的话题，甚至说得口干舌燥。"罪过你"，也就是难为你，多谢你。主人向俗客说："难为您了，说得口干舌燥地，实在辛苦！"俗语说："话不投机半句多"，这是主人对俗客话题的极大不满。"且不罪，俺略起，去洗耳"，这句里的"罪"是怪罪的意思。主人说："且莫要见怪，我需要走开一下去洗洗耳朵。""洗耳"这一典故取自《高士传》，传说帝尧想把天下让给许由，许由听到后认为这话玷污了自己的耳朵，便连忙到颖水之滨去洗耳。作者利用这一典故表示自己非常讨厌听到有关名利的话，因之也要象许由那样去水边洗耳。这里写得很诙谐、幽默。因为那说名说利的人是客，主人家当然不好过于失礼，所以他巧妙地制止说："说得口干罪过你"，您太累了，歇一歇吧！但并不起作用，客人仍在不停地高谈阔论。于是主人只好客客气气地说："且不罪，俺略起，去洗耳。"他受不了俗客的唠叨，可是又不好下逐客令，那就只能找个因由脱身而走了！轻淡的几笔把主人那憎恶俗客的心理、无可奈何的神态、生动的话语都形象地表达了出来，读到这里真叫人感到滑稽可笑！

对比手法是这首词的突出特点。上片写相知，下片写俗客，两厢排列，营垒分明。再从话题上看，几个相知是"说山说水”，俗客则“非名即利”。从主人的感觉和态度上看，几个相知是“可喜”的，他们的话是“一回说，一回美”；对俗客的话则实在难以忍受，以至最后只好逃席。通过这样鲜明的对比，表现了作者热爱山水，鄙弃名利的清高思想。全词语言十分质朴、自然，作者有意地运用了一些当时的方言口语，如“厮见”、“怎奈何”、“罪过你”、“俺”等，更增添了语言生动、活泼的特点。总之，这首小词从构思、表现手法到语言上，都和谐地体现出一种滑稽、幽默的风格。

北宋词坛上，早在元祐、政和年间就有王齐叟、曹组等人专喜作谐谈、滑稽语。其作品据说在当时是脍炙人口的，所以后人论词认为于侧艳之外复有滑稽一派。《夜游宫·苦俗客》这首小词在辛弃疾的作品中也是别具一格的。但这首词绝不同于那种无聊取笑之作，只要我们结合作者生平行事来考虑，就不难看到其主题思想的严肃性。辛弃疾所以经常和几个相知说山说水，是因为在当时的政治环境中“难为恢复之言”，因而才以山水为寄托。他的陶醉山水，比那些不关心国家命运，只知追逐名利的人，只顾奢侈享乐的人，要高尚得多。

“追往事，叹今吾”的慷慨悲歌

——读《鹧鸪天》

刘文忠

壮岁旌旗拥万夫，锦襜突骑渡江初。燕兵夜娖银胡䩮，汉箭朝飞金仆姑。　追往事，叹今吾，春风不染白髭须。却将万字平戎策，换得东家种树书。

这首词是辛弃疾被迫闲居时所写。词前有小序云：“有客慨然谈功名，因追念少年时事，戏作。”此序交待了填词的起因。有一位客人十分感慨地与词人谈起“功名”两字，词人抚今追昔，回忆起“壮岁旌旗拥万夫”的壮举，那是多么令人神往的战斗场面啊！可是如今呢？自己空怀恢复中原的壮志，一次次地遭到冷落、排挤和打击，不得不被迫闲居。壮志未酬，白发早生，平居岁月，宁无感乎！他不能忘怀“功名”，“功名”二字对爱国词人辛弃疾来说，有着特定环境下的特殊含义。他不是追逐个人的功名利禄、荣华富贵，而是力图恢复中原失地，驱逐侵略者，统一祖国。这是炎黄子孙对祖国呈献的一颗丹心和事业心。

“壮岁旌旗拥万夫，锦襜突骑渡江初”两句，用高度浓缩的艺术手法，回忆起义抗金、率军南渡的英雄壮举，这两句词含蕴丰富，它概括了大量的史实。《宋史·辛弃疾传》说：“金主亮（指完颜亮）死，中原豪杰并起，耿京聚兵山东，称天平节度使，节制山东、河北忠义军马，弃疾为掌书记，即劝京决策南向。……绍兴三十二年（1162 年），（耿）京令弃疾奉表归宋，高宗劳师建康，召见，嘉纳之，授承务郎、天平节度掌书记，并以节使印告召（耿）京。会张安国、邵进已杀京降金，弃疾还至海州，与众谋曰：‘我缘主帅来归朝，不期事变，何以复命?’乃约统制王世隆及忠义人马全福等径趋金营，安国方与金将酣饮，即众中缚之以归。金将追之不及。献俘行在，斩安国于市……弃疾时年二十三。”辛弃疾在《进美芹十论札子》中又说：“粤辛巳（1161 年）岁，逆亮南寇，中原之民，屯聚蜂起，臣尝鸠众二千，隶耿京，为掌书记，与图恢复，共籍兵二十五万，纳款于朝。”词人在二十二三岁的少壮之年，已经干出了一番轰轰烈烈的事业，载入史册，传为佳话。这两句词气势豪迈，形象鲜明，读者仿佛看到少年英雄率领的抗金义军，旌旗飘扬、浩浩荡荡地纵横驰驱，把大队人马描绘得威武雄壮。“锦襜（chán 搀）突骑”，即穿锦衣的马队，这支队伍初次渡江，宋高宗召见嘉纳，旋即渡江北上，直踹金营，搴旗斩将，献俘阙下。这支初渡江的锦衣马队是何等气派啊！“燕兵夜娖（chuò 绰）银胡䩮（lù 录），汉箭朝飞金仆姑”两句，紧承上句，“娖”是整理的意。“银胡䩮”即银白色的箭袋。“金仆姑”是箭名。这两句词有两种不同的理解。一说上句写敌，下句写我。另一说认为二句皆写我。我赞成后一说。

俞平伯先生说："'燕兵'，'汉箭'为对偶，就国家言之，则谓之汉；从当时中原豪杰、作者统率的起义兵将（如本传称统制王世隆及忠义人马全福等），以地望言，则谓之燕；实为一事之互文。或释燕兵为'北方兵士，戒备森严'，指敌人而言，于词义恐非。'夜娖''朝飞'为对偶，昨晚今早，相承而言。亦一件事的两个阶段。"此说可从。这两句说的是义军在乘夜严装，为朝袭作准备，隐含着径趋金营，生擒张安国的一场战斗，同时也概括了渡江之初与金兵日夜激战的情景。上片四句，都是往事的回忆，英雄话当年，往日铁马金戈的战斗生涯，一生也难以忘怀。词人直到临终的前两年，仍然回忆这段"少年时事"："四十三年，望中犹记，烽火扬州路。"（《永遇乐》）

词的下片，由回忆往事，转向描写今日的处境和感慨。

"追往事，叹今吾，春风不染白髭须。"往事俱往矣，今天首先感叹的是自己已经衰老了。一年一度的春风，可以使枯草又绿，大地回春，但是自己鬓边的白发、髭上的白须，春风无法把它染黑。日月逝兮，青春难再，怎能不感慨万端啊！

词人的"叹今吾"，除了"功名未立，书生老矣"的感叹外，还有另外的原因，那就是最后二句说的"却将万字平戎策，换得东家种树书"。这两句词，概括了词人后半生被弃置的不幸遭遇。"平戎策"指平定当时入侵者的策略。词人南渡之后，始终不忘北伐事业，屡次陈述恢复中原的方略。《美芹十论》和《九议》等，都是洋洋万言的名篇，或"论南北形势及三国、晋、汉人才"，或"言逆顺之理，消长之势，技之长短，地之要害"（《辛弃疾传》）。由于苟且偷安的南宋朝廷不思振拔，屡次打击主战派，和议已定，这些"持论劲直"的万言平戎策，只能束之高阁。辛弃疾不得不在闲居中消磨岁月，这是他的悲剧，也是时代的悲剧。他的"万字平戎策"所换来的"代价"，是被迫退隐，做一个种树栽花的"闲人"。在那个腐朽不堪的时代里，他不能有任何作为了，"万里云烟忽过，百年蒲柳先衰。而今何事最相宜？宜醉，宜游，宜睡。"或者是"管竹，管山，管水"（辛弃疾《西江月》）。试想一个"壮岁旌旗拥万夫"的英雄，竟变成一个无事可干的闲人，而且他平生志向并未忘怀，一提起"功名"二字，心中便燃起熊熊的火焰，这种矛盾和苦闷的心情，我们是可以想见的。

从这首词的艺术风格论，是豪放悲壮的，昔日的英雄壮举和今日的满腔悲愤，构成了豪放的基调，读之有很强的感染力，诚如洪迈所说："壮声英概，懦士为之兴起"（《稼轩记》）。

这首词的写法，采用了今昔强烈对比的艺术手法，昔日的英雄壮举写得越是令人神往，就越能表现今日悲愤之深和无所事事的痛苦。今与昔的对比跨度是相当大的，前后几乎判若两人。读者除了对辛弃疾的坎坷遭遇表示深切同情外，还不能不对南宋的腐败朝廷表示极大的愤慨，以对比见义，以对比激发读者的爱憎，使这首词取得了很好的艺术效果。

另外，这阕词还采用了"寓庄于谐"的手法。它的题材是重大的政治事件，是严肃的爱国主义的主题，但作者却自称"戏作"，从词的下片看，也确实有谐戏的成分，如最后两句的描写，将"万字平戎策"，换得了"东家种树书"，的确令人哭笑不得，增加了词的戏剧性。但是，透过戏剧性的表面，我们感到作者胸中的烈火在燃烧，词人对南宋朝廷的讽刺是淋漓尽致的。谐戏使得讽刺含蓄婉转，但并未削弱讽刺的锋芒。词人用谐戏把闲居生活表现的恬淡自安，但并未掩盖住他胸中的烈火，在嬉笑之中，流露出怒骂与讥刺，这就是“戏作”特具的艺术效果和美学效果。

声情宛转　别具一格

——《粉蝶儿·和晋臣赋落花》赏析

曹济平

昨日春如，十三女儿学绣。一枝枝、不教花瘦。甚无情，便下得，雨僝风僽。向园林、铺作地衣红绉。

而今春似，轻薄荡子难久。记前时、送春归后。把春波，都酿作，一江春酎。约清愁、杨柳岸边相候。

这首词题一作“和赵晋臣敷文赋落梅”。赵晋臣，即赵不迂，宋宗室，绍兴二十四年（1154年）进士，官至敷文阁学士。辛弃疾迁居江西铅山后，生活闲散，常一瓢自乐，并和一些文人学士优游山水，赋诗唱和。赵晋臣是其中交往密切而酬唱较多的一位，先后有二十多首词作，可惜晋臣原词均已散佚，无法进行比较。但从这首抒发惜春感受而笔调绮丽婉约的词中，可以窥见辛弃疾词作的另一种风貌，正如刘克庄在《辛稼轩集序》中所说：“其秾纤绵密者，亦不在小晏（几道）、秦郎（秦观）之下。”

词的上片写昨日春景，着一“如”字，形象地展现了春光明媚、繁花似锦的景象。词人笔下的满目春光，犹如天真伶俐的少女初学绣花，那一枝枝的鲜花，都绣得非常肥大丰满，姹紫嫣红。在宋词中运用绣花来比拟百花争妍的春日景色并不少见。如《类选群英诗余》（元至正刊本）中无名氏《锦缠道》词："睹园林万花如绣"。这里以少女绣花来比喻春光之美，不仅具体贴切，而且形象更为鲜明生动，充满着春的活力。

"甚无情"以下四句，词人笔锋陡转，出现了狂风暴雨对鲜艳繁茂的春花无情摧残。甚，此作真。僝（chán）与僽（zhòu），都是折磨的意思。这里用"甚"字领起，通过"花径里，一番风雨，一番狼籍"（《满江红·暮春》）的物景转换，揭示出词人内心的怨恨情绪。上天真无情，竟忍心让可恶的风雨折磨她！一番风雨过后，眼前的客观景物变换了，那万花如绣的园林，满地的落花就像铺上了一层有绉纹的地毯一样，真是"无可奈何花落去！"这样把惜花惜春的心意抒发得宛转缠绵，深切感人。

下片写今日春去难留的愁绪。过片着一"似"字，把落红春归比作轻薄浪荡子弟那样短促难留，毫无情意。这与开头用少女绣花来赞美春光，形成了鲜明的反向对照。"记前时"以下，词人回想起前些日子送春的情景，仿佛伫立在春水荡漾的江边，引起内心的奇妙联想，如果把一江春水都酿成醇和的美酒，就可以在那杨柳飘拂多姿的岸边，等候着"清愁"，把酒共留春。末二句寓情于景，笔力空灵，尤耐人寻味。

近人夏敬观评稼轩词，说此首"连续诵之，如笛声宛转，乃不得以他文词绳之，勉强断句。此自是好词，虽去别调不远，却仍是秾丽一派也”（见《唐宋名家词选》第252页，上海古籍出版社1980年2月）。此论颇中肯綮。在辛弃疾描写春光的众多词章中，这首别具一格。全篇抒写惋惜春光流逝的情绪，一气贯注，寓意深沉。词的比喻形象贴切，风格绮丽婉约。至于陈廷焯《白雨斋词话》（卷七）所谓“稼轩《粉蝶儿》（落梅）起句云‘昨日春如，十三女儿学绣’，后半起句‘而今春如，轻薄荡子难久’，两喻殊觉纤陋，令人生厌。后世更欲效颦，真可不必。”恐怕还是抱着“词欲雅而正”（张炎《词源》），而辛词豪气，非雅词的观点，责难词中“两喻”为“纤陋”，这就未免失之于迂了。

借物兴感 慷慨生哀

——《喜迁莺·谢赵晋臣敷文赋芙蓉词见寿，
用韵为谢》赏析

刘扬忠

暑风凉月，爱亭亭无数，绿衣持节。掩冉如羞，参差似妒，拥出芙蕖花发。步衬潘娘堪恨，貌比六郎谁洁？添白鹭、晚晴时公子，佳人并列。　休说，搴木末；当日灵均，恨与君王别。心阻媒劳，交疏怨极，恩不甚兮轻绝。千古《离骚》文字，芳至今犹未歇。都休问，但千杯快饮，露荷翻叶。

说到辛词的风格，不少人喜欢以“豪放”一词概括之。这若是用来形容辛词中部分作品的表面风格特色，自然是不错的；但若用以说明其本质特征，则未免笼统而皮相。辛词的特殊风格，倒是清人周济所云“敛雄心、抗高调，变温婉，成悲凉”（《宋四家词选序论》），搔着了痒处。大家知道，稼轩终生为抗金大业奋斗，却处处遭受黑暗势力的打击，空怀报国之志，无法实现理想。怨恨之情，蓄积于胸。他的词，大都是发心中不平之鸣的。但因为政治迫害不时而至，往往“言未脱口而祸不旋踵”，逼得这位有力如虎的英雄不得不有所收敛，有所节制，常常摧刚为柔，以宛转曲折的方式来表达自己的真情。以故辛词多比兴。美人香草，往往多有寄托。在对客观外物的形象描述当中，渗透着作者深切忧愤的身世家国之感。这里所选析的《喜迁莺》一阕，从词前小序看，无非是与友人唱酬的咏物之作。然而透过作品中客观外物的表象，我们窥见了一个忧愁幽思的失路英雄的身影。作者并没有剑拔弩张地直发牢骚，而是采用“秘响旁通，伏采潜发”（《文心雕龙·隐秀》）的曲笔，在对自然界花朵的赞颂描写中，侧面传送自己对黑暗现实的愤恨之意。

词写成于作者被陷害罢官而闲居铅山瓢泉的时期。作者所选取来做抒情媒介的外物，是人人熟悉的荷花。荷花，这种水生植物，别名芙蕖、芙蓉、莲花等，盛夏开花，随处可见。因为它出污泥而不染，性洁而香清，酷似尘世间那些自拔于流俗的高洁纯真之士，所以古代作品常用它来象征人的某种优秀品格与作风。从《楚辞》里借荷花以喻志开始，中经司马迁《史记·屈贾列传》用此物之性赞美屈原人品之高洁，直至北宋周敦颐著《爱莲说》，以此花来比喻道德纯净之士，这个意象的内蕴已经被前辈名家充分地发掘出来了。辛稼轩是后起的作家，他要咏荷花，是无法摆脱这些前代文学语言材料的。但若只是生硬搬用这些语言材料，为咏物而咏物，而不善于创新，则很可能写出陈辞滥调。稼秆无愧词坛高手，他师古而能翻新，以点铁成金和夺胎换骨之法，在借用前人成句和辞藻对荷花进行从形到神的烘托描绘的过程中，成功地抒发了自己此时此地忧国愤世的情怀。

“暑风凉月，爱亭亭无数，绿衣持节。”词以对荷花的生长环境的描写发端，先写出荷花的护持者——荷叶的秀逸风姿。“暑风凉月”一句，点明黄昏赏荷的最佳时光。次句的“爱”字熔情于物，表明作者并非泛泛咏物，而是主观世界与这种客观外物之间产生了某种契合和情感。亭亭，形体挺拔的样子，用周敦颐《爱莲说》“中通外直，不蔓不枝，香远益清，亭亭净植”之意。这里将众多的荷叶比作一大批前呼后拥地持节拱卫荷花的绿衣侍者，这种动态化和人格化的描写，使得形象鲜明生动，呼之欲出。“掩冉如羞，参差似妒，拥出芙蕖花发。”三句承上而来，以绿叶之情态来映衬红花。掩冉，因循退让的样子。参差，长短不齐。这里说：这些荷叶都有一副和柔退让的神态，像是因为形貌不及荷花而感到羞愧；它们高高下下，探头探脑，又像是对荷花的美丽感到嫉妒；但它们又不得不像众星捧月似地簇拥着盛开的荷花，使这百花中的骄子显得更加妖娆可爱了！读到这里我们陡然明白了，作者花了足足六个句子的篇幅来描绘荷叶，本意却在用衬垫烘托之法，引出自己真正赞美的对象——荷花。这犹如一出戏上演，开幕之初并不让主角出场，待次要人物纷纷登台之后，那个观众屏息以待的主角飘然而出，以亮相动作赢得了一个“满堂彩”。这比一上来就写花朵本身，显得更吸引人。

荷花既已出场，是写其貌，还是传其神？作者并不热心于描头画角的外形刻划，而是遗貌取神，写荷花的高尚品格。“步衬潘娘堪恨，貌比六郎谁洁？”二句将两个前人用得烂熟的典故巧加变化，用以赞扬荷花的精神和风度。前一个典故出于《南史·齐东昏侯纪》：东昏侯萧宝卷“凿金为莲花，以帖地，令潘妃行其上，曰：‘此步步生莲花也’。”前人用此典，一般有两个涵义，一是揭露封建帝王的奢侈，二是用以形容美女步履轻柔灵巧。这里作者却翻出新意，说是荷花出污泥而不染，具有独立不倚的品格，它的形象是不容玷污的；不料却被昏聩无行的君王将它作为与妃子取乐的垫脚之物，花若有知，应该对这种凌辱感到怨恨和痛苦！这里语含双关，借花写人，暗示作者不愿意充当权势者的玩物和牺牲，不愿为黑暗浑浊的社会所折服。这一句中的“恨”字，感情色彩非常鲜明，荷花之“恨”，也即作者之恨，这是一篇主旨所在。后一个典故出自《新唐书·杨再思传》：杨再思善于谄谀权贵，当时张昌宗（号六郎）以姿容美丽为武则天所宠，杨即恭维道：“人言六郎似莲花，非也；正谓莲花似六郎耳”。作者反其意而用之，代荷花鸣不平道：那佞幸无耻的张昌宗无非是一个以姿色事人的男中败类，将莲花来比他，简直是亵渎了莲花；此花的高洁是任何俗物不能比拟的。从这两个典故的运用可以看出，作者的真正用意不在咏花，而是借花兴感，寄寓自己的志向与感情。在结构安排上，从开头的纯写外物到这两句的借物寓情，转折过渡十分自然，已为揭示主题作好了铺垫。

荷花既高洁自守，而又不幸蒙受尘世俗物的玷污，它会感到孤独哀伤、不可终日了吧？不，不致如此。在上片之末，作者以惺惺相惜的口吻安慰道：“添白鹭，晚晴时公子，佳人并列。”这里字面出于杜牧《晚晴赋》：“白鹭飞来，似风标之公子。”佳人，喻指荷花。这三句是说：“荷花啊，你不要感到孤独无依，每当晚晴黄昏你独自发愁时，幸有那洁白高峻的风标公子鹭鸶飞来与你这位绝世佳人并立，为你作伴，慰你寂寞。”这段意象描写，含蓄地借花喻己，说明作者困居瓢泉的时期，虽然像荷花那样孤高寂寞，但毕竟有二三知己为伴（包括本词的酬答对象赵晋臣其人），可以稍稍觉得欣慰。

如果说，词的上片还只是纡徐舒缓地描写荷花的生长环境及其品格、遭遇，就中暗示作者的某些内在感情的话，那么下片就舍物写人，直接呼喊出人的心声、人的牢骚了。“休说，搴木末；当日灵均，恨与君王别。心阻媒劳，交疏怨极，恩不甚兮轻绝。”开头这七个句子，语意愤激，一气贯注，借揭示屈原咏荷花的缘由，倾注自己受到南宋朝廷打击排挤的怨恨之情。灵均，屈原的字。这些句子，皆出自屈原《九歌·湘君》：“采薜荔兮水中，搴芙蓉兮木末。心不同兮媒劳，恩不甚兮轻绝。”屈原的原意是说，薜荔本缘木而生，而今却采之水中；芙蓉本长在水中，而今却竟然取之于木末；既然取非其处，则用力虽勤，终不可得。这好比与爱恋对象心不相通，枉叫媒人劳累，却达不到结合的目的；即使勉强结合，也终将因为恩情无法建立而易致断绝。辛词全用屈原之意，借荷花发牢骚道：“荷花啊，你可知屈大夫为何写到你？你休要笑话他为什么徒劳地往树梢去摘取你，他是借此抱怨君王与他志不同道不合啊！当初他感觉到君王不信任他，通过各种渠道想疏通君臣关系也是徒劳；他与楚王就此疏远，心里怨恨之极，想不到恩情竟会如此轻易断绝！”这一段话显然并不只是发思古之幽情。

联系到稼轩南归几十年，一片赤诚为抗金复国奔走呼号，把个人的一切都奉献给了“君王大业”，可一直受到临安小朝廷的猜忌与迫害的坎坷身世，我们认为，这里是在以屈原忠而见逐自况，向南宋最高统治者提出抗议。

当初屈原的遭遇是那样悲惨，现实社会中与屈原一样忠直为国的人们不幸也受到君王的斥逐。“千古《离骚》文字，芳至今犹未歇”二句，直接将上文写到的屈原悲剧与南宋社会联系起来，揭示自己吟咏荷花和想念屈原的缘由。《离骚》，代指屈原那些抒写忧国之情的作品。“芳”，喻屈原作品的深远影响。这是化用《离骚》中“芳菲菲而难亏兮，芬至今犹未沫”二句以赞屈原，用意非常巧妙，字句上也浑化无迹，如出己手。这二句字面意思是说，屈原的优秀作品，至今犹为世人传诵；实际上却暗示人们，屈原报国无门的悲剧，至今还在以新的形式重演，作者本人正是亲身遭受了这种磨难，因此对屈原的作品才产生了千古同悲的强烈共鸣。这个言外之意虽然表达得十分含蓄，但本篇借物兴感、怨恨现实的主题已点化出来了。

主题既已揭示，那么如何对待这个历史的悲剧呢？词的结末三句，以一种貌似旷达、实则更加悲痛的语言总束道：“都休问，但千杯快饮，露荷翻叶。”荷叶，喻酒杯；露荷翻叶，是以荷叶倾泻露水比喻宴席上一饮倾杯。因为本篇原是咏荷花，故在下片离所咏之物大段怀古抒情之后，结尾又涉笔成趣地以酒杯比荷叶，缴足以荷应酬友人的题面，切景切情，一举两得。这里整个的文意是说：“对人世间这一切烦恼我们都不用过问了，只须痛饮千杯以消愁；举起你手中那荷叶形的杯子，让我们像露荷倾泻水珠一样，一杯一杯地把酒干了吧！”这种对现实问题的回答，诚然不免使人感到消极低沉，但在当时的历史条件下，作为封建士大夫一员的辛稼轩，在理想屡屡受挫之后，的确也想不出更好的解忧之法了。这不但是作者个人命运的悲剧，也是历史的悲剧。作者在备受打击之后，怨情郁结于五内，又不能痛快发泄，只好假借描写自然物和怀念古人来曲曲传达自己心灵深处的深悲巨痛，这种特殊的表情法，决定了这首词沉郁顿挫的风格，也使得它意内言外，富于含蓄深永的艺术美。

深沉蕴藉　卓尔不群

——《贺新郎·别茂嘉十二弟》赏析

朱德才　王华光

绿树听鹈鴂，更那堪、鹧鸪声住，杜鹃声切。啼到春归无寻处，苦恨芳菲都歇。算未抵、人间离别。马上琵琶关塞黑，更长门翠辇辞金阙，看燕燕，送归妾。　将军百战身名裂，向河梁回头万里，故人长绝。易水萧萧西风冷，满座衣冠似雪。正壮士、悲歌未彻。啼鸟还知如许恨，料不啼清泪长啼血。谁共我，醉明月？

"悲莫悲兮生别离"，《九歌·少司命》率先揭示了这一永恒的悲剧性主题，江淹的《别赋》踵武前贤，集古今离情别绪于一文，悽惋哀怨，动人心魄，终成千古绝唱。唐宋诗词更是以此见长，名篇迭出，但多是"儿女情长，风云气短"，局限于个人情谊，格调低沉。而辛弃疾的《贺新郎·别茂嘉十二弟》却不落窠臼，虽题为送别，却于词中融进了浓郁的家国之情，在表现手法上也另辟蹊径，卓然创格。

送别诗词的种类颇多，不同的别离对象决定了诗词的不同情调。多情的风流文人与歌妓相别是“执手相看泪眼，竟无语凝噎”（柳永《雨霖铃》），缠绵哀怨；英雄握别则是长歌“风萧萧兮易水寒，壮士一去兮不复还”（《史记·荆轲传》），慷慨激昂，气壮山河。本词被送者是稼轩的族弟。从刘过《沁园春·送辛幼安弟赴桂枝官》和辛词《戏赋辛字送十二弟赴都》可以看出：茂嘉也是勉力抗金而重节气忠义之人。送者与别者在政见上志同道合，决定了这首词的基本内容和基本风格。

《贺新郎》一词丰富而深沉的内涵主要表现在一系列用事上：

“马上琵琶关塞黑”两句，引用汉时王昭君被迫远嫁匈奴故事。石崇乐府《王昭君辞序》云：“昔公主嫁乌孙，令琵琶马上作乐，以慰其道路之思，其送明君，亦必尔也。”昭君别宫辞国，远行荒漠，其悲似陈皇后失宠，辞别金阙，退居长门一样悽惨。(事见《史记·外戚世家》及司马相如《长门赋序》)这是远离故国之悲。

“看燕燕，送归妾。”由于卫国发生政变，戴妫继位不久的儿子被杀，她亦被遣返回家，庄姜送归，“瞻望弗及，泣涕如雨”（《诗经·邶风·燕燕》），这是国乱丧子，去国之痛。

“将军”三句：汉名将李陵，“以五千之众对十万大军”，终因寡不敌众，兵尽粮绝而降，以致身败名裂。汉使苏武虽备受凌辱，终得全节以还。二者握别，李陵有诗云：“携手向河梁，游子暮何之?”（《文选·与苏武诗》）。这是壮士之别，也是不得志的英雄末路之叹，有悲愤之情，也有羞愧之心。

“易水”三句，事见《史记·刺客列传》。战国时期，壮士荆轲为燕太子丹行刺秦王，众皆白衣白冠以送，行至易水，“高渐离击筑，荆轲和而歌，为变徵之声，士皆涕泣，又前歌曰：‘风萧萧兮易水寒，壮士一去兮不复还。’复为羽声慷慨。”气势磅礴，震撼人心。

以上四个典故，初看似互不相关，细味则同为生离死别，更与国家利益直接相关。事由美人宫怨而壮士诀别；情由缠绵悱恻而激昂慷慨，结合本朝痛史和眼前现实，显然有借古喻今之意。昭君、戴妫远离家国，情景十分悽切，这与二帝蒙尘，嫔妃北俘的“靖康之变”不无联系。李陵卒辱匈奴，荆轲身死异乡，壮志不酬，慷慨悲壮，正是南宋广大爱国志士报国无路、请缨无门心境的真实写照。周济评曰：“前片北都旧恨，后片南渡新恨。”（《宋四家词选》）唯其大气磅礴，一以贯之，所以虽迭用故实，而不见堆垛之态，反觉意深情切，耐人寻味。

本词构思精密，章法严谨，既文思跳荡，又首尾相扣，浑然一体。篇首以鸟啼起兴，渲染出别离的悲愁气氛。鹈鴂、鹧鸪、杜鹃（作者题下自注：“鹈鴂、杜鹃实两种，见《离骚补注》”），鸣声皆凄厉，最能动人归思。鹈鴂即伯劳鸟，其“声口可恶”（《渊鉴类函》引《类书》）；鹧鸪鸣似“行不得也哥哥”；杜鹃啼曰“不如归去”。三种悲鸟的啼声此伏彼起，如泣如诉，使离人愁上加愁。“啼到”两句作怨语，化用《离骚》“恐鹈鴂之先鸣兮，使夫百草为之不芳”。怨鸟无情，全不理会人间别恨。同时引入伤春之情，繁花尽逝，芳归无觅，以伤春烘托别愁。“算未抵、人间别离”，一笔勾转，承上启下，由自然界引入人世社会，点出离别本旨。以下作者连用四个典故，纵论人生别恨，融入凄怆悲壮之情。“啼鸟”两句回归篇首，啼鸟要是能知道这众多的人生恨事，所啼出的当不再是清泪而是碧血了。“如许恨”三字力透纸背，有千钧之力，总收以上文字，集千恨万慨于一言，深沉含蓄。从鸟起鸟结说，其结构是封闭性的；而中间以“算未抵”句承转，以“如许恨”总收，在啼鸟中插入社会人事，回旋动荡，变幻多姿，于有限中体现无限感慨，从思想内容这一点说，又是开放型的。

题为送别，直到结句才点明题意。前文虽有“算未抵人间离别”逼近题旨，但作者立即宕开，写情于事，未实写眼前握别。以下鸟啼纵有泪、血之别，也在不即不离之间。作者始终凌空盘旋，欲说还休，为结句全力一拨蓄势。结句“谁共我，醉明月”，仍不作直笔，撇开眼前别恨，而作别后凄清冷落之推想：“你走之后，更谁伴我饮酒赏月？”情境兼胜，文意自透进一层，且以问作收，可谓沉郁蕴藉之致。

由于此词铺排历史离恨故实，清人刘体仁谓其袭用江淹《恨赋》体，并断然曰“非倚声本色”（见《七颂堂词绎》）。又因其一路写离恨，至结句始翻出送别题旨，刘永缙谓其源出唐人“赋得体”（《读辛稼轩·送茂嘉十二弟之〈贺新郎〉词书后》，见邓广铭《笺注》卷四附录）。其实，无论《恨赋》抑或“赋得体”，在稼轩而言，熔铸入词，总在似与不似之间，卓然创格。至于所谓“非倚声本色”，更是词学的传统偏见所致。稼轩词中不倚词学传统本色，具有创新意义的不止此首。如其

《贺新郎·赋琵琶》词，通篇用琵琶故实铺排而成，堪称此词的姊妹篇。又，其《破阵子·为陈同甫赋壮词以寄》，前九句一路奔放，雄壮非凡，结句“可怜白发生”独立自成一意，前后形成强烈的对比，化雄壮为悲壮，也是突破宋词常格的佳作。

情景交融亦为本词的一大特点。词以啼鸟起结，其中哀愁自不必说。要之，即使用事，也句句有景，字字含情，诚如王国维所称，不独“章法绝妙，且语语有境界”（《人间词话》）。写昭君出塞是关山迢递，琵琶声声，哀怨无穷。一个“黑”字，巧妙地运用了通感手法，既是塞外夜景的描绘，也是昭君当时心情的写照，足与李清照的“守著窗儿，独自怎生得黑”相媲美；写李陵别苏武，则描摹其依依不舍的神态和心理；写荆轲别燕，则秋风萧萧，易水凛凛，送者衣冠似雪，引者引吭高歌，写出一种悲壮苍凉的境界。这就使读者在领会故实涵义的同时，也获得了美的感受。

总之，《贺新郎》一词，以其丰富深沉的思想内涵和别开生面的艺术创新精神而成为宋词中的优秀之作，开创了送别词的新天地。正如陈廷焯所评：“稼轩词自以《贺新郎》一篇为冠。沉郁苍凉，跳跃动荡，古今无此笔力。”（《白雨斋词话》）

寓情于景　即景抒情

——《鹧鸪天·石门道中》赏析

薛祥生

山上飞泉万斛珠，悬崖千丈落鼪鼯。已通樵径行还碍，似有人声听却无。　闲略彴，远浮屠。溪南修竹有茅庐。莫嫌杖屦频来往，此地偏宜着老夫。

从“杖屦”与“老夫”来看，这首词大约写于后期，但确切年代无法考知。石门，古地名，几乎全国各地都有。明曹学佺《大明一统名胜志》和《铅山县志》都认为，石门咏铅山县女城山之药云洞，也有人认为或许是“女城山附近之地”，确切地点也无法考知。不过有一点是很清楚的，那就是石门山高水长，风物宜人。作者晚年往来其间，因爱其泉石之胜，欲老于其中，故作此词，以表心曲。

一般的词，往往上片写景，下片抒情，这首词打破了这个惯例，前七句写景，后二句抒情，景因情设，情随景生，镜花水月，是二而一，自然之至。开头二句，写石门的山光水色。第一句写水，写山泉；第二句写山，写悬崖峭壁和栖息其间的小生物。泉水从山上落下，随风飘洒，像一条玉龙凌空飞舞，又象万斛珍珠散落人间，美丽极了。那高大的山崖壁立千丈，令人目眩，而鼪（黄鼠狼）鼯（一种类似松鼠的飞鼠）却栖息其上，出没于乱石丛林之中。前一句写静的景物，着以“飞”字，便化静为动；后一句写动的景物，但鼪鼯之动又恰恰反映了山间之静。以动写静，以静写动，动静相宜，字字生辉。“已通樵径”二句，写山中行人稀少。前一句是说，远远望去，有条採樵人行走的小路越过悬崖，通向飞泉，但不好走；后一句是说行进在“石门道中”，好像听到有人说话、走路的声音，但仔细一听，却又什么也没有。王维《鹿柴》诗说：“空山不见人，但闻人语响”，鹿柴虽静，还有人声。而“石门道中”却连“人声”也没有，整个山中是何等寂静，可想而知。“闲略彴”三句，写小桥、佛寺、茅庐。略彴就是小桥，浮屠就是佛寺。这三句是说在小溪的南边有一片茂密的竹林，竹林之中有座茅庐，近处有座小桥，远处有座佛寺，用字虽然不多，却勾画出一幅小桥、流水、人家的优美画面。清人李渔《窥词管见》说：“说景即是说情”，这七句虽无一字语及情字，但作者热爱自然、寄情山水的感情已拂拂笔端，呼之欲出，而后二句抒情也就水到渠成了。

如果说前边七句是寓情于景，那么末尾二句则是即景生情。“莫嫌杖屦频往来，此地偏宜着老夫”，直接了当地说明，他不仅要经常来，还要在这儿住下去。一“频”一“偏”，把作者热爱石门山水的感情突现了出来。这是一个饱尝仕途艰辛而乐于归隐山林之人感情的真实流露，也反映了石门山水极为优美，对作者有极大的吸引力。这种写法，和王维《过故人庄》“待到重阳日，还来就菊花”极其相似。所不同的是王维是因故人热情招待而相约重来，而作者则因石门山水“偏宜着老夫”，而自愿“频来往”而已。

清人陈廷焯在《词则·放歌集》卷一中评此词说：“信笔写去，格调自苍劲，意味自深厚，有不可强而至者”，艺术成就非一般词人所可企及。

伤离念远　缠绵悱恻

——《满江红》赏析

邓魁英

敲碎离愁，纱窗外，风摇翠竹。人去后，吹箫声断，倚楼人独。满眼不堪三月暮，举头已觉千山绿。但试把、一纸寄来书，从头读。　相思字，空盈幅；相思意，何时足？滴罗襟点点，泪珠盈掬。芳草不迷行客路，垂杨只碍离人目。最苦是、立尽月黄昏，栏干曲。

在这一首词里，作者以一个丈夫远行、独守空闺的妇女作为抒情主人公，运用极其绵密细腻的手法，表现了她孤单寂寞的生活和伤离念远的思想感情。

这是一首极好的抒情词。全词始终紧扣住离愁来写，可以说无一句不是在写离愁，在写人分两地的痛苦。“敲碎离愁，纱窗外，风摇翠竹”，这起句劈头便亮出了“离愁”二字，作者巧妙地用风竹的声音引出离愁作为开端，从正面点明了全词的主旨。“敲碎离愁”并不是说离愁被打碎。这里所说的离愁乃是指离人的心。意思是说：纱窗外风摇翠竹的声响，把主人公充满离愁的心几乎打碎了。也就是说风竹声搅得她的心乱极了，使她的离愁纷至沓来，难以遏止。“人去后，吹箫声断，倚楼人独”，是写思妇今天的处境和她对过去生活的留恋。句中前一个“人”字指行客，后一个“人”字指思妇。行人远去后留下的人当然会感到孤独寂寞，所以最后自然而然地要落到一个“独”字上。这里“吹箫声断”和“倚楼人独”两件事是很值得寻味的。吹箫，是暗用萧史、弄玉的典故。据《列仙传》记载：秦穆公时有个叫箫史的人，善吹箫，穆公的女儿弄玉也喜爱吹箫。于是穆公便让女儿嫁给了箫史，并修筑了凤台给他们居住。后来人们就用吹箫人代表知音者。句中“吹箫声断”是写知音去后的寂寞，与此相对应，人在家时必定是箫声不断，二人经常在一起按曲品箫。同样，“倚楼人独”是写人去后只剩她单身只影，那么，人未去时必定是经常二人一起凭栏远眺。作者写箫声断、人倚楼是从正面表现今天的孤独生活和精神上的空虚寂寞。而这种感受是从与已往生活的对比中产生的，所以说它实际上在描绘今天的同时也反映了昨天，表达了主人公对过去那箫声不断、双双倚楼的美满生活的回忆与眷恋。这是从生活细节方面表现主人公浓重的离愁。“满眼不堪三月暮，举头已觉千山绿”，是感叹春天节候的更替和自然景物的变易。这两句是从“倚楼人独”一句引逗出来的，写倚楼所见。作者用的是节约笔墨的办法，将情和景融汇起来，既写时节、风景，又写人的感受。人倚楼时所见到的自然景物是美丽的：千山万壑，一片碧绿，春天的气息已经很浓了。但她在这之前并没有觉察到景物的变化，而是独自倚楼时才发现的。这说明人去后她没有心绪去观赏外面的风光。三月里，春光满眼，景物极其美丽，但她却感到不堪入目，因为节候的更替和自然景物的变化，都更增添了她的离愁。“三月暮”、“千山绿”是对自然风景的描写，但作者不是客观地在写景，而是强调了人的“不堪”、“已觉”的心理活动，写她对时光流逝、景物变化的惊叹与感伤，这样就又归到“离愁”二字上了。在这种被愁绪缠绕的情况下，她“但试把、一纸寄来书，从头读”，只有试着拿出丈夫寄回的书信，从头细读。这说明她是在寻求摆脱忧愁的方法，但读来书能否解愁并没有把握，所以叫“试”。试读来书的结果如何呢？到这里词的上片结束了，留给读者的是一个难以放下的悬念。

下片的开头是紧接着上片结句的“但试把、一纸寄来书，从头读”写的，既交代了来书的内容又写出读来书的感受。张炎《词源》卷下“制曲”条讲到上下片的关系时说：“过片（下片的开头）不可断了曲意，须要承上接下。”辛弃疾这首词的过片的处理正是符合这一原则的，它上承读来书，极自然地转向了描写书信的内容及读后所引起的感情波动。“相思字，空满幅；相思意，何时足？”是说来书中满纸写的尽是相思字样，而他们之间的思想之情哪里是书信所能够传达的？这种人分两地只靠书信传达情意的生活几时才到尽头呢？“空满幅”，这里作者特地用了一个“空”字，为的是说明尽管信中写满相思字，行人的相思之情仍难以倾诉净尽，思妇想从书信中得到慰藉也是不可能的。这“空”字正是对上片结句“但试把、一纸寄来书，从头读”中“试”字的回答。可见作者真是做到了字字有脉络，前后呼应极为缜密。到这时，主人公的感情升腾到了一个极大的高度，以至于“滴罗襟点点，泪珠盈掬”，不禁悲从中来，泪如雨下，沾湿了罗衣，又流成满把。这时她开始抱怨了：“芳草不迷行客路，垂杨只碍离人目”。芳草连绵不能迷住行人的去路，以致丈夫越走越远，迟迟不归；杨柳的繁枝密叶又偏要遮挡视线，使她望不见丈夫的身影。一种殷切的盼望、深沉的思念之情，通过对芳草、垂杨的埋怨而委婉、含蓄地表现出来。芳草萋萋，杨柳依依，都是春天的自然景象，而在离人眼中它们并不是优美的，并不是使人愉悦的，而是唤起人忧愁幽思的东西。杨柳、芳草是古人诗文中经常写到的，而且往往和离别、相思联系在一起，如《诗经·小雅·采薇》中的“昔我往矣，杨柳依依”，晏殊《踏莎行》词的“垂杨只解惹春风，何曾系得行人住”，如楚辞《招隐士》的“王孙游兮不归，春草生兮萋萋”，李商隐《献河东公启》的“见芳草则怨王孙之不归”。作者正是有意地选用人们熟知的芳草、杨柳两个意象，来表达思妇伤春怀人的思想感情。她看到芳草、垂杨而产生了联想，一方面想到行客的远行不归，一方面感到自己的相思越来越深。这是把春天的景物和人的心理活动紧密地结合在一起描写。在这里，作者并不明着用典，但却把古人有关芳草、杨柳的诗文暗暗地融化在词中，这样的用典是极其灵活、巧妙的。因为你知道他在用典，可以更进一步求索它的寓意；如不知道，也并不妨碍对词句的理解，可以收到雅俗共赏的效果。

词的结尾作者写道："最苦是，立尽月黄昏，栏干曲。"这时主人公身只影单，伤时念远，面临着大好春光，其内心的痛苦真是再没有办法可以排遣了，她只有这样倚着曲栏站立着、站立着，直到昏黄的月亮沉下去了，她仍然在默默地凭栏伫立。"月黄昏"，不一定是写实，这是寓情于景。明月在内心充满离愁的人的眼中是昏暗无光的，那么，她还要"立尽月黄昏"，她当然不是在赏月，而是在凝思，在怀念远行人。作者就这样结束了全词，但我们却不知这主人公还要含着痛苦的热泪凭栏伫立多久？这余韵悠长、悱恻缠绵的结尾召唤我们来伴随着主人公长久地停留在遐想之中。

借思古之幽弦，奏伤时之悲歌
——《满江红》赏析

朱靖华　王　洪

倦客新丰，貂裘敝、征尘满目。弹短铗、青蛇三尺，浩歌谁续？不念英雄江左老，用之可以尊中国。叹诗书、万卷致君人，翻沉陆。　休感慨，浇醽醁。人易老，欢难足。有玉人怜我，为簪黄菊。且置请缨封万户，竟须卖剑酧黄犊。甚当年、寂莫贾长沙，伤时哭？

辛弃疾生活的时代，是英雄伤时痛哭的时代。中原人民在女真统治下，“号泣动乎乡里，嗟怨盈于道路”（《金史·兵志》），南宋小朝廷却苟且偷安，不励精图治，反而日益昏庸骄奢。辛弃疾“慷慨有大略”（《宋史》），率义军南归后，却迟迟不得重用。从1162年南渡至1172年的十年时间里，他“或作人陪衬，沉滞下僚，或管钱管粮，与军国大计相去甚远”（王延梯《辛弃疾评传》），如陈亮所叹惋的“真鼠枉用，真虎可以不用”（《辛稼轩画象赞》）。辛弃疾的遭际，使他比别人更为深刻地感受着时代的痛苦，于是，长歌当哭，深沉的痛苦化入悲壮的旋律。他丰富的知识，绝代的才华，以及他的“义民”的特殊身份等原因，使他经常采用借古说今，以典寓怀的艺术手法。这首《满江红》就是这样一种“借思古之幽弦，奏伤时之悲歌”的名作。

此词写作年代不详。邓广铭的《稼轩词编年笺注》将其列入“作年莫考诸什”。胡云翼的《宋词选》则说：“这首词大约是辛弃疾闲居上饶担任有名无实的祠官时所作。”但从此词的用典、语气等方面来看，它更象是词人前期的作品。词中所用的几个典故：“倦客新丰”的马周，“貂裘敝”的苏秦，“弹短铗”的冯谖，“伤时哭”的贾谊，都是属于英雄未得重用之际的形象，其身份多是依人为客。辛弃疾自淳熙二年（36岁）任提点江西刑狱后，所任多为方面大吏，似不宜以此类身份自比，即便是上饶闲居，也已然经此阅历了。所以，此词似放在27岁进《美芹十论》到35岁为江东安抚司参议官期间所作为适宜。其中尤以31岁（乾道六年）作《九议》上虞允文未被采纳，及35岁时（淳熙元年）的这两个时间可能性最大。从“倦客新丰，貂裘敝”这一类的语气来看，当是词人南渡已久（十余年，不可谓不久），却仍然未能实现理想而发。淳熙元年，辛弃疾有一首《水调歌头·落日古城角》，与此词的用典、语气、情调都极为相近，有“长安路远，何事风雪敝貂裘”、“读书万卷，致身须到古伊周”、“何处依刘客，寂寞赋登楼”等句。故姑且定此词为辛弃疾35岁依叶衡时所作。

“倦客新丰，貂裘敝、征尘满目”。开首一句，便使用了两个典故，推出两个画面。“倦客”，用唐太宗时的马周事：马周不得志时，曾困顿于新丰（在长安东面），“舍新丰逆旅，主人不顾，周命酒一斗八升，悠然独酌，众异之”（《新唐书·马周传》）；“貂裘敝”，则是用苏秦事：“苏秦始将连横说秦王，书十上而说不行，黑貂之裘敝，黄金百斤尽。”（《战国策·秦策》）此句意谓：我就像马周当年困顿新丰，才志不得施展而借酒浇愁；又像“黑貂之裘敝”的苏秦，当年穿过的战袍已然落满了灰尘，而“美芹十论”、“九议”等却仍未得到采纳。

“弹短铗、青蛇三尺，浩歌谁续？”用战国时冯谖事。《战国策·齐策》载：冯谖客于孟尝君，倚柱弹铗而歌“食无鱼”、“出无车”，后为孟尝君的上客，屡献奇谋。“青蛇”与“铗”都是宝剑名。韦庄《秦妇吟》曾云：“匣中秋水拔青蛇。”此句承上句，意思是说：我又像是孟尝君门下的冯谖，手握三尺青蛇宝剑，弹着剑把，高歌“长铗归来兮”。唉！这浩曲悲歌谁人还能再为之续唱呢？

两句使用了三个典故，推出了三个悲壮的历史人物：客舍新丰、大碗饮酒的马周，“貂裘敝”、黄金散尽的苏秦，和弹铗悲歌的冯谖。他们都是古人，但却都是英雄辛弃疾的自我写照。三典连用，一气呵成，一开局就定下了慷慨悲歌、酣畅淋漓的基调。

然而，三位古人毕竟都曾建功立业、青史留名过了，而自己呢？却被闲置江左，年华虚逝，功业何成！因此，词人直摅胸臆，抒发不平：“不念英雄江左老，用之可以尊中国。”“江左”，长江下游一带，此处指偏安的江南地区。“尊中国”，使动用法，指让中国受到尊重，免遭凌辱。此句是针对前二句而发的感叹：全不念及英雄老去，功业无成。如果重用他们，原本是可以使中国免遭凌辱鲸吞的呀！

“叹诗书、万卷致君人，翻沉陆。”“诗书”句，用苏东坡词：“有笔头千字，胸中万卷，致君尧舜，此事何难。”（《沁园春·孤馆灯青》）“翻沉陆”，翻，反，反而；沉陆，即陆沉，意思是无水而下沉，以喻隐居。《庄子·则阳篇》云：“方且与世违，而心不屑与之俱，是陆沉者也。”《史记·滑稽列传》载东方朔“据地歌曰：‘陆沉于俗，避世金马门。’”此句承上句深入一步议论说：可叹他们读书万卷，满腹经纶，却反遭排挤而隐居沉沦了。

上片连用三个典故，二句感慨议论，一气贯下，达到了“仰天长啸、壮怀激烈”的艺术效果。至此，悲歌哀曲，似已达于极点。下面如果继续这样写下去，就会缺乏摇曳曲折之美。因此，词人下片反而转入了旷达、解脱。应该说，这是用外在的旷达来表现更深刻的内在痛苦，用平静欢快的旋律来表现更深沉的苦闷和哀伤。这种表现手法，与人的情感常常会表现为“悲极而笑”的现象是一致的。

“休感慨，浇醽醁。人易老，欢难足。”醽醁（líng lù），美酒名。此句言以酒浇愁：不要感慨万端，还是用美酒来浇愁解恨吧！因为人生易老，欢乐难以永存呀！

“有玉人怜我，为簪黄菊。”用东坡词：“美人怜我老，玉手簪黄菊。”（《千秋岁·徐州重阳作》）簪，妇女的发簪，名词动用，插戴之意。此句言以色解愁：幸好还有美人怜悯我，用纤纤玉手为我插戴金菊。

“且置请缨封万户，竟须卖剑酧黄犊。”上句用汉时终军典。《汉书·终军传》载：终军“自请受长缨，必羁南越王而置之阙下”。缨，绳索，请缨，请求从军杀敌之意。下句用汉时龚遂典。《汉书·龚遂传》载：渤海岁饥，龚遂为太守，劝民务农桑，“民有带持刀剑者，使卖剑买牛，卖刀买犊”。酧，同酬，作为买牛的偿值。此句说，自已要归隐田园，求得解脱：暂且放下建立功业的念头，卖剑换牛归隐吧！

三句都做旷达语，似乎盖世英雄的辛弃疾，真要纵恣酒色，浪跡江湖了。然而，“抽刀断水水更流，举杯浇愁愁更愁”。诗人伤时哀世的痛苦，更是难以消弥。诗人问：“甚当年，寂寞贾长沙，伤时哭。”甚，山东方言，为什么；贾长沙，即贾谊。贾谊不得志而作长沙王太傅，因称贾长沙。《汉书·贾谊传》载：贾谊“数上疏陈政事，多所欲匡建。其大略曰：‘臣窃惟事势，可为痛哭者一，可为流涕者二，可为长太息者六’”。此句似乎是承上三句而问：贾谊当年为什么不甘寂寞而伤时痛哭呢？实质上却是以反问的形式透露了诗人内心无法摆脱的痛苦，揭示了词人欲作旷达却慷慨悲歌，欲作解脱却不能忘怀的心境。

明人王夫之曾说：“以乐景写哀，以哀景写乐，一倍增其哀乐”（《薑斋诗话》）。此词下片虽非“乐景”，却属“乐情”，诗人似乎要忘情地陶醉于人生的“欢乐”中了，但却从反面更深刻地揭示了他内心的哀伤。

辛稼轩此词几乎句句用典。借古人之酒杯，浇胸中之块垒；借思古之幽弦，奏伤时之悲歌，可说是辛弃疾此词的主要艺术手法和艺术特点。但这一点，常常受到“掉书袋”的批评。其实，只要情感真挚，用典使事都无可指摘。它完全合于心理学说的“统觉”：“心理学上所说的统觉，是指由当前事物引起的心理活动同已有的知识经验相联系、融合，从而更明显地理解事物意义的现象”，而艺术构思上讲统觉，“也就是说在任何特定的艺术构思中，都有可能而且有必要动用一切已有的用得上的认识成果（包括表象性的和思维性的），使构思在深入反映客观世界上卓有成效”（参见金开诚《文艺心理学》）。辛弃疾学力雄厚，这就使他在艺术构思中，更多地“动用一切已有的用得上的认识成果”，达到了指呼古人如使儿的境界。由于词人情感真挚、深沉，因此，能溶铸古今于一炉，结合学力与情感于一体，创造出了感人肺腑的艺术境界。正如清人郎廷槐所说：“作诗，学力与性情，必兼具而后愉快”（《师友诗传录》）。

嘈嘈切切错杂弹

——《贺新郎·赋琵琶》赏析

杨积庆

凤尾龙香拨。自开元《霓裳曲》罢，几番风月？最苦浔阳江头客，画舸亭亭待发。记出塞、黄云堆雪。马上离愁三万里，望昭阳宫殿孤鸿没。弦解语，恨难说。　辽阳驿使音尘绝。琐窗寒、轻拢慢撚，泪珠盈睫。推手含情还却手，一抹《梁州》哀彻。千古事、云飞烟灭。贺老定场无消息，想沉香亭北繁华歇。弹到此，为呜咽。

这是一首以抒情为主的咏物词，具体的写作年代无从考定。四卷本题作“听琵琶”，似与前阕词意不类。

因为是赋“琵琶”，所以起句就开门见山，首先托出题意。而这支琵琶非比寻常，它是逻逊檀作凤尾槽，龙香柏为拨，这又是妙弹琵琶的杨贵妃所特有者。因而引出下文一系列弹奏琵琶的故事来。既是以贵妃琵琶领起，就自然地过渡到开元末年“渔阳鼙鼓动地起，惊破霓裳羽衣曲”来。自从以琵琶主奏的

《霓裳曲》停歇以后，它又经历过几多风月繁华呢？这里是用《长恨歌》作开篇，逐步引出琵琶韵事："最苦浔阳江头客"二句，是运用了白居易《琵琶行》的故事写琵琶；"记出塞"三句，作者以一个"记"字领起，翻转来以汉元帝时昭君出塞的故事写琵琶。然而上片除首句外，三事皆不见"琵琶"字样，而句句都仿佛有琵琶弦声，事事都关合着琵琶"风月"。"霓裳曲罢"，是安史之乱的概括，也是琵琶谱写的国破人亡之恨；"最苦"二句，是浔客送客的缩写，也是琵琶演奏的迁谪飘零之恨；而"记出塞"三句，则是昭君和番的节文，也是琵琶低诉的去国远嫁之恨。这三种恨事交织错杂在一起，形成一场嘈嘈切切的琵琶交响乐，汇合成为作者的一个总体思想：忠贞贤良横遭谪逐，而灭亡离乱也必然会接踵而至。可是琵琶弦上虽能弹出怨悱，却难以尽道郁积于内的心事。

如果说上片是一阕恨事难以尽说的琵琶哀史，那么下片则是一阕国势无法挽回的琵琶怨曲。自女真南侵，汴京失守，两河沦陷，二帝蒙尘，中原遗民翘首忍死，期望恢复，然而年复一年，杳无音信；而南宋朝廷，晏安江沱，纸醉金迷，不复北望。作者以假想的辽阳戍卒的闺中人，独自在寒窗下拨弄琵琶，轻弹一曲《梁州》，哀痛已极。这种悲惨的境界，与陆游的《采桑子》中"鳞鸿不寄辽东信，又是经年。弹泪花前，愁入春风十四弦"词意正同，都是寄寓着他们对时局的共同感受与幽怨。一联串的吊古伤今，陡以"云飞烟灭"一句戛然顿住，多少桩琵琶情事都烟消云散，悲愤之情可谓倾泻无余。作者在这"冰泉冷涩弦凝绝"的时刻，却又轻轻引出"贺老定场”二句，压定得住场子的琵琶高手贺怀智已“无消息”，沉香亭北演奏李白《清平乐》的繁华也已消歇，这不仅进一步具体说明“云飞烟灭”，而且也紧密地照应了开头的“霓裳曲罢”。赋到这等地步，谁不为之呜咽呢？通篇赋的是琵琶，写的是心事。有人评这首词是“网罗胪列，乱杂无章，殆如一团野草”（梁启超《艺蘅馆词选》）。如果我们细加审读，就能发现作者用典虽多，但圆转流丽，无一不切合题意，又无一不契合作者寓意，正是“嘈嘈切切错杂弹，大珠小珠落玉盘”。还是陈廷焯在《白雨斋词话》中说得好：“心中有泪，故笔下无一字不呜咽。”

豪放派大师的婉约风格

——《满江红·暮春》赏析

徐北文

家住江南，又过了、清明寒食。花径里，一番风雨，一番狼藉。红粉暗随流水去，园林渐觉清阴密。算年年、落尽刺桐花，寒无力。　庭院静，空相忆。无说处，闲愁极。怕流莺乳燕，得知消息。尺素如今何处也？彩云依旧无踪迹。谩教人、羞去上层楼，平芜碧。

本篇在邓广铭先生《稼轩词编年笺注》中收入“编年莫考诸什”。今按词中有“落尽刺桐花”句，查：“刺桐，豆科，落叶乔木，枝有圆锥形棘刺，羽状三出叶。早春先叶抽出总状花序，花密集，有黄红、紫红等色。原产于印度和马来西亚。”（据《辞海》）宋代泉州曾环城种植大量的刺桐树，元代时马可波罗即称泉州为刺桐城。此花在我国以广东、福建为多。辛弃疾于 53 至 55 岁（1192～1194 年）曾在福建任提点刑狱、安抚使等官，本篇盖作于此时此地。

全词拟写了一位家住江南的青年女性形象，用第一人称表现了她暮春怀人的忧郁而又难言之情。开篇点出了地域和时节：“家住江南，又过了、清明寒食。”接着写出了闺阁庭院中的景色：“花径里，一番风雨，一番狼藉。”鲜妍的春花，被风雨摧残殆尽，从而“红粉（花瓣）暗随流水去，园林渐觉清阴（绿叶）密”。特别是那美丽的刺桐花——“算年年，落尽刺桐花，寒无力。”每年都要随着暮春（天气变暖）的来临而凋谢，使人感到那早春的轻寒，是如此无力，不能韶光久驻，永葆花朵的青春。言外之意，自然有“树犹如此，人何以堪”的感慨。下阕以“庭院静，空相忆”为过片，由景色转到人物身上。流年似水，青春不再，但意中人却只存在于“相忆”中，况且是相见机会极渺茫之“空”相忆。这种相思况味，在那时代，那环境，一位闺秀是不能向人表白的，哪怕是一丝丝痕迹。“无说处，闲愁极。”假如是一位男子，还能如杜甫那样“无处告诉只颠狂”来变相发泄一番，或者举杯消愁，长歌当哭……然而做为一位室女少妇，却只能不露声色，甚至于神经过敏地“怕流莺乳燕，得知消息”，只能把透骨的相思深深埋藏在内心的最底层。“尺素（书信）如今何处也？彩云（喻对方）依旧无踪迹。”是说：我寄的书信是否寄到，为什么至今没有见到你的踪迹。（彩云，后出的版本有做“绿云”者，绿云指鬓发，喻女性，今不取，因详全篇之意是写女忆男之故。彩云亦有人以为即“五朵云”，喻书信，这里是指对方的回信，亦通。）登高远望是盼行人的常态，但在那时一位年轻女子甚至连当窗窥帘，抛头露面也被认为“不淑”。正如民歌所云：

"高高山上一棵槐，手扳槐树望郎来，娘问女儿干什么，我看槐花几时开。"即使母女之间也难于承认。所以"谩教人，羞去上层楼"。更何况纵然登上高楼，仍不能看到情人的影子，照旧是一片"平芜碧"而已。结句用浓缩了的三个字，显然是要逗起读者的联想，使人想起旧题李白的那一名句："平林漠漠烟如织，寒山一带伤心碧。"登楼所望，这萋萋芳草天涯路，确确实实是"伤心碧"。

传统说法，辛弃疾是词坛豪放派大师，作品内容亦多与军国大事有关，从总体来看，这是对的。然而作为一个在美感上艺术上积极追求的诗人，他也在表现技巧和作品风格方面曾做过多种探索和尝试。现存六百多首辛词，除以慷慨俊逸之作为主体外，既有学习黄庭坚、李清照等前辈名家风格的作品，也有自觉学习"花间"体及婉约派的篇章。本篇就是以婉约的韵味来表现深藏于内心而不能对旁人，甚至连黄莺和燕子也不能透露的相思心情。这一尝试显然是成功的，传情细腻，造语婉美，够得上一篇婉约派佳作。如果脱离本篇辞汇原有含义以及其形象之固有面目，只从辛弃疾是爱国词人这一观点出发来解释此词，犹如陈廷焯在《白雨斋词话》所云："可作无题，亦不定是绮言"，就会穿凿附会，给本篇外加什么政治意义。像有的选本的注家就据此分析说："如'怕流莺乳燕，得知消息'，朝廷对他忌刻之深和小人的谗言之多，于此可见一斑。"依此解释，显然把一首形象优美、情感细腻的文艺创作降低为一篇用笨拙的谜语来写的政治杂感了。

清新明丽的山居图

——《满江红·山居即事》赏析

邓乔彬

几个轻鸥，来点破、一泓澄绿。更何处、一双鸂鶒，故来争浴。细读《离骚》还痛饮，饱看修竹何妨肉。有飞泉、日日供明珠，五千斛。　春雨满，秧新谷。闲日永，眠黄犊。看云连麦陇，雪堆蚕簇。若要足时今足矣；以为未足何时足？被野老、相扶入东园，枇杷熟。

辛弃疾年轻时举义山东，参加了耿京的抗金队伍，后来又说服了耿京决策南向，决定奉表南归。来到宋廷之后，他“位卑未敢忘忧国”，曾奏进《美芹十论》，又给宰相虞允文上《九议》，却未被君相采纳。后来，先后在滁州、江西、湖北、湖南等地任地方官，他恢复经济，整顿吏治，创建武装，举办荒政，可谓奋发有为，政绩斐然。可是，他“身膺一面之寄”，固然是出色的封疆大吏，但他的才干、果敢，也招人忌刻，终于从自己的“孤危之感”，发展到被人弹劾而落职。除53岁后，在福建任职二年余外，他在江西上饶、铅山闲退近二十年之久。这首《满江红》就是闲退生涯中的作品。

据邓广铭先生《稼轩词编年笺注》，此词列入卷五的《作年莫考诸什》，难以知道是前期闲退时作于上饶城北的带湖别墅，还是后期闲退时作于铅山期思的瓢泉别墅。但无论是前者还是后者，两地都有美丽的山水田园。带湖形状狭长，湖水清澈，可以遥望灵山的胜境；而期思的瓢泉一带，则是“一水西来，千丈晴虹，十里翠屏”（《沁园春·再到期思卜筑》）。以水为胜，是二者所共有。因而此词上片就写了这样的水乡胜景。

轻捷的鸥鸟在水面上飞翔、溅落，将清澄如镜的碧水点破了，俗称“紫鸳鸯”的水鸟——鸂鶒（xī chì，鶒一般作鷘）也在水面上嬉水。在这远离朝市的山居，在争浴水鸟的鸣声中，自己似乎真正成为恃才放达、不拘小节的名士了。不是么？王孝伯说过：“名士不必须奇才，但使常得无事，痛饮酒，熟读《离骚》，便可称名士。”（见《世说新语·任诞篇》）现在自己正过着这种细读《离骚》痛饮酒的生活，正是“常得无事”之人，不期然而然地成为“名士”了。苏轼《绿筠轩》诗曾写道：“可使食无肉，不可居无竹，无肉令人瘦，无竹令人俗。”在这样一个可以饱看修竹的环境里，纵使有肉亦无妨，因为生活其中可以脱尽俗气了。此处，作者是语带双关的：《左传·曹刿论战》中称做大官者为“肉食者”，作者如今闲退林下，自非“肉食者”，但在饱看修竹的生涯中，难道不能以脱尽官场俗气为满足吗？更何况此地非仅有轻鸥、鸂鶒、绿水、修竹，而且还有飞迸的泉水，水如明珠，日涌五千斛，难道不使人联想起“沧浪之水清兮，可以濯我缨；沧浪之水浊兮，可以濯我足”的楚民歌吗？

然而，辛弃疾毕竟不是真正的隐士，他置身农村，关心农事，在江西安抚使任上营建带湖新居时，他既筑室，又辟田，“乃荒左偏以立圃，稻田泱泱，居然衍十弓”（洪迈《文敏公集》卷六《稼轩记》），他“尝谓人生在勤，当以力田为先。……故以稼为轩”（《宋史·稼轩传》）。他还常与村民交往，词中常有涉及。因而，此词下片就写出了作者关切农事之心及与村民交好之情。

当春雨灌满秧田之时，稻秧竞长。春日渐长，春阳暖和，小黄牛在藉草而眠。放眼望去，麦浪似云彩相连，蚕茧象雪一样堆起。面对这丰收在望的情景，作者与农民心心相印而忘却个人的进退出处和市朝荣枯了，他感叹道：“若要足时今足矣”，继而又反问自己：“以为未足何时足？”正在他为年景之好而感到高兴时，他被村野老人扶入东园，品尝那新熟的枇杷了。

辛弃疾怀着一腔忠愤以图报国，虽长期被置于地方守令、帅臣之位，难以尽展才具，但他总是竭心尽力，积极有为，却未想到竟然受到投闲置散的处分。对于这样的境遇，他当然难以处之坦然，无论在首次的闲退带湖，还是第二次的闲退瓢泉，都可以从他的词中看到难抑的愤懑。然而，他又不得不遵循“用之则行，舍之则藏”的儒家古训，表现出对功名世事的淡泊冷漠。这两种思想形成了闲退生涯中的主要矛盾，同时也成为词中的两大主题，有时二者交织于一篇之中，有时则是一个基调。这首《满江红》作为山居即事之作，除“细读《离骚》”及自问足与不足，可以隐见不平之外，基本上是恬淡平和的，确是清丽的山居图，并从内心分享着农家乐，因而是稼轩农村词中的重要一篇。

稼轩词常遭“词论”之诮，词中常有议论，确是其词的一大特色，长调自不必说，有时小令亦不免，作者常藉此表其政见，抒其襟抱。这种议论之笔在农村词中较少见，在本篇中却一露神龙鳞爪，其特点在于这种议论是在即事描写中自然生发的，因而显得极为熨贴，即便化用古人成句，亦如同己出。上片的面对鸥鸟，置身竹林，细读《离骚》，痛饮美酒，自然萌发了“饱看修竹何妨肉”之念，实是对退隐山林之后过着“名士”生活的议论和评判，而《世说》与苏诗却被自由驱遣，显得天衣无缝。下片在饱看暮春初夏农事之好后，即生“若要足时今足矣；以为未足何时足”之议，毫无突兀之感，此二句既可说是作者自铸之辞，又可见白居易诗句“自问此时心，不足何时足”的渊源所自。

稼轩词以雄健有力的阳刚之美著称，但作为一个大家，往往又不是单一的风格，本篇则可见其清新明丽、自然生动的一面。轻鸥的点破碧水，鸂鶒的故来争浴，使静景化动，呈现一片生机，而飞泉迸珠则更给风摇翠竹的山居增添无限情趣。下片走出山居，作了视角更广的描摹，春雨、新秧、日光、黄犊、麦田、茧堆，这种种虽常见而又常新的景色，连缀成清新明丽的画面。作者虽未作直接的形态、色彩描摹，但春雨新秧，日长犊眠，前者暗生，后者明见，从情态的体味中更觉隽永；秧田青翠，麦浪金黄，茧堆雪白，虽未明言色彩，但这样的暗用则更见自然。这一广阔的农村画面，似是信手写来，但既有时序变化为经，又有蚕桑农耕为纬，抓住特征的个别画面终于被织成美丽的丰收图。而最后入东园尝枇杷的一笔，更从旁观转入直接体味，确如锦上添花，使全篇俱活。

古来描写山居田园之作不少，但只是到辛弃疾，才在词苑中着力耕耘，使之成为大宗。而且，较之王维《辋川绝句》中的冷峭孤寂，辛弃疾不以山居的隐士自限，而尽情描写了农家乐，将个人的进退得失置之一旁，不是更可贵吗？

新颖·瑰奇·神悟

——《木兰花慢》赏析

马兴荣

中秋饮酒，将旦。客谓前人诗词有赋待月、无送月者，因用《天问》体赋。

可怜今夕月，向何处、去悠悠？是别有人间，那边才见，光影东头？是天外，空汗漫，但长风浩浩送中秋？飞镜无根谁系，姮娥不嫁谁留？　谓经海底问无由，恍惚使人愁。怕万里长鲸，纵横触破，玉殿琼楼。虾蟆故堪浴水，问云何玉兔解沉浮？若道都齐无恙，云何渐渐如钩？

中秋月夜，是一个迷人的夜晚。在如水的月光下，人们往往怀人、思乡。因此，它成了古往今来诗人们吟咏不绝的主题。苏轼的名作《水调歌头》（明月几时有）正以此拨动着历代许许多多人的心弦。但是，也有别有所感的，如史达祖的《满江红·中秋夜潮》，借中秋晚上月圆潮涨的自然景象，写了历史上伍子胥的无辜被杀并寄予同情，抒发了他对南宋朝廷的强烈不满；又如辛弃疾的《太常引·建康中秋夜为吕叔潜赋》，反映的是词人对祖国大好河山的热爱，对黑暗势力的憎恶。而辛弃疾的《木兰花慢》，更是另辟蹊径：它既不咏待月，也不借月抒情，而是首新颖的送月词。

辛弃疾这首《木兰花慢》送月词，虽是送行，但没有渲染离情别绪，也没有倾诉殷切期望，而是像伟大诗人屈原写《天问》时那样，驰骋想象，根据月亮的盈虚圆缺和瑰丽神奇的传说，提出一个又一个的问题。这可说是宋词中的创格。

词一开头就问：今夜可爱的月亮，到遥远的什么地方去了？这是点题，也为下文的提问开了大门。

接着又问：是不是另外还有一个人间，月亮从这里的西边落下，那里的人们刚刚看到它从东方升起？在我国古代，人们认为天是圆的，地是方的。《淮南鸿烈·天文训》就曾说："天道曰圆，地道曰方。"而词人抛开这个传统认识，他似乎已经朦胧地想到人们生活的大地是圆的，月亮是绕地旋转的科学道理了。这比波兰著名天文学家哥白尼提出"日心说"早了三、四百年之久。虽然这是诗，是词人的想象，不是周密、准确的科学论证，但是我想，谁也不能否认它闪耀着思想认识的火花。近代著名学者王国维也曾说："'可怜今昔月，向何处、去悠悠？是别有人间，那边才见，光影西头？'词人想象，直悟月轮绕地之理，与科学家密合，可谓神悟。"（《人间词话》）

三问：是不是无边无际的天外，大风把中秋明月送走了？汗漫，空阔无边。长风，持续不断的大风。

以上三问是从月亮的运行发问的，紧紧扣住了"送"字。

接着再问：明月没有根，是谁把它用绳拴住？嫦娥住在月宫中不出嫁，是谁把她留住？关于嫦娥，据《淮南鸿烈·览冥训》说：后羿从西王母处讨来不死之药，他的妻子嫦娥偷吃了，就飞升月宫而成仙。这个美丽的传说，常常牵动着诗人们的情思，诗仙李白在《把酒问月》诗中曾问："嫦娥孤栖与谁邻?"著名诗人李义山在《嫦娥》诗中也猜想："嫦娥应悔偷灵药，碧海青天夜夜心。"而辛弃疾在这一问中更丰富了嫦娥的传说，他认为月宫中的嫦娥应该出嫁，现在没有出嫁，一定是被人留住了。这个人是谁呢？词人又给我们留下了一个悬念。

下片开头五句是叙述，分两个层次。前两句是第一层次，意思是：据说月亮运行要经过海底，但又无从查问，使人忧愁。后三句是第二层次，意思是：月亮经过海底，我深怕巨大的鲸鱼横冲直撞，把月宫中的玉殿琼楼撞坏了。是前一层次"忧愁"的补充。

紧接着叙述，词人从月亮运行要经海底这一假设出发，提出了第六个问题：月亮中的虾蟆（蟾蜍）本来能够游水，为什么月亮中的白兔也懂得沉浮呢？云何，为什么。解沉浮，识水性。

提出了第七个问题：假如它们都安然无事，那末为什么圆圆的月儿渐渐变得残缺如钩了呢？这一问既是从月亮运行要经海底这一假设出发的，也是从月亮的盈虚圆缺这一自然现象出发的。同时它也把时间从中秋推向了中秋以外的时日，使词的内含更丰富了，遮盖度更广阔了。

这首词突破了词的传统写法，一连提出了七个问题。但这七个问题都是有关月亮的运行和传说的，它并没有离开了“送月”这一主题，因此并不使人有松散之感。同时这首词多用散文句式，语言通俗，明白易懂。可以说，这首词，构思、写法新颖，结构严密，语言通俗。既富浪漫色彩，又具有思想认识的深度，是一首应该受到文学界和天文学界重视的好词。

以放旷语写出的幽恨词

——《水龙吟》赏析

王鲁一

老来曾识渊明，梦中一见参差是。觉来幽恨，停觞不御，欲歌还止。白发西风，折腰五斗，不应堪此。问北窗高卧，东篱自醉，应别有，归来意。　须信此翁未死，到如今、凛然生气。吾侪心事，古今长在，高山流水。富贵他年，直饶未免，也应无味。甚东山何事，当时也道，为苍生起！

这首词的写作年代不可确考，邓广铭先生的《稼轩词编年笺注》收入卷五“作年莫考诸什”。该卷作品据邓先生估计，“什九当皆作于隐居带湖（1182—1192 年）及隐居瓢泉（1194—1203 年）之二十年内”。从词中透露的消息，大体可以推断这是被迫归隐后，一吐其幽恨之作，而且很有可能作于 1194 年的罢官之后。

起首两句，“老来曾识渊明，梦中一见参差是”，是说自己见到陶渊明了，可惜梦中没有看得真切。“曾识”即“乃识”。

“参差是”即“仿佛是”。稼轩词有许多首提到渊明，总是流露出一种景仰和怀念之情，但梦见渊明这还是头一次，思想上引起很大的震动。所以，“觉来幽恨，停觞不御，欲歌还止”。“御”即进。醒来之后，感到一种不可名状的怅惘。这时喝酒是不会有什么味道的，唱歌也许能排遣一下胸中的郁闷吧，可是心里忽忽若有所失，实在懒得开口。

梦中，稼轩曾对渊明的弃官归隐表示了赞同：“白发西风，折腰五斗，不应堪此。”据《晋书·陶潜传》记载，陶渊明为彭泽县令，“郡遣督邮至，县吏白：‘应束带见之。’潜叹曰：‘吾不能为五斗米折腰，拳拳事乡里小人邪！’……解印去县，乃赋《归去来》”。渊明认为束带参见督邮是莫大的耻辱，于是干脆自动离职了，还写了一篇《归去来兮辞》表达其归隐后的喜悦。这都是稼轩十分赞赏的，可是他还觉得意犹未尽，于是，“问北窗高卧，东篱自醉，应别有，归来意”。“北窗”、“东篱”，都代指渊明的归隐生活。《晋书·陶潜传》：“尝言夏月虚闲，高卧北窗之下，清风飒至，自谓羲皇上人。”又渊明《饮酒》诗：“采菊东篱下，悠然见南山。”稼轩认为，渊明的弃官归隐，一定还有别的更深的用意，可惜梦中未曾请教明白。

上片写梦境，下片则由此生发开来。

换头两句，陡然振起：“须信此翁未死，到如今、凛然生气。”“须信”即应信。陶渊明在世人的眼里一向飘逸得很，但稼轩的看法却截然不同。他感受到了渊明那“凛然生气”，相信他还活在人间，而不是仅仅将他看作一位八百年前的隐逸诗人。《世说新语·品藻篇》：“庾道季云：‘廉颇、蔺相如，虽千载上死人，懔懔恒如有生气。'”廉颇和蔺相如都是战国时力挽赵国危亡的英雄，其凛然正气，自然是千古长存的。而渊明的“到如今、凛然生气”，则说明在稼轩心目中，“此翁”也绝非等闲之人。所以接下来道：“吾侪心事，古今长在，高山流水。”“吾侪”即我辈。原来，稼轩是将渊明作为异代知音的。《列子·汤问篇》：“伯牙善鼓琴，钟子期善听。伯牙鼓琴，志在高山，钟子期曰‘善哉，峨峨兮若泰山’；志在流水，钟子期曰‘善哉，洋洋兮若江河’。”后世即以“高山流水”称代知音，指能够互相深刻理解的人。这里说我非常理解渊明，渊明也非常理解我，就是说他那“别有”的“归来意”我已是“心有灵犀一点通”了。

接着笔锋一转，写到了另一位与渊明迥异其趣的人物谢安：“富贵他年，直饶未免，也应无味。”“直饶”同“即使”。这三句是说，即使他年不免富贵了，也应觉得富贵无味。《世说新语·排调篇》：“初，谢安在东山居，布衣时，兄弟已有富贵者……刘夫人戏谓安曰：‘大丈夫不当如此乎？’谢乃捉鼻曰：‘但恐不免耳。'”看来“富贵”二字，对谢安这样的“隐士”还是颇有吸引力的。谢安晚年果然富贵了，但究竟有什么味道呢？

结尾三句进一步反问道：“甚东山何事，当时也道，为苍生起！”“甚”即为什么。“起”即出来做官。《世说新语·排调篇》说，谢安在东山隐居，朝廷屡次请他，都不肯出来。后来却做了桓温的司马。有人便借酒佯醉，同他开玩笑：“卿屡违朝旨，高卧东山，诸人每相与言：‘安石不肯出，将如苍生何。’今亦苍生将如卿何?”意思是说：“你屡次违抗圣旨不肯出来做官，大家都说：‘谢安不出来，老百姓怎么办?’现在老百姓又拿你怎么办呢?”谢安则对之“笑而不答”，其实也就是否认了“苍生将如卿何”。所以稼轩在此发问：为什么你谢安反倒说为了百姓才出来做官的？真让人难以理解！

辛弃疾原是以天下为己任的豪杰之士，归隐并非其初衷。他22岁于济南起义抗金，23岁率部南归，本是要光复中原，解救沦于金人统治下的父老乡亲的。但朝廷总是不敢将抗金斗争作为一项事业来干。他南归初年只是浮沉于下级僚吏之中。后来其雄才大略已为世所公认，朝廷也不过放了他几任地方官，而且调动频繁，使其不能久于职守，有所建树。尽管如此，他还是尽量利用职任，不停地为恢复中原呼号筹措，为缓解民间疾苦和加强国力孜孜以求。但他的种种政绩，却引起了当权者的疑忌。淳熙八年（1181年）末，他被罢掉了新任的两浙西路提点刑狱，罪名是“奸贪凶暴，帅湖南日虐害田里”。(参见邓广铭《辛稼轩年谱》，上海古籍出版社1979年新1版80—81页）这年他42岁，从此闲居带湖十年之久。他在一首劝慰朋友的《水调歌头》中写道：“君莫赋《幽愤》，一语试相开：长安车马道上，平地起崔嵬。我愧渊明久矣，犹借此翁湔洗，素壁写《归来》。”可见他对被迫退闲，内心是充满矛盾的。绍熙三年（1192年），他被起用为福建提点刑狱，旋被光宗皇帝召见奏对，改任知福州兼福建路安抚使。光宗生长深宫，不达时务，当政后毫无作为，令人失望。但稼轩还是以知其不可为而为之的精神勤于职守，尽力谋国。绍熙五年（1194

年）稼轩五十五岁，曾打算乞归，其子希望他置下田产再说，被他写词痛斥了一顿。那首《最高楼》道："吾衰矣，须富贵何时。富贵是危机。暂忘设醴抽身去，未曾得米弃官归。穆先生，陶县令，是吾师。"看来朝廷的一派萎靡气象和官场的险恶环境，都使他感到无法再干下去了。果然就在这年的秋天，他又被加上"残酷贪饕，奸赃狼籍"等莫须有的罪名而罢官。（参见邓广铭《辛稼轩年谱》110—113 页）这次退隐，他已对官场毫无留恋，其《沁园春》道："喜草堂经岁，重来杜老；斜川好景，不负渊明……青山意气峥嵘，似为我、归来妩媚生。"寄情山水、恬退自适的味道颇浓。然而，他终究是一位抗战志士，被迫归隐，心中是不会平静的，"觉来幽恨，停觞不御，欲歌还止"，就反映了这种痛苦心情。

词中赞美渊明，并以谢安为反衬，寓有作者深深的感慨。说渊明"应别有，归来意"，是指他不满当时的政治现状。稼轩后来的一首《沁园春》更是直言不讳："记醉眠陶令，终全至乐；独醒屈子，未免沉菑。"这年头，若像屈原一样"众人皆醉而我独醒"，那就只好去投汨罗江了。南归以来的浮沉际遇，使他逐渐认清了南宋统治集团的真面目。干事业是没有什么指望了，像谢安那样汲汲于富贵又是他最不屑的，于是，"老来"只好到渊明那儿去寻求精神寄托，其实是借他人酒杯，浇自己块垒。幽恨既深，不免麻木，以放旷语反面写出，更觉痛楚。

触景生情情更深

——《汉宫春·立春》赏析

魏同贤

春已归来，看美人头上，袅袅春幡。无端风雨，未肯收尽馀寒。年时燕子，料今宵、梦到西园。浑未办、黄柑荐酒，更传青韭堆盘。　却笑东风从此，便薰梅染柳，更没些闲。闲时又来镜里，转变朱颜。清愁不断，问何人、会解连环。生怕见、花开花落，朝来塞雁先还。

在烽火连天、鼓角动地的抗金战场，辛弃疾是骁勇的战将；在百花竞放、异彩纷呈的宋代词坛，辛弃疾是辛勤的园丁。正像在战场上他既有生死搏斗、拚力厮杀，也有忙里偷闲、战余娱乐一样，在词坛上他也是既有纵声亮嗓的豪情抒发，又有低音慢调的柔意哦吟。所以在战场上他成了不朽的名将，在词坛上他也成了一代宗主。而辛词之中，人们注意、注重的焦点往往集中于他的那些豪放之作，而对于另外的作品，即那些委婉缠绵之作，却常常有意无意之间加以忽视。这既无益于顾及作者的全人，也不利于人们对辛词的多方面的赏析。比如这首《汉宫春·立春》，虽然难讲它是辛弃疾的代表作，但是也确如周济在《四家词选》中所说："辛词之怨，未有甚于此者。"因而是从一个方面表现了辛弃疾的才情、文情和心情的。正由于此，就更不应该忽视。

词题明写"立春"，通篇紧扣这个时令，写了作者的所见、所想、所感。立春，严冬已过，春回大地，可是，春在哪里呢？映入作者眼底的却在美人头上那随风摆动的春幡。这起句便令人觉得真切而又飘忽，可谓别开生面。实在的，时当立春，在自然界究竟能发现些什么样的明显征兆和变化呢？即使是作者当时所居住的江西上饶、铅山一带，可能有些春来早，恐怕也难以选取值得入词的画面的。可是，立春了，春天毕竟已经归来了，在自然界不易寻找的征候，却在人们的生活中得到了验证："看美人头上，袅袅春幡。"这里用了一典故，据《岁时风土记》载："立春之日，士大夫之家，剪裁为小旛（同"幡"），或悬于家人之头，或缀于花枝之下。"此典被作者随手拈用，贴切自然，形容以"袅袅"，更显得春意盎然。不过，气候毕竟还是寒冷的，所以作者又怨风雨的"无端"。从此联想到，大概去年南去的燕子，今天又梦回西园了吧！可是，此时尚未置办黄柑、青韭呢？这里又用了一个典故，据《遵生八笺》载："立春日作五辛盘，以黄柑酿酒，谓之洞庭春色。故苏（轼）诗云：'辛盘得青韭，腊酒是黄柑。'"仍然围绕着立春，巧妙地化用了旧典。与苏诗不同的是，苏诗似乎说的是已办，而辛词却讲的是未办，这之间正隐约地透露了作者了无心绪的情状。

同上片对照，换头便觉突兀，以拟人化的东风忙于撒布春色，使人感到世间充满了生机，那么美，那么富有生命力，又那么值得人们细细地观察、品味并领略大自然所赐予的无限启示。哪里料到，“却笑”二字又冠在这一切的前面。由此，人们自然不能不钦佩作者以其生花妙笔，写活了初春的景色，可是一旦作者出现，就又平添了一层与此格格不入的气氛。接下去的“清愁不断，问何人，会解连环”，对这种心境更作了明确、深入而形象的写照。解连环又是一个旧典，《战国策·齐策》：“秦昭王尝遣使者遗君王后玉连环，曰：‘齐多智，而解此环否?’君王后以示群臣，群臣不知解，君王后引锥椎破之，谢秦使曰：‘谨以解矣。’”玉连环无解，那有如玉连环的绵绵清愁又有谁能排解得开呢？以致作者连花开花落、塞雁先还这些容易牵动情怀的自然现象也都最怕看到了。这里，尤可注意的是“塞雁先还”，生长在塞北的大雁，已经先于作者返回到它的故乡去了，而生于北方的辛弃疾，饱尝了故国分裂、有家难归的苦味，眼看着家乡的土地在燃烧、父老被蹂躏，他能不触景生情、睹物添愁吗？更何况，写作此词时，作者已进入晚年，那种对故土的思念，往往不是随着岁月的久远而消减，倒是时愈久而思愈深。加以辛弃疾为了富国强兵、恢复故土，既有殷切的希望和坚定的信心，又有周密的思考与谋划，只是由于南宋朝政的腐败，才使得他有志难伸、有才难展、有力难用，不但使爱国之忧、报国之志愈加深沉，且蒙上一层愁苦愤懑之情。这种思想情绪只要有所附丽，便即一泻千里。寄托如是，亦足悲矣！对于辛词的这一特点，前人也曾有所发见，陈廷焯在其《白雨斋词话》中就略有涉及，说是“稼轩词其源出自《离骚》”，在《离骚》中所表露的屈原那种忧国忧民情怀，确实是同辛词中所抒发的辛弃疾的忧伤愁苦的爱国思想相一致的。

生意盎然的农村画卷

——《鹧鸪天·代人赋》赏析

邱俊鹏

陌上柔桑破嫩芽，东邻蚕种已生些。平冈细草鸣黄犊，斜日寒林点暮鸦。　　山远近，路横斜，青旗沽酒有人家。城中桃李愁风雨，春在溪头荠菜花。

从词的内容来看，这首词是稼轩乡居时期所作，但具体时间难于考订。词题为“代人赋”，实是抒发作者自己的生活体验与感情。

作者曾被迫在江西上饶带湖与铅山瓢泉的乡间闲居，前后达十八年之久。在这期间，他坚守自己的理想、节操，除写下了大量抒发自己的爱国思想与抨击执政者苟且偷安的作品以外，也对农村有了较深的体验，产生了较深厚的感情。还在淳熙八年（1181 年）第一次落职、在上饶带湖乡居之初，他就认为“人生在勤，当以力田为先……始以‘稼’名‘轩’（《宋史·辛弃疾传》），并自号“稼轩居士”。不仅如此，稼轩共有九子，除早夭之幼子而外，其余八子皆以“禾”部之字取名。于此，可以约略地看出稼轩对农耕的看法与对农村的感情。随着对农村生活的熟悉与感情的加深，诗人写下了二十余首赞美农村风光、人物的农村词，这在宋代词人当中是绝无仅有的。

稼轩的农村词，大都能摄取农村的典型事物，写得清丽、明快，富于生活气息，使人读后如入画境、流连不舍。就以这首《鹧鸪天》而言，由于作者是在形象地展现初春农村欣欣向荣、优美如画的景象的基础上，倾吐自己的体验、感受，因而能给人以鲜明的形象，引起人们强烈的共鸣。

苏轼曾谓王维的诗“诗中有画”，稼轩的这首词也可说是词中有画。诗人以其神来之笔，为我们描绘了一幅生意盎然的初春农村风物画：刚刚吐芽的桑枝，正在陆续出壳的幼蚕，在柔嫩的青草地上欢叫的牛犊，在落日下连翩归林的乌鸦，远暗近明的山峦，纵横交错的田间小道，随风飘扬的农村小酒店的招帘，溪边摇曳多姿的荠菜花。这些远近、高低、明暗、浓淡、动静的景物，井然有致，俨然如画，给人以开阔的视野和丰富的联想。特别值得注意的是，作者选取了桑芽、幼蚕、黄犊等与农事密切关连、茁壮勃发的景物，就使这幅农村风物画充满了生意和泥土气息，从而表现了诗人对农村的纯朴感情与审美情趣。

尤其有意思的是作者在词的最后所表达的感受。诗人在前面展现了一系列生动的农村风物之后，将城中忧风愁雨的艳李妖桃与农村清溪旁随风摇曳的荠菜花对照，由衷地体验和感受到真正的春光是在这广阔的农村。这固然反映了诗人爱好清新、朴素、健壮的美学观点，但更表现了对城市（特别是官场）熙熙攘攘生活的厌弃。在他看来，城市（特别是官场）

中，那些追名逐利的人，面对在风雨中转瞬即逝的桃花李花，实在感受不到春色的美好，而只是在这纯朴、开阔的农村，才真正感受到了春天的欣欣向荣。

这首词（包括另外一些农村词）全用白描手法，没用典故，语言通俗流畅，可为稼轩“清而丽”词风的代表。

于安闲处听心涛

——《鹧鸪天·戏题村舍》赏析

蔡厚示

鸡鸭成群晚未收，桑麻长过屋山头。有何不可吾方羡，要底都无饱便休。 新柳树，旧沙洲。去年溪打那边流。自言此地生儿女，不嫁余家即聘周。

此词准确的写作年月不详。但是从词的内容和风格看，它应写在辛弃疾落职闲居于信州（今江西上饶市）期间。

词牌下的“戏题村舍”四字泄示了此词的真正主题：它描绘农村的安闲生活，以纾解自己政治上的愤懑心情。

“鸡鸭成群晚未收，桑麻长过屋山头。”展现一派富饶、丰乐和民俗淳朴的农村风光。“鸡鸭成群”标志着家庭畜养业的业旺；“晚未收”意味着农民因富足、敦厚而无人偷窃；桑麻长得高过屋脊，说明农作物的茂盛。上句写动物，下句写静物，却都写得生机勃勃而又悠闲安谧，引读者进入一个情趣盎然的审美境界。由此生发出：“有何不可吾方羡，要底都无饱便休。”这两句依夏承焘先生的解释是：“他（指辛弃疾）想，做个农民又有何不可呢？什么都不需要，能吃饱就算了。”（见《唐宋词选》，中国青年出版社 1981 年 6 月北京第三版，第 137 页）辛弃疾是否真的这么想呢？从同期间他写的另一些词篇如《破阵子·为陈同甫赋壮词以寄之》等便可看出：诗人哪怕在醉里、夜间，也忘不了跃马弯弓为祖国立功疆场。可见，诗人在这里乃是用反语形式，以诉说心中的不平罢了。

过片后又转入写景：“新柳树，旧沙洲。去年溪打那边流。”旧的沙洲上，柳树长出新芽，表明又是春天了。“一年之计在于春”，值此春回大地、万象更新之际，诗人该多么想为统一祖国而北定中原啊！但周围却像一潭死水般的沉寂，除了溪水曾于去年改从那边流过外，其它一切似乎都还是老样子。俗话说得好：“三年河东，三年河西。”大自然尚且处于常动不居之中，为什么南宋朝廷死气沉沉的局面却老是不改呢？因此在报国无门的状况下，诗人只能发出哀叹了：“自言此地生儿女，不嫁余家即聘周。”现实生活似乎注定诗人只能生儿育女和从邻近的乡村里选妇、择婿，而凌云壮志却行将被销磨净尽！

辛弃疾曾有《贺新郎》词云：“看渊明、风流酷似，卧龙诸葛。”清代诗人龚自珍对此作了进一步发挥，他在《己亥杂诗》中写道：“陶潜酷似卧龙豪，万古浔阳松菊高。莫信诗人竟平淡，二分《梁甫》一分《骚》。”他们二人都从陶渊明诗的平淡中敏锐地看到它忧愤深广的一面。同样，我们从辛弃疾一些写农村题材的词作中，也分明能听见激越于他心底的惊涛声响。因此我们也不妨说：莫信词人竟平淡，于安闲处听心涛！

寥寥数笔，声态毕现

——《玉楼春》赏析

邓乔彬

三三两两谁家女，听取鸣禽枝上语："提壶沽酒"已多时，"婆饼焦"时须早去。　醉中忘却来时路，借问行人家住处。"只寻古庙那边行，更过溪南乌桕树。"

有的论家认为，"稼轩驱使《庄》、《骚》、经、史，无一点斧凿痕，笔力甚峭。"（《词林纪事》引楼敬思语）此言诚是，然而，我们还必须看到稼轩词生动通俗、善写民风的另一面。这首《玉楼春》就属于后者。

辛弃疾在江西上饶、铅山过了将近二十年的闲退生活，对当地的生活习俗和淳朴民风极为了解，并见之于词中，这首词就是其中之一。

三三两两的女子，正驻足听着枝头的鸟语。"提壶"既可理解为这些女子提着壶到集上沽酒，又可理解为鸟名（宋人王质《林泉结契》："提壶芦，身麻斑，如鹞而小，嘴弯，声清重，初稍缓，已乃大激烈。”）。宋初诗人王禹偁在《初入山闻提壶鸟诗》中曾写道：“迁客由来长合醉，不烦幽鸟道提壶。”现在，这些鸟儿似乎在对女子们说：“你们提壶沽酒已好久了，得提防婆饼焦了，还是早些回去吧！”“婆饼焦”既是实写，又是鸟名（王质《林泉结契》：“婆饼焦，身褐，声焦急，微清，无调，作三语，初如云‘婆饼焦’，次云‘不与吃’，末云‘归家无消息’，后两声若微于初声。”）。梅尧臣《寄送吴公明屯田通判秦州诗》曾写道：“一闻春禽婆饼焦，竹林山木生萧条。”他的《禽言诗》又写道：“婆饼焦，儿不食。尔父向何之？尔母山头化为石。”在辛弃疾的词中，实写与禽言的双关已是妙合无垠了。

在上片既写沽酒，下片就接写醉态了。喝醉了酒，连回来的路应该怎么走都忘了，竟然问人自己的家住在什么地方，这位“行人”大概是他的邻人吧，要不，怎么能这样准确地告诉他呢：“只要找准了古庙，向那边走，过了溪南的乌柏树就到了。”在当时，女子当不可能这样放肆买醉，而女的沽酒，男的烂醉，却是顺理成章之事。

在唐诗中，王驾曾写过“家家扶得醉人归”的社日情景。在这首词中，虽非社日，但情调之轻快可说明是丰收或丰收在望之时。作者以生动通俗的笔调，描绘了身边的生活情景和民风习俗，以淳朴清新的野趣洗尽花间尊前的冶艳，因而，这首词是应该值得珍视的。

稼轩词以驱遣古人、镕铸经史著称，在本篇中，则可见善于从民间汲取营养的一面。宋代诗人中，梅尧臣曾以鸟声比附人事，作有《四禽言》诗，体现出他的“平淡”风格，后来苏轼亦效作《五禽言》。辛弃疾则将禽言写入词中，而写实与禽言又做到义无定指，亦此亦彼，使形象的意义更为宽泛，使联想更为自由，因而，较之梅、苏所作可谓更进一层，更拓一境。可见，辛弃疾非仅善作点铁成金的学人之词，更能兼有瓜棚豆架味的农人之风，而这样的返璞归真当是更可称道的“夺胎换骨”。

此词非仅以禽言与写实的生动结合为特色，以双关语的妙合无垠见长，而且又可见出作者善于在短小篇幅中刻画形象的功力。宋词主于抒情，虽涉人物，亦多为美人才士，多用或正或侧的描绘之笔。本篇却先写农女，次写醉汉，尤其是这样的醉汉形象非但为他人笔下所无，而且采用神态描绘和直接对话，简练清晰且笔酣墨饱，使人有呼之欲出、醉态可掬之感，这样的削多成少，确有传神之妙。而白描的写法，本色的语言，更是珠联璧合，不仅真切地传达出率真朴素的乡间生活和民风习俗，而且以显见的民歌味给剪红刻翠的南宋词坛吹来了一股清新的风。

摆脱不掉的苦恼

——《鹊桥仙·赠鹭鸶》赏析

徐北文

溪边白鹭，来吾告汝：溪里鱼儿堪数。主人怜汝汝怜鱼，要物我欣然一处。　白沙远浦，青泥别渚，剩有鰕跳鳅舞。任君飞去饱时来，看头上风吹一缕。

诗国是最自由的，诗人可以超越时光、地域、生物与非生物的界线而与之打交道。屈原在《离骚》里既然和神话人物谈心，辛弃疾自然也可以在作品中和白鹤对话（《六州歌头·晨来问疾》），与酒杯问答（《沁园春·杯汝前来》），以奇诡的意象，来表现情感的真挚。本篇即是用与鹭鸶交谈来体现作者特有的心理状态的。

本篇写作时间无考，很可能是作者在江西上饶长期居闲时的作品。他曾在带湖畔筑有稼轩，灵山麓建有齐庵，在期思村也有停云堂等居处，写了不少反映村野生活及范山模水的词章。读了此词，使读者联想到他约写于淳熙九年（1182 年）的《水调歌头·盟鸥》，诗人是在带湖之滨写的。曾说："凡我同盟鸥鹭，今日既盟之后，来往莫相猜；白鹤在何处，尝试与借来。”既是和水禽们结为盟友，当然也会作这首《鹊桥仙》赠给他的鹭鸶“盟弟”的了。因是用第一人称和鹭鸶谈话，写得生动易懂，上阕提醒它：“溪里鱼儿堪数”，言下之意是鱼儿已被你鹭鸶吃得只有堪数的寥寥无几了。既然“主人（我）怜汝（爱护你）”，你也应该“汝怜（爱护）鱼”。进而要求它：“要物（客体）我（主体）欣然一处（快乐地在一起）。”物（客体），对鹭鸶来说是鱼儿和作者，对作者来说则是鹭鸶和鱼儿。总之是希望三者谁也不伤害谁。诗人既喜欢鹭鸶又喜欢鱼儿，但是鹭鸶却没有诗人的雅兴，毫不客气地吞吃鱼儿。要么赶走鹭鸶，要么牺牲鱼儿：二者不可得兼，真是无可奈何。要解决这一矛盾，诗人就在下阙向鹭鸶建议：在远处的白沙浦中，还有别处的青泥渚里，却“剩有”（这里做“饶有”解）许多鱼鰕，并以“鰕跳鳅舞”的生动描画来强调那里鱼类之多，任凭你飞去饱餐，吃饱后再请回来——“任君飞去饱时来”。如此便使鹭鸶和溪中鱼儿欣然共处，两全其美了。结句则是以鼓励的口气：请飞到那里吃吧，“看（你的）头上，风（正在）吹（着你的）一缕（冠毛）”，正是乘风飞去的好时机。

作者不仅写过《盟鸥》和这篇《赠鹭鸶》，而且也在上饶的博山道中写过自说“效李易安体”的名篇《丑奴儿近》：“却怪白鸥，觑着人、欲下未下。旧盟都在，新来莫是别有说话？”多次写与鸥、鹭等的“同盟”。这些水禽的形象源出于《列子》的一则寓言：海边有个人喜爱鸥鸟，群鸥也和他亲近游玩。后来他父亲要他捉回一只，当他怀此意图再到群鸥那里时，鸥鸟却远远飞离开他。寓言是说人如能去掉自私的“机心”，不仅与人和睦共处，甚至也可以与鸟兽同群。弃疾屡用这一典故而加以发展变化，无非是想摆脱压在心头的政治斗争和国事纷扰的重担，以此做为求得心灵平静的一种宣泄阀门。但事实上是办不到的，正如本词所表现的：纵使你要和大自然中的鱼鸟“忘机”相处，然而鱼、鸟本身却并不“忘机”，鹭鸶照样要活吞鱼儿的性命。自然界也和社会一样存在着矛盾和利害之争。诗人于是在无可奈何之中劝说鹭鸶去吃别处的鱼，来挽救此溪中的鱼。这种“是以君子远庖厨也”（《孟子》语），只图眼前清静一时的妥协办法，作者自然是知道不彻底的。他写出这情况，意思是自己实在是找不到更好的办法了，不如此又如何呢？

本篇以通俗的词语表现这段人禽对话，表面看来颇为幽默、轻松，很有些闲中取乐，游戏人间的超逸味道，然而在更深的层次中则含着一种特有的悲天悯人的悲哀，从而使读者掩卷深思。

醉乡写真

——《西江月·遣兴》赏析

张　溉

醉里且贪欢笑，要愁那得工夫。近来始觉古人书，信著全无是处。　昨夜松边醉倒，问松“我醉何如”。只疑松动要来扶，以手推松曰“去”。

从字面上看，这首词充满了自得其乐的欢快和随心所欲的倾吐，而且又以“遣兴”命名，作者似乎悠闲轻松，兴致颇高。但透过闲兴和醉态的描写，我们却可看出充盈在作品中的欲进不能、欲倒不甘的复杂情绪。作品对诗人此时的遭际、情绪和性格作了完整的诠注，在轻松的背面，透出了一种深度和力度。

稼轩自起兵山东以来，息息不忘恢复故土，驱逐金人。而归附南朝后形势的发展总是与他的愿望背道而驰，投降派和奸佞小人猖狂得势，主战派不仅不受重用，而且每况愈下，朝不保夕。稼轩身为抗金英雄，英名远扬，也只能以一二闲职而屈沉下僚，甚至被迫退隐闲居。身世何从？国势何从？对壮志难酬、报国无门的境遇，诗人深感痛心。从作品情调和细节描写上看，此词当作于退隐之际，因为有暇读书，并能醉卧松边，官职在身者、尤其象稼轩这般充满献身精神者是不太可能的。从这种背景出发，作品中所表现出的忧愁和愤慨便很容易被理解了。

“醉里且贪欢笑，要愁那得工夫”，这分明是排遣，是寄托。一个“且”字，写出了欢笑之不易，只有醉中那一瞬间才会出现，因而须珍惜它，并抓紧享受它。“那得工夫”，这是指醉中，平日强欲欢笑而无从得之，遁入了醉乡之后，就再也不必担心忧愁前来纠缠了。对醉的追求，深深地表现了作者被黑暗现实折磨得痛苦不堪的心境。“近来始觉古人书，信著全无是处”，这既是一种激愤的浩叹，也是一种深刻的反省。古人书，指古人书中政治和生活的道理。现实中的情况与书上讲的正相反，君无君道，臣无臣道，卖国求安，祸国殃民；而作者遵循儒家训则，以治国平天下为政治理想，却并未得到重用，而且正因为有这种理想和追求，才招致更多的打击和诬陷。因此，作品的感叹绝非对古人至理的否定，而是对现实的鞭笞，是正话反说。从某种意义上讲，这也是对世事的一种练达的总结。

下片全写醉后情形，构想奇异，把诗人自我的醉态和个性写得维肖维妙。作品首先择取了岁寒三友之首的松作为映衬物，以显示自己的清节傲骨。在充满名利争夺的世上，也许只有松树可以作为知心的忘机友，醉倒在它的身下，向他倾吐心胸，或可略解愁闷。故此，作者醉眼之中，将松树看成了人。问松我醉否，疑松来扶，以手推松，这一连串情节极富有戏剧性。这种描绘技艺，出现在叙事文学中，犹见手眼不凡，出现在抒情文学中，更是令人惊诧的奇文。这幕场景描写，逼真地状摹了诗人的朦胧醉态，并进而展示了诗人不屈不挠的坚强个性和好胜争强的壮士本色。在令人窒息的环境中，作者的精神没有颓唐和倒下，他顽强地磨砺着自己的意志，保持着高洁的人格和恢宏的报负，这便是“以手推松曰‘去’”所显示出的精神实质。

这段叙事性描写用的全是散文句法。《孟子·公孙丑下》有“‘燕可伐欤?’孟子曰：‘可!’”的句子，《汉书·王贡两龚鲍传》有“以手推常曰‘去’”的句子，辛弃疾此处亦借用这一句式。把前人文辞诗赋恰到好处地化入词中，是稼轩词的独到功夫，这里的散文化描写，再次以形象的生动和内涵的丰富，显示了这一手法的成功。固然，从词的总体特色来说，应当以可歌可听的婉约之作为尚，但是散文化和典故如果运用得当，也自然别有一番妙处，尽可自成一体。稼轩词不就是以独特的格调而成为千古词坛巨擘吗?

这首作品欢中有愁，柔中有刚，醉中有醒，否定中见肯定，随和中见执着。悟其三昧，意味深长。

惊起西窗眠不得

——《浪淘沙·山寺夜半闻钟》赏析

蔡义江

身世酒杯中，万事皆空。古来三五个英雄。雨打风吹何处是，汉殿秦宫？　梦入少年丛，歌舞匆匆。老僧夜半误鸣钟。惊起西窗眠不得，卷地西风。

此词有的研究者以为作年莫考。但词所写为隐居生活无疑，它编入范开“四卷本”丙集，因从梁启超编年，定为孝宗淳熙十五年（1188 年，49 岁）至光宗绍熙二年（1191 年，52 岁）在带湖所作。

小词从“山寺夜半闻钟”所触发的万千思绪，来抒写家国身世之感。词先以很深的感慨起头：“身世酒杯中，万事皆空。”这是说自己身世不幸，只好借酒浇愁，自己的理想、追求、奋斗全都白费，只落得一事无成。诗词的语言有别于宗教哲学用语，不能把这里说的“万事皆空”与佛家宣扬的“万境归空”、“四大皆空”等量齐观。应该看到在这极笼统的话的背后，感慨实在是有特定的具体的内涵的。“万事”之中有一事，对辛弃疾来说是最主要的，那就是他始终渴望的所谓“了却君王天下事”。现在，这一壮志宏愿，看来难以实现了。说成“万事皆空”，也为表现失望情绪的强烈。紧接一句颇特殊，只说“古来三五个英雄”，不作进一步说明，似乎难以确定其含义。唯其如此，它留给读者寻味并加补充的余地就更大。“三五个”，是说为数不多。也许作者想说，自古以来能成为真正英雄的人只是少数，因为要做一个英雄太难了；也可能是说，古来英雄如李广、苏武，以至当代的岳飞，那为数不多的几个人中，谁的身世是幸运的呢？他们劳苦功高，但能扭转乾坤吗？或者还可以有别的解说。这种不直接说出的吞咽式的表达方式，造成了“欲说还休”的效果，与前两句所表现的对现实失望的情绪是完全一致的。有此一句，我们才明白了前面慨叹的性质，它并非出自精神空虚或厌世，而是在写英雄无路的悲愤。

英雄的悲感还不在个人穷达，而在于国家兴亡。“雨打风吹何处是，汉殿秦宫？”词从身世之感转到了家国之恨。“雨打风吹”，比喻历史的无情变迁；“汉殿秦宫”，象征王朝的繁华鼎盛。“何处是”的答案是很明白的，正如元人曲子所说：“伤心秦汉经行处，宫阙万间都做了土。”词字面上是说秦汉，其实，词人的现实感触倒是北宋时代的繁荣昌盛局面一去不返了。上阕由自家身世、古来英雄，说到国家兴亡，感慨层层拓深。但并不说出这种感慨产生的环境和触发的原因，而留待下阕再交代。这样的安排与一般词作中常见的结构顺序不同，它更灵活而富于变化。在抒情上，尤能给人一种难以抑制、遂喷薄而出的印象。他著名的《摸鱼儿》

(更能消几番风雨）词中用的也是这样的表现方法。

下阕才就词题述说夜宿山寺之中，闻钟不能入眠的事。先说梦中情景："梦入少年丛，歌舞匆匆。"写来是为了与惊醒后的现实作对照。当时，词人年已半百，独宿山寺，老境孤凄，只是在梦中，自己才又回复到充满朝气和欢乐的年轻时代，跟一群年轻朋友听歌看舞，欢聚在一起。词，是举"歌舞"一端来代表"少年"时期生活的，因而在领会词意时，就应该比字面意思广一些，活一些。"匆匆"二字，既是写好梦短暂，被夜半钟声惊破，又表现词人在回想往事中的感受：他觉得现实人生亦如梦境一场，少年欢乐，转眼即逝。这就与词发端"万事皆空"的慨叹，暗中呼应了。

唐张继写舟中客愁，夜半闻寒山寺钟声的《枫桥夜泊》诗，传诵一时，曾引起后人对"半夜钟"的纷纷聚讼。如《苕溪渔隐丛话·前集》二十三引《王直方诗话》曰：欧公言：唐人有"姑苏城外寒山寺，夜半钟声到客船"之句，说者云："句则佳也，其如三更不是撞钟时。""老僧夜半误鸣钟"，就以此说为依据。不过，词人在亲闻山寺夜半钟声后，仍说是老僧"误鸣"，倒未必真的主张"三更不是撞钟时"，不会有钟声。在这里，说"误鸣"，除了暗示用语与诗家争论不休的"半夜钟"公案有关外，还包含着另一种意思，那就是说，不应该将自己从美好的睡梦中惊醒，所以怪老僧昏聩糊涂，钟撞得不是时候。结果是"惊起西窗眠不得，卷地西风"。这一惊醒，便再也不能入睡了。幻梦与现实、少年与老境的强烈对比，使词人心潮涌起，思绪万端。上阕的感慨即此时此地、此景此情所触发的。“卷地西风”象征着现实环境的严酷无情，又与上阕“雨打风吹”相关连，写得声色俱厉，给全词更增添了“壮士凄凉闲处老”的悲剧气氛。

朴实无华　明白如画

——《武陵春》赏析

喻朝刚

走去走来三百里，五日以为期。六日归时已是疑，应是望多时。　　鞭个马儿归去也，心急马行迟。不免相烦喜鹊儿，先报那人知。

稼轩词气魄宏大，境界壮阔，是南宋豪放派的杰出代表。但他在当时词坛又是一位刚柔兼济、能豪能婉的多面手。他博闻强记，胸有万卷，笔力峭拔，尤善于化用前人的成语典故，而无一点斧凿痕迹。另一方面，他在长期农村生活的基础上也吸取和运用了一些民间口语，因此有少数作品又写得十分清新自然，从而表现出多层次的艺术风格。这首《武陵春》纯用白描手法，语言通俗易懂，毫无雕饰之感，与民间词风很相近。

词写游子思归的急切心情，朴实无华，明白如话，澄清恰似一泓秋水。上片写游子客中自叙：临别时原以为“三百里”地，一去一来，往返的时间不会太长，故约以“五日以为期”。谁知出门在外，身不由己，如今六日已过，逾期未归，料想家人早已盼望多时。这四句用平淡的语言，说出了人们常有的一种生活感受。下片写游子归心似箭：回程途中，尽管不断加鞭，可仍嫌马儿走得太慢。行进之间，忽听得路旁的喜鹊在枝头喳喳地叫，游子灵机一动，“不免相烦喜鹊儿”，快快飞回家中，把我归来的喜讯告诉给“那人”。这四句着重刻画主人公的心理情态，突出一个“急”字，写得细腻真切。

本篇完全不用典故，也没有景物的渲染烘托，实话实说，而又能将游子思归的心情描绘得活灵活现，饶有情趣。词中用了两个“儿”字，一在句中，一在句尾，均为当时民间口语，可见辛弃疾对语言的大众化、通俗化也是做过一些探索和尝试的。

淡雅素净的山村风俗画

——《浣溪沙·常山道中即事》赏析

吉明周

北陇田高踏水频，西溪禾早已尝新，隔墙沽酒煮纤鳞。　　忽有微凉何处雨，更无留影霎时云。卖瓜人过竹边村。

苏、辛的农村词，在宋代词坛上是两座耸立的里程碑。如果说，苏轼知徐州时所写的五首农村词《浣溪沙》，还不免带有地方官吏的口吻（如自称“使君”）和诗人雅士的偏见（如称农家为“野人家”），那么，辛弃疾这首写于“常山道中”的农村词《浣溪沙》，则全然没有这种高视自矜的官气和轻鄙农家的语气，而是充满着热爱农村、关心农事的真挚感情。

嘉泰三年（1203年），辛弃疾以朝请大夫、集英殿修撰知绍兴府，兼浙江东路安抚使。据《嘉泰会稽续志》卷二“安抚题名”载，辛弃疾于当年六月十一日到任。此词当为赴任途中行经常山时于道中所作。常山，绝顶有湖，又名湖山，在今浙江省常山县东，是当时衢、信两州间必经之路。即事，意为摄取眼前所见景物或情事。

上片叙农家劳动和生活的场景。首句写农民耕作的辛劳，笔调缓重。北边高地上，很多农民在猛踏水车，灌溉农田。一个“频”字，点明踏水人数之多、频率之快及农民之辛苦。二三两句转以轻快的笔致，写农家收获的喜悦。西边河溪两岸，农作物成熟较早，农民已品尝过新收稻米的香甜。他们隔着院墙向挑卖的酒担打来酒，又煮上细鳞小鱼，洋溢着一种喜庆丰收的气氛。农家有大鱼卖给市集、小鱼自家享用的习惯。“煮纤鳞”，正反映这种节俭的生活作风。“踏水”的场面，“尝新”的习俗，“隔墙沽酒”的方式，煮吃“纤鳞”的乡风，生动、细腻而又简洁地表现了农家的劳动生活。

下片写山间气候和乡村小景。一二两句以流动脱化的对句，捕捉和表现山间多变的气候特征。忽然间，一丝凉意拂面，原来是空中飘来几星雨点，不知何处正在下雨？仰天寻觅，只见一缕云彩飘掠而过，霎时间又无踪无影。笔势灵动跳荡而富有情致。“忽有”、“更无”，以虚字呼唤，栩栩欲动。觉凉而寻雨，思雨而观云，细致而有层次。凉而曰“微”，云而曰“霎时”，又细微而有分寸。这两句传神地再现了山间乍雨复晴、忽凉又热的天气变化。末句紧承上两句，侧写天气，以景语收束。卖瓜人肩挑瓜果担，叫卖着走过翠竹掩映的村落。人渐远，声渐渐……看似闲笔，却暗示着天气又转炎热。此句淡然而止，悠然不尽。

词人以轻灵活泼的笔触、淡雅素净的色彩，展现了这么一幅山村风俗画。上片取近景，因而能看到田头“踏水”的动作、院里“尝新”的场景，听到“隔墙沽酒”的对话，闻到“煮纤鳞”的香气。下片摄远景，因而只能看到天边的雨点、云影和远处的竹林、村落，听到走过村落的叫卖声。

清刘熙载《艺概》云：“词之妙莫妙于以不言言之，非不言也，寄言也。如寄深于浅，寄厚于轻，寄劲于婉，寄直于曲，寄实于虚，寄正于余，皆是。”这首词中，词人没有直抒胸臆的议论，也没有画龙点睛的旁白，但其思想和情感，均“以不言言之”，随处可触摸。“踏水频”中，暗示田间缺水严重，透露对农事的关注；“尝新”、“沽酒”、“煮纤鳞”中，又流溢对农家乐的欣赏之情；感觉“微凉”而急寻“何处雨”的惊喜，不见“霎时云”的“留影”时的遗憾，无不表现与农家共忧喜的思想感情。整首词不雕琢，不假借，不著色相，不落言诠，自然清新，很能见出词人于豪健奔放之外的另一种艺术风格。

忧国孤臣泪　登临志士心

——《汉宫春·会稽蓬莱阁怀古》赏析

李茂肃

秦望山头，看乱云急雨，倒立江湖。不知云者为雨，雨者云乎？长空万里，被西风，变灭须臾。回首听、月明天籁，人间万窍号呼！　谁向若耶溪上，倩美人西去，麋鹿姑苏？至今故国人望，一舸归欤。岁云暮矣，问何不、鼓瑟吹竽？君不见、王亭谢馆，冷烟寒树啼乌。

这首词写于嘉泰三年（1203 年），作者在绍兴知府兼浙东安抚使任。

辛弃疾于淳熙八年（1181 年）被王蔺弹劾削职，绍兴三年（1192 年）再被起用；但不久又遭黄艾等弹劾，罢任闲居，至嘉泰三年，再被起用。出于抗击金人、收复失地的强烈愿望，辛弃疾虽屡受挫折，政治失意，而且当时已是 64 岁的老人，但仍“不以家事为怀，单车就道”（黄榦《勉斋集》卷四），来到任所绍兴。这首词就是上任不久时写的。

会稽即今之浙江绍兴，蓬莱阁在绍兴卧龙山下，为当时名胜之区。词分上下两阕，上阕重在描写登高临视，所见一场暴风雨的情景；下阕因景抒情，吊古伤今。

首先作者从登临时所见起兴。“秦望山头”一句，点明风雨发作的地点。秦望山在会稽东南四十里，相传秦始皇曾登此山以望东海，故名秦望山。“看乱云急雨，倒立江湖”二句，写出了秦望山头大雨滂沱的气势，充满浪漫主义的想象。接着以散文的句式入词，“不知云者为雨，雨者云乎？”进一步描绘了水天相连的情况，真是漫天风雨，近似一片汪洋。但是词意急转，一阵狂风吹过，霎时天晴雨霁现出长空万里。以上两层着墨不多，却写尽了大地风云变幻莫测的特点。接着作者的思绪从天上转到地上，从前方转到后方。“回首听，月明天籁，人间万窍号呼！”这里“万窍号呼”一句，是写风声、雨声，还是被外族蹂躏下的广大人民所发出的怒声？发人深思，耐人寻想。词的下阕，写作者触景生情，吊古伤今。由于作者登临远眺思绪万千，因此不仅从天上的风云想到人间大地，同时也从现实想到历史。“谁向若耶溪上”三句是对春秋时吴越争战一段历史故事的回忆。若耶溪在会稽南二十五里，美女西施曾浣纱于此。越王勾践有意识地把西施进献给吴王，吴王修建姑苏台迎接西施，从而生活更加荒淫腐朽，最后终于被越国消灭，当日豪华一时的姑苏台也就变成麋鹿出没的场所。作者回忆这段历史，决不是妄发思古之幽情，而是面对南宋当局腐朽享乐的行径所进行的警告和批评。“岁云暮矣”三句转出，但接着又通过对“王亭谢馆”的叙写，对聚集南宋京都的权臣贵族表示了强烈的不满和诅咒。王、谢两家是东晋时期的豪门贵族，他们随着东晋偏安局面的出现，从北方迁到南方，多集聚在会稽这个地方，表面上风流儒雅，而实际上是些醉生梦死的人物。如今他们所居住过的地方也象“麋鹿姑苏”一样，已是“冷烟寒树啼乌”！真是一片凄凉景象充满人间，充满作者的心头，然而这也许正是南宋王朝发展的前景。作者还有什么心思，再去“鼓瑟吹竽”呢？这与他的“把吴钩看了，栏杆拍遍，无人会，登临意”（《水龙吟·登建康赏心亭》）所抒发的感情完全是一致的。

陆游在《游锦屏山谒少陵祠堂》诗中说：“亦知此老愤未平，万窍争号泄悲愤。”在另一首诗谈到他自己登山临水的心情时又说：“爱君忧国孤臣泪，临水登山节士心。”陆游的诗可帮助我们进一步理解辛弃疾的这首词。梁启超在《跋四卷本稼轩词》中，把这首词与写作时间稍晚的《永遇乐·京口北固亭怀古》相提并论，认为都是辛弃疾晚年的名作，这一见解是十分深刻的。

从艺术特点上看，这首词应该属于浪漫主义的范畴。词的上阕风格豪放，意境宏伟。作者善于捕捉自然景物的特点，以明快的笔墨描绘出风雨变幻的壮丽景色，而且词意两次陡转，意境翻新，把读者带入一个居高临视，风雨漫天的境界。这是自然界的风雨，也是作者精神领域中长期郁结的思想风暴，真是“慷慨纵横，有不可一世之概”（《四库提要》）。词的下阕转入怀古，豪放的风格变得凝重沉郁，作者进入了悲壮的沉思中。人类的历史也像自然界的“变灭须臾”，接着连引两段历史故事，这不仅是抒发英雄粪土、人生无常的慨叹，而更重要的是对不思振作、贪图安逸享乐而导致国破家亡的某些历史人物的惋惜，表现了作者抚今思昔，对南宋王朝腐化享乐的不满情绪，而这正是“人间万窍号呼”的真正原因。

辛弃疾的门人范开在《稼轩词序》中说：“器大者声必闳，志高者意必远。”又说：辛弃疾无意写词，他的创作“则亦随其所蓄之浅深，有不能不尔者耳。”这段话，对我们结合辛弃疾的思想生平去理解他创作的思想内容和豪放沉郁的艺术风格是有很大帮助的。

从语言运用上看，这首词两次引用《庄子》的语言。“不知云者为雨，雨者云乎?”出自《庄子·天运》；“人间万窍号呼”出自《庄子·齐物论》。都能气韵生动，不露痕迹，恰到好处。这一方面说明，辛弃疾打破了词和散文的界限，善于随手拈来以散文的句式和表现方法写词，同时也说明作者在艺术构思上受到《庄子》的影响。《庄子》幻想驰骋、笔墨奇丽、想象丰富的特点，在辛词中时有所见。本词气势磅礴的意境，纵横开阖的表现手法，与《庄子》艺术构思的特点也不无一定的继承和联系。

新凉夜读，东山再起

——《汉宫春·会稽秋风亭观雨》赏析

陈祖美

亭上秋风，记去年嫋嫋，曾到吾庐。山河举目虽异，风景非殊。功成者去，觉团扇便与人疏。吹不断、斜阳依旧，茫茫禹迹都无。　千古茂陵词在，甚风流章句，解拟相如。只今木落江冷，眇眇愁余。故人书报；莫因循，忘却莼鲈。谁念我、新凉灯火，一编太史公书。

尽管在常见的辛词版本中，此词的题目均作《会稽秋风亭观雨》，但其中“观雨”二字，疑有讹误。作者于宋宁宗赵扩嘉泰三年（1203 年）起知绍兴后，同一段时间写过两首《汉宫春》。前一首题作《会稽蓬莱阁怀古》，但其中怀古的内容不多，倒是有其旨近于观雨的“看乱云急雨，倒立江湖”的句子，而这一首则主要是怀古。看来很可能是两首词的题目发生了舛互。所以此词的标题似以作《会稽秋风亭怀古》为是。

对于这首词，与辛弃疾大致同时的丘崇、姜夔和循王张俊之孙张镃三人均有赓和，其中张镃的和词题作：《稼轩帅浙东，作秋风亭成，以长短句寄余，欲和久之。偶霜晴，小楼登眺，因次来韵，代书奉酬》。又《会稽续志》云：“秋风亭在观风堂之侧，其废已久，嘉定十五年，汪纲即旧址再建。纲自记于柱云：‘秋风亭，辛稼轩曾赋词，脍炙人口，今废矣。余即旧基面东为亭，复创数椽于后，以为宾客往来馆寓之地，当必有高人胜士如宋玉、张翰来游其间，游目骋怀，幸为我留，其毋遽起悲吟思归之兴云。’”根据以上两项材料，则秋风亭为辛弃疾所首创，这首词即其登临此亭时所作。

1194年，宋孝宗赵昚死后，外戚韩侂胄专权。宁宗赵扩嘉泰年间（1201—1204年），韩侂胄见金王朝已衰，力主乘机北伐收复中原。请宁宗追封岳飞为鄂王，削去秦桧死后所封申王，改谥“谬丑”，同时擢用主战派人士，准备北伐。1203年，64岁的辛弃疾被起用为绍兴知府兼浙东安抚使。会稽秋风亭当系其到职后不久所建。第二年辛弃疾就被派作镇江知府。前面提到的丘崇的和词是写于“癸亥中秋前二日”，也就是嘉泰三年（1203年）中秋节的前两天，那么辛词自然是写于同年中秋节之前了。

在《宋史》中，韩侂胄是入奸臣传的，对于他所发动和主持的开禧（1205—1207年）北伐，有一种意见认为这是韩侂胄为了增重于己。辛弃疾对自己的被起用，既抱有“叶公岂是好真龙”（《瑞鹧鸪》）的疑问，又希望趁此一展身手。这首词中的豪壮和悲凉交织的情调，当是作者这种矛盾心理的反映。后来事情的发展说明这种怀疑不是多余的，韩侂胄终于罢免了辛弃疾，北伐亦告失败，韩的首级也被函送于金。

“亭上秋风，记去年嫋嫋”和“只今木落江冷，眇眇愁余”等句，是化用《楚辞·九歌》“帝子降兮北诸，目眇眇兮愁予。嫋嫋兮秋风，洞庭波兮木叶下”的句意。其中，嫋即袅的异体字，袅袅形容微风吹拂；眇眇状远视貌。这里辛词和屈骚不仅辞句相似，其内涵也基本相同，都是表达贤者自伤、“见一叶落，而知岁之将暮”（《楚辞补注》）的哀感。那么，辛弃疾此时既然已被起用，又为何伤感呢？其实不难设想：过去的二十多年白白耽搁了，今后的前途仍然吉凶莫测。清冷秋江上的萧索落叶似乎透露着一种不祥的征兆，作者情绪的低沉被日后的事实证实了：其正确的军事主张并未被韩侂胄采纳，也终于未能实现其“整顿乾坤事了”（《水龙吟》）的心愿，四年之后，词人赍志而殁。从字面上说，前三句的意思是：这吹拂亭子的秋风，记得去年也曾吹到我在江西瓢泉的房舍。接下去“山河”二句典出《世说新语·言语》篇：“过江诸人，每至美日，辄相邀新亭，藉卉饮宴。周侯（顗）中坐而叹曰：‘风景不殊，正自有河山之异！’皆相视流泪。”这就是“新亭泪”和“新亭对泣”一典的出处，亦见于《晋书·王导传》，后用以比喻忧国忧时的悲愤心情。同一典故，辛弃疾在其写于45岁的《水龙吟·甲辰岁寿韩南涧尚书》一词中也曾用过，彼时主要借以表达自己与王导一样具有立志恢复的气节，这里则着重抒发风景依旧、江山易主的感慨。

“功成者去，觉团扇便与人疏”，用了两个典故，前者出自《战国策·秦策》：“蔡泽谓应侯曰：‘四时之序，成功者去。’”

后者取意于《汉书·外戚传》所载班倢伃《怨歌行》的"新裂齐纨素，皎洁如霜雪。裁为合欢扇，团团似明月。出入君怀袖，动摇微风发。常恐秋节至，凉风夺炎热。弃捐箧笥中，恩情中道绝"。这里作者是借时序的代谢和妇女的被弃表达自己对前程的忧虑。接下去说秋风仍然在不断地吹，斜阳也与过去一样，但是收复河山、统一祖国却没有希望。这就与"新亭泪"的典故照应起来了。禹迹，谓大禹治洪水足迹所至之地。今浙江绍兴会稽山仍有禹陵、禹庙等名胜古迹。此处的禹迹当是代指南宋沦陷的疆域。

下片据题立意写怀古的内容。所怀念的人物首先是汉武帝和司马相如。茂陵词，指汉武帝刘彻所作的《秋风辞》。武帝葬于茂陵，李贺《金铜仙人辞汉歌》称其为"茂陵刘郎秋风客"。《秋风辞》是其晚年巡行河东，祭祀后土之神，泛舟汾河，在舟中与群臣宴饮时因依楚歌体制作此辞，抒发其感秋、叹老以及希望获得"贤才"的心情。辛词称颂《秋风辞》为"甚风流章句"，恐怕不单是指其文字上的超逸美妙，很可能还包括对其中"怀佳人兮不能忘"等句所体现的作者求贤若渴思想的赞美。推而言之，词作者还认为《秋风辞》之所以那么出色，盖同汉武帝赏识司马相如、摹拟其辞赋的缘故。对于"解拟"句，有的选本理解为："怎么能说它模仿司马相如？"还有的将"解拟"注作"能比拟"。我认为类似的解释恐与辛句原意以及武帝对司马相如的态度不合。司马相如因为写了《子虚赋》，才得到武帝召见；写了《上林赋》又被武帝用为郎，可见不是一般地赏识。再说不仅是武帝可能模仿司马相如，他的辞赋是汉魏以来许多文人摹拟的对象，比如《汉书·扬雄传》就说：“蜀有司马相如，作赋甚弘丽温雅，雄心壮之，每作赋常拟以为式。”这里，辛弃疾似乎在暗示人们：汉武帝不仅本身有雄才大略，他还能发现人才，重用人才。

“只今”二句的“木落”就是叶落。杜甫的名句：“无边落木萧萧下”的“落木”即是指落叶。“木落江冷”又是一个典故，出自《新唐书·崔信明传》。据载，崔信明，青州益都人，“蹇亢以门望自负，尝矜其文，谓过李百药，议者不许。扬州录事参军郑世翼者，亦骜倨，数佻轻忤物，遇信明江中，谓曰：‘闻公有枫落吴江冷，愿见其余。’信明欣然多出众篇，世翼览未终，曰：‘所见不逮所闻。’投诸水，引舟去。”后因以“木落江冷”喻言过其实。看来辛弃疾对这个典故的运用有所引申和发挥，其意像是在说“只今”秋风吹来，与当年汉武帝写《秋风辞》的时节一样，但像武帝那样有作为的人物，已不复存在，也就无人赏识当今之司马相如了。清秋登亭，远远望去，不胜心忧。

正在词人对“只今”的处境感到悲戚时，得到“故人书报”，也就是旧友的来信。信中告戒说：不要因为耽于职守，而忘了乡情。“因循”一词，在古籍中一般用作守旧法而不加变更，如《史记·太史公自序》：“其（道家）术以虚无为本，以因循为用”、《汉书·循吏传序》：“光（霍光）因循守职，无所改作”等，其中的因循都是守旧的意思。莼鲈，莼又名水葵、凫葵，多年水生草本植物，其嫩叶可作羹，极鲜美。鲈是一种食用鱼。《晋书·张翰传》：“（翰）因见秋风起，乃思吴中菰菜、莼羹、鲈鱼脍，曰：‘人生贵得适志，何能羁官数千里，以要名爵乎？’遂命驾而归。”后人常以莼鲈为思乡的典故。其实张翰的本意是为避祸保身，托辞退隐。辛弃疾在使用这个典故时，则主要是表现一种矛盾的心理，比如淳熙八年（1181年），他在江西安抚使任上写的一首《沁园春》中，就表达了这种情绪：“意倦须还，身闲贵早，岂为莼羹鲈鲙哉……沉吟久，怕君恩未许，此意徘徊。”这一次也还是很费斟酌：“故人”嘱其退隐，自然是好意，但刚被起用，他怎么肯轻易放弃这一施展抱负的机会呢？“新凉”夜读，表明其无意归闲。

最后两句其意接近于韩愈《符读书城南》诗的“时秋积雨霁，新凉入郊墟。灯火稍可亲，简编可卷舒”诸句，就是说谁能想到我会在初秋挑灯夜读太史公的书呢！“太史公书”指《史记》。作者夜读《史记》，其中之深意正如张镃的和词所云：“江南久无豪气，看规恢意概，当代谁如”，是一种致力于祖国统一的“豪气”。的确，在辛弃疾这样一个“到死心如铁”（《贺新郎》）的真正男子汉面前，一旦抗战机会到来，无疑会一试身手，不容易被所谓莼鲈之思打动。

此词艺术手法上的主要特征是大量用典。因为是怀古，所选用的典故，其匠意近于史，意蕴深厚，兴致繁富，读后，简直等于聆听了一首庄重、沉思、悲戚、雄壮等各种情绪交织的多乐章的命运交响曲。这首乐曲最后一小节的音符标志着作者新的期待和更大的抱负。笔者推想，当年谢安隐居会稽而东山再起，对已被起用的词人来说，当有所激励，所以此词之煞拍余音缭绕、力度很强。

怀古咏今　沉郁悲壮

——读《永遇乐·京口北固亭怀古》

施蛰存

千古江山，英雄无觅，孙仲谋处。舞榭歌台，风流总被，雨打风吹去。斜阳草树，寻常巷陌，人道寄奴曾住。想当年，金戈铁马，气吞万里如虎。　元嘉草草，封狼居胥，赢得仓皇北顾。四十三年，望中犹记，烽火扬州路。可堪回首，佛狸祠下，一片神鸦社鼓。凭谁问，廉颇老矣，尚能饭否。

这首词是辛稼轩的名作，明代的杨升庵（慎）甚至誉为《稼轩词》中第一首（见《词品》）。但也有人嫌其运用典故太多，不像其他作品之流利自然（宋·岳珂，清·谭献）。这一评论，不能说不对。用典太多，无论作诗作词，都不是高的格调。用典拙劣的作家，尤其显得是“掉书袋”，令读者生厌。不过，辛稼轩这首词是怀古之作，既曰“怀古”，当然怀念的是历史人物、历史事迹。一提到这些人物，这些事迹，就是典故。辛稼轩于宋宁宗开禧元年（1205 年）任镇江知府时，来到北固山上的北固亭游览（京口即镇江），对此江山胜地，联系到自己有恢复中原的壮志、和当时南宋偏安小朝廷的危殆的形势，不由得想起历史上几个英雄人物。他们的雄心壮志，他们所处的时代和政治环境，都和自己一样。可是，他们的壮志未曾实现，事业没有成功，非但生命已经长逝，连一点遗迹都渺不可寻。由此情怀，想到自己也已老了（稼轩此年 66 岁），是否还能做出一些事业来呢？以上是表现在这首词中的思想过程。因此，这许多典故也就免不掉了。

现在我们从词句中看作者如何表现其思想。上片第一句“千古江山”，“千古”是时代感，“江山”是现实感。作者在北固亭上瞭望眼前的一片江山，想到古时曾经统治过这片江山的英雄人物。他首先想到三国时的吴大帝孙权（字仲谋）。孙权是个有雄心壮志，要统一中国的人物。可是现在呢，像孙权那样的英雄人物也无处寻觅了。（“无觅处”三字分开来用。）非但人无觅处，连他当年的“舞榭歌台”，这些反映他的风流遗事的建筑物，也都被“雨打风吹”，杳无踪迹了。接着，作者又想到了刘裕。

刘裕，小名寄奴。他在东晋安帝义熙五年及十二年，曾两次率晋军北伐，先后灭掉南燕、后秦，收复洛阳、长安，几乎可以克复中原，可惜后来他野心篡夺晋帝政权，建立自己的宋代政权，放弃了进取中原的计划，以致淮北各地得而复失。作者想到刘裕早期的功勋，也非常钦佩，所以说“想当年，金戈铁马，气吞万里如虎”。可是现在刘裕的遗迹也找不到了。只见“斜阳草树”之中，寻常百姓的里巷，当地的老辈相传说，这里便是刘裕当年住过的地方。因为刘裕生长在京口，也是从这里起兵北伐的。

以上是词的上片，怀念两个英雄人物的盛衰。接下去，下片便怀念到又一次北伐失败的历史事实。宋文帝刘义隆元嘉二十七年（450 年）命王玄谟率师北伐。当时北方的统治者是鲜卑族的北魏太武帝拓拔焘（小名佛狸）。王玄谟草率出兵，没有周详的部署，结果大败而回。所以作者说：元嘉时的北伐，真是冒失出兵，妄想象汉代的霍去病一样，北伐单于，一直打到狼居胥山（在今内蒙古西北境内），封祭山神，凯旋回师。可是，王玄谟的战绩却只落得仓皇地逃回京口。此词中“仓皇北顾”四字，许多注释本都把“北顾”讲作“向北张望追来的敌人”，似乎未达作者之意。“北顾”是流亡到江南的士大夫常用的一个含有政治意义的语词，有“北望中原，企图恢复”之意，故宋文帝在元嘉八年兵败时赋诗云：“北顾涕交流”。后来梁武帝登北固亭，索性把亭名改为北顾亭，以寓收复中原之志。辛稼轩此词是北固亭怀古，因而用了双关的意义。我以为“仓皇北顾”应解释为仓皇败退到北固山下，从此只能“北顾”而已。

接下去，忽然来一句“四十三年”，立刻联系到自己，又联系到当时抗金的形势，从怀古一转而为伤今，笔路可谓雄健。辛稼轩于宋高宗绍兴三十三年（1162 年）来到南方，参加抗金战争，到开禧元年登北固亭时，正是四十三年。这时他遥望对江的扬州，还记得四十三年前从北归南的一路战斗情况。所以说“望中犹记，烽火扬州路”。

在这四十三年间，辛稼轩壮志未酬，南宋小朝廷也始终未能振作。收复中原，徒成虚愿。于是辛稼轩有了不堪回首之感。这一感慨，因望见“佛狸祠下，一片神鸦社鼓”而愈加强烈。原来北魏太武帝在击败王玄谟的军队之后，一直追到京口对江的瓜步山（今江苏六合东南），在山上建立了行宫。这个行宫到后世便被当地老百姓误传为狒狸祠，以为是一座福祐人民的神庙，春秋祭祀，有“神鸦社鼓”的热闹。时代已冲洗掉民族耻辱的意义，这就使辛稼轩愈加悲痛，深恐再过几十年，南宋小朝廷也即将在历史上消失。

词的最后三句，归结到自己。战国时赵国的名将廉颇，年纪虽老，精神还很壮健，还能大嚼米饭和猪肉。辛稼轩以廉颇比喻自己，自以为虽然老了，还能参加抗金战斗。可是，谁来打听廉颇还能不能吃饭呢？这意思是说，有谁能起用我去带兵抗金，收复中原呢？

辛稼轩作此词时，正是宰相韩侂胄打算北伐的时候。韩侂胄是宋宁宗亲信的人，他为了巩固自己的政治地位，在忧心国事的士大夫中间取得盛望。辛稼轩作此词的上一年，即宁宗嘉泰四年（1204 年）正月，韩侂胄已决定对金用兵，希望打一次胜仗，收复一块失地，以增加他的政治资本。同时，他追封岳飞，起用辛稼轩，在抗金派的朝野人士中取得好感。辛稼轩此时的心理状态是很复杂的。他知道韩侂胄的北伐，也是“元嘉草草”的鲁莽行动，但这一举动的意义，却是符合于他的夙愿的。他这些思想上的矛盾，都表现在这首词中。最后三句，也可以认为他有点感激韩侂胄之意。不过，由于韩侂胄这一轻举妄动，在开禧二年，就招来了金兵大举入侵，又造成一次“仓皇北顾”的形势，宁宗皇帝在敌人的威胁下，只好归罪于韩侂胄，杀之以谢罪。后世词人，对这最后三句，也就不敢说辛稼轩当时有感激韩侂胄之意了。

烈士暮年　壮心不已

——《南乡子·登京口北固亭有怀》赏析

王鲁一

何处望神州？满眼风光北固楼。千古兴亡多少事，悠悠，不尽长江滚滚流。　年少万兜鍪，坐断东南战未休。天下英雄谁敌手？曹刘。生子当如孙仲谋。

这是开禧元年（1205 年）辛弃疾任镇江知府时写的。京口即今江苏镇江市，北固亭在京口城东北的北固山上，亦称北固楼。题曰“有怀”，可见并非泛泛的写景之作。

“何处望神州？满眼风光北固楼。”写登楼的动机和即景的感受。“神州”指早已沦陷的中原地区。作者登楼正是为了“望神州”，可知他对中原的河山与父老怀着怎样的深情。然而，“神州”毕竟是那么遥远，虽穷尽目力北望，也是枉然。视野之内，满是北固楼一带的风光。北固山由长江南岸凸入江中，山虽不大，却形势峭拔，风光绮丽，山下江面开阔，可极目远眺。昔年梁武帝萧衍赞其形胜，题曰“天下第一江山”。

山上的古迹如甘露寺、凌云亭、溜马涧、狠石、试剑石等，相传都与三国史实有关。然而，这位终生志在抗金恢复的老英雄，此时哪里有留连光景的心思呢？

“千古兴亡多少事，悠悠，不尽长江滚滚流。”作者的目光从远处收回来，注视着奔流不息的江水，不禁思接千载。“千古兴亡多少事”即“千古多少兴亡事”。杜甫《登高》诗“无边落木萧萧下，不尽长江滚滚来”，写深秋景色，身世之感，力透纸背。这里化用，以长江的“滚滚流”喻古往今来世事的盛衰兴亡，更是感慨万端。“悠悠”两个字，极其贴切自然，而又韵味无穷，既是描摹江流的姿态，又是感叹“兴亡事”的更迭；前后两句，借着这样的通感贯串了起来。

上片的写景，已是情景交融，渗透了作者的无限感慨。下片更进了一层，抒发其渴望建立英雄业绩的豪情。

“年少万兜鍪，坐断东南战未休。”是承“千古兴亡多少事”而来，赞美孙权在此地建立的功业。孙权继孙策为吴主时才十九岁，所以说“年少”。“万兜鍪”是说他统帅了强大的军队。“万”是虚数，极言其多；兜鍪是古代军人作战戴的头盔，这里借代为战士。“坐断”即占据住。孙权的可贵之处就在于他不畏强敌，自强不息，占据住这东南一隅，不休止地战斗，使其国势日强，与魏、蜀鼎足而立。

“天下英雄谁敌手，曹刘”，是化用曹操语。据《三国志》记载，曹操曾对刘备说：“今天下英雄惟使君与操耳”（《蜀先主传》），认为当时只有刘备和自己算得上英雄。那么，孙权敢与曹刘抗衡，不是更令人敬佩吗？

结句“生子当如孙仲谋”，直接借用了曹操赞叹孙权的话。当年曹操在濡须与孙权对阵，夜渡，遭孙权水军袭击，看到其舟船、器杖、军伍整肃，喟然叹曰：“生子当如孙仲谋，刘景升儿子若豚犬耳！”（裴松之《三国志注》引《吴历》）孙权字仲谋，论年纪是曹操的晚辈，所以曹操渴望自己的后代也能像他那样成大气候。而曹操向荆州（今湖北江陵县）进兵时，刘表（景升）的儿子刘琮却望风迎降，所以曹操说他如同猪狗。古往今来，豪杰之士总是意气相通的。辛氏借用“生子当如孙仲谋”，并非仅仅寄希望于后代，实际上是说人生在世应如孙权那样奋发有为，建功立业，使敌手折服。这里，作者那烈士暮年、壮心不已的精神跃然纸上，千百年之后，犹能感觉到他那虎虎生气。

辛弃疾的登临之作，每每将写景、怀古同克复中原的夙志相联系，从年轻时频登建康赏心亭，到中年的“西北望长安，可怜无数山”，他执著地争取着抗敌报国的机会，然而却总被朝廷弃置不用。当年叱咤风云的少年英雄，而今已成了六十六岁的老人。人生能有几多岁月经得起这样空耗呢！这次出知镇江前，他曾被皇帝召见，人们深知其雄才大略，都寄予厚望，如陆游就赠诗比之为管仲、萧何。他自己也满以为机会来了，一上任就布置军事进取的准备工作。可是大权独揽的韩侂胄却认为发动北伐是唾手可得的功名，不愿与别人共成其事，起用辛弃疾等元老重臣只不过是出于宣传的需要。这一点，辛弃疾不久也有所察觉，我们只要将他在同年、同地所作的那首《永遇乐·京口北固亭怀古》拿来并读，就可看出一些消息。那首词的末尾道："凭谁问、廉颇老矣，尚能饭否？"他慨叹朝廷不能进用人才，却听任韩侂胄这种虚浮轻薄的人物主宰国家的安危。他更不愿看到韩氏象当年的宋文帝那样没有做好准备就冒险北伐，落得大败而逃，招致敌军南犯。他当仁不让地要把克复中原的事业担当起来。这两首北固楼词，都流露出他那老当益壮的强烈的战斗意志，如果说有什么不同的话，那就是此词更多了些乐观昂扬的气氛。

这首词在艺术上也很有特色。通篇问答自如，清新明快。有些词论家爱訾议辛词的"掉书袋"，实在是一叶蔽目，不见泰山。此词用事虽多，并不艰涩，可见作者善于融化古人语，依表达所需信手拈来，为我所用，随物赋形，不拘一格，这正是大家风范。小令贵含蓄，有些话是对当局不满而发，却不着一字，尽得风流。如"何处望神州"固然是地理条件所限，但却是朝廷不能光复中原的必然结果；论客观条件，当年的东吴并不比南宋强，可是孙权却能"坐断东南战未休"，与南宋的一再屈辱求和形成鲜明对照；"生子当如孙仲谋"，很容易使人联想到"刘景升儿子若豚犬耳"——韩侂胄及其党羽多是些纨绔之徒，根本不堪任重，恐怕不会比刘琮强到哪里。诗词不是史论，观辛氏《美芹十论·自治第四》，对孙权在历史上的地位，评价并不过高，此词把他作为杰出的英雄来歌颂，其实是借古讽今，借题发挥。作者既然醉翁之意不在酒，读者当然也就不必拘泥了。

振衣玉立风尘表

——《生查子·题京口郡治尘表亭》赏析

杨积庆

悠悠万世功，矻矻当年苦。鱼自入深渊，人自居平土。　红日又西沉，白浪长东去。不是望金山，我自思量禹。

这首词是辛弃疾于宋宁宗嘉泰四年（1204 年）到开禧元年（1205 年）间，出任镇江知府之时，题咏府治后山上的尘表亭而作。京口，即今江苏省镇江市。南宋镇江郡治在城北临江的北固山前峰南侧，尘表亭，为郡衙僚吏公余休憩之所，当建于北固前峰之最高点，极目临风，高出尘表。

按理说，登临如此高耸的山亭，自应细写其杳渺之景象，雄阔之意境。然而辛弃疾竟以豪情壮志、险思奇想出之，大发思禹之幽情，却又能不肯离题意。如上片“悠悠万世功”二句，通过“悠悠”、“矻矻”两个叠词，既生动地写其历史久远，又形象地道出大禹的劳苦功高。这纵横高远的境界，不正是最恰当地扣住“尘表”二字？作者面对着一派江山如画、烟火万家的绮丽景象，他考虑的却是“鱼自入深渊，人自居平土”。尘世万物均能各得其所，推本溯源，这都是禹的伟大业绩。这三、四两句，又将“高”和“远”更推进了一步，可以说是超然玉立于尘表之外了。

如果说上片是吊古，那么下片就该是伤今。过片“红日又西沉”二句，仿佛写的是眼前景，倘若简单地这样去理解，显然与上片高、远的意境不能吻合。我认为“红日”句，喻南宋小朝廷岌岌可危的局势；“白浪”句，指流光飞逝，历史是无情的。这正是一代爱国者的时代忧虑，是作者愤懑难平的情感流露。煞尾二句，既照应了前阕，又阐明了词意：危亭登眺，无意于赏心悦目，主旨在忧时伤世。“我自思量禹”句，寓含着作者无限心事：在这苟且偷安、不思自振的人欲横流中，能不能再有个为民造福的神禹出来治水平土，力挽狂澜，重整河山？全词紧紧系住“尘表”铺写，居高临远，吊古伤今，上下片浑然一体，意境奇特，造语清俊，在小令中洵为不可多得的妙品。

空负吞海志　苦无回天力

——《水调歌头·和马叔度游月波楼》赏析

由　汝

客子久不到，好景为君留。西楼著意吟赏，何必问更筹。唤起一天明月，照我满怀冰雪，浩荡百川流。鲸饮未吞海，剑气已横秋。　野光浮，天宇迥，物华幽。中州遗恨，不知今夜几人愁。谁念英雄老矣，不道功名蕞尔，决策尚悠悠。此事费分说，来日且扶头。

这首登临游赏词，未收入早先的辛词刊本，后由清人法式善、辛启泰从《永乐大典》里辑出，邓广铭先生的《稼轩词编年笺注》把它放在“补遗卷”。题记中的马叔度，其人其事已无考，“月波楼”亦难以确指在何地，因而不能划定其创作的具体年月，但从词中透露的情绪揣测，当是词人晚年的作品。

辛稼轩南归后，虽然担任过一些不低的官职（象安抚使等），但实际上并未真正得到重用，个人的报国之志一直不能充分施展，家国之恨终未能消，在垂暮之年，登楼览景，缘物生情，怅触万端，吐而为词。

上片首二句写久别重游“月波楼”，见昔日来游所见之景依然故我，欣然自适的心境流于笔端。“客子”是词人自谓。“月波楼”据邓广铭先生考有两处，一在嘉禾（今浙江嘉兴），一在湖北黄冈，未详与本词有关否。不过，无论是嘉禾还是黄冈抑或南方某地，“江南游子”辛稼轩在这里都是“客子”。下两句由“好景”逗出，美景依旧，词人不由地为之陶然勃发诗兴，流连忘返，竟毫不顾忌时间的流逝。“西楼”暗指时间已近黄昏，所“著意吟赏”的已是夕照之景，从而为“何必问更筹”竟至月色升空做了合理的铺垫。“更筹”是古代夜间用以报更的牌，在这里泛指时间，一味沉浸于景物品赏而忘记了时间，“何必”一语，既是词人的自我解嘲，也是对景物之美及词人对于自然的有意追求而导致的深沉眷恋的进一步衬托。

平素“以气节自负，以功业自许”（范开语）的辛稼轩，经过数次政治上的摧折，救国之心“无人会”，雄才大略不得用，面对南归几十年了国家仍偏安一隅、家园仍丧敌手的现状，心情极其矛盾苦闷。这使他屡屡在理智上意欲寻求一种解脱的方法，告诫自己“悠悠兴废不关心”（《玉楼春·江头一带斜阳树》），而向自然寻求心灵的沉寂，每每置身于大自然中，期望在自己的心中开垦出一片新的田野，从而超拔尘俗，自抑郁苦闷中解脱。这大概就是稼轩所以能欣欣然于赏景的原因。然而，其陶然的心境是非常短暂的，当他登高眺远，势必浮想联翩、感从中来，因之就有着那种“欲上高楼去避愁，愁还随我上高楼”（《鹧鸪天》）的意图与结果相悖的现象的发生。现实毕竟是摆脱不掉的，在辛稼轩则更是如此。果然，下面几句，即见情绪波动之端倪了。

“唤起一天明月，照我满怀冰雪，浩荡百川流。”是扣题之笔。所登之楼既然名为“月波”，其月夜的景色当是尤其出众的。写明月的缓缓出现，似应词人吟哦之声而来；写月色的明亮洁白；写月光浮动如水。但词人的意念不仅仅归结在此。那皎洁如冰雪的月光何尝不是在喻词人的胸怀呢！虽然屡遭谗言诋毁，动辄即被投闲置散，但在稼轩却是问心无愧的。稼轩曾有“我见青山多妩媚，料青山见我应如是”（《贺新郎》）的名句，“冰雪”句笔意与之暗通。这里于景物是实指，于自身是虚拟，浑然一体，了无痕迹。同样，由写月光的波动，可以体会的另一层含义即为词人心境的奔涌激荡，是什么令他难以自抑？“鲸饮未吞海，剑气已横秋”。一语道出了个中原因。纵然负有博大的志向并具备与之相应的雄才，却不得施展运用，无法与腐朽的政治、与自然规律相抗衡，回天无力，喟然心伤。“壮志凄凉闲处老”，可贵的是稼轩至此仍不失英雄本色，他不是哀叹暮年的衰惫，而是以剑气作喻，来感慨雄才遭压抑的悲伤，读来虽然沉重，又不禁为之懔然一震。英雄感怆，豪气犹存，笔力十分遒劲，很能反映辛词雄健豪放的特征。

上片的一个突出特点是结构层次的清晰，章法谨严。词人缘物起兴，由景及情，层层拓深，扣连紧密。而舒卷之自然，却又如春云浮空，随所变态，实由观之所见，意之所至，气之所充，蓄而发之。穿插在中间的各种艺术技巧，诸如反问、虚拟、比喻等，又把人与景融汇无间，使短短几十字即展现了丰富的内含。

过片紧承上片写景，抓住夜幕下景物的特征用大手笔予以勾勒："野光浮"扣住本词的写景中心，亦与上片"百川流"相呼应，点出月色迷朦尤如雾气浮空的动态；"天宇迥"则可感夜空的深邃；"物华幽"是抓住了人夜的静谧。尽管这一切都是无声无息的，人的思绪却会因之而沸腾。透过深邃广袤的夜空，词人的思想之翼又飞回了沦落金人之手的中原故土，感念当年"壮岁旌旗拥万夫"的豪气和驰骋疆场、持剑杀敌的痛快，反思南来后的随朝廷偏安，历经坎坷，壮志难酬，眼睁睁看着家园数十年里任凭他人蹂躏，怎不痛心疾首！此恨何时解？谓中原不知几人愁，恰也是词人自己愁上心头的折射。想到家乡的人民，他们谁还记得自己呢？当年叱咤风云的英雄，而今只能借登临抒怀，咏叹悲凉思绪，且不说功名不过是小事（"蕞尔"：言其小）——那仅仅是个人的得失恩怨，自己为国家献上的治理之策（指《美芹十论》、《九议》等）不是一直不被重视与实施？"决策尚悠悠"，将愤懑与哀怨之情溢于言表；"此事费分说"，更透露出心境的失望和悲凉。南宋小朝廷的偏安及一味求和的军事政策，用人方面的弊端，南归之士所受的歧视等等，积重难返，"费分说"，实际上是毋须说、不必说，即便说清又有什么用呢！心恨固然难消，但英雄老矣，新的希望又看不到，念及此，怎能不喟然心寒！心中的忧愁郁闷，唯有借酒化解了，唤来那自己曾斥退的酒杯（《沁园春·杯汝前来》），不如沉醉杯中，万念俱抛，从而摆脱一切烦恼。"扶头"：易醉的酒，转意为沉湎于酒乡。如果说，在写《永遇乐·

千古江山》时，词人最终用“凭谁问，廉颇老矣，尚能饭否”的反问，还寄托着一线希望的话，那么，本词的结尾，连这一线希望也荡然无存了。这是更深一层的悲愤。

下片写法与上片略异，虽然也是由景入情，但不再为层层推进及隐晦地物我照应，其特点在于转折与跳跃，直抒胸臆。先是用几个字勾勒景致大观，再陡然联想到远方的中原失地，又反射回自身。然后把愤懑与悲哀的思绪戛然煞住，却借无可奈何的超脱又悠悠地传出。

本词一反稼轩登临抒怀之作好用典的常态，几乎不用典，因而平白易懂，但其内蕴却并未流于浅薄。它用简洁的格局让读者清晰地感受到了作者心理流动的那种有家国之恨、有鲸饮之志、然无回天之力的意识，心情为之沉郁而扼腕叹惜。稼轩登临词作不乏脍炙人口的篇章，本词也可推为此类作品中的优秀之作。

编　后　语

书中共收鉴赏文章九十八篇，顺序按邓广铭先生《稼轩词编年笺注》序列编排。在成书过程中，承蒙全国各地学者的大力支持，特别是邓广铭先生拨冗赠序和山东大学朱德才同志负责了词篇的选定，在此谨致我们诚挚的敬意和由衷的谢忱。

限于水平，书中缺点、错误之处在所难免，恳望读者批评指正。

编　者

图书在版编目(CIP)数据

辛弃疾词鉴赏 / 邓广铭等著 . — 济南 ：齐鲁书社，1986.12 （2014.3 重印）
ISBN 978-7-5333-3139-9

Ⅰ. ①辛… Ⅱ. ①邓… Ⅲ. ①辛弃疾（1140 ~ 1207）—宋词—诗歌欣赏 Ⅳ. ①I207.23

中国版本图书馆 CIP 数据核字(2014)第 033178 号

辛弃疾词鉴赏

主管单位 山东出版传媒股份有限公司
出版发行 齊魯書社
社　　址 济南市英雄山路 189 号
邮　　编 250002
网　　址 www.qlss.com.cn
电子邮箱 qilupress@126.com
营销中心 （0531）82098521　82098519
印　　刷 日照日报印务中心
开　　本 850mm×1168mm　1/32
印　　张 13.75
字　　数 305 千
版　　次 1986 年 12 月第 1 版
印　　次 2014 年 3 月第 5 次印刷
标准书号 ISBN 978-7-5333-3139-9
定　　价 27.00 元